华 章
传奇派

品味无限不循环的人生

大宋法医

少年宋慈

（上册）

龙玄策 著

重庆出版集团 重庆出版社

图书在版编目（CIP）数据

大宋法医：少年宋慈 / 龙玄策著. -- 重庆：
重庆出版社, 2022.8
ISBN 978-7-229-16883-4

Ⅰ.①大… Ⅱ.①龙… Ⅲ.①长篇小说—中国—当代 Ⅳ.①I247.5

中国版本图书馆CIP数据核字(2022)第093846号

大宋法医：少年宋慈
龙玄策 著

出　品：	华章同人
出版监制：	徐宪江　秦　琥
策划编辑：	张铁成
责任编辑：	王昌凤
责任印制：	杨　宁
营销编辑：	史青苗　刘晓艳
封面设计：	末末美书

重庆出版集团
重庆出版社　出版
（重庆市南岸区南滨路162号1幢）

投稿邮箱：bjhztr@vip.163.com
北京盛通印刷股份有限公司　印刷
重庆出版集团图书发行有限公司　发行
邮购电话：010-85869375/76转810
全国新华书店经销

开本：880mm×1230mm　1/32　印张：28.625　字数：638千
2022年8月第1版　2022年8月第1次印刷
定价：99.00元

如有印装质量问题，请致电023-61520678

版权所有，侵权必究

目录

楔子

上册

第一卷　白僵案

第 一 节　一日破三案 / 010

第 二 节　黑衣人 / 023

第 三 节　祠堂诡事 / 034

第 四 节　天机道人 / 047

第 五 节　仙游寻踪 / 064

第 六 节　养尸地 / 079

第 七 节　狡兔三窟 / 093

第 八 节　验尸白僵 / 105

第二卷　鬼庙案

第 一 节　客栈凶案 / 120

第 二 节　抬棺夜游 / 128

第 三 节　骷髅画师 / 139

第 四 节　冤鬼索命 / 154

第 五 节　大小法场 / 169

第 六 节　山村秘事 / 182

第 七 节　天地玄黄 / 194

第三卷　青楼案

第 一 节　女尸升棺 / 214

第 二 节　验尸骷髅 / 226

第 三 节　误入斗斋 / 235

第 四 节　西湖烟雨 / 243

第 五 节　青楼命案 / 250

第 六 节　再访秦卿 / 266

第 七 节　连环杀人 / 275

第 八 节　金人细作 / 284

第 九 节　画师洗冤 / 297

第 十 节　三段经文 / 312

第四卷　阴兵案

第 一 节　阴兵索命 / 326

第 二 节　麒麟玉佩 / 333

第 三 节　策论北伐 / 346

第 四 节　暗夜入狱 / 357

第 五 节　隐宝斋 / 368

第 六 节　宅院焦尸 / 378

第 七 节　幸存者 / 387

第 八 节　幕后主使 / 396

第 九 节　见招拆招 / 406

第 十 节　北伐庭对 / 416

第 十 一 节　人间正道 / 426

第 十 二 节　钱塘送别 / 435

楔子

南宋淳熙十三年(1186),江南西路,江州城外。

秋风萧瑟,黑云压顶,乌鸦、秃鹫三三两两落在老树枯枝上,时不时发出"呱呱""呀呀"的叫声,凝视着不远处的乱葬岗。

在断崖边的一座荒坟前站着三位不惑之年的中年男子,为首之人是临安县令叶适,身旁分别是推司宋巩和画师李嵩。

推司宋巩抬头看了看天上的黑云说道:"暴雨将至,辛大人的手令能及时送来吗?"

画师李嵩取出纸笔说道:"再不开棺验尸,这座荒坟就会被大雨冲入悬崖下的沟壑之中,届时就什么都查不出来了!"

"再等等!"叶适低声道,"《大宋刑统》有规定,验尸必须有当地主官的手令才行!"

旬日前,叶适得到秘密投书,说几年前被斩首的茶寇贼首并不是赖文政本人,死者另有其人。当年茶帮造反一事轰动天下,死者竟然不是贼首,这事非同小可。叶适得到消息后,马不停蹄,千里查案,今日终于寻到赖文政尸首埋葬之地。

"来了,来了!"李嵩指着不远处几道骑马的人影说道。

未几，来人已至，正是江南西路安抚使辛弃疾。十年前辛弃疾担任江南西路提刑官时，平息了茶帮叛乱，擒获并斩首了贼首赖文政。

未等叶适等人行礼，辛弃疾摆手道："不必多礼，速速开棺验尸！"

有了主官手令，宋巩、李嵩不敢怠慢，带人掘开了坟墓。兴许是草草掩埋的原因，墓穴挖开三尺后就看到早已腐烂不堪的草席。草席中的尸骸已成乌黑色的骷髅，数条手指长短、颜色鲜艳的蜈蚣从骷髅头的口眼处猛地钻了出来，甚是骇人。

宋巩燃起避秽丹，驱赶蛇虫，又在火盆中烧了皂角、苍术，随后口含苏合香圆，戴着鹿皮手套蹲在葬坑前开始捡骨。

骷髅骨、胸前骨、尾椎骨，宋巩每捡出一根枯骨，就用细篾穿讫，并用纸签标记。李嵩提笔在《验尸格目》上做着相应的记录，并在一旁的澄心堂纸上画出骨头的模样。

不多时，尸骨已然捡完，共计三百六十五块，一旁的草棚同时也已搭好。衙役在草棚下挖出了一个长五尺、宽三尺、深两尺的地窖。

"两位大人，卑职要蒸骨验尸！"宋巩朝辛弃疾和叶适拱手道。

辛弃疾颔首道："事不宜迟，速速动手！"

宋巩在地窖里放上了柴炭，将地窖四壁烧红，此时再除去炭火，泼入酒二升、酸醋五升。霎时间，地窖里冒出腾腾的热气，几位衙役把尸骨放到了地窖中，在地面盖上了新的草垫。

辛弃疾不无担忧道："时隔多年，还能辨出真伪吗？"

宋巩回道："天网恢恢，恶行必有痕迹，卑职尽力而为！"

一旁的叶适对辛弃疾解释道:"李嵩即将入画院,一只画笔可以根据尸骸画出其生前形象。"

很快,李嵩就根据尸骸画出了一幅身穿青衣、干练精明、留着山羊胡子的男子画像。

辛弃疾上前两步,看了看画像道:"此人鹰视狼顾,光看画像确实是赖文政。不过如若赖贼当年是被人替死的,那么此人长得和赖贼颇为相像,也就不足为奇了。"

"还有什么法子?"叶适看着宋巩与李嵩问道。

"黄泥塑骨!"两人异口同声道。

方才验骨时,宋巩已与李嵩配合,将各个骨头的形状以及尺寸大小记录在案,并画好了配图。未几,宋巩和李嵩找来了黄泥,微微倒了点水,做成了较硬的泥块,又按照纸上的点线图,迅速捏出了一根根的骨骼,接着剪好了数根竹片进行连接固定。紧接着取出较软的黄泥,又揉又捏,将黄泥一条条一片片的覆盖在捏好的骨骼上。等到泥土稍干,再用剪好的白色薄纱蒙在最外面,并用鱼胶仔细糊好。

两人对于此事早已轻车熟路,加之有一干衙役在一旁协助,故而只用了两个时辰不到的光景,就把尸骸生前的泥塑形象做好了。

辛弃疾走上前,绕着泥塑走了一圈,目光最后停留在泥塑的手上,说道:"这手有几分古怪,赖贼原本是炒茶的茶农,接着又做了提刀的反贼。这泥塑的两只手既不是炒茶的姿态也不是提刀的模样,却微微抬起,好像在提拉什么东西!"

宋巩一旁回道:"手骨的形态会根据生前常做的事有细微的差异,尸骸的左右两只手的指骨都微微弯曲向上,故而泥塑便做成了这样的形态。"

"若这人真是替死鬼,那他生前又是做什么活计的?"

叶适一旁猜测道:"时常提拉重物?如水桶等?"

"有这可能,不过线索还是太少!"说着辛弃疾又看了看宋巩道,"还有什么法子?"

宋巩看了看地窖道:"那就要看看蒸骨的结果了!"

方才下了一场大雨,不过好在有草棚遮挡,故而火坑未被淋湿。

宋巩走出草棚,日头已然钻出云层,放出了万道霞光,便指着草棚的顶部说道:"把它掀了吧!"

须臾,阳光透过草棚射到了火坑上,宋巩掀开盖在火坑上的草席,拿出了一把红油纸伞,让李嵩迎着阳光撑了起来。

此时有衙役心中迷惑,嘀咕道:"红伞照骨是验死因的法子,但是这具尸首的死因肉眼可见,乃是被斩下头颅而死的,又有什么可验的?"

宋巩把尸骸从火坑中拿了出来,在纸伞的红光下一根根照着细看,口里解释道:"骨头上若是出现红色的线影,那就是生前受过伤。若是尸骨上无血荫,只有损折,那就是死后产生的痕迹而已!"

辛弃疾似有所悟道:"你是想在骨头上发现端倪?赖文政在广南东路时被提刑林光朝所败,后背中了一刀!"

宋巩拿出肩胛骨,看了看,摇了摇头。又拿出背部其他骨头,皆没有在骨头上看到刀伤的痕迹。

辛弃疾又回忆道:"据说此人年少砍柴时从高树上摔下,伤过脚!"

宋巩又把脚骨拿了出来,在红伞下仔仔细细查看了一番,在右脚脚踝处，看到了骨裂后的红色线影。

辛弃疾和叶适围了过来，两人面面相觑。宋巩推测道："穷苦人家的孩子年少时干活脚踝受伤，也是常有之事。"

辛弃疾点了点头，问道："还能看出什么？"

宋巩拿起了尸骸的手骨，透过红伞的光影，那右手食指指骨的第二节关节上出现了红线般的光影。

辛弃疾疑惑道："这伤痕很深，已然到肉到骨，却未曾听闻赖贼手指受过伤。"

"此伤若是刀伤，伤口不会缠绕指骨，却像是被利线划伤！可是什么样的绳索能把指骨都划出口子？"宋巩又走到泥塑之前，看着泥塑微微提拉的双手，沉吟了一会道："他的模样像不像提着吊线的傀儡戏艺人？"

叶适插话道："傀儡种类繁多，除了寻常傀儡外，还有水傀儡、杖头傀儡等等。杖头傀儡有一人来高，若是用引线牵扯杖头傀儡，指节处不小心被线绳割伤，也不是不可能之事！"

辛弃疾脸色一沉，道："如此看来此人并不是赖文政，赖贼也许还活着！赖贼逍遥法外，对大宋将是多大的威胁？又是什么人救的他？老夫这就上书朝廷，定要发下海捕文书，将赖贼捉拿归案！"

宋巩接话道："将死囚替换，李代桃僵，借尸还魂断不会这么简单。当年定有人在内部相助！"

辛弃疾点了点头，当年他因为回临安复命，并没有监斩赖文政。从死囚验明正身，再到法场斩首，这一路上可能出现纰漏的环节不胜枚举。

恰在此时，远处又有快马疾驰而来。待来到跟前，一名衙役从马背跳下,跪在辛弃疾跟前说道:"大人!马画师在家中悬梁自尽了!"

"他死了?"辛弃疾身子微微晃了晃,衙役口中的马画师,名为马慕远,乃是辛弃疾在北方起兵抗金时就跟在身边的老人,一直在辛弃疾身边充任书吏和画师。赖文政被抓后,就是马慕远给他画了画像,监斩官根据画像验明正身才斩了死囚。不过在那之后,马慕远就辞官还乡了,难道此事和马慕远有关?

此番查探赖文政旧案,马慕远是当年的书吏和画师,知道的细节甚至比辛弃疾还多。故而辛弃疾一早派了手下去请此人协助断案,没想到等来的却是他的死讯。

"大人!"衙役又说道,"这里还有一封马画师留给你的遗书!"

辛弃疾撕开信封,将信纸摊开一看,心中不由悸动,只见信中写着:

　　慕远随将军于历城起事以来,虽是无用书生,但先杀金狗后斩杀叛贼张安国,南归朝廷后又剿灭茶寇叛军还江南百姓安宁,好不快活。

　　然茶寇无耻,当年绑架慕远有孕在身的妻子,以之为要挟,命我协助贼人瞒天过海,将假赖文政送入大牢,又将真赖贼换出,并画出假赖贼画像用之蒙蔽于监斩官。

　　慕远心念妻儿安危,万般无奈下酿此大错,已无颜再面对将军,今番赖文政之事复查,将军定然问话于慕远。慕远不敢隐瞒,将当年之事于信中和盘托出,言明于将军。

慕远有负大宋，有负将军知遇之恩，有负被赖贼杀害的两湖和江南百姓，自知罪孽深重，不敢苟活于人世，故而先行一步。

将军，慕远有愧于你，万死不足惜！

将军，慕远之错与妻儿无关，望将军怜惜。

马慕远绝笔

辛弃疾将书信传给叶适、宋巩等人，送信的衙役在一旁问道："大人要不要将马慕远的妻儿拿下？"

"他们当下如何？"

衙役回道："孤儿寡母见到马慕远死后痛哭流涕，那遗孤方到垂髫之年，一直哭着问他娘爹爹怎么了？马妻回说，忠儿，你爹爹睡着了，过些日子就会醒来。遗孤又问，爹爹是个坏人吗？为什么官府的人要抓他？马妻双目垂泪抱着儿子道，忠儿你要记住，你爹爹是个大好人，这辈子你都得敬他，爱他！你要好好地学画，你爹爹平生最大的愿望就是考入临安画院！然而他已然去不了了，这得靠你了，你知道吗？那遗孤回道，娘，我知道，忠儿都记在心里了……"

衙役事无巨细地复述着母子之间的对话，没人打断他。辛弃疾等到衙役说完后说道："回衙门领一百两银子交给马妻，他们日后若是遇到什么难事，速速回禀！"

"卑职遵命！"说着衙役便跳上马背，疾驰而去。

宋巩和李嵩已然将《验状》和《验尸格目》写好，按大宋律法，这些文书一式三份，一份交给了本地主官辛弃疾，一份给了临安县令叶适，另一份本要给尸骸亲属，因短时间找不到人便留在了宋巩手中。

验尸完毕，已到傍晚，夕阳染红了天际。此时宋巩的家仆宋全又骑马赶到，宋全下马对宋巩说道："老爷，大喜！夫人生了，是个大胖小子！"

宋巩年届不惑，中年得子本是人生喜事，但是他看着草席上被当作替死鬼的尸骸，又想到马慕远留下的孤儿寡母，心中不由唏嘘。

"老爷！"宋全又说道，"夫人知道老爷办案要紧，不期望老爷马上就回去。不过夫人说，一定要老爷当下就给孩子取个名字！"

"普天之下还有多少冤假错案？还有多少人惨遭枉死？又有多少人死时连苦衷都没有说出？"宋巩正色道，"天下最该有的就是仁慈之心。亲爱利子谓之慈，恻隐怜人谓之慈，这孩子就叫宋慈吧！"

辛弃疾在一旁点头道："你要教他验尸推案的绝学，长大要为黎民百姓洗冤，让我大宋天下无冤！"

宋巩感激地朝辛弃疾拱了拱手，又看了看天边越来越浓的墨色，缓缓道："孩子，推案验尸，为世人所不齿，但这也许便是你的命吧。"

第一卷　白僵案

第一节
一日破三案

十八年后，大宋嘉泰四年(1204)，寒冬，望月，福建路建宁府建阳县城外。

一位身穿襦衣短袴的青年紧紧抱着手中的包裹，一脸惊慌地在偏僻的山道上奔跑。他时不时向身后望上一眼，似乎很担心后面有什么，然而身后只有遮住半边天的黑山以及呼啸的北风。

月光清冷，寒风冷冽，青年定住了身形，双眼直视前方，眼角不停地抽搐。突然"扑通"一声跪在地上，然后慌忙地从包袱里抽出了天蓬尺，手捏一个法诀，口中念念有词："天蓬天蓬，九玄煞童。五丁都司，高刁北翁……"

兴许是咒语起了作用，青年长吁了一口气站起身来，定了定神，拍了拍身上的泥土。突然，几只指甲大小的黑虫从裤脚钻出，顺着大腿爬到了腰身，转瞬不见。

男子感觉到身体的异样，大叫一声，胸中气血上涌，青筋暴突，满面通红。发狂似的向前奔跑，不幸的是，一块突出地面的石块绊住了他的脚，顿时身子腾空而起，手中的包裹向前飞出一道诡异的弧线落到了不远处的悬崖之下，整个人重重地砸在地面的石块上。

男子趴在地上痛苦呻吟，微微地侧转了下身子，额头上的鲜血顿时流入了眼眶，眼前一片赤红色。他提了一口气，吐出口中的泥块，刚想呼喊救命，黑色的甲虫却从领口中爬出，顺着嘴角钻进了喉咙。

惊愕不已的男子含糊不清地咕哝了一声，眼珠泛白，脖子一歪，就此气绝。

一旁的灌木丛里，家丁打扮的小厮小解完提着裤子从林中钻了出来。看了看趴在地上的人，怯生生走了上前，探探了鼻息，大叫道："来人啊，死人了！"转瞬间跑得无影无踪。

每一个夜晚都会有无数的生死之事发生，但不管怎样黎明都会到来。两日后，离此地七里外的考亭村中，人声鼎沸，恍如过岁。

绍熙三年（1192），大儒朱熹于建阳县考亭村讲学。这才不过十余年的光景，理学兴起，考亭学派就此声震大江南北。虽然五年前朱熹已然过世，但是其弟子已将此学发扬光大，理学大盛的日子指日可期。

每到寒冬时分，考亭村的大儒就会围炉论道考究弟子学问，这已成惯例。今晨，蔡沈、陈淳、吴稚等理学大儒来了，建宁知府黎晋以及辖下建安、欧宁、建阳等各县知县也都来了，全府的儒生以及十里八乡的百姓更是蜂拥而至。

按惯例，每次盛会都会选出一名儒生，此人将被推荐去临安府太学就学，在场所有的大儒以及建宁知府都会在太学的举状上签字画押。这不仅是荣光，更是一条仕途上的康庄大道，与会儒生无不心生向往。在所有儒生中有四名学子最被看好，他们是建安县的于文山、欧宁县的许书含、建阳县的孟如晦和宋慈。

卯时已过,于文山、许书含、孟如晦等学子已然端坐于场中,可是宋慈却不见踪影。有人不由鄙夷道:"好大的架子!各位大人、师长以及建宁府的儒生都来了,他宋慈何德何能竟然迟迟不至?难道真的认为太学的举状是他囊中之物不成?"

三声钟响后,大儒蔡沈公布了今日论道的题目,虽然只有简简单单的一个"理"字,却可以包含万物,可说之处何止万千?于文山、许书含、孟如晦三人相顾一笑,皆是成竹在胸。

"理?何也?饮食,天理也;山珍海味,人欲也;夫妻,天理也;三妻四妾,人欲也。万事如此,无外乎,存天理灭人欲也……"于文山站起身来开宗明义,赢得满堂喝彩。

说了片刻,于文山忽然说道:"读圣贤书者,天理也。求官禄者,人欲也。岂有求人欲而忘天理者乎?"

许书含、孟如晦相视一笑,都明白于文山话中所指。宋慈几年前就显露出了求官之心,更有甚者说他立志要像先祖大唐名相宋璟一样宰执天下!

木秀于林风必摧之,第二个上场的许书含以"天下之物,莫不有理"开题,说得也头头是道,只是到了最后却说赘婿、仵作乃是贱民,此等人不配读圣人之书,更不配去太学求学。于文山、孟如晦顿时点头称是。

在座的人都知道,宋慈的父亲宋巩乃是建宁府的推司,除了推案外一直醉心于验尸之道。宋慈打小受其熏陶,学习刑狱推案之术,验尸的手法更是得其真传。许书含说验尸的仵作不能去太学,也就是暗指宋慈。

三人似有默契一般，孟如晦一上场便说道："天地之道即是三纲五常，君为臣纲，父为子纲。父子不合即违背天理也……"

所有人都明白了，三人想联手先将宋慈打倒在地，让之永世不得翻身。五年前宋慈和其父宋巩大闹了一场，据说宋巩不想让宋慈走入官场，只想让其学习验尸推案之术以接其衣钵，可是宋慈却认为验尸只是小道，读书才是大道，因此在贵人的帮助下，宋慈拜在考亭大儒吴稚门下。这几年来父子之间交流甚少，形同陌路。

三人一番文章做下来，屋子里暗流涌动。儒生高衍平日里和宋慈私交甚好，此时忍不住对另一名和宋慈交好的学子孔川说道："孔兄，他们联手针对宋慈，这该如何是好？"

孔川眉头微皱："单论文章之事，这三人加起来都不是宋慈的对手，我担心的是……"

"是何事？"高衍朝屋外看去，"你担心的是宋慈不能来吗？这点你不必担心，我听闻宋慈昨夜拜见过知府黎晋大人，然后就跟着捕头程彦一同出了府衙，想必是有事要办。不过不管如何，他必然会按时赶到。"

"哎！"孔川叹了一口气，"我不是担心宋慈不会来，而是担心宋巩大人不来啊！前些日子宋推司被人借调到宁德府推案，据说前几日才破完案子。本以为没事了，谁知这几日建宁府的建安、欧宁、建阳三县又有命案发生。宋大人一向以公事为重，曾言狱事莫重于大辟，大辟莫重于初情，初情莫重于检验。若是验尸延迟了一时半会，可能线索就断了，真凶就抓不到了。若他知晓建宁府发生了这么多命案，回来后定然首先查案了。"

高衍点头称是："谁说不是呢？若是如此，宋伯父就来不及赶来了。每次考亭盛会,举办者都会请儒生家中的长辈与会,借此考察孝道。孟如晦说宋慈父子不合,宋大人今日就不来这里,这不是落人口实吗?"

孔川直视前方,目光扫向建安、欧宁、建阳三县的知县,说道:"命案未破的恰好是这三个县,更凑巧的是他们县中的学子正要和宋慈争夺去太学的资格,这天下间哪有这样的巧事?只不过把人命关天的事当成筹码,就显得下作了。"

诸位学子陆续上场,宋慈依旧没有来。有人站起身来提议道:"于文山、许书含、孟如晦三子的文章立意清新、格调高远,不如从中择一优者推荐为太学学子如何?"

还未等高衍和孔川说什么,其他人等就开始高声附和。提议者看了看知府黎晋,只见黎晋手握茶碗,吹开表层的茶叶,轻轻地呷了一口,对屋子里的喧嚣置若罔闻。有人开始相信那个传言了,黎知府最青睐的学子就是宋慈。更有甚者说宋慈五年前能拜入考亭门下,也是因为黎知府的一封荐书。然而到了此时,宋慈都不见身影,他能保得住吗?

偌大个考亭寂静无声,知府大人不发话,此事就没有个着落。于文山、许书含等人如坐针毡、面面相觑,正欲再次造势施压之时,屋外由远及近传来"哒哒"的马蹄声。诸人竖起了耳朵,但听马鞭声响起,三匹黄骠马鱼贯而入,不做半分停留,径直冲入屋外操场中。

"何人如此鲁莽?"孟如晦眉头一扬,愤然道。

"吁——"三人勒住了缰绳。左边的男子年岁不大,一身劲装、腰挎横刀,容貌俊秀,额头却有一道刀疤,看其装扮是一名捕快。在场人有人眼尖,认得是建阳府新晋的捕头程彦。右边一人,布衣青衫,头戴东坡巾,乃是书吏郭汤。

最后当中一位男子,身着青衫,面色微黑,两道浓眉之下一双大眼目光炯炯,精明之中透着一丝沉郁,有少年老成之相。

"这不是……他怎么来了?"于文山瞠目结舌不可置信。

亭屋里立即传来此起彼伏的议论声:"那不是宋慈吗?他怎么跟着府衙的捕头和书吏来了?"

三人进了屋中,便朝知府黎晋和诸位师长行礼。黎晋挥了挥手,示意他们早点说正事。

宋慈正了正衣襟,对场中诸位尊长再次长鞠一躬道:"学生宋慈,也有一篇文章,恳请诸位师长和大人们斧正。"

有学子不满宋慈姗姗来迟,怒喝道:"宋慈,你目无尊长,姗姗来迟,好大的胆子!岂有满屋大人和师长都等你一名晚辈后生的道理?"

听闻此话,有人附和道:"这样的学子有何脸面代表咱们建宁府去太学求学?"

一时间屋子里又充斥着对宋慈的质疑之声。几名县令以及德高望重的大儒都看着知府黎晋,希望他拿主意。

黎晋把茶碗放下,瞥了一眼宋慈,道:"让你办的事,办好了吗?"

诸人交头接耳,诧异道:"什么事?需要知府大人亲自授意?"

黎晋拍了拍桌案上的文书:"这几日建宁府突然发生命案三起,百姓惶恐不安。宋慈有拳拳赤子之心,昨日老夫便让他协助推案去了！"

"这……"很多人立时愣住了，皆在心想："知府大人到底打的什么主意？"

只见宋慈坦然答道："学生侥幸不辱使命，三起命案，皆已水落石出。"

一语既出，满座寂然。过了片刻，有人忍不住低声怒骂道："宋慈太猖狂了！从昨日算起，满打满算就十二个时辰，难道他在四个时辰内就破了一起命案？刨去途中奔波的时间，每起案件办案的时间最多一个时辰，这怎能办到？"

建安、欧宁、建阳三县县令相顾愕然，这事他们怎么不知道？早知道知府大人中意宋慈，他们也不会搅和这趟浑水了。

建安知县褚嘉绪得了于家的银子，答应暗助于文山，此刻不可置信地看着宋慈问道："本县的争水案你已经办好了？"

宋慈点了点头："在知府大人授意下，已然办好了！"

褚嘉绪更加不可置信地说道："这可是命案，你可不能乱断案啊！"

宋慈上前一步道："昨日酉时我等到了建安县衙，那时大人已然来了考亭，故而没有拜见大人，还望大人海涵。不过知府大人说了命案之事拖延不得，所以我等连夜验尸并提审相关人等，此案已然水落石出了。"

"什么？"褚嘉绪惊得站起了身来，"这案子哪里有这么简单？包家的包老松因为田地争水一事和黄家争斗受了伤，一直卧床不起，十二日后一命呜呼。两家为此案是伤人案还是杀人案争论不休，本县本想在宋推司回来后就彻查此案，你怎会几个时辰就断好案子了？"

宋慈微微一笑，反问道："褚大人，你认为此案的关键是什么？"

褚嘉绪轻捋胡须："无他！无非保辜二字罢了！"

宋慈点了点头道："保辜制度，承汉唐以来已有千年，是以伤害结果论罪的制度。凡蓄意伤害案件，在一定期限内苦主死亡的，按杀人罪论断；超过期限的，则以伤人罪论罪，不知学生说得对不对？"

褚嘉绪笑道："宋公子对这还有疑问吗？按大宋律例，伤人者十日为限。苦主包老松是十二日死的，所以按律当以伤人罪论处。不过包家不服，一直要等宋巩宋推司回来才愿意结案，所以才拖延到今天！"

宋慈直起身子说道："大人谬矣！此案并非伤人案，而是杀人案！"

褚嘉绪被晚辈当面斥责，脸涨成了猪肝色，怒道："宋慈，休得胡言！今日你若不能说出子丑寅卯来，休怪本官翻脸无情！"

宋慈在屋子里走了几步，侃侃说道："一般伤人案确实以十日为限，但不是所有情况都是如此。《大宋申明刑统》有云，拳脚伤人者以十日为限，他物伤人者则以二十日为限。如若致命伤是脚踢之伤，则要看伤人者靴子的软硬程度。若是软靴，则与拳脚伤人相同；若是硬靴，则按他物伤人罪论处。晚生查过伤人者当日所穿的靴子，乃是硬靴。便大着胆子复检包老松尸身，按初检所记，胸口处没明显伤痕。可是细查之，胸口处却有一股醋味！"

褚嘉绪额头冷汗直流，隐隐感到事情已然不妙。宋慈又道：

"民间有一种方术，如若用芮草蘸醋涂抹伤痕，可以让伤痕消失，不过用甘草汁则可解之。晚生用甘草汁擦拭包老松胸口，伤痕再次出现，不仅如此，还可以清晰地看到靴子的印记。故而断定，包老松乃是被硬靴踢伤毙命，该以他物伤人罪论处。由于包老松从受伤到病亡未到二十日，所以此案乃是杀人案！"

宋慈说得有理有据，不由得人不信。文吏郭汤又把文书呈到了褚嘉绪身前道："大人若不信，不妨看看这些文书，上面写得清清楚楚。至于衙门里作奸犯科者也被程捕头拿下了，大人回去后便可处置！"

褚嘉绪心中一冷，瘫倒在座椅上。知府黎晋却冷冷一笑，他眼里容不下有人拿命案胡作非为。之所以指派宋慈前去查案，也是想给这些人一个教训。只是原本想着宋慈最多能搅搅局，没想到他真的在几个时辰内办好了案子。

褚嘉绪本是七窍玲珑之人，明白这是知府大人不满意自己的所作所为，于是正了正衣冠走到黎晋身前拱手道："下官糊涂，这就回建安县办理此案！"

黎晋摆了摆手道："去吧！若是查案还有难处，本府还可以派人去。若是本府的人也不行，就奏请朝廷派人来！"

"大人恕罪！"褚嘉绪长鞠一躬，转身走出亭屋。儒生于文山愣在了原地，他最大的靠山走了，当下又该如何是好？

说完争水案，宋慈走到欧宁县知县胡华宾身前说道："胡知县，三日前秦家二公子无故身亡，有人说是暴毙而亡，也有人说是被毒死的。两方争论不休，其关键之处就在于迟迟不能在秦公子身上验出毒。晚生不才，请了公文，于昨夜丑时同程捕头、郭书吏、赵仵作一行人等到了槚馆开棺验尸。"

胡华宾惶恐道:"宋公子验出什么了吗?"

宋慈从郭汤手中接过一封文书递了上前:"如用一般的法子的确验不出中毒迹象,于是晚生命人煮好了糯米,封了尸身的窍穴,又让仵作用温醋反复揉压死者的腹部,过了半炷香的光景再看,死者口中的糯米已成了黑色。如此看来,乃是中毒无疑了!"

"好!好!验出了就好!"胡华宾转身对黎知府行礼道,"下官这就去侦破此案!"

黎晋点了点头,示意其自行离去。

宋慈看着胡县令远去的背影喊道:"胡知县,今晨秦家有仆人不告而别,若是命快马去追,兴许还来得及!"

胡华宾连忙加快了脚步,转瞬消失不见。许书含此时心如寒冰,他的靠山这下也走了。

宋慈又走到建阳县知县许蔼身前说道:"许县令,今晨有山民举报,离此七里外的山道上有男子摔倒在地,离奇身亡。由于此人面生,大人也查不出此人的身份,不知可有此事?"

许蔼苦笑道:"宋推司马上就回来了,这案子不必急于一时!"

宋慈从郭汤手中接过一幅画摊开道:"我让画师画了案发现场的情形,大人看下可对?"

此时所有人都探过了头来,知府黎晋也好奇地看了几眼。许蔼盯着画作看了许久,无可奈何道:"这幅画有何玄机,还望宋公子明言!"

宋慈让书吏郭汤把画作铺开,给四周人展示一番后这才说道:"案发现场的地面上一片血污,初看此人应当是摔死的,可是细看之下此人却是仰面躺在地上,这就不对了。"

其他学子不懂验尸之道,问道:"怎么不对了?"

宋慈指着画作说道:"诸位想必也知道,人死之后,血液下沉,乃成尸斑。若是死时是正面躺着的,血液就下沉到背部,形成尸斑。反之尸斑则出现在胸前。诸位看看这具尸首,尸斑都在胸前,想必死时是匍匐向下的!可是为何发现尸体的时候此人却是仰面朝上呢?"

"这说明什么?"有人追问道。

宋慈笃定道:"这说明尸身被人翻转了一个面。诸位可以想象下,他死前应该是向前奔跑,兴许是被地面石块绊住脚踝,故而迎面摔倒在地!"

不少人点了点头。

宋慈继续道:"我在现场时顺着此人奔跑的方向朝前方望去,不远处乃是一处断崖,那人摔倒,兴许还把手中东西丢了过去。不过幸好程捕头身手不凡,下了悬崖后找到了一个包袱,里面有道士做法事的天篷尺。后来又多番打听,终于打探到几个月前有宁姓道士到了建宁府,这身死之人颇像是宁道人身边的道童。"

听闻"宁道人"三个字,知府黎晋眼中忽然闪现出异样的神色。

这短短一个夜晚和一个早上,宋慈就破了三起命案,就连黎晋也刮目相看。于文山、许书含、孟如晦三人以及他们背后的靠山三名县令做了两手准备,一手是联手在文章中攻击宋慈的短处,另一手就是这几起命案。只要这命案没有及时侦破,就可以拖住宋巩。此时再攻击宋慈父子不合,宋慈定然有口难辩了。

这本是万无一失的策略，没想到宋慈昨日拜见了知府黎晋，更在十二个时辰内侦破了三起案件。如此一来，还有什么能阻拦宋巩来到此地？只要宋巩来了，就能打破父子不合的谣言，加之知府黎晋对宋慈青睐有加，那太学学子的举状对宋慈来说不就是探囊取物？

心思于此，三人都在暗自哀叹。

黎晋虽说倾向于宋慈，但也得有分寸，如若所有人都在文章上见高低，他也不会多此一举。只是这三名县令为了帮本县学子争名额，连命案的心思都用上了，这便触碰了他的底线。此番借宋慈之手打了他们的脸面，也是这几人咎由自取。若还不醒悟，就不是掉脸面这么简单了。

捕头程彦走到了黎晋身旁说道："大人，卷宗都办好了！"

在大宋，但凡涉及命案，就会有《验状》和《验尸格目》两种文书，前一种文书是验尸报告，后一种文书则是记载断案人员与验尸过程。这两种文书一式三份，分别由尸亲、办案府衙以及所在路的提刑司保管。

黎晋翻看着卷宗道："还有两份卷宗在哪里？"

"一份在尸亲那里，另一份在建阳县县尉郭丰手里。此时他正守在路口，等宋巩大人回来。小宋公子说，他初涉刑狱之事，怕有纰漏，所以只有等宋推司过目后才安心。"

黎晋微微一笑，满意宋慈的安排。依宋巩的性格，若是宋慈办案有误，宋巩肯定是先去处理案件而不会来此地。宋慈虽然期望拿到入太学的名额，但仍以查案为重，他没有看错人。

建阳县令许蔼本想起身离去，却被黎晋叫了回来："道童身死那件案子你不必管了,交予府衙处理。"

许蔼不明所以,但还是点了点头。

黎晋看完了卷宗,对立在场中的宋慈说道:"本府交代你的事办完了,本次论理的文章你做好了吗?"

"请大人稍待片刻。"说罢,宋慈回到桌案处,提笔挥毫。

第二节
黑衣人

只不过一炷香的光景,宋慈便写好了文章,再次来到场中,朗声说道:"穷万物之理,格物而致知。所谓致知在格物者,言欲致吾之知,在即物而穷其理也。盖人心之灵,莫不有知,而天下之物,莫不有理。惟于理有未穷,故其知有未尽也……"

于文山三人的立论,都围绕着"存天理而灭人欲"。宋慈的立论,却以"格物致知"为核心。听了一会,有人也明白了,按宋慈的意思,既然道理是实践出来的,那验尸也就是理所当然之事。

于文山等人此时已然没有心思听宋慈所做的文章,他们知道只要宋巩按时来到,太学名额就非宋慈莫属了。许书含还想挣扎一下,便插话道:"如若格物致知就是验尸小技,岂不是贻笑大方?"

一干官员都看向了知府黎晋,黎晋轻声道:"诸位可知郑兴裔大人?"

"郑兴裔?"听到这三个字有人开始满头大汗。在场众人皆知,六年前过世的郑大人乃是四朝元老,又是显肃皇后外家三世孙,素有贤名。如今验尸推案必备的文书之一《验尸格目》,就是淳熙元年（1174）郑大人在提刑官任上所创的。质疑验尸，就是质疑郑兴裔，就是质疑大贤，这可是大过错！

心思敏锐的建阳知县许蔼想挽回自己在知府大人心中的地位，连忙道："如今吏部侍郎叶适叶大人入仕之初当的就是推官，他也看重验尸之事！"

"叶大人也是？"此话刚一落地，在场的官员更惊讶起来。明年初，吏部将要对官员进行三年一次的大考，传闻福建路的官员都是叶适考核的对象，于文山此言要是传到叶适耳中，那在场所有的官员都要倒霉。

知府黎晋哼了一声道："主官可以不亲自验尸，但是不能不懂验尸之道！此事不用再议。"

宋慈的文章已然做完了，算算脚程宋巩也应该过来了。可是等了许久，却不见他的身影。于文山、许书含、孟如晦三人眼中又露出了期待的目光，难道是宋慈断案有错？

正当诸人迷惑不解的时候，有捕快快步来到屋中，径直走到黎知府身旁。

黎晋看了看来人问道："宋大人来了吗？"

"来了。宋推司刚到建阳县，县尉郭丰大人就把小宋公子的办案文书给他看了。"

黎晋诧异道："为何宋推司还没来？"

捕快回道："宋推司说这三起案子办得虽然不算好，但也没什么差错。卑职听得此话就想先回来给大人回话，谁知道还没走多远就有人追上属下，说宋推司和郭县尉消失了，连同消失的还有件作和文吏。卑职不敢怠慢,急忙调转马头去寻两位大人,却怎么也找不到他们的踪影。更让人担忧的是,有人说附近见到了黑衣人,看模样好像是……武夷山上的贼寇!"

"此话当真?"黎晋也有点儿坐不住了,如若是武夷贼人绑了两名朝廷命官,那可是大事一桩。不过建宁府有好几年都见不到贼寇的踪影了。

宋慈也对武夷大盗的出现将信将疑,他对捕快问道:"家父看办案卷宗时有何异样?"

"没什么异样!"捕快连忙回道,过了片刻他又嘀咕道,"不过宋大人的目光在一幅画上停留了许久,似乎在想些什么!"

"什么画?"宋慈追问道。捕快摊开了画卷,正是道童身死的那幅画作。宋慈走上前,盯着画作看了片刻,突然懊悔道:"我怎么疏忽了这一点,太不应该了!"

黎晋扫了一眼画作,忽然指着画面道:"可是这只小虫有问题?"

在画作之上有一只黄斑黑身模样的甲虫正从死者的脖颈边溜走。宋慈回道:"大人英明,正是这只小虫有问题,此虫名为葬甲!"

黎晋点点头,示意宋慈继续说下去。

宋慈继续说道:"葬甲又称埋葬虫,按道理这个时节见不到这种虫子。仵作验尸之时为了避尸毒去晦,常于火盆中烧避秽丹、皂角、仓术等物。因为燃烧火盆,所以地暖,加之受到气味刺激,这种虫子便出来了。"

黎晋寻思道:"这虫子可是原本就在此地?"

宋慈摇头道:"不是,那个地方我去过。地冷,加之又在风口,葬甲断不会藏于此处。"

黎晋似有大悟道:"你的意思是说葬甲是从别的地方来的?"

宋慈点了点头:"这道童去了别的地方见到了葬甲,故而不经意间把此物带了出来。由于天冷,葬甲一直藏身于尸身之下,后来因为燃烧火盆的缘由,它就再次跑出来了!"

县令许蔼插话道:"既然有葬甲出现,那么附近十有八九还有一具尸体。宋推司想必也想到这点,所以这才和郭县尉等人折返而去寻找另一具尸体?只是这另一具尸体究竟在什么地方?"

宋慈想了想道:"应当是地暖之地!"

黎晋看了看左右道:"附近有什么地方是地暖之地?"

一旁的捕快想了想道:"不远处的大黑山脚下有温泉,不过卑职已然派人去看过了。没有宋推司的踪影,也没有发现什么尸首。"

宋慈盯着图画说道:"葬甲种类很多,我从一本古书中看过,此虫若是无腐尸可食,也会吃蝙蝠的粪便。"

旁边捕快恍然大悟道:"既是地暖之地,又是蝙蝠出没的地方,那就是大黑山上的蝙蝠洞。据说那里也有几个温泉。"

事有轻重缓急,知府黎晋对身旁一干大儒说道:"今日之事就到此为止吧!至于去太学的名额,就请各位讨论定夺。"

诸人都知道知府中意之人就是宋慈,他确实也比旁人更加出色。可是今日宋巩没有亲至,如此一来父子不合的谣言仍在,如若当下就确定是宋慈去太学,恐怕难以服众。议论了一会后,诸位大儒一致决定,来年开春再举办一次"考亭论理"盛会,届时再决定名额的归属。既然有了决定，黎晋也不想停留，点齐了人手，就朝蝙蝠洞走去。宋慈担心父亲的安危，也紧紧跟在了后面。

小半个时辰后，诸人到了洞口前，果然发现一些凌乱的脚印。再寻了一会，程彦在荆棘旁喊了一声。众人循声过去，县尉郭丰、仵作萧大、书吏周昌就躺在杂草丛中，看样子是被人敲晕了。

用了一些清水，三人苏醒，众人这才明白是怎么一回事。正如宋慈所料，宋巩根据线索顺藤摸瓜找到了蝙蝠洞。正当几人要进洞一探究竟时，一群黑衣人出现，打晕了郭丰等人，至于后面的事情，他们就不知晓了。

看了看蝙蝠洞，程彦刚要带人进去，宋慈却急忙喊了一声："且慢，烧皂角、苍术，燃避秽丹。"接着又从仵作萧大的柳木箱中翻出了苏合香圆，分与了众人。

仵作验尸常备的避秽药物有三样，分别是避秽丹、苏合香圆以及三神汤。苏合香圆是口含的，避秽丹是燃烧的，三神汤是喝下的。此番一次用了其中的两样，有明事理的人已然猜到定是宋慈怕洞里有毒，害了大家。

一番准备妥当后，诸人点燃了火把，跃过了火盆，陆续进入洞中。此洞有如葫芦一般，入口极窄，不过进去之后却别有洞天。受到来人的惊扰，蝙蝠扑扑地飞了出来，好在没有伤人。又行了百把步，就听到汩汩的水流声，洞里也变得闷热不堪，想必前方就是地下温泉处。

再走了一会，诸人开始掩住口鼻，四周弥漫着一股恶臭的气味。不多时，前方的捕快怪叫了一声，按着胸口在一旁狂吐。宋慈口含了两片生姜避臭走上前，不远处的石台上有一具如同巨人一样的尸首，手脚皆已膨胀，数不清的葬甲在尸首身上四处爬动，甚是骇人。

虽说尸首已然变样，但是身上的衣物隐约可见是一具道袍，尸首不远处还有一具破烂不堪的拂尘。知府黎晋给了县尉郭丰一个眼色，示意他开始断案。

郭丰猜测道："难道这就是宁道人的尸首？仵作何在？"

萧大怯生生上前两步，看了看尸首道："尸首已然难以辨认，诸位大人站远点，免得沾惹晦气。"

听闻此话，进来的人除了宋慈和黎晋外，无不退后了几步。郭丰又问："萧大，此人死了几日了？"萧大仔细瞅了瞅，回道："尸首膨胀成巨人状，在寒冬时分应当有半个月了。"

郭丰疑惑道："五日前下官还见过宁道人，难道此尸首不是他？那他又是谁？为何宁道人的道童来找他？"

当下最重要的事情就是弄清死者身份，可是他不是宁道人又是谁？

宋慈的目的是找到爹爹宋巩，这个洞里却没有宋巩的下落。对于黎晋和仵作之间的对话，宋慈听后只侧过脸去，轻轻摇了下头。

黎晋察觉到了这一点，对宋慈问道："宋慈你有什么看法？"

宋慈受其父影响，做事一丝不苟，于是直言说道："尸首呈现出巨人之状在寒冬时分确实要半个月的光景。不过此洞地暖，还有葬甲出没，犹如盛夏。盛夏时分，三日之后就可能如此了。"

"难道真的是宁道人？"黎晋皱起了眉头，如若宁道人死了那就不好办了，此人牵扯颇多。

郭丰正要让仵作萧大去尸首上搜身，宋慈却阻止道："小心点儿！可能有尸毒！"

"这该怎么办？"郭丰皱起了眉头，不搜身怎能确认死者身份？

诸人踌躇之时，宋慈却蹲在地上看尸首身上的虫子。黎晋知晓宋慈的验尸本事，问道："宋慈，你有何发现？"

宋慈站起身来，疑惑道："怪哉！郭大人在五日前见过宁道人，当真确定是他吗？"

郭丰正色回道："五日前宁道人化缘筹银时见过本官，断不会错了！"

宋慈摇头道："那这人就不会是宁道人了！"

"为何这么说？"郭丰诧异地看着宋慈。

宋慈走了几步说道："诸位可听说过七日节律？"

众人目目相觑，宋慈又道："医圣张仲景在《伤寒杂病论》中提过，太阳病，头痛至七日以上而自愈者，以行其经尽故也。常人感风寒，要么七日就会好，要么加重，下次能好的时机是十四日后。不仅如此，人的孕期是四十个七日，要二百八十天；老虎的孕期，是十五个七日，一百零五天；猫的孕期是七九六十三天；兔子的孕期是四七二十八天；小鸡要从鸡蛋中孵出，也需要三七二十一天。而有些虫豸破卵而出……"

说到这里，宋慈指了指尸首身上的虫茧，此时正有葬甲幼虫破壳而出。黎晋心领神会道："你是说葬甲幼虫破茧至少要七天？这尸首上有幼虫孵出，也就是死了至少七天，而郭县尉五日前见过宁道人，也就是说此人万万不是宁道人了？"

"大人明鉴！"

郭丰疑惑道："此人既然不是宁道人，为何有人把他扮作宁道人的模样？这有什么目的？"

黎知府冷笑了下："这就是贼人的聪明之处了，他是故意卖的破绽。常人见到尸首的服饰，便会认为他是宁道人，不过尸首面目不清，就会有所怀疑，不敢相信自己的判断。接着根据尸首腐败的情况，可以排除是宁道人。不过再根据地暖之地可以影响尸首腐败变化的缘由，又可以确认是他。如此多番转折，大多人都会相信他是宁道人了！"

诸人听到此处都点了点头，黎晋瞅了瞅一旁的宋慈说道："关于此点，想必宋推司也可以看出来！"

宋慈"嗯"了一声。

黎晋解开了众人的疑惑。郭丰看着尸首又问道："下官愚钝，那此人又是谁？"

黎晋看了看宋慈，宋慈指了指尸首的肩膀处说道："虽然很模糊了，但是还可以看到肩膀上的刺青。"

"刺青？"诸人瞪大了眼睛。大宋的武人身上大多有刺青，民间还有专门的刺青团会锦体社，以及专门的刺青师父针笔匠。如果此人是武人那为何会一身道士打扮？

黎晋朝郭丰看了一眼道："叫画师，把刺青图案描下来，发去各地的锦体社问问！"

没找到宋巩，却发现了一具大有蹊跷的尸首，眼下的事情是越来越古怪了。在这个洞室里面还有几个岔洞，宋巩若是来过这里又走了，很有可能走的是其中一个岔洞。

黎晋在几个岔洞前看了一眼，站到了一个没有任何脚印的洞口前。程彦心领神会，留下两名捕快看守尸首后随同黎晋钻了进去。

一行人等一路前行，举着火把走了一里路后从另一个出口出来。

宋慈走出洞口就看到趴在石头上生死不明的家丁宋全，他这段时间以来一直跟着宋巩办事，探了探鼻息，还好只是昏迷而已。

待到宋全苏醒，宋慈还没问话，宋全便哀嚎一声道："少爷，老爷被人掳走了！"

"这是怎么一回事？"宋慈又追问了几句，这才明白了。

那群黑衣人敲晕了郭丰等人后，又抓住了宋巩，宋巩本是宁死不屈之人，不过黑衣人头领私下和宋巩说了几句，他就态度大变，答应帮这些人验尸，并且还让宋全在一旁打下手。至于验尸的结果则和宋慈如出一辙，也是通过虫茧知晓此人不是宁道人的。

待到宋巩提到尸首身上的刺青时，这些人更是勃然大怒。接着一行人等从岔洞出来，宋巩跟随那群黑衣人消失了踪影，宋全则被人敲晕。

"爹爹走之前没和你说些什么吗？"

"没有啊！"宋全摸了摸胸口，掏出了两封留书，应当是他晕倒之后被人塞到胸口的。这第一封书信是留给宋慈的，另一封书信却是给知府黎晋的。

接过留给自己的书信，宋慈看了几眼。宋巩在信中只是说自己有要事要办，让其不要担心自己的安危，每到旬日他就会有家书传回。至于为何离开，要办什么事，却只字不提。

留给知府黎晋的书信，却是一封请假休沐三月的文书。有什么事竟然要休沐三月？黎晋也迷惑不解，宋巩此人最为尽忠职守，为何突然要休沐？

黎晋和宋慈两人把书信交换着看了一下。过了片刻，黎晋问道:"宋慈,依你看这两封书信是真是假?是不是宋推司所写?"

宋慈看着信上的笔墨说道:"晚生认得家父的书体,家父书法惯用逆势起笔,这书信确实是他写的!"

"那是被人逼迫不成?"

听闻此话,宋慈陷入了沉思。他们父子二人皆爱好书法,一般人提笔写字之时都会受当时的心情影响。以前每当父子有争论时就会分别回到各自书房练字舒缓心气。以书法而言,即使同一个字,平时所写,气愤时所写,兴致时所写,醉酒时所写,形态都会有所不同。长此以往,父子之间通过对方写的字,就能知晓当时书写者的心境了。

又细看了一会,宋慈说道:"家父留下的文书,笔画挺拔,结字萧散,笔画间顾盼有致,两封书信都是一气呵成。从书法上看不仅没有被胁迫之意,反而有点儿……"

"有点儿什么?"

"有点儿欣喜!"宋慈回道,"不知为何,我感觉爹爹好像碰到了什么值得兴奋的事……"

宋巩消失了,不仅不是被人胁迫,反而十分兴奋?这让诸人迷惑不解。黎晋皱起了眉头,不知想些什么,过了片刻后说道:"今日就到此为止吧!程捕头,此事由你继续跟进,如有进展及时向本官汇报,定要将此案查得水落石出!"

"卑职遵命!"程彦低头领命,嘴角却露出一丝若有若无的微笑。

宋慈向几位大人行礼,正准备转身离开之际,黎晋问道:"宋慈,你对于推案验尸之事怎么看?是否像坊间传闻一样轻视此事？"

宋慈站直了身子说道："宋慈哪里会轻视此事？只不过认为此乃小道，实非大道。大道者，上为君王分忧下为百姓谋利，而不是整日沉迷于避秽丹、银探子等物！"

黎晋微微笑了下道："明白了，你去吧！既然宋推司没事，你便好好准备下次的考亭论理，到了太学后……"说到这里，黎晋似乎想到了什么，陷入了回忆中，半晌才说出一句话，"日后当个好官。"

"多谢大人提点！"宋慈行了个礼，转身离开。

第三节
祠堂诡事

时光如梭,转眼间到了开禧元年(1205)春,离宋巩失踪已有两月有余。虽然每到旬日宋巩就会有家书传回,但是日子久了,宋慈也不由得日益担忧。

这日夜晚,平静的建阳城忽然喧嚣了起来。县里的首富,李大善人突然暴毙于家中祠堂,更诡异的是验尸的仵作稀里糊涂地死了好几个。

此时已是深夜,仵作萧大站在李家的祠堂前,扳着手指嘀咕道:"一、二、三,加上我就是第四个了!"

看着萧大犹豫不决的样子,捕头程彦走了上前,推着他的身体问道:"萧大,怎么还不进去?"

萧大的心在怦怦乱跳,额头冷汗直流,过了片刻,突然跪倒在地:"程捕头啊,你行行好就放过我吧!我萧大上有老下有小……"

程彦冷哼一声:"别挣扎了,躲不了的,我和你一起进祠堂!"

"好……好!小老儿多谢程捕头了。"萧大用袖子擦了擦额头的汗珠。

程彦把手放到祠堂的朱漆大门上，手上略微用劲，大门便发出嘎嘎的响声，忽然间一阵冷风从屋里吹了过来。

不知为何，大门打开后萧大就感觉到了异样，他呼吸急促，血液上涌，眼冒金光。程彦以及其他捕快都迷惑不解地望着萧大，不知他为何突然变成这副模样。

"萧大！"程彦拍了拍他的肩膀道，"怎么不进去？"萧大转过身一脸诡异地看着程彦，忽然露出了怪笑："葬甲，你身上好多葬甲！"接着喉咙里咕隆了一声，好像有虫子钻入肚腹一样，身子却如同腐烂的木架一般一下子塌了下去，扑通一声摔倒在地。

"萧大！萧大！"程彦大叫两声，摸了摸萧大的脉搏，又探了探鼻息，不由倒吸了几口凉气，萧大竟然就这样死了！

程彦朝祠堂里望了一眼，身旁的两名捕快也看了看，三人皆是一样的心思。祠堂里冷风习习，并没有什么古怪，更别提葬甲了，萧大究竟看到了什么？

就在此时，程彦的耳朵动了动，祠堂屋檐上有了声响，一名黑衣人从房梁跳到院落外，转瞬消失在夜色之中。

"追！"程彦大喝了一声。

追了大半个时辰，人还是跟丢了，程彦只好来到城外闽江旁的一座陋棚中。虽然已是子夜时分，但是知府黎晋依旧在一个破木桌上批阅文书。

听完了程彦回禀，黎晋停下了手中的笔，低声道："死了几个仵作了？那黑衣人有何线索？"

程彦不敢怠慢，回道："第四个内仵作了。属下追了黑衣人几条街，看身手像是两个月前掳走宋巩大人的那群人。"

"是他们?"黎晋眉头一扬,"是不是都穿着黑靴,束着腰带?"

程彦诧异地点了头。

黎晋指了指旁边的竹椅,示意其坐下。

"那就不用再查黑衣人了!建宁府可还有内仵作?"

仵作有内外之分,被官家登记造册的是内仵作,没有造册的则是外仵作,只有内仵作才有资格验尸。

程彦摇头道:"回大人的话,建宁府内当下别说内仵作了,就是外仵作差不多都要跑光了!"

黎晋润了润笔尖道:"其实还有一个,只是宋推司不在,这案子不好办!这样吧,你把黑衣人出现的消息放出去。眼看就要春汛了,江堤还没修好,本官实在是抽不开身!"

程彦离开了陋棚,回身看了看棚中射出的烛光,自从黎晋打算疏通闽江之日算起已经过去两个月了。这段时间黎晋以工地为家,连知府府衙都没回去过,其勤勉的样子在整个大宋朝都找不出几个人。这是惺惺作态?还是真的爱民如子?

愣了一会,程彦再次转过了身,心中似乎打定了主意。

翌日,天公作美,万里无云。闽江江堤上热火朝天,成百上千的民夫在黎晋的调度下井井有条,正疏通河道、加固江堤。

辰时已过,有衙役向黎晋禀告道:"宋慈求见!"

黎晋踩了踩江堤上的泥土,查看是否紧实,说道:"让宋慈去棚子里候着!"

衙役应了一声转身离去。巡查完了江堤,黎晋回到陋棚中,宋慈连忙起身行礼。

"你过来磨墨！本府先要批完这些文书！"

宋慈不敢怠慢，走到砚台旁开始磨墨。从宋慈懂事算起，没有任何一任建宁知府像黎晋这般勤政爱民，特别是这两个月，为了在春汛前修好江堤，黎晋把府衙都搬到江堤边了。

批完了厚厚的一叠文书，黎晋伸展了下劳损过度的腰身，说道："陪我到江堤上走走！"

宋慈扶着黎晋上了江堤，民夫见到黎晋来了都躬身行礼，有的人甚至跪下来磕头。对于民夫来说，不克扣工钱又以身作则的知府实在太少了。

黎晋指着滚滚的闽江问道："你说说看，疏通河道、截弯取直，除了能预防春汛，还有什么作用？"

宋慈踢走身前的石块道："防汛只是其一，让百姓安居乐业才是根本所在！"

"哦？愿闻其详。"黎晋捡起一根竹条，插入了江堤上的碎石中。

"治国有常，而利民为本。据学生所知，大宋的赋税一大半来自于商税。在商税之中盐税、茶税和酒税又占据了大半。由于税重，小老百姓吃盐、喝茶、饮酒都是奢望，活得太苦了。河道疏通后，沿海的船可以运盐逆流而上，建宁府的茶和酒也可以顺流而下，如此一来百姓终于可以松口气。学生代全府百姓谢过黎大人！"说着，宋慈对黎晋躬身行礼。

"民为邦本，本固邦宁。孺子可教。"黎晋满意宋慈的答复，拍着他的肩膀道，"你言语中虽然为百姓求情，却对朝廷有所不满，这是何故？"

"学生不敢！"宋慈也没有遮掩。

"是不敢还是没有？你啊，还是太年轻，虽知道百姓不易，可知道朝廷也不容易吗？朝廷收的税负十之七八是给了军队和北方，就连陛下过得也很节省！若不是北患，何必养这么多军士？又何必收这么多的银子？你以为百姓的疾苦上面真的不知道吗？"

宋慈从没想到这一层，低头受教。

黎晋又道："为官者光有一颗热血之心是不够的，还要格物致知。朱熹求理，陆九渊求心，我看都是嘴上文章，叶适讲究干实事的事功学说，估摸还有点儿用！"

朱熹、陆九渊、叶适乃是儒学三大学派理学、心学、事功学派的代表人物，宋慈都十分尊敬，此刻不敢置喙。

"好了，不说这些了，说说你为何找老夫吧？"

宋慈低声嘀咕道："不是大人叫我来的吗？"

黎晋转过身，呵呵一笑道："我是如何叫你来的？"

"大人放出消息，说是李家祠堂有黑衣人出现，这黑衣人还和挟持家父的是一伙人，你说学生怎能不来探探消息？"宋慈踩了踩前方的石块，为黎晋探了探路。

"那你再说说看，我为何带你看江堤？"黎晋站到了高处，眺望整个工地。

宋慈站在下首道："治水一事刻不容缓，最为重要。春汛将至，大人也脱不开身。不过学生不明白，要破案的话大人可以找许大人他们。学生只是一介布衣，怎能担此重任？"

"许蔼哪里懂得什么推案，其他人也是如此。建宁府最懂断案的就是你爹爹宋巩。你得他真传，想必不会辜负老夫所望！"

"可是……"宋慈还想说什么。黎晋却道："没什么可是了，两个月前你不是做得很好？当下你就暂代令尊代理推司一职负责此案，程彦已被我任命为建阳县尉，他会配合你。这案子办好了，你爹爹自然就回来了。我也会给你去太学的举状。若是办不好，你也不用去临安了，在建宁府好好地再沉淀几年吧！"

宋慈不是扭捏之人，点了点头说道："传闻建宁府没有内忤作了。这样办案与大宋律例不符！"

"你呀！有时候和你爹爹一样迂腐！"黎晋转过了身，新任建阳县尉程彦正好带着一名戴着镣铐的犯人前来！

"回大人！"程彦说道，"案犯丁老四带过来了！"

黎晋指着囚犯对宋慈说道："丁老四原本也是个内忤作，只不过三个月前验尸的时候收了凶嫌的银子，被我打了五十板子，关到了牢中。此番我让他戴罪立功，听你指挥！"

丁老四也有玲珑心思，听闻此话连忙跪在黎晋身前，说是一定将功补过。

"好了！"黎晋挥手道，"你们去吧，尽早破案。算算日子，叶适大人也要巡查到本府了。程彦你每隔半日，要把办案进展快马送到这里！"

程彦拱手道："属下明白！定不负大人嘱托！"

宋慈朝黎晋行了个礼，和程彦、丁老四一道下了江堤，赶往李家祠堂。

黎晋看着宋慈远去的背影，感叹道："此子类我！大宋若是多有几个这样的学子，何愁朝堂不清、百姓不安？"过了一会，又叹了口气道，"他们查到建宁了，时日不多了，这江堤要快点儿修好！"

一同去往李家祠堂的路上，程彦简述了一下案情。这身死的李大善人乃是知府黎晋的至交好友，两人情同手足，故而李家出事后，知府就直接从县衙手里接手了这起案子。

进了建阳县城，径直来到了李家。仵作萧大的尸首由专人看护还放在祠堂大门前，祠堂大门则被拉了起来。

宋慈吞下一颗苏合香圆，蹲下身子，看了看眼前的尸首。程彦心中略显紧张，走到宋慈身前轻声问道："宋公子，可以验尸了吗？"

"丁老四！"宋慈喊了一声，"燃避秽丹，拿火盆、烧皂角、苍术，验萧大之尸！"

丁老四是奸猾之人，一路上也明白了是怎么一回事，此刻还想装晕，却被一盆冷水泼醒了，他虽然不情愿，但还是点了点头。宋慈又看了四周一眼，问道："书吏到了吗？"

"小人在。"书吏郭汤走了上前。

"由你写《验尸格目》和《验状》。"

"小的领命！"

丁老四也吞了一颗苏合香圆，走到萧大的尸身前。

宋慈说道："这就唱验吧，该检查的地方不可有一处错漏，更不可心存侥幸。"

所谓唱验就是仵作每验完尸首一个部分，就唱喝一遍验尸的结果，书吏同时在《验状》对应的地方上记上一笔。两相核对，便能最大限度避免错漏和舞弊情况的发生。

丁老四也跟随宋巩验过尸，此时腹诽道："这父子两真是一个模子刻出来的！一点儿都不省心。"

"顶心无伤，额角无伤……"丁老四检查完一处，就唱喝一句，书吏同时写上一笔。不多时，丁老四已验尸完毕。

"把《验状》拿来。"宋慈喊了一声，接过《验状》后，低声嘀咕道，"正面顶心、额角等二十六处无伤，背后乘枕、颈项等十三处亦无伤，左右两侧各十八处依然无伤，这验状上所有七十五处该检应检的部位怎么都是无伤？那么萧大又是怎么死的？"

丁老四回道："确实如此！小的斗胆说一句，萧大恐怕是吓死的！我听闻萧大有气疾。"

"哦？"宋慈指着尸首说道，"丁老四，把萧大的裤子扒开，再检查下他的阳物。"

丁老四不敢造次，按宋慈的吩咐再次验尸，旋踵后喊道："宋大人，萧大难道是有缺陷之人？他只有一个肾子。"

"只有一个蛋蛋？"程彦上前两步道，"要不要招萧大婆娘前来问话？"

"不用了。"宋慈说道，"丁老四你去准备下温醋汤，用棉絮蘸汤，热敷萧大下体。"

"好！"丁老四按宋慈所说做了。宋慈又问道："有何变化？"

丁老四仔细看了看，然后摇了摇头道："没有变化。"

"没有？"宋慈皱起了眉头，沉思了一会后，又道，"你去推按下萧大的小腹！"

"好。"未几，丁老四忽然大喊了起来，"有了，有了。又有一颗肾子出来了。"

程彦不解地看着宋慈:"宋公子,这是何故?"

宋慈蹲在了尸首旁说道:"萧大本有气疾,想必来之前还喝了点儿闷酒。若遇惊吓,很可能缩阳入腹,气绝而亡!"

"你是说萧大真的是被吓死的?"程彦诧异得瞪大了眼睛。

"直接的死因就是如此!"宋慈站起身来。

"祠堂里边我们看过,并没有什么异样之处,这究竟是怎么一回事?既然萧大的死因找到了,我等不如立即验下里边那具尸首如何?"

宋慈没有答话,心里还有一些疑问,里面那具尸首已经让几名仵作命丧黄泉了,这里面到底有什么玄机?程彦见其不搭话,就要去推祠堂的大门。忽然间,宋慈想到了什么,问道:"先前几名仵作都是此等死法?"书吏郭汤沉思了一会,回道:"好像都是如此。"

"皆被吓死?都是仵作?全有气疾不成?这不通情理,究竟还有什么是没有想到的?"一个接一个的疑问涌入了宋慈的脑海中。

就在此时,程彦推开了朱漆大门,一阵阴风呼呼地从里面刮了出来。宋慈鼻子动了动,好像闻到了什么。那丁老四睁大了眼睛,青筋暴突,脸色忽然大变。

宋慈连忙大喊:"快把门……"

丁老四顿时像变了一个人一样,右手掐着左手手腕,左手却在掐着自个的脖子,眼看着就要喘不过气来。

宋慈也是一样傻傻地愣在原地,不知在想些什么。

"宋公子!"程彦推了推宋慈的身子。宋慈没有回应,他的眼前出现了一道绚丽的光,整个人变得迷糊起来,额头上也冒着冷汗，表情痛苦不堪，口中迷迷糊糊地说了句："秦卿，怎么是你……"

看样子宋慈和丁老四都陷入了幻觉，程彦一下愣住了不知该如何是好。恰在此时，黑暗之中有两个小石子破风而至，一块石子打在了宋慈腰身上，另一块石子则打到了祠堂大门上。

宋慈腰间吃痛，猛然清醒。程彦这时候也醒悟过来，连忙把祠堂大门关上。皂吏端来了两盆清水，一盆让宋慈洗脸，一盆泼醒了丁老四。

过了半晌，宋慈怦怦乱跳的心才得以平复，丁老四也捡回了一条命。

"宋公子，当下怎么办？"程彦走了上前。

宋慈看了看祠堂大门，又抬头看了看四周，方才那击中自己的石子来得太古怪。寻思了一会，宋慈道："大伙都累了，跨过火盆后回去歇息，明日再来验尸！"

"还来？"仵作丁老四刚刚缓过一口气，听到此话后又昏了过去。

回到宋府已是酉时时分，宋慈用了晚膳，又喝了一碗凝神镇气的百合知母汤，便起身朝后院的书房走去。进了后院，宋慈便竖起了耳朵，整个院子太安静了，没有一点儿虫鸣鸟叫的声音，又行了几步，却见到专门负责打扫书房的书童宋安倒在了花丛中。宋慈没有大声喊叫，只是探了探宋安鼻息，幸好没有大碍。

起身远眺，书房中灯火通明。宋慈略微迟疑，稍作犹豫后举步向前，推开了书房的房门。前方书桌前一位锦纹黑衣人背身而坐，正在烛光下翻着一本书。观其模样，其人如同挺拔的翠竹一样，全身上下散发着一股英气,月光透过窗户照在他身上,更显得气度不凡。此人也察觉到宋慈到来,却并未起身,依旧翻着手中的书卷。

"阁下是?"宋慈轻声问了一句。话音刚落,黑衣人反手甩出两道梅花镖,"砰砰"射在了宋慈左右两边的门轴上,接着问道:"知道我是谁了吗?"

"知道了,多谢姑娘援手!"宋慈不理来人,走到一旁的书架前,翻找着自己要找的书籍。见到宋慈处变不惊,黑衣人也有些意外,开口道:"宋大公子也不问问我是谁?闯入此地有何目的?方才你没见我模样,为何笃定在下乃是女子?"

黑衣人的声音清脆悦耳,有如黄莺出谷。宋慈翻查着书架道:"方才在李家祠堂中多谢姑娘援手救助,家父在你们那可好?我这人打小验尸,鼻子比较好,姑娘虽然是一身男子打扮,但是身上掩不住有一股淡淡的脂粉香气。"

找到了想找的书,宋慈转身来到书桌前,抬头一看还是怔住了。虽说早知道对方就是女子,却没有想到竟是如此眉清目秀,她年纪很轻,大约只是二九芳华,眼睛却顾盼有神,其精气神比大多男子有过之而无不及,若是旁人看到,兴许会认为遇到潘安、宋玉。

宋慈坐到了书桌对面,看着女子手中的书卷说道:"从我还未出生起,只要推案,家父都会把断案经过写入本子中。二三十年来已然有十余本《推案笔录》了,姑娘想找哪本?"

女子选了一本最为破旧的《推案笔录》,在灯火下看得聚精会神。

宋慈把建宁特产黄花梨酥推到女子身前,说道:"姑娘不是本地人吧,尝尝这个,那本笔录不用翻了!"

"哦?为何?"女子没有吃宋慈送过来的黄花梨酥,端起了一旁的茶杯,抿了一口茶道:"不错,汤清、味甘,武夷山确是出好茶!那救命之恩,可不是一点儿梨酥就能糊弄过去的。"

宋慈翻了翻手中的书,又摇了摇头,起身到了书架旁说道:"你翻的那本《推案笔录》是二十年前的,第一起是茶寇案,不过事关朝廷机密,语焉不详。其他的案子都是当年的大案,其中有三页纸被撕掉,记载的是轰动一时的《太学五子案》。你若是找到那失落的几页纸,不妨也给我看看!"

女子合起了《推案笔录》,凤眉一挑,问道:"你在找明天去李家祠堂的法子?"

宋慈点点头,用手在书页上比画了一下道:"找到了!"说着又回到了书桌前,对女子问道:"姑娘不仅仅是来看书的吧?"

女子眼睛一瞥,用眼角余光扫了扫宋慈道:"你还有些胆量,看来今日不虚此行,我是来和你做一笔买卖的!"

"好!"宋慈回答得很干脆。女子诧异道:"你不问是什么买卖?就答应了?"

宋慈起身把书放回书架道:"爹爹书信中对你们不无恭敬,又有点儿敬而远之,就连知府大人也不想查你们。想必你等也是官府中人,兴许还是临安来的。只是宋某有一点儿迷惑,既然同为朝廷办事,又为何不找府衙协助?"

女子微微笑了下,不置可否。

宋慈坐回到书桌前说道:"想必是案件牵扯到府衙中某些人吧?宋某接了此案,姑娘兴许是想通过在下了解案情!"

女子柔荑轻点着桌案道:"建宁才子倒也不是浪得虚名。明日起我扮作你府上小厮,随同你一道查案!"

"多了一个护卫,有何不可?不过姑娘也得让我爹爹早日回来,他年岁大了,经不起折腾!"

"我等没有拦着老爷子,只是他自己不想回来而已。不过你既然这么说,我也可以好好劝劝他!"说罢,女子走出了房门,拍拍手后,黑暗处又涌出几名黑衣人。

宋慈跟着走出了屋子。女子轻轻挥了挥手,几名黑衣人便随她一同跳上了一旁的院墙。宋慈急忙喊道:"明日最好把脂粉气去一下,免得麻烦!"

女子身子一怔。宋慈又喊道:"姑娘可否告知芳名?"

"在下余莲舟!"话音刚落,她的身影就消失得无影无踪。

"余莲舟?"宋慈念叨着这个名字,嘀咕道,"好端端一个姑娘家怎么取一个男子的名字?怎么想的?"

话音未落,又有梅花镖擦身而过,射到一旁的门轴上。黑暗处也传来了声音:"再嚼舌根,小心你的狗头!"

宋慈用尽力气把门轴上的梅花镖拔了下来,放到眼前看了许久也没看出其中的门道,便揣入怀中,转身回到了书房。

第四节
天机道人

翌日清晨,宋慈又去李家祠堂,可是一路上却未见余莲舟的身影。到了祠堂门前,所有人都来了,包括昨日被吓破胆的丁老四也被人架了过来。

程彦指了指宋慈的身后,不解地问道:"这位是?"

宋慈转过了身,余莲舟不知何时站到了自己的身旁,今日她一身粗布衣,身上没有一点儿脂粉气味,眉毛还画粗了些,多了几分粗犷的模样,看起来很像一名小厮。听到问话,余莲舟压着嗓子回道:"在下宋舟,乃是公子的小厮!"

宋慈点了点头道:"他是我的书童,爹爹教推案验尸本领的时候他也时常伺候左右,学到一些本事,我叫他来打下手!"

程彦不再纠缠,问道:"今日该怎么办?"

谁知话音未落,丁老四抱住了宋慈的大腿喊道:"宋公子行行好就放小的一马吧!这间屋子里全是恶鬼,但凡验尸的人都得死!"

宋慈还没说什么,程彦已经拔出了手中的长刀架在了他的脖子上说道:"既然如此,就宰了你,让你进去和里面的恶鬼好好谈谈！"

丁老四连忙堆笑道："不必了，小老儿口齿不清，谈不了！"

火盆烧好，丁老四从怀里拿出了苏合香圆就要吞咽。

"慢着，"宋慈出手制止，"这次用三神汤！"

"三神汤？"丁老四疑惑地看着宋慈，嘀咕道，"去秽三神物中，三神汤是汤药，因为携带不便，所以用得最少，今日为何要用这个？"

好在宋慈早有准备，从随身柳木箱中倒出两碗三神汤，和丁老四两人一人喝了一碗，接着把手放在了门环上。

"宋公子，你可想好了！"丁老四额头上冒出了冷汗。

"死不了的！"宋慈手上用劲，房门嘎嘎作响。一时间所有人都把心挂在了嗓子眼上，生怕会出什么意外。可是过了好大一会，什么怪事都没有发生。宋慈这才松了一口气，知道自己猜对了。

程彦盯着丁老四，问道："宋公子，这是怎么一回事？"

宋慈跨过了门槛，轻声道："此事点破后不值一提！"

绕过祠堂前的屏风，宋慈说道："仵作验尸时多用苏合香圆。若我所料不差的话，祠堂里定然有一种能和苏合香圆相冲的毒物。当服用苏合香圆的人进入此地，哪怕闻到了一丝一毫毒物的气息都会中毒，接着脑海里就会出现各种各样的幻象，最后就被活生生地吓死！"

程彦依旧不解，问道："为何是苏合香圆，不是其他药物？"

宋慈从怀中摸了一颗苏合香圆说道："此物虽然是去秽之物，但是内含青木香、白檀香、安息香、沉香、丁香、苏合香油等各种香料，这些香料都有凝神安魂助睡的作用。吞服了苏合香圆，又闻到了毒物的气味，自然容易进入幻梦，进而被吓死！三神汤主药乃是黄连、当归、杏仁，里面不仅没有安神助睡之物，而且还有能解幻的功效，自然会没事。"

程彦点头道："原来如此，可是凶徒为何要这么做？"

宋慈定住了身形，轻声道："此点宋某也不清楚！"

丁老四跟着众人的脚步走到祠堂之中，突然间傻傻地愣在原地。旁人以为丁老四又入了魔，刚要叫唤，却一眼瞥见了祠堂中的尸体，一下子也不言语了。就算是早已看过此等景象的程彦，不由也皱起了眉头。

正堂之中的供桌上安放了一个灵位，上书"李家历代先祖"几个大字。在灵位正上方的房梁上悬吊着一具尸首，死者的模样正值壮年，身着绫罗绸缎，脚穿鹅顶靴。

程彦在一旁说道："死者就是李家的老爷，李岱，李大善人，在乡间素有贤名，和知府大人乃是管鲍之交！"

李岱的名声在建宁府如雷贯耳，就连宋慈也有所耳闻。此人是在十年前才发家的，先是开镖局，后来又做起了建宁府到临安府之间的山货买卖。不过几年的光景李家就成了建宁府钟鸣鼎食之家。自从李岱发家后，每年在乡间都是造桥修路，送药施斋，造福乡里，知府大人为此还颁发了积善人家的匾额。

宋慈疑惑道："是谋财害命吗？"

程彦读懂了宋慈眼中的困惑，回道："我问过李家了，李家没有财物丢失。至于李家的仇人，则在调查之中。"

宋慈点了点头，没有先去验尸，而是顺着祠堂的四面墙角走了几圈，一路上不放过任何可疑之处。忽然间他鼻子动了动，似乎闻到了什么气味。

程彦也在勘查现场,他指着尸首说道:"贼人看来是个高手,李岱发家前也是个会家子,可是此地却看不出任何打斗过的痕迹,就连脚印也没有一个!这要么是凶手一击致命,要么是李岱不知不觉间中了毒,当然也不排除李岱真的是自缢而死!"

宋慈定住了身形,道:"多说无益,把尸亲找来,先验尸!"

程彦走出了祠堂。旋即一位素服妇人在丫鬟的搀扶下走了进来,她看着房梁上的尸首,身子一抖,便跪倒在地,哭喊道:"老爷啊,你怎么真的就走了呢?留下我们孤儿寡母可如何是好啊?"

宋慈瞥了丁老四一眼,道:"找两个手脚麻利的人把李老爷的尸身放下来,切记,不可碰坏尸身!"

"小的明白!"

未几,尸首被从房梁上解了下来,放到了事先准备好的草席之上。程彦疑惑道:"是自杀还是他杀?"

宋慈低头看了两眼:"待会便知。"

丁老四依旧从正面顶心开始验尸,当验到脖颈的时候,宋慈说道:"凡是被人勒死之人,脖颈上的绳索定然相交而过,手指甲可能有抓损,自缢的则是八字痕。若是生前被人勒住,脖颈上的伤痕乃是血痕。若是死后被人挂到房梁上的,由于死后血液不通的缘由,多是白痕。对于此点,你要多加注意。"

丁老四点了点头,按宋慈的方法检验后回道:"宋大人,脖颈处的勒痕乃是白痕!"

宋慈眉头一扬,又问道:"绳索是勒在喉咙之下吗?"

丁老四仔细查看后,说道:"是的。"程彦走了过来,问道:

"这绳索勒在喉咙之下还是喉咙之上有何区别？"

宋慈绕着尸首走了一圈，说道："自缢而死的人，如若绳索勒在喉咙下，舌头就要吐出口外，绳索勒在喉咙上，舌头就不会吐出。你看，李大善人的绳索是勒在喉咙下的，可是舌头并没有吐出，这便说明他是死后被人挂到悬房梁上的。"

"那李岱的死因是什么？"

宋慈沉思了一会，猜测道："可以说是被毒杀，也可以说是被吓死。"

丁老四心领神会，验了下李岱的下体，果然有缩阳的迹象。

程彦蹙眉道："这倒是怪了，难道李岱也吃了苏合香圆不成？"

宋慈摇了摇头说道："应该不会。如若宋某没有猜错，凶徒尚未完全掌握此毒物的用法。此物浓时可让人毙命，淡时需结合苏合香圆才能让人命悬一线。"

"也就是说仵作是被误伤而死？凶手用毒物的目的是什么？"程彦踱着脚步沉思起来，"是怕李岱反抗？还是用此毒物容易问话？不过此等毒物如此厉害，为何以前没听说过？"

书吏郭汤走了过来，低声道："宋大人、程大人，《验状》和《验尸格目》我已然和丁老四对过了，你们看看，若是没有什么出入的话，劳烦……"

宋慈和程彦验看了两封文书，直到没有任何问题后才在上面按上了手印。

"给尸亲过目吧！把李夫人扶回去，让她平复下心绪，我还有话要问！"

李夫人仔仔细细看了下两封文书，呜咽一声，也在上面也画了押。

这两份文书一式三份,一份由尸亲也就是李夫人保管,一份由办案府衙也就是建宁府保管,另一份则要快马送去福州,由福建路提点刑狱司归案存档。

旁人陆续离开时,宋慈又在祠堂里走了两圈,恍然间他看到角落处有一张白纸。走过去,用手摸了摸纸张表面,有明显的阻滞感,便小心翼翼地把白纸揣到了怀中。接着宋慈又走到烧了一半的蜡烛前,一时间好像想到了什么,也把蜡烛纳入了袖口。

出了祠堂门,便看到余莲舟咬着一片嫩叶靠在墙上,像看贼人一样看着自己。宋慈连忙道:"此事待会再说!"

来到李府正堂,李夫人依旧在抽泣,她尚不能接受李岱已然过世的事实。宋慈安慰道:"李夫人节哀,若是身体不适宋某便待会再来问话。"

李夫人摇摇头道:"不必了,我家老爷是被人害死的吗?"

宋慈想了想,笃定地点了点头。

李夫人脸露不安之色,道:"原来真的有十年之劫,可是老爷怎么就这么走了呢?"

宋慈不解道:"夫人为何有此一说?这所谓的劫难又指的是什么?"

李夫人用手帕擦了擦眼泪说道:"这事本来小妇人也是不当真的,没想到……"话未说完,李夫人便哇的一声哭了起来。又顺了好大一会儿气后,这才说出了一段匪夷所思的往事。

按李夫人所说,李岱原本是武夷山中的猎户,父母早亡,靠着一身打猎的本领在山中艰难度日。直到有一天他遇到了一名游方道士，命运才发生了不可思议的转机。

游方道士见到李岱的容貌后便说，以他的面相看这辈子是当猎户老死山林的命。不过当下又有一个契机，可以改变他的命运。

李岱好奇之下追问了下去。游方道士说道，这个契机福祸相济、半好半坏，好处是会有十年的富贵，坏处是在十年后定然会有一场大劫难，至于要怎么取舍就是李岱自己的事了。

李岱沉思了一夜，自古富贵险中求，与其老死山林，不如奋力一搏，便答应了下来。

那日清晨他按照道士的叮嘱躲在了山林隐蔽处，道士说今日这里会有紫气东来的气象，若是碰不到就是他命里本该如此，如是遇到了就是他否极泰来的机会。

李岱忍受着蚊虫叮咬，从卯时等到了午时。然而一上午过去了，连只野猪都看不见，更别说什么紫气东来的迹象了。心神不定之时，山脚下传来了吆喝声，一队行旅在武人的守护下缓缓而来。这人群当中，领头一人气宇轩昂，骑着高头大马，一看就与众不同。

李岱刚要走出去，山林间就传来了厮杀声，有贼人猛然杀出，他们凶狠万分，旅客根本不是敌手。骑马的贵人虽然功夫了得，但是双拳难敌四手，眼看着就要落马被擒。

富贵险中求，李岱本是山中的猎户，对此地的地形了如指掌，他寻了一个上风口点燃了山火，借着混乱之际，救下了贵人，并带着他脱离险地。

只可惜在逃命时，贵人的额头被着火的树丫扫到，落下了好大一处疤痕。得救的贵人对李岱多番感激。李岱此时也知晓了贵人的身份，他叫黎晋，乃是几年前的三甲进士，如今被外放到建阳县当知县。那些被杀死的山贼正是祸害乡里许久的武夷大盗。

到了建阳县，黎晋好说歹说把李岱留了下来。初始时李岱在黎晋身边充当护卫，后来又在黎晋的帮助下自立门户开了镖局，自此顺风顺水过了几年。其后他不仅押镖，而且还贩卖山货，生意都做到临安府去了，成为建宁府首屈一指的富贵人家。

黎晋在建阳县为官几年，兢兢业业、敢作敢当，五年前吏部大考，被定为上上等，从建阳县令擢升为建宁知府，成了朝廷的五品大员。在大宋朝，三品以上的官员都会穿紫色官服。黎晋清廉又能干，身着紫袍指日可待。李岱此时才明白过来，那所谓的紫气东来，指的就是黎晋。

恍然间，数年过去了，事情的发展都在游方道士的预料之中。然而道士说得越准，李岱就越担忧，因为算算时间，那所谓的劫难也就要来了。

李岱费尽心思打探游方道士的下落，后来终于让他打听到一些消息。游方道士姓宁，叫什么名字无人知晓，只知道世人都叫他宁道人，所有人都说他的卜术高超，可通鬼神，甚至可以和二十年前的神人赖省干一争高下。

当李夫人提起宁道人三个字的时候，"小厮"余莲舟立刻竖起了耳朵。赖省干是建宁人氏，宋慈也有所耳闻，他的名字二十年以来一直是常人不敢提及的忌讳。

光阴荏苒，去年冬日时宁道士竟然再次在建宁府出现。李岱连忙找到了宁道人，宁道人说他要在泉州府修建一座道观，需要四处化缘。

宁道士本是神仙一样的人物,又是恩人,李岱自然不敢怠慢,毫不犹豫地就捐出了十万贯的香油钱。知府黎晋和本地其他富豪闻知此事后也纷纷慷慨解囊。不过旬月光景,宁道人便凑足银两。李岱还不放心,即使快过年了,也狠心放下了家中妻小亲自护送宁道人去泉州府。

听到这里,宋慈瞥了余莲舟一眼。宁道人出现的时候,也是黑衣人出现的时候,这两者有什么关系不成?

李夫人歇息了一下,喝了一口茶,又说了下去。李岱护送着马队一路前行,快到泉州府的时候却出了乱子,这一行人等走到鹰愁涧的时候,突然间山顶一声巨响,山石滚落而下。宁道人所骑的马儿受到惊吓,一个马失前蹄,便带着宁道人跌落到悬崖之下。李岱那时一直在马队后面压阵,阴差阳错之下这才捡回一条性命。

突逢变故,李岱一边派人到官府报案,一边命人去悬崖下边查看。山涧里有一条湍急的河流,河水奔腾不息,流到前方二里地的地方又钻进了水洞,成了地下河,宁道人的尸首却是怎么也找不到了。

宁道士死了,这可苦了李岱,十年之期眼看就要到了。失魂落魄的李岱回到了泉州府,浑浑噩噩过了两个月。这一日,李夫人陪着李岱出门散心,走到杨柳巷的时候,一个叫花子突然闯了出来,说只要李岱赏一两银子,就给他一个天大的造化。

李夫人本来要打发叫花子走的,可是叫花子突然扬起了手中的信封。李岱看到信封,先是脸露不屑神色,接着却愣住了,当场二话不说就丢给了叫花子一锭银子,把信要了过来。

听到这里,宋慈插话道:"李夫人,那封信还在吗?"李夫人点了点头道："小妇人一直把那封信收藏在身边，宋大人，你看……"说着李夫人从一旁的木匣中抽出了一封信，递了过来。

宋慈看了看信封，信封上没有任何字，只是在信封的一角用朱砂点了六个点。这六个点看似散乱，却摆成了某个图案，好像有什么寓意，可是一时间却又想不起这究竟是什么。沉思了一会，宋慈抽出了信封里的信纸，信纸上面只写了一行字：未时三刻仙游桥。

程彦也凑了过来，脸上露出了迷惑不解的神情。

"李夫人，这封信暂且放在我们这儿如何？"宋慈轻声问了一句。

李夫人颔首答应，又继续说了下去。当李岱看到信后，本想立刻通知黎知府，可是后来想了想，又把仆人叫住了。他没有让家仆陪同，只身一人去了仙游桥。

回到家中的李夫人辗转反侧，茶饭不思，一直等着丈夫回家。夜晚亥时时分，李岱方才回来。李夫人见到丈夫后，连忙问道："见到那人了吗？"李岱摇了摇头，过了半晌，奇奇怪怪地说了句话："去晚了，怎么就去晚了？"

从那日以后，李岱变得更加古怪，他闭门谢客，一直待在家中，就连知府大人来了也不想搭理。九日前，李夫人正陪着李岱在家中院子里散心，忽然丫鬟翠儿急匆匆跑了过来，手里还扬着一封信。李岱问信从哪里来的，丫鬟说是绑在箭上射进来的。李岱摊开信封一看，信封上又有六个朱砂红点，图案和上次信封上的一模一样。信纸里也只有一句话："独守祠堂七日，灾祸可解。"

李夫人又把第二封信交给了宋慈。程彦插话道："那后来发生了什么事情？"

李夫人听到此话，抽泣了两声说道："自那以后，老爷就如同着魔一样，把自己关在了祠堂里面，任何人都不见。他每日让下人送饭到门外，就连出恭也在祠堂里，恭桶则一大清早放到门外。"

听到这里，宋慈心中一动，问道："夫人，有一句话不知当问不当问？"

"宋大人，您说。"

"为何祠堂里只有一个牌位？"

"这……"李夫人犹豫了一下道，"小妇人也不知道为什么，老爷从来都没提及此事。"

宋慈疑惑之色更浓，问道："李家的祖坟在什么地方？"

"这……小妇人也不知道！"说着李夫人低下了头。

在祠堂里出恭这是对祖先大不敬的事情，李岱怎能如此荒唐？更为古怪的是李家祠堂里只有一个牌位，上书"李家历代祖先"几个大字。为什么会这样？按照常理，一般人家的祠堂里都会放上很多牌位，把高祖、曾祖等一干祖先的名字都写在牌位上，李岱这样做的目的是什么？难道是怕别人知道他祖先是谁？或者他想隐瞒什么？

宋慈琢磨着李夫人所说的事，问道："这几日可有什么怪事发生？"

李夫人还没搭话，程彦却先开口了："知府大人是李大善人的至交好友，他听闻李家出事后，就命程某带着捕快日夜守候在祠堂外面保护李大善人。程某不敢说守护得滴水不漏，但是也不会玩忽职守，程某以人头担保，那几日并没有什么古怪的事情发生。"

李夫人眉毛动了下，似乎有什么话要说。宋慈说道："程捕头尽忠职守世人皆知,只是不怕一万就怕万一,兴许会有什么遗漏之处。李夫人如果想到什么事情,不妨直说!"

李夫人点了点头道:"这事也是我那丫鬟翠儿告诉我的,不如我叫她过来。"

须臾,翠儿被叫到了众人的面前,又怯生生地说起了一段往事。

自从李岱进入祠堂后,翠儿就负责给李岱送饭。这一日酉时,翠儿去收拾碗筷,没想到李岱今日一口饭也没有吃,饭菜都原封不动放在门外。翠儿把此事告诉了李夫人,李夫人没有多说什么,只是让她退下。

夜半时分,李夫人担心李岱饿了,就让厨房准备了一些夜宵让翠儿送去,也就是这时候翠儿撞见了一件怪事。根据翠儿所说,她走到祠堂门外后就发现平时守在门外的两名捕快都趴在一旁睡着了。翠儿抬头望去,祠堂里昏暗的灯火里竟然出现了两道人影,他们正在争吵。翠儿又走了两步,竖着耳朵听了一听,其中一人压着嗓子问道:"那具尸骨究竟在何处?"另一人的声音翠儿熟悉,是李岱的,他说道:"你该问的是他!我若是知道,这些年来也不会如此提心吊胆了!"

兴许是受到惊吓,翠儿手中的食盒"嘭"的一声落在地,祠堂的门打开了,李岱满脸怒气地走了出来。这时候昏睡一旁的捕快也有苏醒的迹象,见此景象,李岱便急忙说道:"赶紧离开,此事就当作没发生过,更不能告诉别人,就连夫人那也不能说,若不然小命不保!"

翠儿不敢多说什么,连忙点头答应,收拾了散落的碗筷便离开了。其后几日,翠儿依旧在送饭,没再发生什么怪事,她也就把此事吞到了肚子里。

眼看着七日之期到了，李岱还没有出来。李夫人情急之下，在门外喊了几声，但门中却无人答应，她便大着胆子，让家丁推开了房门，不承想就看到了李岱悬梁上吊的景象。黎知府知晓此事后又惊又怒，一边安抚李夫人，一边叫仵作来验尸。可是一连来了三四名仵作，都莫名其妙地死了。直到宋慈带着丁老四前来，这才没有怪事发生。

李夫人讲完事情的经过，诸人脑中的疑问却越来越多，宋慈又问了一些别的事情，再没有其他发现后，这才走出了李府。

行了十来步，前方的程彦定住了身形，问道："宋公子你怎么看？下一步棋我们该怎么走？"

宋慈回头看着李府，说道："找人盯着李府，特别是李夫人，府里每日进了什么人，又有什么人离开，都要弄得一清二楚。"

程彦点了点头，宋慈又道："派些人下去，找一下给李岱送信的那名乞丐。再打探宁道人的消息，我怀疑此人并没有死！"

"程某明白。"程彦得了吩咐，便安排手下做事。

从辰时算起，几个时辰过去了，宋慈先是验尸又是问话，早已饥肠辘辘。他伸了一个懒腰，信步走到杨柳巷，寻了一个卖蒸饺的浮铺，点了一些吃食。余莲舟坐到了一旁，要了一碗桂花糊。

宋慈看着余莲舟问道："姑娘没有什么要跟我说的？"

余莲舟看着宋慈胸口处道："你就没有什么要跟我说的？"

宋慈把蒸饺夹入口中，道："两个月前到底发生了什么事？那件事应该和眼前这件事有关吧？"

余莲舟用汤勺搅拌着桂花糊，沉思了起来，过了半晌说道：

"有些事可以告诉你！"

"请！"宋慈又管店家要了两碗米酒。余莲舟用勺子搅拌着米酒说道："我能告诉你的是，当日请宋伯父验尸只是想知道一件事而已。"

"你想知道死去的那个人是不是宁道士？"

余莲舟点了点头道："半年前我到泉州天机观调查一名道人，此人十分狡猾，没人见过他的容貌，世人都叫他天机道人。更狡猾的是，当我们要收网抓他的时候，这人就跑了。我派人四处追查此人的下落，三个月前，派到建宁府的人说此地突然出现了一名宁道人，很可能就是泉州府的天机道人！"

宋慈呷了一口米酒，此事比他想象的还复杂。

余莲舟又道："正当我等待他继续回报消息的时候，他却了无音信了，于是我连夜带着人赶到了建宁府。到此地后，我得到确切的消息，宁道人就是天机道人，不过几日前就中毒死了，尸首却不知所踪。恰在此时，宁道人身边道童的尸首被人找到，于是我们跟着宋伯父进入了蝙蝠洞。"

宋慈面无表情，又吞咽了一个蒸饺。余莲舟继续说道："剩下的事情你都知道了，此人不是宁道人！"说到这里，余莲舟脸上露出悲痛和愤怒的神情。

宋慈猜测道："那尸首的胳膊上有刺青，乃是武人，是不是你失踪的那名属下？"

余莲舟拍桌道："此仇不报非君子！"

"谁敢得罪你们？他们这么做的目的难道是调虎离山？"

余莲舟咕咕了喝了几口米酒，道："当我们调查那具尸首的时候，真正的宁道人却在李岱的护卫下去了泉州府。我属下发觉此事，连忙去追，不承想宁道人却在鹰愁涧落入了暗河之中，从此不知死活！"

宋慈低声道："想必那暗河中也捞出了几具尸体，我爹爹就是去验尸的？"

余莲舟没有说什么，宋慈又道："那几具尸首也不是宁道人，所以我爹爹还在那边和你留下的人继续调查宁道人的下落？"

余莲舟没有正面回答宋慈的问话，只是回道："你觉得黎大人如何？"

宋慈还没有说什么，浮铺老板走过来恰好听到此话，插话道："客官是外乡人吧？您去建宁府一府九县打听打听，谁不说黎大人是个好官、清官、能干的官？如今黎大人又在闽江边给我们小老百姓治水，等江堤修好，就不会江水泛滥。若是再能疏通河道，盐、酒、茶都会便宜不少，小老百姓就能喘口气喽！"

宋慈结了账，浮铺老板依旧在夸赞知府黎晋。余莲舟叹道："黎知府颇得民心，宋慈你觉得呢？"

宋慈立住了身子，回道："他为官清廉，对在下也有知遇之恩！"

余莲舟没再多说什么，转移了话题："宋伯父那边你放心，我已经派人通知他了，不日你们就可以父子团聚！你想听的事情我告诉你了，我想听的事情呢？"

宋慈从怀中摸出了那根烧了一半的蜡烛，放到鼻前闻了一闻，说道："我知道贼子是怎么杀死李岱的了！"

余莲舟也是绝顶聪明之人，她看到了半截蜡烛后说道："难道毒物就融于蜡烛之中，那祠堂里面肯定有一根蜡烛有问题。李岱只要点燃这根蜡烛，毒气就会挥发，进而置人于死！"

宋慈点了点头。余莲舟又问道："只是我一直没想明白，凶手为何画蛇添足，又要把他吊起来？"

宋慈边走边说道："也许是想伪造自杀的假象吧！若是一般仵作验尸，那尸首上除了脖颈外，表面上一点儿伤痕都没有，加之他又吊在了房梁上，你说他们会不会认为李岱是因为害怕十年之劫，自缢而亡？"

余莲舟接话道："只可惜画蛇添足，反而露出了马脚！"

宋慈伸展了一下身子，接着道："说起此事还要谢谢你，要不是姑娘，我可能已然死在祠堂门前了。这毒物好厉害，它最厉害的地方不是让人中毒，而是让人产生幻象……"

余莲舟似有所悟道："如若加以利用，是否容易套话？如此看来，凶手想从李岱口中问出一些秘密，只不过他可能操作不当，以致毒物过量，害死了李岱！"

宋慈想了想："凶手应当和李岱认识，你记不记得他和李岱说过一句古怪的话？"

"什么话？"余莲舟定住了身形。

宋慈正色道："那人问李岱，那具尸骨在什么地方？李岱回答说他也不知道，要问也要问另一个人，若是他知道的话，也不会提心吊胆这么多年了。他们两人都在问一具尸骨，可是两人都不知道尸骨的下落，为何一具尸骨会如此重要？能让凶徒甘冒风险进入祠堂逼问李岱？"

"尸骨？"余莲舟微微一笑道，"这件事更有趣了！"

一路无话，两人除了案情也没有什么好聊的。过了一炷香光景，却心照不宣地来到一个地方，仙游桥。

第五节
仙游寻踪

建阳县城建在青山绿水之间,景色无双,世所罕见。来到石拱桥上,举目远眺,远处青山黛墨一片,近处闽江滚滚东流。

余莲舟站到宋慈身边:"这就是李岱和神秘人相约的地方,过了这么多日,也不知道线索还在不在?"

宋慈手抚栏杆:"此地不是李岱和那人最终相约的地方!"

余莲舟"嗯"了一声道:"那日李岱回府后说了一句话,去晚了。李家到这里不过小半个时辰的光景,为何会说去晚了?即使真的去晚了,他是未时接到信,亥时回的家,中间两三个时辰又去了哪里?"

"所以此处并不是最终见面的地方,李岱从这里得到了线索,又去了另一个地方。"

"那还愣着干什么?开始找吧!"余莲舟拍了拍手,不知从什么地方冒出了八名黑衣男子,听完吩咐后几人又消失不见。

一炷香的光景里,黑衣人桥上桥下地打探消息。过了片刻,余莲舟走到宋慈身前说道:"有名卖炊饼的小贩曾经受过李岱的恩惠,那日他看到李岱来过这里,还顺道在他摊子上买了两个炊饼。"

宋慈举目远眺:"他在桥上待了多久,又接触了什么人?"

余莲舟指了指前方说道:"小贩说李岱就站在桥上往南边看了一会儿,也没接触人,接着就下了桥,还把手中的炊饼送给了路旁的乞丐。"

"桥南?"宋慈朝南边望去,除了江水外就只有一名钓叟。

"试下运气吧!"余莲舟下了桥走了过去,宋慈也跟在了身后。待走到渔翁身前,余莲舟轻声道:"老丈,打扰了。不知您老是否一直在这地方钓鱼?大概半个月前未时左右的时候,这地方可有怪事发生?"

渔翁迟疑道:"大半月前的事情,我老汉怎能记得那么清楚?要说怪事,就是那天有一些野娃子在河里嬉戏,他们把老汉的鱼都吓跑了,还有一个不知哪里跑出来的叫花子在河边吃狗肉,把老汉钓鱼的兴致都搞没了,你说此事算不算怪事?"

余莲舟追问道:"老伯你记得是具体哪天发生的事情吗?"

"这个我真不记得了!"渔翁摇了摇头。

宋慈插话道:"那乞丐吃狗肉的地方在哪里?"

渔翁咧嘴一笑,指了指不远处的一块黑石。

"谢谢老伯了!"余莲舟拱手称谢。

两人走到大黑石的旁边,这里还残留着一些未烧尽的木炭。余莲舟沉思道:"吃狗肉的乞丐很可能就是那名给李岱送信的乞丐,你看大黑石上还有三道刻痕。"

宋慈抬头看了看远处的仙游桥,道:"从那里应当能看清石头上的刻痕!戌狗亥猪,三道刻痕就是三刻。合起来就是戌时三刻!"

余莲舟接话道:"江水未暖就有孩童嬉戏其中,这事反常,定然是有人指使。孩童在江里游泳，就是童游里三个字。我们找了一圈，没想到却是你的老家！"

"走吧！"宋慈挥手招来了一艘渡船，两人跳到了船上。小船顺流而下，半个时辰后，在江边靠了岸，几里外就是童游里镇。

下了船，拾级而上，翻过一座土坎，见到了一座名为东山庙的小庙。余莲舟说道："我若是道人，也会选这间不起眼的寺庙作为栖身之所！"

"此庙离我家不过几里地的路程，不承想却住过一个大有来头的道人！"

两人步入庙中，小庙年久失修，香火不旺，就连童游里本地人也很少来这里进香。过了半晌，连个迎客的庙祝也看不到。又走了几步，来到了正殿，这才看到一个年老的庙祝正在那儿喋喋不休地骂些什么。

宋慈拱手问道："老道长，晚生有一事相问，不知可否告知一二？"

老庙祝恶狠狠地瞥了宋慈一眼，没有说话。余莲舟掏出来了一百文钱，放到功德箱里，问道："当下能说了吗？"

"能说！能说！两位施主是上香还是问卦啊？"庙祝的脸上堆满谄媚的笑容。

宋慈正色道："几个月前是否有名外地道人住在此地？"

"这？"庙祝脸露疑难之色。余莲舟又往功德箱里放了一锭银子，庙祝却依旧吱吱呀呀，不愿多说什么。余莲舟抽出腰间的佩剑，刷地一下横在庙祝脖子上，问道："当下想起来了吗？"

老庙祝脸色大变，指了指小庙的后面说道："贫道哪敢造次？

我们东山观庙小,大概四个月前宁道人寄居于后院,说好了他建完泉州的道观后就会帮贫道修东山观的,没想到却一去不回。前几日后院还突然起火被烧了,你说贫道是倒了什么大霉!"

余莲舟又问道:"什么时候烧的?里面有人吗?"

"大半个月前,太阳落山的时候,大概酉时吧。自从宁道人走后,那里就没人住了。可是这火怎么就烧起来了呢?不应该啊!"

后院建在悬崖之旁,再往前走就是深不见底的闽江。两人来到废墟前,余莲舟寻了一名扫地童子前来问话:"这里有几间房子?被烧的那天房子里有人住吗?"

小道童摇了摇头道:"就两间瓦房,家师说过这里是宁道人的屋子,不让外人住,平时也只有我等来此地打扫屋子,被烧的那天没有外人来。"

余莲舟拿出了十个铜钱塞到了小道童的手里,说道:"你再好好想想看!"

接过了铜钱,道童兴奋道:"确实没人!只不过后院偶尔会有些怪声响,我跑过去看过几次,闹出声响的都是一些野猫和黄鼠狼!"

两人又在四周转了一下,再没有什么新的发现后,这才心有不甘地下了山。

离开了道观,前方就是童游里镇,快到宋家的时候,宋慈说道:"那天应该是有人捷足先登,先李岱一步到了东山观。宁道人见到不相干的人来了,便立马放了一把火跑了。"

余莲舟点头道:"谁能提前知道消息?"

宋慈摇了摇头,这里面的水太深。由于余莲舟假扮的是宋慈的小厮，为了不引起怀疑，她也进了宋府。进到家中，宋慈径直走入书房里沉思起来。已然过去两日，可是案情却没有什么实质性的进展。他拿出了从李家祠堂捡到的白纸，在烛火上烘烤。片刻后白纸上显现出了一行歪歪扭扭的字迹。上面只有简简单单的两句话，一句是："杀我者宁道人也！"另一句却是："杀我者非宁道人也！"

"何以如此？"宋慈皱起了眉头，纸条会不会是李岱中毒后写的？他开始时认为是宁道人杀了他，后来又认为他不是凶手。这期间究竟发生了什么事情？

余莲舟不知何时走到了他的身后，看了看纸条问道："宋公子究竟还藏了多少东西？"

宋慈尴尬笑道："想必没有余姑娘的多！"

"宋伯父这两日就要回来了！"余莲舟坐到了宋慈的面前。

一夜无话，一大清早两人就不约而同地站到了宋府门口。余莲舟看着有些犹豫的宋慈问道："你要去找他吗？"宋慈点了点头。余莲舟又说了一句："是该见见面了！"

宋慈点头称是："不过此前要先去建阳县衙一趟。"

未几，两人到了建阳县衙，程彦在那里早已等候多时。

"送信的乞丐找到了吗？"宋慈问道。

程彦点点头回道："找到了，他叫黄二，不过找到了也没有用了。"

"死了？"

"是的，死在一处臭水沟里，尸首都发臭了。丁老四看过，死了十几天，说是被勒死的，至于凶手则没有找到。"

宋慈叹了一口气，乞丐的死他是早料到的。程彦又道："我盘问过其他几名乞丐，打听到一件怪事！"

宋慈竖起了耳朵，程彦回道："他们说那日黄二得了几吊钱，不仅在旁人面前吹嘘了一番，还说待会若是去江边吃叫花鸡的话，能再多两吊钱！"

宋慈顿住身形，道："他们说的是吃叫花鸡？"

"嗯，"程彦又道，"不过黄二走了一会儿后又跑回来了。他给了一吊钱给别的乞丐，让他们立刻去偷狗。旁人都笑话黄二，谁知他却说，你们懂什么，爷爷撞大运了，给爷爷送钱的傻子是一个接着一个，赶都赶不走！"

听到这里，宋慈明白了，余莲舟也明白了。本来那人和李岱约的是酉时，因为黄二最开始吃的是叫花鸡。可是不知道是谁抢先一步，让黄二改吃狗肉了，这就变成了戌时。既然晚了一个时辰，李岱自然就去晚了。

宋慈沉思了一会又把程彦叫了过来，在他耳边轻声说了几句。程彦疑惑道："为何要找这些人来？这些人可不好请啊！"

"如果请不来，就绑过来好了！"

"好吧！"程彦无可奈何道。

交代完事情，宋慈出了县衙，余莲舟同步走了出来，问道："找那些人干什么？"

"碰碰运气吧！"

余莲舟又问道："需要给乞丐验尸吗？"

"不用了，没什么好验的。"

"也是！"余莲舟招了招手，迎面赶来了一辆马车，两人都没说什么,上了马车后都闭目养神。马车一路疾驰,到了闽江江堤旁的陋棚前。

才几日不见,江堤就垒高很多,该疏通的河道也疏通了不少。想必过不了多久,治水一事就可以大功告成。

宋慈和余莲舟等了一盏茶的工夫,前去巡堤的黎知府才在仆役的搀扶下走了回来。虽然分隔不过两三日,黎晋却苍老了好多,也许是治河耗费了他太多的心血。

见到了两人,黎晋也不意外,只是挥挥手让他们在一旁先候着,自己则去桌案上批阅文书。

宋慈轻车熟路,走了上前,给黎晋磨墨。虽然见过黎晋许多次,但是宋慈却很少有机会近处打量建宁的父母官。如今的黎晋不过不惑之年,却因为常年劳累的原因,看起来像花甲之年的样子,最让人印象深刻的是他右边额头处有一片烧伤后的疤痕。

过了半晌,黎晋批完了文书,交给了在一旁等候多时的文吏,这才说道:"头上这片疤痕,就是十年前留下的,老夫欠了李岱一条命!"

"学生无能,尚未找到杀人凶手!"宋慈低声回道。

黎晋指着面前一叠信纸说道:"这几日的进展,程彦都在信中告诉我了,虽然尚未找到真凶,但是你的表现不错。"说完此话,黎晋身子忽然晃了一下,手撑着额头,似乎不太舒服。

宋慈不安问道:"大人?你这是?"

"不碍事的!"黎晋摇了摇头道,"兴许是近日有些累了,故而有些头晕。"

歇息了一会儿,黎晋头痛症状好转了一些,他揉了揉额头说道:"你日后若是能去太学,也不能懈怠,若是能成为上舍上等生的话,纵是不经科举也可以做官的!"

"学生多谢黎大人提点!"宋慈又行了个大礼。黎晋捋了捋胡须,咳嗽一声道:"本官以为你还要晚点儿过来,所以先去处理公事,没想到你来得比本官想的还要早些!"

宋慈明白黎晋的意思,抬头问道:"学生斗胆,有几句话想问一下大人!"

"你问吧!"黎晋挺直了腰身。

"知府大人是不是一直在监视李家?"

黎晋瞪了宋慈一眼:"是的,自从李岱护送宁道人出事后,就开始监视了。"

宋慈没想到黎晋回答得如此干脆,于是又问道:"当日将乞丐中手中的鸡变成狗的人,是不是大人?"

"是!"黎晋回答得斩钉截铁。

"为什么?"宋慈迷惑不解。

黎晋盯着宋慈,见其目光没有闪躲,便颔首道:"老夫果然没有看错人,你这么快就能查出这么多的事情!李岱虽是本府的兄弟,但是这几年来情谊也有点儿淡了。老夫怀疑宁道人没有死,他们两人合伙吞了建宁府捐献的钱财,故而派人一直盯着李岱。至于为什么将鸡换狗,则是想抢先一步抓住宁道人,不想让两人串通一气罢了!"

"那大人抓到宁道人了吗?"

"没有。"黎晋看了看站在一旁的余莲舟道,"贼子狡猾,我刚有所动静,他就烧了院子跳江跑了。他一直蒙着面,我至今不知道那人是不是宁道人。"

"大人派程彦守在李家祠堂的目的是什么？"

黎晋揉了揉生痛的额头回道："不管李岱耍什么把戏，只要死死盯着他就可以了。"

宋慈沉了一口气盯着黎晋的眼睛问道："那送信的乞丐是不是大人杀的？"

"混账！"黎晋"啪"的一声拍着桌子骂道："老夫岂是知法犯法之人？再说杀那小小乞丐又有何用？"

宋慈听闻此话也点了点头，黎晋确实没有杀死那名乞丐的必要，连忙回道："学生莽撞了！"

看到宋慈沉默不语，黎晋说道："没什么莽撞的，不问才是失职！宋推司走了快两个月了？"

宋慈点了点头，黎晋看着一旁的余莲舟说道："余姑娘到建宁府几个月了，终于愿意见老夫了？"

余莲舟行了个礼，回道："小女子鲁莽，让叔父笑话了！"

"我这个老友余复，怎么忍心把他的宝贝女儿塞到皇城司去？想不到啊！想不到！"

听到皇城司三个字后，宋慈心中暗叫了一声："果然如此！"

皇城司隶属于禁军，旧名武德司，在临安定民坊旁设有皇城司亲兵营。它由天子直接掌控，不受宰相和枢密院管辖。此司职责很多，麾下有冰井务和探事司两个司务，冰井务负责执掌宫禁宿卫，探事司则负责调查要案、刺探情报。

皇城司承汉朝绣衣使者、唐朝的丽竞门一脉以降，是天子的耳目，他们所调查的事情都是万分机密的大事，皆是直接向皇帝汇报,就连朝中的大臣也不能过问。

皇城司有提举一员,乃是皇城司之主。旗下有两至六名提点,再下则是干办和察子等人。这余莲舟小小年纪,在皇城司里到底是什么职位?竟能督办要案?

余莲舟躬身道:"职责所在,还望叔父海涵!"

黎晋站起身来,走到陋棚外,宋慈则紧紧地跟在身后。黎晋看着将要修好的江堤道:"你是建宁本地人,可知道建宁府几十年来有什么大人物曾经是惊动过天颜的?"

宋慈心中一惊道:"大人说的难道是他?赖省干?"

提到了赖省干,黎晋心中感慨万千,似乎想到了很多往事。过了一会儿,他轻声道:"赖省干乃是建宁本地人,二十多年前曾在泉州市舶司任职,此人自幼问道,精通子平术、梅花易数、铁板神算、紫微斗数等等世间玄妙的方术,年纪轻轻就小有名气。

"泉州市舶司乃是朝廷和南洋客商打交道进行抽税的衙门,据传赖省干某日从一名南洋来的天竺僧人口中得知天竺经文《吠陀经》中记载了一种名叫索玛的神物,僧人说用了此物后能与天神对话。

"赖省干听闻此事,便费尽心思从天竺僧人处得到了索玛,还了解到了它的用法。不久后赖省干辞去了市舶司的官职,到了临安府中。接下来几年的光景里,赖省干用所习的术数和索玛神物配合,一下子打开了名气,成为大宋朝赫赫有名的卜师。"

黎知府所说的这些都是秘辛,一般人等不曾知道,但是好像余莲舟却并不意外黎晋知道这些。

黎晋又用竹条试了下堤岸的紧密程度,四处踩了几脚。余莲舟接着黎晋的话题说道:"只不过赖省干此人行为不端。他对求卦的人说,若是想求神问卦,就必须献出貌美的处子祭祀神明。兴许是为了求卦,有些人竟然丧尽天良真的这么做了,一时间多少人惶惶不可终日。就当赖省干又要作恶的时候,有五名太学的学子挺身而出,救下了苦难的少女。他们从少女口中得知,赖省干要处子的目的根本就不是为了祭神,而是为了满足自己的兽欲。这五名太学学子听闻此事,勃然大怒,将此事写成状纸,上告到御前,这就是轰动一时的'五子上书案'。"

余莲舟说到这里,黎晋心潮起伏,似乎触动了心事。宋慈聪慧,试探问道:"当年的上书五子中有大人吧?"

黎晋身子微微晃了晃,道:"都是陈年往事了,有我,也有她的爹爹余复!"

余莲舟知道黎晋不想提及往事,接话道:"先皇陛下看到状纸后龙颜大怒,当即命人严查此案。赖省干被抓,一时间几家欢乐几家愁。正当所有人静观其变的时候,事情却开始急转直变,赖省干自称对掳人子女一事毫不知情,此事皆是好事者所为,与他毫无干系!"

宋慈听到这里疑惑道:"他这套说辞有人信吗?"

余莲舟回道:"向赖省干问卦的人很多,上至王公大臣,下至黎民百姓,不一而足。那些问卦的人在求卜过程中都中了索玛之毒,加之赖省干在一旁诱导,竟然不知不觉间吐露了好多心中的秘密,因此他们的把柄都握在赖省干手中。"

"赖省干以这些秘密为要挟,加之党羽众多。被关押时,他的手下上下奔走,朝野内外为他说情的人也不知凡几,加之又无直接证据证明是赖省干派人掳走的女子，故而在关了几个月后，在一位朝廷重臣的干预下，就放出了大牢！"

"怎能如此糊涂？"宋慈忍不住大喝一声，"难道就让这恶人如此逍遥法外吗？"

虽然事情过去了许多年，但是黎晋听到余莲舟再次说起此事，依旧怒意难平，眼睛直勾勾地看着远方。

"不是不报，时候未到。赖省干从监牢里放出后，名声更大，找他问卦的人更多，掌握的机密也越多，隐隐竟然成了大宋朝暗地里最有权势的人。就这样，一直到多年后，事情才又发生了变化！"

那一年发生的事宋慈有所耳闻，但是未闻其详，便转过身看着余莲舟。

余莲舟苦笑道："十年前，也就是庆元元年（1195），当今陛下登基后不久，就下旨捉拿赖省干。兴许是事先听到了风声，赖府突然燃起了一场大火，党羽四散而逃，就连赖省干本人也不知所踪。"

宋慈推断道："兴许陛下早就掌握赖省干一党作恶的证据，所以登基后不久就下令捉拿这贼人！"

余莲舟眼眶中突然有了泪花，不知想到了什么，她继续道："由于赖省干至今生死不明，所以赖省干案也就成了皇城司十年来第一大案。"

宋慈听到这里，把赖省干案和李岱案件联系在了一起，李岱案的关键人物是宁道人，此人最神奇的地方就是卜术，最让人惊讶是此案也有让人致幻的毒物，难道这毒物就是赖省干曾经用过的天竺邪物索玛？想到这里，便推测道："那天让我中毒的东西就是索玛吗?赖省干和宁道人又有什么关系?"

过了许久,黎晋终于从往日的回忆中回过神来,拍了拍宋慈的肩膀道:"如若所料不差的话,宁道人乃是赖省干的余党,当年赖省干身边可有不少这样的小道童!"

如此一来宋慈终于明白了,黎晋为什么要把这个案子丢给自己,因为这件案子黎晋确实不便参与。

工地上一切都井井有条,黎晋宽慰道:"如若能把此堤修好,也不枉此生了!"

宋慈深有感触道:"建宁府有大人,幸甚!"

黎晋转身看着宋慈,微微一笑道:"世事无常,他日你若是为官,断不可尸位素餐,上要为朝廷分忧,下要为百姓谋利!"

宋慈心中感慨万千。五年前黎晋升任建宁知府后,就礼贤下士,请当时还是建阳县推司的宋巩担当建宁府推司,也就在那时,他见到了宋慈和宋巩不和。不知为何,自那时起,黎晋就把宋慈当子侄一般,不仅推荐他去考亭求学,还多番提点宋慈,此等情谊,没有一丁点儿的虚假。

愣了片刻,宋慈点头回道:"学生受教了!"

黎晋叹息一声,说道:"这江堤快修好了,想必叶适大人也快到了吧!"

余莲舟独自走到一旁,平复了心绪后,才和宋慈一道拜别了黎晋。就当要走远的时候,宋慈突然顿住了身形,转身问道:"大人,学生还有一事要问!"

"还有什么事?"

"听李府丫鬟讲,李岱和神秘人提到了一具骸骨,大人知道这具骸骨指的是谁吗？"

听到此话，黎晋愣了一下，回道："不知道！"

离开江堤，宋慈和余莲舟二人沉默不语，又走过了几条街到了僻静处后，余莲舟回身问道："你对程彦这人有多少了解？"

宋慈顿住了身形回道："此人年少有为，武功高强。年岁和我差不多大，据说是温州府人士，一年前来到建宁府当了捕快，原本不显山不显水，大概三个月前突然得到了知府大人的重用。"

"嗯，"余莲舟在脑海里想些什么，忽然又说道，"线索都断了！"

"兴许还有两个！"

余莲舟疑惑道："还有哪两个？"

"一个是信封上的六个朱砂红点，另一个是李岱口中的尸骨！"

"六个朱砂点？"余莲舟摇了摇头，这点对她来说并不是秘密，"那是南斗六星的图案！"

宋慈继续道："北斗注生，南斗注死。有些达官贵人在死了之后会在棺材上刻上北斗七星的图案，寓意只要跟随着北斗七星的指引，就可以去往生处，早脱轮回。"

余莲又问道："那南斗六星呢？"

宋慈回道："我看过两封信，这两封信中的南斗六星中都有一颗星辰比其他几颗大一些，看来不是随意为之！"

"那是天机星！"余莲舟回了一句，"也就是斗宿四。天机星算无遗策，宁道人在泉州府所住的道观是天机观，他在那里的名号是天机道人，这一点也是我认为天机道人和宁道人是同一人的原因之一。"

宋慈沉默了一会儿，似有所指地说道："南斗有六颗星。"

余莲舟回道："二十年前赖省干自称命主，他的手下都以星宿命名，这没啥好奇怪的！"

"所以宁道人就是赖省干的余孽？"宋慈看着余莲舟的眼睛。

"这不是你该问的！"余莲舟侧过了脸。

宋慈走到了余莲舟的身前，正色道："我答应和你合作，只是想让爹爹早日回来。不过要想破了此案，还需要知道更多的事情！"

余莲舟"唰"地抽出腰间的软剑，架在宋慈脖颈上道："宋慈，不要不知好歹！你知道的事情已经太多了！"

宋慈没有闪躲，只是微微一笑道："余姑娘，如若不告之那些事情，这案子就进展不下去了！"

余莲舟眉头微皱道："你想知道什么？"

"所有的！凡是涉及此案的卷宗，包括宁道人的、李岱的、赖省干的、武夷大盗的文书都要看，少了一个环节，此案兴许就不能找出真相！"

"你可知在说什么吗？"余莲舟收回软剑，插回腰中，背身而立。

"余姑娘，时间拖得越久，变数就越大！"

余莲舟向前踱了下脚步，道："赖省干的卷宗不能全给你。宁道人的卷宗涉及此案的部分我可以都给你，至于其余其他人的卷宗也可以拿出来，不过就怕你一时之间看不完！"

"宋某姑且试试！"

"好！"余莲舟回道："我派人去取，今夜就可以送来！"话音方落，余莲舟就走向了另一处巷子。

第六节
养尸地

看着余莲舟远去的背影,宋慈苦笑了一下。皇城司是天子耳目,余莲舟只是一名年轻的女子,为何能在里面充当要职?

如今时辰尚早,宋慈回到建阳县衙,程彦等人已经等候多时。

"那些人都找来了吗?"宋慈问道。

程彦回禀道:"都找来了,不愿来的也绑来了!"

"一切有劳程捕头了。"宋慈快步走进房中,抬头一看,屋子里坐的全都是身穿道袍、手持桃木剑的道士。

宋慈朝众人拱了拱手:"得罪各位道长了,宋某开门见山,诸位都是建宁府内最有名的风水先生,见多识广。宋某想问一下各位道长,有没有人在十年前安葬过一具特别的尸骨?"

"哼……"一位人称郭半仙的道长冷笑道,"宋家小哥说笑了,建宁府人杰地灵,到处都是吉穴之地,那些埋于此地的尸骨就是你所说的特别尸骨吗?难道宋家小哥敢冒天下之大不韪去挖人祖坟不成?"

此话说罢,一干半仙哈哈大笑。

"郭道长说笑了,宋某不是那个意思,各位道长听说过李岱家先人的埋骨之处吗?"

听到此话,郭道长摇了摇头:"这十年来李家发迹太快,最近又突遇大变,如此看来他家的风水定然有特别之处。只可惜我等并不知晓李家祖坟所在之处,若不然定要去好好看看。宋家小哥为何不问下李夫人?"

宋慈叹道:"问过了,李夫人也不知道,他家的祠堂里也只有一个历代祖先的牌位。宋某束手无策,这才胆大妄为把各位道长都请来,看看有没有哪位道长能够神通广大,知晓天机。宋某大胆问一句,李家的先祖有没有可能是密葬的?"

"断然不会,"郭道长回道,"建宁府中的堪舆之事都瞒不过我等的耳目。就连那养尸地有什么动静也逃不脱我等的法眼!"

"养尸地?"宋慈诧异道,"真有此等怪力乱神之所?"

"世间的玄妙岂是尔等可以窥探的?贫道不说大话,那些到处乱蹦伤人性命的僵尸还真没有碰到过,不过躺在棺材里浑身长毛的僵尸却真的碰到过几具!"

"宋某受教了!"宋慈又和诸位道长一一谈话,不过却没有打听出一点儿有用的消息。一位道长不耐烦道:"若是宋公子没有其他吩咐,我等就要告辞了!"

"打扰各位了。"宋慈把诸位道长送到门外,忽然间他又想到了什么,连忙把郭道长拉到一旁,在其耳边轻轻说了几句话。郭道长竖着耳朵听着宋慈的吩咐,瞪大了眼睛疑惑道:"这怎么行?万一没有怎么办?万一有很多怎么办?"

"那就全拉回来!"说罢,宋慈从怀中掏出了一沓银票交到郭道长的手中,说道,"事成之后还有重谢,不过此事切记要保密!

断不可让他人知晓！"

"宋公子放心！"郭道长弹了弹手中的银票说道，"贫道绝不会在它的面前说假话！"

夕阳西下，宋慈拖着疲惫的身子回到童游里的家中。兴许心中有太多的困惑，他躲在书房，看着画院待诏李嵩的团扇画《骷髅幻戏图》临摹本，呆呆出神。

不知道过了多久，有个熟悉的声音问道："喝了百合知母汤吗？"

"还没喝。"宋慈老实答道。

"既然近日心绪不宁，为何不喝药汤？"

到了此时宋慈才反应过来，回身一看，问话的正是宋巩，他真的回来了。如今的宋巩已是花甲之年，额头两鬓斑白，这几月奔波下来，又苍老了许多。

"坐！"宋巩指了指身前的椅子。宋慈老老实实坐在了一旁。宋巩又问道："李岱的案子查得怎么样？"

宋慈不敢隐瞒，把这几天的调查所得原原本本说了一遍。

"那两封信呢？在你身上吗？"

"在的！"宋慈把信递了过去。宋巩瞅了瞅信上的笔迹，扬起了眉毛。

"爹，是宁道人手笔吗？"

宋巩点了点头道："这几个月我看过很多封宁道人的书信，这两封信确实是他写的，信封上的六个点正是宁道人的独门暗记。可是奇怪的是他在信中为何要这么写？"

"此话何解？"宋慈诧异道。

宋巩缓缓道:"因为几个月前宁道人就已经瘫了!"

"瘫了?"宋慈不解道,"千真万确?"

"想必你也知道了,两个月前我被皇城司的人接走。他们让我验几具腐败的尸骨,可是那几具尸骨都不是宁道人的。"

"为何如此笃定?"宋慈追问了一句。宋巩低声道:"我查过卷宗,真正的宁道人左脚乃是六指!"

"原来如此!"

宋巩又说道:"来这里前皇城司找到了一名救治过宁道人的大夫,这才知道宁道人跌落悬崖后虽然保住了性命,但是却瘫了,一辈子只能坐在轮椅之上。"

"此事当真?"宋慈站了起来。

"多方查证过,断不会错了!余提点也是刚刚知道此事的。"

宋慈脑中一片嗡嗡作响,总觉得好像错过了什么,可是一时半会又想不起来。过了片刻,他才似有所悟:"既然瘫了,那件事就不对了!"

"你在想什么?"宋巩不解。宋慈苦笑了下回道:"孩儿也不知道想得对不对,不过明早就知道了。对了,爹,宁道人以前是什么人?他真的是赖省干身边的道童?"

宋巩瞪了他一眼,回道:"不该问的事情不要问!若不然会大祸临头!"

"不问的话又怎么破案?"宋慈依旧没有妥协。

宋巩突然定住了身形道:"宋慈,你把此案查好就可以了!切记不可越界!"

"那件陈年大案不破,爹爹是不是一辈子不参加科举?一辈子不想要功名?"

宋巩动怒道:"推案是为百姓洗冤,不是为了功名!宋慈,你怎能如此利欲熏心?"

宋慈回道:"没有功名,怎能为百姓洗冤?有了真相又怎样,那些贪赃枉法的人还不是一手遮天?先祖宋璟公如果没有功名,怎么能做流芳百世的名相?"

"官场昏暗,不去也罢!"宋巩有些动容。宋慈又道:"若是好人都不想当官,那官场岂不是更没救?"

"你懂什么?"宋巩大喝道,"那是染缸,好人进去要么变坏要么死,没有别的出路。与其这样还不如研习推案验尸之术,扎扎实实为百姓洗冤!"

"当吏不当官,那是自欺欺人!爹爹,所以上次考亭论理你是故意不来的吗?你不想我进入仕途?可是推案验尸毕竟是小道,不是大道!"

"哪里有什么小道大道!"宋慈把手中茶碗摔到地上道,"能为百姓洗冤,就是大道!爹爹也年少过,也知道读书人都想要功名的心思,这点我也不拦你,你想要什么,就自己去争取吧!"

说罢,宋巩气呼呼摔门而去。宋慈愣在了屋中,为何父子久别重逢,还没说几句话,就又要大吵一次?

走到院落中的宋巩突然定住了身形,说道:"福建路提点刑狱司的孙大人以及吏部左侍郎叶大人都在路上了。你要是想破案的话,得抓紧时间!"

"可是有些事情,比如赖省干的往事,不知道不行!"

宋巩冷笑道:"你不是问过余家的丫头吗?不要小看这丫头,

她爹爹有的本事她都有，她爹爹没有的本事她学得更多。若不然你以为皇城司提点的位置，是随便什么人就能坐的？"

宋慈苦笑道："孩儿哪敢小觑于她？只求这件案子后，各走各的路不要互相叨扰为好！"

"你还是读书人的臭脾气，觉得皇城司藏污纳垢！"

清风吹拂，宋巩已然远去。当今学子都对皇帝的爪牙皇城司敬而远之，宋慈也是如此。过了片刻，眼前出现了一道靓丽的身影，余莲舟坐到了宋慈身前，说道："如你所愿，此案办完后我们井水不犯河水，再不相见！"

"但愿如此！"两人坐定后，宋慈问道，"余提点，那些卷宗拿来了吗？"

"正在路上，再过一会儿就能送到了！不过黎知府的卷宗以及其他人的卷宗，我来建宁府前就看过，你若是等得急我可以告诉你。"

"余姑娘，请！"宋慈收拾了下屋子，把茶水端到了余莲舟的身前。

余莲舟没有喝茶，却从怀中拿出了蜜饯，放到口中润了润喉咙才说道："黎晋二十年前在太学读过书，是当时拔尖的学子之一。后来在庆元元年（1195）中了进士，他才华横溢，疾恶如仇，殿试时原本被陛下点为了进士一甲第三名。"

宋慈赞道："那就是探花了，不容易！不过若是探花就不会外放为官了！"

余莲面色如常，又道："黎晋点探花时有大臣上奏，说黎晋额头上有块青色的胎记，容貌丑陋有碍观瞻，若是在朝堂之上为官会折损朝廷的尊严！"

宋慈心知，脸上的青斑多为胎记。徽宗时期，梁山有落草的贼人杨志，他的外号名为青面兽，其脸上就有这样的青色胎记。

余莲舟继续说道："陛下听闻奏言便大笔一挥，把黎晋从一甲第三名，改为了三甲第一名。"

宋慈不由叹了一口气："这么一改，就是一个天上，一个地下了。"按以往的惯例，探花会被赐予翰林院编修之职，虽然只是正七品的官职，但是这职位常常可以见到皇帝，是旁人求都求不来的机缘。如今朝堂之上的宰相大多出身于翰林院。至于那进士三甲，大多数人只能在吏部等待时机递补官位，有些人甚至等了十来年也等不到实缺。

余莲舟拨了拨灯芯道："黎晋等了许久也没等到机会，这时候建阳县县令正好有个实缺。当时武夷大盗仇啸呼啸山林，打家劫舍，接连有两任县令都被仇啸所杀，一时间没人敢去建阳。"

宋慈本是建阳人，当然知晓余莲舟说的这个往事。仇啸虽然凶狠异常，不过盗亦有道，杀的大多是贪官污吏，对百姓滋扰之事却是不多。

"这时候一个不怕死的人出现了，他就是黎晋。黎晋上任途中正好遇到了仇啸拦路抢劫，也不知道是其运气太好还是祖宗积德，他不仅被人救了，还杀了大盗仇啸，立下了大功。只可惜逃命时被山火所伤，脸上留下了疤痕，就连青色胎记也看不到了。"

"这兴许是吉人自有天相！"

"最巧的地方不在这里，你知不知道黎晋和那武夷大盗仇啸还是曾经的太学同窗？"

宋慈的眉毛扬了起来说道："进太学的人都是天之骄子，怎么会有人落草为寇？"

"仇啸并不是他的本名，他的本名叫仇齐贤。"

宋慈琢磨道："见贤思齐，好名字！"

余莲舟手摸着掌心的梅花镖道："仇啸是他落草为寇后改的名字。说起来仇啸沦落到如此地步，还和赖省干有关。"

宋慈疑惑道："这是怎么回事？"

"二十年前赖省干的风头在临安府一时无两，好多达官贵人都在巴结他，所求的无非是算上一卦而已。岂知此人却是个登徒子，常以各种名头让求卦的人送年轻的女子给其享受，这才愿意算卦。到后来赖省干变本加厉，竟然到了看上哪家姑娘就要哪家姑娘陪睡的地步。

"有一次他看上了大儒许千秋的女儿许丽质，许千秋是太学的学正，又出身于温州苍南县的儒学世家，官职虽然不大，但却是清流宿望，哪里会干出卖女求卦的丑事？

"也不知道是哪家贵人求卦求得急，竟然偷偷绑了许千秋的女儿送给赖省干。许丽质失踪了，不仅许千秋万分焦急，他的学生中也有人心急如焚，此人不仅单枪匹马闯入赖省干的宅子救回了许丽质，更难能可贵的还擂响了登闻鼓告了御状，那御状上有五人签名，皆是当时太学的麒麟人物。"

宋慈恍然大悟道："这应当就是五子上书了。告御状的人是位伟男子，他是谁？"

余莲舟回道："他就是后来武夷山的大盗仇啸，此时他的名字还叫仇齐贤，仇齐贤是太学中的风云人物，论风头在诸多学子中可以排入前五。他短短几年间，就从外舍生升为了内舍生，又从内舍生考上了上舍生，若不是他一心要考科举当状元的话，此时早就能以上舍上等生的身份做官了。

"仇齐贤胸怀大志，立誓要驱逐金人，以雪靖康之耻。故而他在太学的时候，不仅学习了四书五经，就连书学、律学、算学、武学也一道学了，可是说是文武双全的人才。若不是这样，他也不能单枪匹马，直捣黄龙，救下许丽质了。

"仇齐贤这样一个人才，就连陛下也有所耳闻。陛下接见他后，仇齐贤历数赖省干数年来干的坏事，还痛斥朝廷大员们助纣为虐的恶行，说出了不问苍生问鬼神乃是亡国之音的谏言。陛下先是狠狠责罚了仇齐贤，接着又感叹其一身正气，把他放了。不仅如此，还下令抄家赖省干，将其徒子徒孙也一并捉拿入狱，一时间受此案牵连的达官贵人不计其数！"

"这样一个豪杰人物后来怎就成了山贼草寇？"

"唉，"余莲舟喃喃说道，"后来你也知道了，二十年前赖省干并未倒台，反而在旁人的帮助下，洗脱所有罪名，从监牢里放了出来。就在此时，仇齐贤等人参加科举，竟然被诬告舞弊，一同被牵连下狱的正是那御状上的五子。"说到这里，余莲舟脸露悲伤之色，不知想到了什么。

宋慈心中猜测道："赖省干是因为五子上书才有牢狱之灾的，这场科举舞弊案是不是他暗中动的手脚？"余莲舟定了定心神，又说道："那时有人来探监，说有贼人要在监牢里加害仇齐贤，当夜就会动手！"

"那些人有这么大的胆子？探监的人是谁？仇齐贤相信了吗？"

余莲舟叹了一口气道:"她就是许丽质。许丽质是仇齐贤老师许千秋的女儿,两人一来二往早就有了情愫,经赖省干一案,许丽质更是芳心暗许。在许丽质的帮助下,仇齐贤打晕了看守,逃了出来。许丽质也跟随在他左右,想这一辈子就和他浪迹天涯!谁知道两人其实都被骗了!"

"被骗了?"宋慈眉头紧皱。余莲舟点头道:"其实这件事也同宋伯父有关。"

宋慈诧异道:"和我爹爹有什么关系?"

"宋大人是不是也曾在太学求学过?"

听闻此话,宋慈沉默无语,这件事其实并不是那么光彩。宋巩进入太学时已过而立之年。在太学根据《三舍法》的规定,每隔一定年限就会有升舍考试。若是连续三次不能升舍的话,就会被淘汰打回原籍。宋巩在太学待了近十年,终不能升入内舍,不得已之下只好在二十年前离开太学。

余莲舟看到宋慈的神情,连忙道:"莲舟鲁莽了,宋伯父虽然……但是断案的本领却是神乎其神、天下无双的。宋伯父最后一次升舍考试后原本想就这么收拾行礼回老家,没想到却碰到了舞弊大案,当时的办案大臣就是近日要来的叶适叶大人,那时他因为刚侦破了茶寇魁首假死案,升为两浙西路的提刑官,因为和你的爹爹在临安县衙时有了多年的交情,因此就留下了伯父。在他两人的努力下,被污蔑的考生最后都沉冤昭雪了!"说到这里,余莲舟竟然朝宋巩的书房拜了一拜。

宋慈试探问道:"你的爹爹也是五子之一吗?"

余莲舟不置可否,又说道:"那些要陷害仇齐贤的歹人提前知道了这个消息。他们不仅把消息封锁起来不让旁人知道,还有意对许丽质透露了假信息,说仇齐贤在牢中会有危险,当晚就会被人杀死!就这样,仇齐贤在即将被平冤昭雪的前一天,当了逃犯!"

"天意弄人!"宋慈感叹了一声,"若是仇齐贤投案自首的话,事情似乎也会有转圜余地!"

"兴许是吧!只可惜仇齐贤离开后不久,监牢里就发生了一场大火,狱卒以及被诬陷的学子被当场烧死了许多,活下来的人没有几个。那些活下来的人中有人说是逃狱的仇齐贤放的火,你父亲宋巩此时也被人打晕,下不了床,更破不了案!"

宋慈沉默了,此事的结果他是万万没有想到的。

"许丽质听闻此事大为伤悲,说是害了仇齐贤。仇齐贤却说此事乃是天意,怪不得她。也就在那时他们就行了夫妻之礼。仇齐贤一直被人追杀,许丽质不忍成为累赘,便留了下来掩护仇齐贤出逃。就这样仇齐贤逃到了武夷山中,从此改名仇啸,而许丽质也被抓回了家中。"

余莲舟想起许丽质的遭遇,眼角氤氲道:"许丽质回到家后,信水一直不来,竟然怀上了仇啸的孩子。这时候许丽质的父亲许千秋恰好病亡,许家族长乃是理学大儒,容不得这种伤风败俗的事情发生。于是连夜派人把许丽质送到了益州路,让其与一户肖姓人家成亲。

"这肖姓之人本是许家家奴,自不敢违背主子的意思,可是后来看到许家再不管这个女人的死活后,便开始肆无忌惮了。他靠着许家丰厚的嫁妆广置田地,又纳了几房妻妾,成为当地有名的乡绅,接着就对许丽质弃如敝屣。

"许丽质忍辱负重，在肖家生下了和仇啸的孩子。又过了几年，许丽质又给肖家生了个孩子，可是这次生产后她没有得到任何人的照顾，由于坐月子时恶露不净，身子便给拖垮了。自此之后，许丽质母子的境地更加可悲，那个孩子从小就被人毒打，后来听说偷偷拜了名师，学了一些武艺。

"两年前许丽质重病不治，含恨而去，接着肖家突然起了一场大火，除了许丽质的两个孩子之外，全家人都葬身于火海之中。"

宋慈没想到会是这样的结局，心中不由唏嘘感叹。

余莲舟轻声道："这件事最后是皇城司接手的，那场大火来得古怪，许丽质的两个孩子至今下落不明！"

宋慈想了想又问道："那仇啸以后就没有和许丽质联系过吗？"

"谁说没有？仇啸和许丽质分手后一个月就去找她，可是那时候许丽质已被族人送到了千里外的益州路。

"仇啸到许家后，不仅问不出真相，反而被许家出卖，他们将仇啸的行踪告诉了官府。在官府捉拿的过程中，仇啸知晓许丽质被送给别人为妻的事情，当即发狂大怒，大开杀戒，许家上上下下死了三十七口。经此事后，仇啸就再也没有回头路了！

"仇啸逃到了武夷山，靠着一身的本事，成为武夷群盗之首。十年前，他遇到了曾经的同窗黎晋，没想到却成为刀下之鬼。"

宋慈插话道："黎晋和仇啸的关系如何？"

余莲舟叹道："可是说是势如水火。在太学之时，这两人虽然都是五子之一，但是互相看不上眼，总是针锋相对，每次考试，仇啸总是第四，黎晋总是第五，仇啸总能压黎晋一头。仇啸被诬陷时，听闻黎晋又有落井下石之举，故而两人的仇恨是越来越深。所以仇啸才会在黎晋就任建阳县令的途中截杀他!"

这段往事竟然有如此复杂的恩怨情仇,这是宋慈怎么也没想到的。过了片刻,他又问道:"你说仇啸总是第四,黎晋总是第五,那么太学里第一名第二名第三名又是谁?"

余莲舟冷声道:"你若是能去太学,自然就能知道了!"

就在此时门外有黑衣人闪现,宋慈低声说了一句:"你的人来找你了。"

"嗯。"余莲舟走了出去,不一会儿后又走了回来,在她的身后,几位黑衣人推着板车鱼贯而入,把一摞堆得如同小山一样的卷宗倒在地板上便转身离去,整个过程中竟然一句话也没有说。

"这么多?"宋慈看着堆积如山的卷宗暗暗发愁。

"这是二十年的卷宗,自然多了,也不知道你能否从这些卷宗之中找到一些有用的线索!"说完,余莲舟转身走出房门,朝宋巩的书房走去。

宋慈把手中的卷宗分门别类,这里面有赖省干的,有仇啸的,有李岱的,甚至还有黎晋的。卷宗里所写的东西,宋慈大体都知道,不知道的余莲舟方才也告诉他了。

不知不觉间,已是三更天,宋慈手握着两篇策论呆呆出神。这两篇策论都是关于治水的文章,乃是太学内舍考上舍时的策问,其中一篇是仇啸所写,另一篇则是黎晋写的。

接着宋慈又翻到了当年对赖省干余孽的海捕文书,赖省干弟子的画像都在其中。宋慈仔细看着每个人的画像,暗暗称奇,这作画的人乃是大家,只是寥寥几笔,每个人的形象就栩栩如生。

"作画的手法很熟悉。"宋慈沉思起来,过了片刻后他感叹说道,"这是画院待诏李嵩所作,没想到当年他竟然也给犯人作画!"

宋慈拿起了武夷山大盗仇啸的画,呆呆地出神,似乎想到了什么。放下仇啸的画后,宋慈又在四处找寻,里面竟然没有宁道人的画像,想必当年宁道人还是个不起眼的小角色。

当宋慈在书房查看卷宗的时候,余莲舟和宋巩也在宋巩的书房对话。

"老夫的断案笔记你都看完了?"宋巩盯着余莲舟。余莲舟点了点头,过了片刻,余莲舟不死心又问道:"宋伯父,'五子案'的相关笔录你为何撕了?当年这五个人涉及数起大案!"

终于谈到了正题,宋巩叹了一口气道:"有,不过都在我的脑子里,有些事还不能让人知道。你若想知道的话,得有当今皇上的手谕才行!"

余莲舟猜到了这个答案,就是因为从爹爹以及皇家那里打探不出消息,她才想从宋巩这里入手的,没想到还是竹篮打水一场空。

就要天亮了,宋慈还是毫无收获,突然他又捡起两篇策论,看了一会儿后,恍然大悟道:"当真如此吗?"

余莲舟不知何时走了进来。她看了看宋慈手中的策论,也恍然大悟。

"也许真的如此!"

天亮了,两人走出了房间。余莲舟抚摸着手中的信鸽问道:"你还有机会,想好了?"

宋慈脸露痛苦的神色道:"为何会是这样?不过想必这也是他所希望看到的!"

余莲舟松开了手,信鸽飞上了天空,扑扑地飞向远方。

第七节
狡兔三窟

卯时刚过，宋慈和余莲舟出了房门。行了几步，宋慈问了一句："都安排好了吗？"

余莲舟冷哼了一声道："皇城司办事不是你能置喙的！"

出了宋府，两人翻身上马，没去建阳县衙，也没去建宁府衙，而是顺着江边一直往前走。一路上两人又互相诘问，生怕安排有什么纰漏之处。

未几，宋慈和余莲舟又来到了东山观，进了庙门后径直来到了被烧毁的后院。

余莲舟叫来了庙里的几个小道童，指着手中的银子说道："把这里清扫一下，再打水把地面都泼湿泼透，只要做得好，这锭银子就是你们的！"

"真的？谢谢施主！"小道童们哪里见过这么大一笔赏钱，一群人争先恐后地拿着竹扫帚扫地，另一群人则跟在后面泼水。

半个时辰过去了，地面基本上被清空，道童们正用水泼着地面，忽然间宋慈指着地面上某个地方说道："在这个地方再倒一些水。"道童们点了点头，又几桶水倒下去，水全都一点儿不剩地渗到了地下。宋慈知道找到了地方,说道:"把这个地方挖开!"

几名小道士找来了锄头,撬开了石板,石板之下露出了一道雕花暗门。

众人合力把暗门拉开,等里面的污气散去后,宋慈接过火把对余莲舟说道:"走吧!"余莲舟朝远方瞅了一眼,似乎在和属下打招呼,确认一切都准备妥当后,才跟在了宋慈的身后。

暗道里的台阶一直盘旋而下,深不见底。余莲舟忍不住问道:"你怎么想到这点的?"

宋慈回道:"我看了与宁道人有关的所有卷宗,此人谨慎小心,狡兔三窟,断然不会待在死地,所以此地定然还有逃生的手段。这条密道幽深潮湿,纵使上面遭遇大火,下面也不会受到影响。这密道恐怕连东山观的观主也不知道,也不知道宁道人怎么知道的。"

又下了五十来个台阶,地势渐渐平坦。转过弯,前方豁然开朗,一间不大的石室出现在两人眼前,石室的斜上方是个盆口大的天窗,一缕阳光透过洞口旁的绿草照射进来,隐隐还可以听到天窗外传来的浪涛拍岸的声音。想必天窗开在了悬崖处,下方就是滔滔江水。

在石室的四壁贴有很多张一人来高的道人画像,在画像之下有一张石床,石床的旁边是石桌石椅。一名奄奄一息的道人正半闭着双目睡在轮椅上。

兴许是有段时间没有打扫的原因,石室中弥漫着一股闻之欲呕的臭味。宋慈嘴里含了一块姜片,把另一片姜片交到了余莲舟的手中。

道人颤巍巍地睁开了眼帘，见到两人的容貌后先是愣了下，转瞬又淡然了。宋慈把水囊递了过去，又从布袋里拿了一些糕点。道人也不多话，贪婪地喝着井水，咀嚼着糕点，看来这段日子他过得并不好。

　　待到道人恢复了一点儿气力，宋慈问道："你就是宁道人？"

　　"你是？"宁道人伸手再要了一些吃食。

　　"我是宋慈。"

　　宁道人点头道："原来是宋家的麒麟儿，怪不得能找到这里，可是你又是如何想到这点的？"

　　宋慈老实答道："原本也没想到，昨日知晓你两个月前就瘫了，这就想到了。你们给李岱的第一封信是约在这见面，为什么在这里？这是因为你行动不便的缘由。也就是说你们第一次相约的地方，十有八九就是你藏身之地！当火灾发生后，这里就更安全了，没人会想到废墟之下还有一间暗室。暗室里面还藏着一名道人！"

　　宁道人吃得狼吞虎咽，不置可否地笑了笑。

　　"那人是不是很久没给你送吃食了？"

　　宁道人吞咽太急，噎了一下，灌了一口井水后又问道："那第二封信又如何解释？"

　　"再要在这里见面已经不可能了，所以还不如铤而走险在李家祠堂碰面。其实这些事情都不重要，你只是个玩偶或者是别人手里的一颗棋子而已，那两份信也是别人逼着你写的！"

　　"棋子……哈哈！"宁道人苦笑道，"是的，我成了废人，成了别人的棋子！"他发疯似的捶打着轮椅，手中的糕点如碎石般散落在地。

宋慈安安静静地看着发狂的宁道人，过了许久才说道："你可以报仇，说出你所知道的事情，我可以帮你！纵使你不说，我们也能猜出个八九不离十！"

宁道人缄口不言，像塑像一样沉默不语。余莲舟走了向前，问道："你认得我吗？"

宁道人仔细看了余莲舟两眼，摇了摇头。余莲舟坐到了他正前方的石凳上说道："一年前我到建宁府调查赖省干，虽说那里是赖省干曾经待过的地方，但是这十年来他似乎没有再去过那里。就当我要无功而返的时候，听说了一件怪事！"

说到这里，宁道人瞪大了眼睛，目不转睛看着余莲舟。余莲舟又道："有座道观名为天机观，道观里最有名的道人就是天机道人。世人皆说天机道人法力无边，前知五百年，后知五百年，算八字、推卦也是无往而不中。只可惜没人见过天机道人的真面目，所有求卦的人都在一间密室之中，那里烟雾飘绕，如梦似幻，天机道人只闻其声不见其人。宁道人你觉不觉得这一幕很熟悉？一代卜师赖省干在临安府时也是这么干的。赖省干垮台后，他的党羽四散而逃，你说会不会有人拿了幻物索玛又跑到泉州府招摇撞骗？"

宁道人眼角不停地跳动，手死死捏在了轮椅的扶手上。余莲舟摸着手指上的碧玉指环又道："不过这个天机道人也是机灵狡猾之人，就当我要带人捉拿他的时候，他竟然跑了！你说可惜不可惜？让我没想到的是天机道人确是个敛财的好手，那天机观中的财富已然够泉州府两年的赋税了，不仅如此，我还顺藤摸瓜在泉州府又找到了天机道人的其他几个巢穴，发了一笔横财！"

此时宁道人再也忍不住，指着余莲舟骂道："就是你这个女娃子把我攥得鸡飞狗跳的！到处逃命！人不像人，鬼不像鬼！若不是你，贫道怎会落到如此地步？"

"承认了？宁道人？"余莲舟笑道，"或者应该叫你天机道人。你在泉州的巢穴没了，于是就跑到了建宁府，啧……啧，了不得，才过了个把月你又发了一大笔财！宁道人，你已然无路可走了，不妨把别人供出来，毕竟是他们让你瘫痪于此的！若不然皇城司用刑的手段你是知道的。"

听闻此话，宁道人沉默了许久，最后问了一句："你们究竟想知道些什么？"

"所有的。"宋慈回答得斩钉截铁。

宁道人滚动着轮椅，心中难以下决定，过了一会儿叹道："唉，我宁道人这样不死不活，还不如死了算了！如你们猜测的那样，我是被他们害的。十年前，我是家师赖省干身边的道童，家师突逢变故后，我等便四散而逃。我跑到了武夷山中，成为盗匪中的军师。"

"你不是游方的道人？"宋慈追问道。

宁道人挑衅地看了宋慈一眼，道："你相信李岱和黎晋说的那个故事吗？"

"不信，越神奇的故事越不可信！不过黔首黎民却喜欢这样的故事！"

宁道人眼中传来赞许的目光，又伸手要了一些糕点，接着说道："武夷山的大当家是仇啸，二当家是李岱。想不到吧，为了活命，我会在仇啸的手下谋事，不过仇啸没有认出我，毕竟谁会去注意当时一个微不足道的小道童？我逃到武夷山不久，仇啸打探到他的仇人黎晋来了,便吩咐我等在半路劫道。黎晋身手很差,带的人也不多,一下子就成了我们的阶下之囚。仇啸当即大喜,想凌辱此人一番后把他杀了。"

宋慈盯着宁道人的眼睛问道:"李岱是不是他的假名?他根本就不是什么猎人?就像仇啸是仇齐贤的假名一样?"

"嗯,"宁道人点头道,"他还有个名字叫燕飞,至于是不是他的真名我就不清楚了,毕竟当山贼的最不重要的就是名字!"

宋慈心中的疑问解开了,怪不得李岱家中祠堂中没有祖先的名字,因为他根本不敢写上去。

宁道人微微闭上了眼睛,又道:"不知为何,黎晋竟然知晓了我曾经的身份,他以此作为要挟让我帮他,若不然就将此事告诉仇啸。听了他的话后,我犹豫不决。不多久,黎晋竟然又说动了李岱,许诺他天大的富贵。到了这个地步,我们三人终于决定干一番大事,当天夜里我们放了一把火,在火中合力杀死了仇啸,不过黎晋在搏斗之时脸也被火烧伤了。

"杀了仇啸后,黎晋和李岱一同下了山,然后就给山下那些人说起了那个紫气东来的故事。"

宋慈抬头望了望天窗,说道:"你不敢下山,朝廷可能会放过山贼,却不会放过一个赖省干的弟子!"

"是的,他们都知道我的真实身份,所以我要自保,要好好地躲藏起来。无论是黎晋还是仇啸的手下都不会放过我,后来我听闻有忠于仇啸的人把黎晋的家人都杀了后就更不敢露面了。接下来几年中我东躲西藏,成了一名真正的游方道士,直到几年前我到了泉州天机观当了天机道人!"说到这里,宁道人愤恨地看着余莲舟,若不是她的出现，此时宁道人还过着神仙一样的日子。

"从泉州府离开后，你为何选择了建宁府？"

宁道人冷笑了下道："被皇城司盯上后我知道泉州府待不下去了，甚至在大宋朝中都待不下去了，所以想远遁南洋。只可惜贫道一生积攒的钱财都被他们搜刮光了，没钱，去海外也是条死路，想来想去，只好在建宁府捞上一笔钱再走，毕竟在这里还有一些我的老朋友！

"几个月前贫道来到了建宁府，在他们那个紫气东来的故事上又加了一点儿东西，就是那个十年之劫。听到这个新故事后，他们也很知趣地知道我来了，于是准备给贫道送点儿银子！"

"你握着他们什么把柄？"宋慈追问道。

宁道人转身看了一眼余莲舟道："余提点，你还记得李杰吗？就是那个你派到建宁府的察子，你知道谁杀死他的？"

余莲舟啪的一声拍烂了石桌上的水囊说道："这点不用你费心，我余莲舟自会替他复仇！"

宁道人哈哈笑道："杀他的人是程彦！没想到吧！程彦一直得不到黎晋的重用，所以便把李杰当成了投名状。据说他已经探查到一些机密，这些机密甚至会影响到黎晋的乌纱帽。杀死李杰后，我们又将计就计，给他穿上了道袍。"

宋慈冷笑道："道人也是能硬得起心肠的人，为了让人相信死的是自己，竟然让你的道童去蝙蝠洞……"

"哼！"宁道人捏紧了拳头道，"那是他咎由自取，此人早就觊觎我的钱财，我曾无意间透露会去蝙蝠洞，还几次三番警告他不要去找我。若不是因为他认为我死了，贪财搜身，又怎会丢掉小命?"

余莲舟走到通风处说道:"可你的日子就好过了吗?你们用声东击西的计策虽然支走了皇城司,但是李岱他们相信你吗?若是相信,怎会杀人灭口?在鹰愁涧中你怎么落下了悬崖?我再问一次,他们有什么把柄在你的手上?李岱是怕身份揭晓?可是黎晋怕什么?"

宁道人笑了笑道:"还记得二十年前的科举舞弊案吗?"

宋慈站起了身来,摇头道:"这个理由太过牵强!你究竟要顽抗到几时?救你的人是谁?他为何要把你带到这里?"

宁道人突然露出了古怪的笑容,指了指洞口道:"是他!"

宋慈惊讶地转过身去,一位手持横刀的蒙面人堵在了暗道口。此人话不多说,照着宋慈的脑袋就砍了过去。

余莲舟连忙拔剑格挡,电光石火的工夫,两人已交手了数招,打得是难分高下。

宋慈闪到一旁,看着蒙面人道:"程彦,你就这么着急动手吗?"

打斗中的两人都后退了一步,蒙面人拉下了面纱,露出了真容,正是建宁府捕头程彦!

"你什么时候看出来的?"

宋慈微微一笑,回道:"宁道人去泉州时黎知府定会派人跟着,那个人十有八九就是你,所以最有可能救下宁道人的也是你。碰巧的是在李家祠堂守卫的人还是你,能神不知鬼不觉和李岱在祠堂里碰面的人,我想不出除了你还有谁。还有,送信的乞丐是不是你杀的?你怕他会认出你的身份?"

程彦冷笑道："这些都是你的猜测而已，你们已成瓮中之鳖，就不怕我一刀杀了你？"

"怕！可是这有用吗？"

"哦？"程彦手握着刀柄问道，"你想说的就是这些？"

宋慈看着程彦的眼眸问道："仇彦，这才是你真正的名字！"

程彦的身子晃了晃，怒道："你还知道些什么？"

"你在益州路长大，也和你娘学了一口温州话，所以也算是温州人。你娘过世后，你便过来找寻你的生父。没想到他却早遭毒手，你的杀父仇人就是宁道人、李岱还有黎知府三人！你做这么多事的目的只有一个，就是要报仇！"

"宋慈，你很聪明，只可惜聪明的人总会早死！"程彦握紧了刀柄。

宋慈走到石室的一角，继续说道："可是我还是没有想明白，你为何不一刀杀了宁道人？难道是他拿什么东西与你交换不成？是不是天竺妖僧带来的索玛？"

程彦眉角动了动，眼中的杀机更浓。宋慈叹了口气道："可是宁道人这人太过狡猾，他一定会说他也不知道索玛的用法，这等毒物只有赖省干才会用。你不相信，所以把此物用在了李岱的身上，只可惜药物过量，他在没有被你摆布之前就死了。你为了掩盖用索玛的事实，便想伪装成李岱自缢，不承想那些残留的毒气竟然能和苏合香圆起作用，几名仵作也因此死了。在李家祠堂的时候，你是故意打开那扇门的，那时候你就想置我于死地！"

程彦咬牙切齿道："你早应该同那些仵作一起死！"

宋慈叹道："你已经得到了索玛，为什么不直接报仇？还要费尽心思让李岱和宁道人碰面？是因为你想让他们当面对质？"说到这里，宋慈又看了下宁道人，"你知道什么样的谎言最容易骗人吗？"

宁道人冷笑了一声，却不回答。宋慈说道："就是九真一假的谎言。用九句不重要的真话来隐藏一句重要的假话。你知道方才你说的哪句话是假的吗？"

宁道人脸色一沉问道："我不明白的你的意思！"

"我问你黎晋为何会被你要挟，你说那是因为以前的科举舞弊案。这有可能，但不是关键的。你和我的对话中，从头到尾你都没提一件重要的事情！"

"什么事？"宁道人怒瞪着宋慈。

宋慈转身看着程彦，大声说道："尸骨！就是你和李岱曾经提到过的那具尸骨！也就是因为这具尸骨让你决定要让李岱和宁道人当面对质！那具尸骨是令尊的尸骨吗？宁道人肯定说那具尸骨的埋骨地点只有李岱和黎晋知道，而李岱则很诧异，说是只有宁道人才知道那具尸骨藏在什么地方。仇彦，我的猜测对吗？"

宁道人和程彦叹了一口气，两人脸上都冷汗直流。

宋慈皱眉道："这也是我一直没想明白的地方，这具尸骨到底为何如此重要？会让你们都趋之若鹜？难道传说是真的？尸骨和武夷大盗的宝藏埋在一起？"

程彦冷声道："我不在乎什么宝藏，只在乎我爹爹的遗骸，生不能尽孝，他死了后我也不能让他乱藏于山野之中！"

"是不是他们都说不知道尸骨在哪里？你也不确定他们之中谁在说谎？"

程彦不置可否。

宋慈笑了笑道:"可是我知道在哪里!而且我知道那具尸骨就是宁道人埋的。有了那具尸骨,他才可以敲诈勒索李岱和黎晋!"

宋慈的话震耳欲聋,宁道人一时间也惊诧万分。

"你知道?"程彦拔出了刀,大喝道,"快告诉我!"

宋慈走到余莲舟身旁,转身看着程彦说道:"你还记得我让你找的那些风水先生吗?还记得郭道长吗?若我没有估算错的话,他快要找到你爹爹的尸首了。"

宁道人听到这里一下子慌了,对程彦大吼道:"别听他的,你爹爹是我收的尸,只有我才知道尸首藏在哪里!这两人太过狡诈,留着他们我们两人都没有活命的机会。我已经瘫了,对你又有什么威胁?"

听到此话,程彦心中也打定了主意,他举步上前,挥刀就朝宋慈头上砍去,宋慈一边低头,一边喊道:"余莲舟,你的后手呢?"

余莲舟举剑再次格挡,自从学武艺开始,余莲舟很少与人性命相搏,此番打斗,她收获颇多。

石室太小,宋慈兴许是怕两人打斗时伤了自己,便站在了宁道人的轮椅后,推着他的轮椅不停闪躲。宁道人气得眼珠都要瞪出来了,转瞬之间,他的肩膀和腿上就中了几刀。宋慈看着怒火中烧的宁道人,劝慰道:"不要生气,你的腿没有知觉,被砍几下也无关紧要!"

余莲舟和程彦打得难解难分。宋慈早知道余莲舟有磨砺武艺的心思,可是此时却不是时机。余莲舟也知道当下顾不得其他了,于是大喊了一声:"出来!"

突然之间,有四名察子从密道中蹿出,齐齐围住了程彦。一时间石室里刀剑相砍,火星四射。

见到突然冒出的四个人,程彦脸色大变。也就在这一当口,余莲舟上前一步刺中了程彦的手腕,但听"当"的一声响,程彦手中的横刀摔落在地。

"把他捆起来!"余莲舟指了指程彦,又指了指宁道人道,"把这人也抬上去!"

暗道很长,这次入密室收获颇丰,可是不知为何宋慈的心头总有一丝不安的感觉。待到走上密道,面前果然出现一队手握兵刃的劲卒。

"难道是黎知府带人来了?"宋慈有点儿担心。余莲舟却走了上去和带头之人打了招呼,这领头之人竟然是福建路的提点刑狱官孙毅。

第八节
验尸白僵

大江边，黎晋坐在藤椅上闭目休息。已经好几日了，为了修好江堤，他几乎彻夜未眠。突然间，远方传来阵阵马蹄声，一位佩戴银色鱼袋身穿紫色公服的三品朝廷大员，在随从的簇拥下走了过来。

黎晋看着来人，轻声道："叶大人，你再晚几个时辰过来就好了！"

来人正是吏部左侍郎叶适，他盯着黎晋道，"黎大人，有人告了大人一状，可否随本官走一趟？"

"好……好！"黎晋站起身来，看着眼前的大江道："还有几个时辰就修好了，只可惜我看不到了！"

叶适带着黎晋到了建宁府衙，孙毅等人也绑着程彦和宁道人到了此地。叶适和孙毅商议后，就在府衙升了堂。

孙毅乃是提刑官，作为主审官坐在了正首位，叶适和黎晋则一左一右分别坐在一旁听审。

"啪"的一声！孙毅敲响了惊堂木问道："宋慈，这份告黎知府的状纸，可是你写的？"

宋慈看着黎晋，眼前的大人对他多有提携之恩，若非证据确凿，他也不想这么做。沉默了片刻，宋慈点了点头。

提刑官在大宋朝专司断案权柄，所辖路下各州县的大案都要由其审核复查，《验状》《验尸格目》等文书也要及时送其查验，甚至连大辟这样砍头的大罪也可以一言以断之。可以说若是有什么人能定黎知府的罪责的话，除了皇帝就是提刑官了。不过黎晋毕竟是五品知府，关系重大，所以孙毅不得不出言提醒。

黎晋对宋慈微微一笑，并未斥责，好像所有的一切都在他的意料之中。只是忽然间又感觉有些头疼，便摸了摸额头。

孙毅正色道："宋慈，你要想清楚了，你告的乃是朝廷命官！"

"草民知道！"宋慈拱手道，"草民想传道长郭道风前来问话。""准了。"孙毅摆了摆手。郭道长来到堂前，他从来没见过这么多大官坐在一起，一时间有些心虚脚软。宋慈走到身前，问道："找到了吗？"郭道长点了点头，回道："建宁府所有养尸地都找了一遍，十年左右的无主尸首找到了三具，都带来了，如今就在门外！"

"好！多谢了！"宋慈转身对孙毅说道，"草民斗胆，要在此地验尸！"

孙毅脸色沉了下来，问道："你可是要在这里检验十年前的尸首？"

"是的，乃是三具僵尸！"

听闻此话，围观的百姓都惊呼起来。衙门验尸不奇怪，奇怪的是要验僵尸，还是十年前的尸首，一下子还要验三具！

吏部左侍郎叶适有爱才之心，再次提醒道："宋慈，你可想好了，若是此事没有办好，太学自然是去不成了，就连功名也……"

听闻此言，宋慈一时生出几分犹豫。但他转念一想，考取功名本是为造福百姓，如果保住功名的前提是放过冤案、忘却正义，那这功名不要也罢！心中有了主意，宋慈正色道："多谢叶大人提点，草民家父曾言，狱事之莫重于大辟，大辟莫重于初情，初情莫重于检验。人命大于天！草民告的乃是杀人大罪，若是所告不实，自愿革去功名，并领诬告之罪！"

叶适点了点头。孙毅见叶适表态了，便挥挥手说道，那就如你所愿吧！在人群之中也有人欣慰地点了点头，此人正是宋慈的父亲宋巩。

三具尸首被抬到了大堂中，掀开裹尸布后，所有人都倒吸了一口凉气。那三具尸首皆是僵尸，全身上下都长满了白毛，就连模样也看不清了。孙毅问道："你要验的是哪一具尸首？"

宋慈歉意道："暂时不知，因为看不清样貌，但是肯定是三具尸首中的一具！"孙毅刚想骂一句胡闹，却又忍了下去。宋慈又道："这三具白僵必须同时检验才行，若是只验一具的话，旁边两具白僵定会受到干扰产生变化，到时候就不能查验了！"

孙毅朝堂下问道："建宁府还有仵作吗？"

宋慈回道："还有仵作丁老四！"

孙毅"嗯"了一声，道："那就把丁老四也叫上来！除了他没有别人了吗？"

一时间堂下寂静无声，突然间有人站了出来，说道："卑职不才，愿意验尸！"

众人抬头望去，说话的人正是宋巩。宋慈的本领是宋巩教的，由他出马再合适不过。孙毅认得宋巩，点了点头。至于叶适，他和宋巩更是老相识，若不是因为开堂审案的话，此刻他定要下来和宋巩温酒叙旧。

宋慈、宋巩、丁老四三人站在了三具尸首前。宋慈对丁老四问道："方才告诉你的事都记住了吗？"丁老四点了点头。宋慈又道："好，那我们就开始验尸！"

衙门里点燃了避秽丹，三人都喝了三神汤，又烧了皂角、仓术等物开始分别验尸。

宋慈在衙役的帮助下先在地上铺了一层和死者的身材相当的热炭灰，再在热炭灰上面铺上了一张白布，接着用水微微喷湿了布匹。一切妥当后，宋慈和旁人一道把尸首放在了薄布上。这还没完，宋慈依葫芦画瓢，再用热炭灰和白布包裹了一遍尸体。如此这般，白僵就像是用炭灰和白布包了两层的粽子一样，甚是古怪。

宋慈收手了。宋巩和丁老四那边也是相同的进度。宁道人想到了什么，额头都是冷汗。程彦也猜到了一些事情，脸上有了狐疑之色，他看了看黎晋，黎晋咳了几声也看了看他，眼中却满是慈爱。

一个时辰转瞬而过，宋慈揭开了裹尸布，僵尸的皮肉已然软化。宋慈点了点头，开始用热醋清洗尸体。僵尸身上的白毛不见了。宋巩和丁老四负责的尸首此时也到了差不多相同的步骤。所有人的心一下都提了起来。

过了片刻，宋慈擦拭着僵尸的右边额头，心头扑扑乱跳。然而擦拭干净后，却没有看到任何异样的景象。他不甘心，又擦了擦宋巩和丁老四所负责的尸首，那额头上同样也没有异常。宋慈的心一下绷了起来，心说道："难道不是这三具尸首？"郭道长明白宋慈的心思，低声说道："都查过了，就只有这三具白僵！"

程彦冷笑道："宋慈，等了这么久？给我们看的就是这个东西？"

如今之计也只有死马当活马医了，宋慈正色道："他们三人之中，应当有一个人的额头上有青色的胎记！"

话音刚一落地，所有人的心都震颤了一下，程彦的脸色更是惨白一片。孙毅和叶适两人都是七窍玲珑的人物，怎能不懂宋慈话中的含义。如果这三具僵尸中有一具额头上有青色胎记的话，那他可不可能就是黎晋？黎晋难道在十年前就死了？如果他死了，那么眼前的这个黎晋又是谁？他额头上的那片烧伤疤痕太过古怪，正好把原本青色胎记盖住了。这可是天大的一起奇案！只可惜宋慈却没有任何的证据。

孙毅深吸了一口气道："宋慈你还有什么证据？"

黎晋在建宁府百姓中本就深受爱戴，方才见到宋慈质疑黎晋已然有人不满，此时看到宋慈空口无凭便再也忍不住辱骂起宋慈。宋慈额头上冒着冷汗，心说道："推断是不会错的，可是又错在了什么地方？"

宋巩看了看儿子，问道："慈儿，几年前你也验过白僵，可是那次尚未验完尸，你就撞伤了脑袋，你还记得有什么事情没做吗？"

听闻此话，宋慈恍然大悟，他对宋巩点头道："多谢爹爹提点，我这就完成五年前没有做完的事情！"

不多时，宋慈用葱、花椒、糟、盐等物连同白梅一道拍烂，做成了梅子饼。接着又把梅子饼用小火烘烤。等饼子煨热后，宋慈在三具尸体的额头上垫上了白纸，把烧热的梅子饼敷在了上面。

黎晋冷眼看着眼前的一切，心思却飞到了江边。程彦的心也提到了嗓子眼上，尝试着挣脱绳索的束缚。时光转瞬而逝，宋慈挪开了白纸和梅子饼，他目不转睛地看着脚下的三具尸首。一时间，大堂里气氛凝重，让人难以呼吸。未几，宋慈松了一口气，指着其中一具尸首说道："叶大人、孙大人，您二位大人不妨看看这具尸首！"

叶适和孙毅走到了大堂中，定睛一看，其中一具尸体的额头上竟然隐隐露出了青色胎记！宋慈又对身旁的书吏说道："把额头上的胎记画下来，记在验状里，虽然黎大人的亲人都被杀了，但是在太学里接触过黎大人的人还有很多，只要把这胎记拿给他们看，定然能证明身份！"

"不用了！"叶适说道，"黎晋十年前就是本官给他放的外缺，因此打过几次交道。黎晋的模样虽然不太记得了，但是额头上的青斑却是记忆犹新。这青斑形如麒麟，旁人都说黎晋是麒麟人物，故而不曾忘记！"

孙毅也明白了真相，指着堂上的假黎晋说道："来人啊，快把这胆大妄为的贼人抓起来！"

叶适转身看了看假黎晋，问道："他又是谁？"

霎时间，大堂里安静了下来。宋慈上前一步，看着假知府，心中百感交集："学生对不住您了，想必您就是当年的太学五子之一，仇齐贤。也就是后来的武夷大盗，仇啸！"

仇啸听闻此话，哈哈大笑道："宋慈，我真的没有看错你，你比我想象的还能干！"

宋慈叹了一口气，继续道："您本是胸怀大志的英雄人物，怎奈造化弄人成了武夷大盗。十年前你抓住黎晋时本想杀了他,可是无意间发现你们两人的模样其实有七八分的相似,最大的不同就是额头上的青斑。于是你心生一计,把额头弄伤,唱了这出借尸还魂的大戏。这之后你便到了建阳县当起了知县,接着又当上了知府。你下山之时,吩咐宁道人处理尸首,这人却别有用心把尸首藏到了养尸地,这一藏就是十年!"

说到这里,宋慈又走到了宁道人身旁说道:"你也给我编了一个故事,其实他们那时候根本就不知道你曾经是赖省干的道童,当你藏起这具尸首后,他们才开始有所怀疑,你藏尸首的目的是什么?"

宁道人听闻此话,哈哈大笑道:"我本想给自己留条后路,没想到这条后路最后成了死路。仇啸,我虽然要死了,可是你又何尝不是?这么多年你费尽心机当了官,又辛辛苦苦要当个好官,可到头来又有何用?"

仇啸本是枭雄,论心计他不在当场任何人之下,只可惜他近日竟然患上了头疼症,脑子转得比平时慢了不少。他看了看程彦,柔声道:"孩子,过来,让我看看你!"

程彦号啕大哭,跪在地上爬到了仇啸的身前,哭喊道:"爹爹,是孩儿害了你,是孩儿害了你啊!若不是我多事救了宁道人,你也不会沦落到如此地步!"

仇啸摸着程彦的脑袋,轻声道:"痴儿!不妨事的,只可惜我没有早点儿知道你的身份。这几日头疼的时候,才反应过来。你知道吗?爹爹不怪你!"说着,仇啸又咳嗽了几声。

父子相认,本是天大的喜事,可是谁能猜到原本的杀父仇人却成了自己的亲爹！程彦放声大哭，仇啸却抬起头来，看了看宋慈道："你是从何时怀疑我的？"

宋慈低声回道："原本我没想到这点，只是一直想不明白一件事，为何一具尸骨会那么重要？后来我无意间翻看了两篇策对，忽然间一下子明白了。"

"什么策对？"叶侍郎插话道。

宋慈拱手回道："黎晋和仇啸二十年前在太学写的治水策论，仇啸的策论是疏导法，黎晋的策论却是围堵法。当下建宁府治水的法子用的正是仇啸策论中的方法。我看了黎晋所写的所有策论，由文章见人，此人虽然有才，但是极端顽固，认准的事情就会做到底，断不会用仇人的法子。

"便是这两篇策论让我一时间恍然大悟。如果把两人的身份对调下，一切的问题都可以迎刃而解了！"

仇啸大笑了几声："原来是那一篇策论！宋慈，你说这些年来本官为官如何？"

宋慈不知道该如何回答。围观的百姓也唏嘘不已，平心而论，仇啸除了杀人之外，这些年来在建宁知府任上颇有建树，就连叶适也在心里说，若没有这档子事发生，他定会把仇啸评为上等。

孙毅等人也知道仇啸的过往，若是没有那起科举舞弊冤案，说不定仇啸真的能成为朝廷的栋梁之才。兴许他一直有治国理政的抱负，所以才会做出借尸还魂到建宁府当官的怪事。只可惜造化弄人！

"错了就是错了！"孙毅高声道，"把仇啸、程彦、宁道人三人押入大牢，听后处置！"

仇啸抚摸着程彦的脑袋说道："我的儿啊，都到这个时候了，你还等什么呢？我让你娘苦了二十年，是时候下去陪陪她了！"

"爹！"程彦大哭了起来。仇啸怒骂道："你难道想让我仇家绝后不成？"话音刚落，仇啸袖口之中落出一把匕首，用力一挥割开了程彦身上的绳索。

程彦从绳索中挣脱，连忙伸手入怀。宋慈猜到了程彦要做什么，大声疾呼道："小心！"程彦丢出了一颗怀中藏着的毒丸，大堂中顿时烟雾弥漫。宋慈急忙掩住了口鼻，他知道这就是索玛之毒。

迷烟散开后，仇啸呼吸急促，眼看着就要提不起气来，程彦把他扛在背上就要逃走。仇啸知道两人一起逃乃是死路，他一把推开了仇彦，低呼道："快走，爹爹不怪你！"

程彦明白仇啸话中含义，他满脸泪痕站起身来，又走到宋慈身前，却惊奇地发现他根本没有中毒迹象。宋慈心知，这必是他这几日总喝百合知母汤的缘故。

"你还我爹爹的命来！"就当程彦要上前一步杀了宋慈的时候，大堂外却传来了兵士的脚步声。程彦来不及多做什么，狠狠地踢了宋慈一脚，便跑出了衙门，转瞬间消失得无影无踪。

仇啸看着儿子远去的背影，开怀地笑了，眼眶中隐隐有了泪光。

大堂中烟雾弥漫，虽然有宋慈的提醒，但是诸人还是或多或少吸入了毒雾，每个人的眼中都出现了幻觉。宋慈掩着口鼻和余莲舟等人一道把宋巩、孙毅、叶适以及仇啸等人扶出了衙门。

一炷香后，所有人等都缓过了神，只有仇啸命若悬丝。

孙毅不解问道："这是为何？"

宋慈苦笑了一声："他是被程彦害死的。"

"哦？"叶适和孙毅不解地看着宋慈。宋慈轻声道："程彦一直以来都认为知府黎晋是杀父仇人，所以存着心思要加害于他。之前我不知程彦用的是什么手法，当下却知道了。"

"他是怎么害的人？"孙毅追问道。

"查办李岱一案时，知府让程彦每隔半日就把办案的进展写成书信，呈报于他。我想程彦定是把索玛之毒溶入墨汁之中，仇啸每看一次书信，就会中一次毒。如此一来，他体内就堆积了不少毒素。

"程彦最后丢出的毒丸，便是仇啸的催命索。"说到这里宋慈看了看回光返照恢复了一些精神的仇啸。

诸人也明白了方才仇啸父子为何有这么一番古怪的对话。仇啸让程彦赶快动手，可是程彦却迟迟不愿动手。这定然是那时仇啸已然知道了程彦对自己下毒的事，而程彦也才知道仇啸是他真正的父亲。

躺在椅子上的仇啸，提了一口气，对宋慈说道："宋慈，你过来！"

余莲舟想阻拦宋慈，宋慈却示意不必担心。仇啸指了指自己的胸口，宋慈心领神会，从里面掏出了一封信，乃是仇啸推举宋慈去太学的举状。

"多谢大人！"宋慈心中五味杂陈。

"可惜，我没用了，你也用不上了！"仇啸苦笑了下，"其实从皇城司关注起建宁府的那天起，我便知道会有今日之局。所以宋慈,不要内疚,这不怪你!"

宋慈蹲坐在仇啸身旁,问道:"大人,我有点儿想不明白,既然你知道,为何不……"

"为何不逃?"仇啸仰起了头道,"逃去哪里?再次当贼寇吗?仇某平生所愿乃是做一个好官,上为社稷出力,下为百姓分忧。老天爷给了我十年的光景,老夫已然很满足了!"

"可是你为什么选我断案?"

"既然不走,此事迟早都要揭露,还不如选我中意之人揭露此事,也可成其佳名,送他一程。宋慈,你很像年少时的我。这事办得比我想象的还要好、还要快,我很满意!"

宋慈苦涩道:"可是你不该杀这么多人,许家三十七口,还有黎家二十三口!"

"老夫杀了很多人,有些人确实是老夫之错,可是唯一没杀错的人就是黎晋!"

听到此话,所有人都看着仇啸。仇啸远眺前方道:"你知道当年给丽质传假话让她怂恿我越狱的人是谁?你知道我去许家时又是谁第一时间给许家告密让丽质被送走远嫁他方?又是谁给官府告密,说我身在杭州府?"

"难道是黎晋?可是他为何要这么做?"

"哈……哈……"仇啸笑了几声,却又扯了胸口,咳嗽了起来,"天下最可怕的字眼兴许只是嫉妒二字。黎晋是理学学子,我却涉猎理学、心学还有叶大人的事功学说!"说到这里,仇啸看了下叶适。

宋慈早知几派学子为争夺正统地位互相看不上眼,却没想到私下里斗得这么凶。真有人为此不择手段吗？

仇啸猜透宋慈的心思，说道："人心险恶，你日后便知了！其实我不恨黎晋害我，我和他之间总有一个人要死。我只是恨他害了丽质一生！"

宋慈心情低落，不知该如何作答。仇啸又问道："宋慈，仇彦是不是走了？"

宋慈点了点头。仇啸看着远方说道："以后你们这一辈的事，我就不管了，只是有一点你一定要答应我！"

宋慈不解地看着仇啸。仇啸正色道："这孩子命苦，容易偏激，若有可能，你拉他回头。"

宋慈知道仇彦是犯了杀人大罪的人，不敢答应。仇啸笑了下道："算了，不勉强你了。可是如若仇彦做了那等事，你一定要杀了他！"

"什么事？"宋慈迷惑不解。仇啸苦笑道："如若他日后为了复仇背叛大宋，你就杀了他！"

听闻此话，所有人都愣在了原地。过了一会儿，仇啸看着叶适和孙毅道："两位大人，下官还有一事相求！"

"仇啸，你还有什么话要讲？"

仇啸转过头看着宋慈道："宋慈，把我送到江堤上，我想看一下！"

叶适和孙毅对宋慈点了点头。

天放晴了，闽江治水的工程快收尾了。在江堤上，仇啸看到最后一块砖石被垒好，心中好像也放下了一块石头。几艘商船扬帆远航，带着建宁府的酒和茶去往福州府。也许遥远的福州府那儿也正有几艘商船带着海盐逆流而上开往建宁府。

仇啸心满意足，人生一世，最后总算做了一些自己想做的事。他望着江上船只的风帆，叮嘱道："宋慈，官场的路难走，你以后不要像我这样！"

宋慈心中苦涩，仇啸对他有知遇之恩，待他也有如子侄，可是偏偏是他亲手把仇啸推向穷途末路。

阳光微暖，洒在人的身上，仇啸凝望着天空，口中喃喃道："丽质，是你吗？是你来接我吗？我看到我们的孩儿了，很好，很好……"

仇啸死了，虽然他是武夷大盗，但是建宁百姓有不少人却大哭一场。

三日后，考亭论理又一次召开，由于叶适和孙毅的支持，宋慈顺利拿到了去太学的举状。

又过了半个月，宋慈动身要去临安了。拜别了父母后，宋慈来到郊外一座新坟前。

上了香，敬了酒，宋慈拜祭道："仇大人，学生要走了！仕途之路虽险，但宋慈一定会向难而行。来日我一定会做个好官，造福一方百姓。但是我绝不会触碰大宋律法，更不会法外杀人！你说，晚生能做到吗？还是真的如同爹爹所说，官场黑暗，做官不如当吏？"

冷风呼啸，山林间一片寂静。宋慈再次行了学生之礼，转身而去，走向了临安府的方向。

——白僵案完

第二卷　鬼庙案

第一节
客栈凶案

福建路，泉州府。

大宋海船以福建路所造海船为上，称之为福船，福船则以泉州府所造船只为佳。此地所造海船，大者五千料可载五六百人，小者二千料亦可载二三百人。

一个天高气爽的日子，一艘开往高丽的福船扬起了风帆，缓缓驶出了泉州港。在熙熙攘攘的船客之中，一位蓬头垢面的男子伫立船尾，迎着海风，看着渐行渐远的海岸，心中五味杂陈："终于逃出来了！宋慈、余莲舟，此事绝不会就此算了！等着，我仇彦向天发誓，必会回来复仇！"

宋慈离开了家，娘亲给他准备了银两和干粮，父亲却硬塞了验尸用的柳木箱子以及一摞刑狱推案的古书。出了建宁府，宋慈交了点银两，跟随商队一路前行。又行了十余日，终于走出了强盗时常出没的武夷山脉。前方就是两浙东路，过了两浙东路就可以到临安府所在的两浙西路。

这一日，商队到了衢州府龙游县地界，宋慈便和商队分开，准备明日一早乘坐去临安的客船。

"有福客栈"虽然不是龙游县最大的客栈，但是好在离衢江码头不远，所以南来北往的商客常于此处打尖住店。进了酒肆，店小二一脸谄媚地走过来打招呼。宋慈要了一壶好酒，点了几碟小菜，寻了一处临江靠窗的位置，自斟自饮。

龙游县地处要冲，此时又是晚膳时分，大堂里人声鼎沸，喝酒行酒令之声不绝于耳。宋慈呷了一口酒，刚举起竹箸，耳旁就传来了一声怒吼。侧眼望去，前方酒桌之上有几名青年男子觥筹交错，正举杯欢庆。看他们的装扮，其中两人乃是儒生，另一人是一名武夫，他满面红光，正光着膀子、瞪着牛眼踩在凳子上吆五喝六。剩下一人则是一身常服，行囊里插有很多画卷卷轴，右手凌空微微抬起，作执笔状，像是勾勒画像，对一旁的喧闹声充耳不闻。

"咦？"宋慈暗叹了一声，这画师临空所画不是人虫花鸟，倒像是一具骷髅，甚是古怪！

青衫儒生仰头牛饮了一大碗酒，对同桌人说道："我等今日死里逃生，定要不醉不归，不如行个酒令助兴如何？"

黑衣儒生闻之大喜，回道："此事太过匪夷所思，能逃脱性命乃是造化！好，那我段襄就抛砖引玉先说一个。"说完，自称段襄之人指了指先前的儒生说道，"我先来：李亚有心便是恶！"

"好你个段襄，"被指的儒生遮住嘴巴道："段襄无口便成衰！"说罢两人哈哈大笑，又齐齐看着武夫和画师。武夫见到两人挑衅的目光，回道："两只撮鸟！酒家不懂什么破酒令。在鬼庙的时候怎么不见你们两人有这样的能耐？如今有命活了，就在这里耀武扬威不成？"

听到鬼庙二字，客栈里方才漠不关心的酒客几乎都转过了头，怒目而视，恨不得将这四人生吃了。

儒生李亚有些诧异，对小二说道："来啊，再来几坛子好酒！"

四人在客栈里喧嚣不停，可是话语间却离不开鬼庙二字。就当武夫又要店小二添酒的时候，一位不惑之年的中年汉子端着一碟小菜来了，他满脸麻子，眉角处有刀疤，堆笑之时整张脸就像是掰开的芝麻饼，甚是滑稽。

"列位客官，年某乃是此地掌柜，诸位吃得可还好？"年掌柜放下小菜，亲自给四人添酒。

武夫大大咧咧道："酒不错，就是下酒菜马马虎虎！"

倒满酒后，年掌柜举起酒杯对四人说道："年某有不情之请，还望各位才俊海涵！"

四人也是懂礼数的，就连画师也从恍惚中醒来，都起身举起来酒杯还礼，李亚疑惑道："不知年掌柜有什么事？你说！"

年掌柜乐呵呵地笑了笑，手指着几乎空无一人的大堂说道："四位公子在小店能不能不提鬼庙二字？"

"为何？"李亚迷惑不解地看着年掌柜。

年掌柜歉意道："此地的人有忌讳，你们说的那个地方晦气，他们不想就此招惹麻烦。你瞅瞅这才多大一会儿，人不就快跑光了吗？"

"有什么晦气的？酒家刚刚从那个地方出来，卵蛋的事情都没有，不是活得好好的吗？"武夫本想在客栈里夸耀自己的丰功伟绩，不承想还没说几句话，人都不见了，肚子里正憋着气，无从发作。

年掌柜赔笑道："公子果然英雄了得，您高抬贵手，别和我等乡野村夫一般见识，只要你们不再说那事……"

武夫不满，还想说什么，李亚却拉了他衣袖，低声道："算了吧！掌柜的还想做买卖，吓跑了客人就不好了！"

武夫也不是不讲理之人，回年掌柜道："如若不说那事便怎的？免了我们的酒钱？"

年掌柜急忙摆手道："小本经营，免不起诸位的酒钱啊！不过这碟醋溜白菜可送给诸位当下酒菜，上好的镇江白醋溜的，那味道，啧啧！"说着，年掌柜舔了舔嘴唇。

得了四位的许诺，年掌柜摸着胸口走了过去，经过宋慈身边时还小声嘀咕道："可惜我那盘上好的醋溜白菜了，菜是新鲜的，醋也不错啊！"

四人继续喝酒，除武夫外其他三人好像成了哑巴一样。武夫不想喝闷酒，抬眼一看，只有宋慈对身边发生的事情泰然处之，不紧不慢地用着晚膳。

拎起一坛好酒，武夫自来熟地坐到宋慈对面，斟满酒盏，推到宋慈的面前，开口道："洒家孔武，来，干了它！"

宋慈抬起了头，打量眼前的男子，五大三粗、方脸戟髯、眼中都是期盼之意。宋慈不是扭捏做作之人，端起酒盏闻了闻，道："不错，好酒！此酒冬天酿造，又存了三年，乃是大酒！闻着酒味应该是二十等以上了！"

"好鼻头！"孔武仰头喝了一碗酒后笑道，"洒家是闻着酒香找到此处，据说这里的酒在整个龙游县最为醇正！好鼻头书生，你叫啥名字？"

"在下宋慈。"

"宋慈？"孔武瞪大了牛眼道，"听你的口音，是建宁府人士？难道是验尸推案的宋慈不成？听说你最近办了大案，还捉了个假知府？这是要去临安求学吧？酒家也要去武学，李亚、段襄皆是太学学子，马永忠要考画学。来，哥哥给你们引见引见，路上也好有个照应！"

宋慈指了指其他三人，那三人已经付完账，正互相搀扶，醉醺醺的要回客栈房间了。

孔武酒量好，喝酒像喝水一样，几个酒坛见底后，竟然发了酒疯，缠上宋慈说道："兄弟，酒家与你一见如故，你怕鬼不？有件大事，哥哥要和你说道说道！"

大堂里的客人多了起来，年掌柜又不安地望向这里，宋慈不想耽误店家的生意，回道："此事我等回客房再说如何？"

"好！好！"孔武嘀咕了两句，竟然醉了，趴在酒桌上断断续续地说道："那鬼庙里有好多的棺材……"

店小二在掌柜的示意下，连忙把醉酒的孔武扶回了房间。宋慈刚想结账，年掌柜却提着酒壶走了过来，恭恭敬敬地给宋慈满上了一杯酒。

"宋公子，请！"

宋慈眠了一口，道："好酒！最好的大酒，比方才的酒还好！"说到这里，宋慈又握住了酒杯，道："酒虽好，但也贵了点儿。大酒分二十三等，寻常最好的大酒卖四十八文一大斛，你这里却卖五十五文一大斛。掌柜的，这有点儿不厚道了！"

"宋公子，这就错怪年某了！"年掌柜摇摇头叹道，"龙游县这几年粮价高，故而酿酒不易，城里其他酒肆的大酒都六十文一斛了！"

宋慈有点儿惊讶，不解地看着年掌柜道："据闻龙游县这两年风调雨顺，乃是丰年！"

年掌柜叹了一口气："武夷山贼寇复起，官家征收军粮，福建路和两浙都在征收之列。龙游县山多地少，本就粮少，如今又来这么一出，粮价自然就上去了，可不是年某要抬高酒价！"

宋慈心中不由苦笑，以前假知府仇啸在时，对武夷山贼多有震慑之力，那些贼人还不敢造次。如今仇啸伏诛，武夷山贼没有人压着，竟然又猖狂了起来。

"既然公子喜欢，"年掌柜转身喊道，"高小二，再拿两壶好酒来！"

宋慈见识了年掌柜的小气，方才送出一盘醋溜白菜都好像挖了心头肉一样，当下怎么出手如此阔绰？年掌柜望着一脸迷惑的宋慈道："公子可是断了建宁假知府案的宋慈？"

"出过一些力……"宋慈不想再提往事。

"那就是小恩公了，恩公请！"年掌柜又给宋慈斟满了酒。

宋慈打量着年掌柜，他脸上的麻子十分显眼。

年掌柜捕捉到宋慈的目光，摸了摸脸上的麻子道："总角之年，家乡恶疾暴发，年某随家中大人四处逃命。只可惜双亲命薄，双双殒命于路旁，年某也感染了天花。本以为那次必死无疑，不承想却得此间乡民搭救侥幸活命，只是脸上就多了这些麻子。"

"年掌柜节哀！多少天灾其实乃是人祸！"

年掌柜又指了指脸上的疤痕，说道："年少时贩卖山货遇到贼人，这道疤痕就是那时候留下的。"说着年掌柜又敬了宋慈一杯。

宋慈连忙推却，回道："晚生不敢当，年掌柜客气了。斗胆问一句，年掌柜方才所说的都是秘事，为何却告知了在下？"

年掌柜执意敬酒道："实不相瞒，您是我的恩人。恩人眼神中有所疑惑，故而年某不敢隐瞒！"

宋慈从来没有到过龙游县，更没有见过年掌柜，为何被他称之为恩人？心中略微沉思后问道："当年打劫你的可是武夷大盗？"

年掌柜哈哈一笑道："公子果然心思敏锐，名不虚传，年某先饮为敬！"

宋慈又追问了几句，方才明白了是怎么一回事。年掌柜年少时以贩卖山货为生，一次他贩卖一批重要的山货去泉州港，没想到半道上却被武夷大盗仇啸的人拦路打劫。货物丢了不说，还死了不少伙伴。要不是年掌柜机警，跳到了水中，想必也成了刀下之鬼。上个月仇啸被宋慈揭破了真面目，故而年掌柜把他当成了恩人。对于真假知府案宋慈心中五味杂陈，不愿意多说什么，只是和年掌柜推杯换盏。

半盏茶的光景后，两壶酒喝了个底朝天，年掌柜还要叫小二拿酒，宋慈却推说不能再饮。宋慈本想结账，年掌柜却怎么也不愿意收宋慈的酒钱。临走之时，年掌柜又拱手道："宋小哥如若有什么想要问的，直接来找我年有福就行。"

用完晚膳，宋慈要了一间客房。第二日卯时，天才蒙蒙亮，睡梦中的宋慈就被一阵雷鸣般的鼾声吵醒，定睛一看，一位如黑牛般的壮汉趴在房间里的地板上呼呼大睡，他手里抱着酒坛，嘴巴不自觉地吧嗒作响，哈喇子落了满地都是，正是昨日见过的武夫孔武。

"这个浑人怎么在这里？"诧异的当口，又听到"嗯昂……嗯昂"的驴叫声。一只褐色毛驴撩着蹄子哒哒地走到宋慈床前,驴头伸进了床帘,伸出舌头就开始给宋慈洗脸。

房门呼啦一下子被推开了,小厮不安地走了进来,连忙赔不是道:"小的无能,惊扰客官了!"

宋慈擦了下脸上被毛驴留下的哈喇子,指了指孔武道:"他是怎么回事?"

店小二指了指脸上的瘀青说道:"这位客官半夜起身,就嚷着要找宋公子说事。我不愿意,还被他打了几拳!"

"那这只驴呢?"宋慈又问道。

店小二忍不住笑道:"这只驴是后院拉磨的。孔公子半道上遇到它后说驴大爷辛苦了,平时被人骑,如今还要拉磨,他最看不惯世间这种不公平之事!必须反过来才行!于是他把毛驴背了过来,还说……"

"还说什么?"

"还说他要同驴大爷以及你一起结拜为异姓兄弟!"

宋慈不知道孔武到底喝了多少酒,竟然能醉成这样?正当他要叫醒此人时,客栈里突然喧嚣起来。宋慈走出房门一看,一名小厮从房里跑了出来,口中狂喊道:"掌柜的!死人啦!"

第二节
抬棺夜游

听到叫喊声,房客们都出了房门。甲六房里一名男子静静地卧倒在床榻之上,看样子已经没有了呼吸。宋慈走过去定睛一看,竟然是李亚,昨日他还生龙活虎和孔武等人一起喝酒,不承想今日却成了冰冷的一具尸体。

"都让下,官府的人来了!"店小二大声喊道。

一张国字脸的龙游县令张横领着捕快、仵作、书吏等人前来验尸。

"孙仵作,这就开始吧!"张县令说了一句。

孙仵作点了点头,吞服了一颗苏合香圆,又烧了火盆,开始用醋和热水清洗李亚的尸身。

过了半晌,张横问道:"有什么发现?"

孙仵作用手拍了拍死者的肚皮,回道:"尸体周身没有明显的伤痕,肚皮膨胀而响,应是酒食醉饱死!"

听闻此话,所有人都点头称是,毕竟大家昨日都看到了李亚等人醉酒的景象。张横又问道:"和李亚同屋的人是谁?昨日又是谁灌醉李亚的?李亚虽是自己醉死的,但是劝酒之人也逃脱不了干系,那些人死罪能免,活罪难逃!"

年掌柜走了出来。酒肆里死人了,买卖做不成了不说,说不定还要摊上官司。他擦了擦额头的冷汗,回道:"同屋的人叫作孔武,如今不知人到哪里去了。和李亚喝酒的人还有段襄和马永忠!"

"把他们都找来,本县有话要问!"

一旁的捕快急忙走了出去。不多时,还在宋慈房里酣睡的孔武被四名壮汉抬了进来,他身上除了醉酒的恶臭外,还有一股尿骚味,也不知沾惹的是人尿还是驴尿。张横捏着鼻子问了一句:"此人是谁?什么地方找到的?"

捕快回道:"听小二说他就是孔武,乃是要去临安武学的武生,找到他的地方则是丙二房!"

"不是他自己的房间?"张横诧异地追问了一句。

宋慈上前一步道:"晚生宋慈,丙二房是在下的客房。"

此时又有小厮走了上来,说了昨晚的经过。

张横冷哼了一声,不理会宋慈,指着酣睡的孔武道:"泼醒他!"

一桶水泼了下去,孔武打了一个酒嗝,迷迷糊糊地睁开了双眼,问道:"你等是谁?酒家又在哪里?"

不经意间孔武看到尸床上的李亚,一下子酒醒,身子"嗖"地打直,哀号道:"李亚兄弟这是怎么了?"

"怎么了?"张横怒斥了一声,"本县要好好问问,为何给他灌酒,又让他酒食醉饱死?"

"绝无此事!"孔武摇头道,"李亚兄弟酒量不错,昨日喝得最少,也最先清醒。昨晚他还照顾了我,怎么一下子就死了呢?"

"还敢狡辩！"张横喝道，"来人啊，先打他二十板子，待捉到其他人等，再一同问罪！"

孔武是个犟驴，最受不得委屈，当即大怒。他一个激灵，鲤鱼打挺站了起来，捏起了拳头就打向了冲来的捕快。只三五个照面，七八个捕快就哀号在地。不仅如此，孔武还冲向了县令，看样子就连张横也不想放过。

"大胆贼子，汝欲何为？"张横大喝一声，连退了几步，步伐却没有凌乱。

宋慈叹了一口气，孔武这人虽然莽撞，但是为人豪爽，日后也会是同窗，加之昨夜又睡在自己的房间中，自己难逃干系。心思于此，宋慈上前一步道："诸位且慢，在下观李亚尸相，并不像是酒食醉饱死，而是外物压塞口鼻死！"

"无知小儿，胡说什么？"张横怒道，"来人啊，把这小子也关起来！"

说了一句话，就要惹上麻烦？宋慈正郁闷之际，人群里走出几名黑衣人，为首之人看了县令张横一眼，又看了看宋慈说道："官府验尸时都要把死因写入《验状》之中。不过死因叫法却不能胡诌，必须有准确的叫法。比如说酒食醉饱死就只能写成酒食醉饱死，而不能写成醉死或醉饱死或者其他名字。如此做的缘由乃是为了让《验状》减少歧义。宋慈所说的外物压塞口鼻死也是一种死因的叫法，若是一般人等定然会说成闷死、憋死等等。由此看来，这人并不是门外汉。"

宋慈没想到余莲舟也在这里，对她报以感激的眼神。张横看了看余莲舟等人的装束，大致猜到了他们的来历，压住内心的震怒，对宋慈问道:"你叫……宋慈?哪个宋慈?"

宋慈行礼道:"晚生福建路建宁府建阳县人士。"

"建阳宋家!"张横惊呼了一句,"宋巩宋大人你可熟识?"

宋慈恭敬回道:"乃是家父!"

"虎父果然无犬子!"

孔武也认出了宋慈,搂着他的肩膀,哈哈笑道:"我这兄弟前段时间破获了建宁府真假知府案!厉害吧!"

"这才认识了不足一日,怎么就这么热络?"宋慈腹诽了几句,对县令张横说道:"可否让晚生验尸?"

张横本来不想节外生枝,可是皇城司的人在一旁看着,沉吟了一下,终于点了点头。宋慈蹲在李亚尸身前,查看了他的口鼻说道:"李亚眼开睛突、口鼻中流出了青色的血水,脸上的血荫呈现赤黑色。依我看来,他是酒醉昏迷之际,被人用湿纸搭在口鼻上闷死的。"

孙仵作脸露质疑之色,辩驳道:"那也有可能是醉死的!"

宋慈站起了身,于铜盆中净手道:"如若不信,你再查下他的粪门。此时定然粪门突出,还有污物沾惹衣裤!若是醉死,最多有污物,粪门不会突出。"

孙仵作仔细查了查,李亚粪门处果然如此,起身拱手回道:"孙某佩服,受教了!"

既然李亚不是酒食醉饱死的,那么孔武自然就洗清了罪责。张横让人封了整间客栈,禁止人员出入。依他看来,这凶手定然还在客栈之中没有离开。年掌柜听闻此话,几乎要晕倒下去,不但这买卖做不成了,还要赔多少银子?

"来人啊！"张横喊了一声，问道，"段襄和马永忠两人找到了没有？"

几名捕快面露尴尬神色，回道："属下无能，还没有！"

"什么？"张横怒喝一声，"一群蠢材，这小小的客栈竟然找不到人，难道他们逃走了不成？再去找找！"

"卑职领命！"就当几名捕快要离开的时候，客栈的伙计突然急匆匆跑了过来，他走到了年有福面前说道："掌柜的，不好了，柴房里死人了！"

诸人来到柴房中，只见地面之上横躺着一具尸首，正是昨日和李亚行酒令的段襄。孙仵作走上前查看，段襄面部肤色青紫发黑，手脚指甲皆是墨色，口鼻耳中皆有血出。

过了片刻，孙仵作正色道："此乃服毒死！"说完此话他还看了宋慈一眼。宋慈心领神会，点了点头。

张横追问道："你可知道中的是什么毒？"孙仵作脸露疑难之色，支支吾吾道："这，也许被毒虫咬了吧！"

"也许？"张横不满地哼了一声，转头看了看宋慈。宋慈蹲在了段襄身前，瞅了几眼后说道："若是虫毒，死者全身上下无论头面、胸口都是青黑色，要么口中吐血，要么粪门流血。从表面上看确实是虫毒！"

孙仵作听闻此话，面露喜色。

宋慈又道："只不过不是虫毒，而是中了毒草之毒！段襄的上嘴唇开裂，牙龈处呈现青黑色。这乃是中了鼠莽草毒的迹象！虫毒和鼠莽草中毒后的表征极难分辨，差别只不过是上嘴唇和牙龈而已！"

孙仵作面露疑惑神色:"真的如此吗?"

宋慈点头道:"鼠莽草的毒一夜后才慢慢显现,到十二个时辰后,九窍就有血出。"

张横再也忍不住,对着孙仵作说道:"你就在这里守着,等着尸体九窍流血才能离开。明日你就动身去建宁府,在宋巩宋大人那学满半年方能回来!"

孙仵作面露苦色,又不敢违背县令大人,只好叹了口气,点了点头。

皇城司的人一直看着,却没有干涉。柴房中围观的人越来越多,此时有人嘀咕道:"红房子,黑房子,难道诅咒又显灵了吗?恶鬼又来索命了?"

旁人诧异道:"赵三石住嘴,你知道你在说什么吗?你想害了大伙被抓了替身不成?"

赵三石急忙捂住了嘴巴,不敢再说一句话。

张横制止了众人的喧嚣,对身旁捕快说道:"看好孔武,不要再出什么乱子。马永忠找到没有?"

捕快摇头道:"还没找到,不过属下这就去找!"

未几,孔武被人带到一间单独的客房。宋慈也跟了过去,兴许是方才验尸时露出了真本事,县令张横并未把他轰出去。

"孔武,"张横开口问道,"是要我动大刑,还是你自己老实说说究竟发生了什么事?"

孔武此人吃软不吃硬,脖子一歪道:"爷爷我突然不想说了!怎么的,要打架吗?洒家奉陪!"

张横刚要动怒,宋慈连忙劝慰道:"李亚和段襄含冤而死,马永忠不知所踪。孔兄弟,当下不是使性子的时候。"

"呃……"孔武觉得宋慈言之有理,叹了一口气坐到了一旁的椅子上,又要了一碗解酒汤,这才说道,"说就说,这个鸟事,老子早想说了……"

众人从孔武口中得知,他刚过弱冠年华,是福建路宁德府人士,乃是去临安武学入学的学子。至于李亚、段襄两名儒生都是两浙东路人士,也是今年太学要入学的儒生。剩下寡言少语的男子名叫马永忠,是一名画师,年岁稍长,想要去临安报考画院。

这四人在路上相逢,目的地一样,便认为是缘分,于是一起雇了一辆马车赶路。这一日他们到了一处山谷,山谷两旁青山高耸入云,天空中乌云密布,一时间天地一片昏暗。不知何时,马车迷失了方向,一直在山谷里打转。天色越来越暗,山谷间狂风大作,呜呜作响,山林里鸟兽哀号嘶鸣声不绝于耳,突然间乌云中一道霹雳划破了天际,雨点噼里啪啦地落了下来。

马夫架着马车一路狂奔,想找到一个地方避避雨。一个时辰后,雨势渐小,马儿也放慢了脚步。孔武等人从马车上跳了下来,举目四望。前方不远处有一座衰败的石牌坊,牌坊两侧插着两只白灯笼,远处的村落中有几盏孤灯若隐若现,不知是否有人居住。

李亚走了几步,借着灯光抬头张望,牌坊上写着三个大字"上河村"。

马夫跟在后面,看清楚了牌坊上的字后双脚不停哆嗦,突然跪在地上对牌坊磕了几个响头,嘴里嘀咕了几句请求饶命的话语,就头也不回地跑进了身后的山林之中,连马车也不要了。

四人诧异地看着马夫离去的方向,远处是暗黛色的青山,野狼嚎叫的声音不绝于耳。天空中又有一道霹雳划过厚厚的云层，暴雨将至。

画师马永忠问道："如今该如何是好？"

李亚想了想道："若在山林过夜的话，野兽多，寒气又重，不是个法子，还是去村里寻个落脚地为好！"

诸人点了点头，本想赶着马车继续前行。不承想拉车的马儿却跪在牌坊前瑟瑟发抖，怎么也不愿站起来。孔武没有办法，跳到牌坊上摘下了白灯笼，抢先一步，跨过了牌坊。

四人进了村子，村子里面死寂一片，连鸡鸣狗叫的声音都听不到。方才还亮着的两盏孤灯此时也熄灭了。孔武寻了两间屋子，拍了拍门环，经久之后，门里却没有应答之声。

"村子里都没有人吗？"四人寻思道，"村里道路上枯枝败叶不多，看得出来是有人打扫，为何整个村子却寂静无声漆黑一片？"

愣神儿的当口，前方隐约有脚步声传来，细听之下还有嘎吱嘎吱的怪声。李亚竖起了耳朵，嘀咕道："是我的幻听吗？怎么听到了小孩子的歌声？"

其他人沉默不语，因为他们也听到了。童谣声越来越近，脚步声也越来越近。段襄想到了什么，吹灭了孔武手中的灯笼，拉着四人躲在了一旁，示意不要说话。

童谣声渐渐清晰，四人听得额头上青筋暴突：

"红屋子，白屋子，

怎么也跑不出的长屋子。

长屋子，黑屋子，

一起走入小村子。"

咯吱声近了，借着昏暗的光亮，四人大致看到了眼前的景象，这竟然是送葬的队伍。有人撒着纸钱，有人扛着招魂幡，有人扛着纸人纸马，还有人肩挑满满的几十箩筐的祭品，最古怪的是队伍最后的几具棺材。李亚有点儿害怕，死命地掐着段襄的胳膊。棺材似乎不止一具，每具棺材都在竹竿上一上一下晃动着，好像有人坐在上面一样。孔武虽说胆大，额头上也冒出了冷汗。

四人屏住了呼吸，都不想多事。忽然间，一道闪电袭来，一时亮如白昼，四人看清了眼前的景象：十六名如同纸人一样的白衣人戴着各式鬼怪面具，正抬着红、白、黑、长四具棺材前行，每具棺材上还坐着一名孩童。他们手打着红伞，唱着儿歌。

李亚吞咽了一口口水，段襄喉咙里"哦"了一声。那群怪人听到声音后，森然回首，齐齐看向了四人的藏身处。孔武纵然见多识广，此时也不由把心提到了嗓子眼上。无论是抬棺的杆夫还是坐在棺材上的小孩，脸上的妆容都是纸扎人的模样。脸面上抹着白粉，脸颊涂着红色朱砂，一时间分不清是人是鬼。

"嘻……嘻……嘻……"，棺材上的童男童女看见四人后开心地晃动着身子，口中发出了笑声，接着又唱道：

"小画师、读书郎，

跟着武夫进殓房，

从此以后睡棺房！"

闪电转瞬即逝，大地又是一片墨色。童谣声随同那群怪人渐渐远去，整个村子又恢复了宁静。

孔武吹燃了火捻子，灯笼再次发出光亮。鼻头处闻到了一股尿骚味，低头一看，李亚和段襄裤裆处都湿了，画师马永忠却如同没事人一样，也不知道这人的胆子是什么做的！

"走吧！找个过夜的地方再说！"孔武招呼着众人前行。李亚成了软脚虾，口中嘀嘀咕咕说道："完了，完了！这下我们完了！"段襄好奇问道："你说什么？"李亚却没有解释什么，只是反反复复重复着那句话。

段襄受不得惊吓，不断追问李亚。过了半晌后，李亚才嘀嘀咕咕说出一段话。原来在一些乡野村落中有这样的风俗。若是村子里出现了枉死之人，夜半时分就会有村民打扮成纸人模样抬棺夜游，据说这样是为了给枉死的人找替身。只有找到了替身，那些厉鬼的怨气才能够平息，村子才会得以安宁。

上河村这个地方，今夜家家户户都大门紧闭，甚至还熄灭了灯火，也没人说一句话，应当是知道晚上会有夜游，故而不敢露头。

李亚说完话后，几人的脸色都不好看。孔武疑惑道："你的意思是我们碰到的不是送葬的，而是找替身的？"

段襄脸色惨白道："孔武，你不要瞎说！"

忽然间画师马永忠想到了什么，愣在了原地。孔武戳了下他的腰身问道："怎么了？这么快就被抓了交替了？"

"不要胡闹！"马永忠回道，"那几具棺材都有不少年头了，难道说这么多年来死去的人还没有找到替身吗？"

听闻此话，李亚更是哭丧了脸。此时此刻四人也没有了在村子里找住处的念头，正要往回走的时候，却听到了哒哒的马蹄声。前方不远处有一辆马车在夜色中疾行，看马车的样式，不正是他们遗弃的马车吗？

"那不是我们的马车吗？怎么在那里？"孔武上前了几步，旁人也跟了上来。马车越走越快,到了拐角处后却又消失不见了。

众人急忙追了过去,弯过巷角后一下子都定住了身形。前面是一间偌大的庙宇,庙宇之前竖着两排恶鬼的塑像,马车就停在了庙宇前。

四人走了上前,抬头一看,庙宇上写着三个大字"正南观"。

"进去看看吗?"李亚问了一句。

冷风吹来,卷起地上的落叶。段襄惊恐道:"宁睡一座坟,不住一间庙,这个村子太过古怪,还是及早出村为好!"轰隆隆的惊雷声在天空激荡,雨点噼里啪啦落了下来。李亚、段襄、孔武身上都有去太学、武学的举状,马永忠包袱里也有耗尽心力的画作,若是淋湿了就大为不妙。

孔武提气道:"既然方才遇到的不是鬼,那就没啥好怕的,走吧!"说罢,便第一个走进了正南观。身后三人互相看了几眼,也走进了庙中。

第三节
骷髅画师

庙宇很大，分为前殿后殿，似乎很少有人拜祭，已然破落不堪。

孔武寻了一个干净的地方坐了下来，其他三人也坐在了一旁。雨噼里啪啦地落下，荒郊野岭，有庙宇能遮风避雨，也算是不幸中的大幸了。

走了一天，早就人困马乏，肚子也咕咕作响。孔武从包袱里拿出干粮，打量着这座庙宇。庙中供奉的正神乃是钟馗，一旁陪祀的神灵乃是捉鬼的神荼和郁垒。这几尊神像凶神恶煞，让人不寒而栗。

马永忠找来了枯木点燃了篝火，李亚喝着水囊里的泉水，吞咽了两口干粮，愤然道："这里到底是什么鬼地方？"

段襄回道："钟馗，字正南，这正南观应当就是祭祀钟馗的庙宇吧！"

李亚点了点头道："明日一早，我等就离开此地！"

孔武瞅了瞅钟馗像的后面，说道："后殿之中隐隐地还有灯光，我过去看看！"

"不要去！"马永忠大叫了一声。

孔武诧异道："为什么？"

马永忠脸露不安神色，回道："我方才捡柴的时候进去过！"

"你去得，洒家为何去不得？"孔武来了兴趣，站起身来绕过了钟馗像走到了后殿门口，一下子却呆若木鸡。见到孔武这番模样，李亚和段襄也走了过去，霎时间两人也瞠目结舌，遍体冰凉。

这间后殿竟然是一间棺材房，里面摆放着红、白、黑、长四具棺材。

"这是我们方才见到的那四具棺材吗？怎么一转眼又摆放在这里了？"李亚嗓音不自然地问道。

棺材悬空放置，棺材板上贴满了黄符，四个棺材角上垫着七块瓦片。瓦片的四方，各放着一盏油灯。

"此地太过诡异，还是走吧！"段襄说了一声，旁人都点了点头，退出了后殿又回到了前殿。大雨稀里哗啦地下着，一刻不停，轰隆隆的雷声更是震得每个人心尖发颤。李亚和段襄在殿门前站了许久，雨势却越来越大，这才心有不甘地回到殿中。

长夜漫漫，四人都不敢闭眼睡觉，无奈这几日赶路太急，早就人困马乏，到了后半夜便接二连三睡了过去。

大雨总有停歇的时候，天边渐渐泛白。四人陆续睁开了眼睛，可是睁眼一看又全都愣住了，只见殿门口站着一圈手拿弓箭短刀的村民，恶狠狠地瞪着他们。

"把他们都抓起来，浸入水塘沉尸！"一位满头白发、族长模样的男子说道。话音刚落，四五十个村民便冲了进来。

"你等岂能如此草菅人命？"李亚骂了一句。

孔武抽出身后的乌梢棒，冲了过去。

霎时间，殿里鸡鸣狗跳、尘土飞扬。孔武不愧是要去太学的武生，一套罗汉棍打得虎虎生风，村民哀号不断，旋踵就有十来人被打趴在地。

"若不束手就擒，就杀了他们！"族长大喝了一声。孔武虽然威武，但是其他三人都是手无缚鸡之力的书生，这些村民又是练家子，不过半盏茶的工夫便束手就擒。

马永忠看了看孔武，大喊道："他们捉不住你，你快跑吧！"

李亚、段襄也点头道："你去告官，断不能让这些歹人草菅人命！"

族长听闻此话，眉头一皱。孔武大喊道："跑什么跑？要生一起生，要死一起死！"

李亚摇了摇头，孔武虽然讲义气，但是此刻却不是讲义气的时候。

村民听闻这些人要告官，嘴角边都露出轻蔑的笑容。就在此时，有村民跑了过来，在族长耳旁低语了几句，突然间族长看四人的目光有了一些变化。

马永忠盯着族长说道："死也要死得明白，凭什么要抓我们？又凭什么要把我们沉入深潭？"

"是啊！凭什么？"李亚、段襄两人也吼了起来。

"凭什么？"族长冷笑道，"你们去过后殿没有？"

李亚支支吾吾道："我们就在门口看了一眼，难道这样也犯了王法不成？"

"只看了一眼？那为何棺材下的瓦片都碎了，棺材都坠地了！"族长勃然大怒。

"棺材坠地了？"李亚等人迷惑不解，村民押着他们三人到了后殿门口，四具棺材都已落地，垫在棺材角的瓦片已成了碎片。

"这绝不是我等干的！"李亚怒吼道，"我等就是看了一眼而已，昨夜一晚上都在前殿睡觉，此事断断与我等无关！"

"昨夜下了一夜的雨，庙中又只有你四人，不是你们干的又是谁干的？"村民齐声怒斥，恨不得立马上前结果他们的小命。

孔武疑惑道："这棺材就是落地了而已，再找一些瓦片把棺材垫起来就行，这有什么大不了的？"

"有什么大不了的？"村民听后狂笑不已，有人怒吼道："你们知道什么，这风水阵法摆在这里已然十年，上河村就是靠此阵法才能平安无事。如今棺材落地接了地气，村子定然不得安宁了。"说罢，不少村民开始呜咽抽泣。

"什么破阵法，都是一些乡野愚夫！"孔武嘀咕了一句。村民恶狠狠地看着孔武，只要族长一声令下，他们就要围上去把孔武乱刀砍死。

马永忠知道此时不是硬碰硬的时候，于是说道："我听闻风水阵法破了后在七日之内必会灵验。这样好了，我等哪也不走，就在这钟馗庙中待上七日。如若怨灵要找替身，死的也是我们！若是这七日我等侥幸不死，那就是命不该绝，你们便放了我们如何？"

族长沉吟不语，盘算着什么。马永忠又道："虽然你们抓住了我们三人，但是定然拦不住孔武，只要他闯了出去，就能告上官府，届时你们上河村的人每个都脱不了干系！"

对于马永忠提及的官府，村民都是一脸鄙夷，可是族长却另有顾虑,方才他听闻村子里还来了另一群厉害的人,这些人到了当下也没有抓住。他看了看孔武,又看了看另外三人道:"那就这么办吧,不过你们要把这些棺材重新支起来!"

"这有何难?"马永忠回道,"你们只要把灰砖瓦片搬进来就是,剩下的事我等来做!"

两边达成约定,村民给三人解开了绳索,又送来了瓦片。孔武等人也不多话,在四具棺材下垫上了瓦片,把棺材支了起来。

其后几日,七八十名村民不分昼夜守在了钟馗庙外,只要孔武四人敢迈出门槛一步,就有箭矢射来。

昨日清晨,七日之期终于过了,四人平安无事,上河村中也没有什么怪事发生,上河村民便按照约定把四人放了出来。此番遭逢大难,竟然死里逃生,四人自然欢呼雀跃,到了龙游县后,孔武鼻头好,寻了一间酒最好的酒肆,大肆庆贺了一番。不过四人临走之时,上河村族长何洛反复交代,万万不能将鬼庙发生之事说出去,若不然小心小命不保。

四人的故事,在孔武的口中娓娓道来,宋慈听得认认真真,龙游县本地人却怒目圆睁。有捕快忍不住问道:"你们让棺材落地了?"

孔武胸口一挺道:"这棺材自己落的地,关我等鸟事?"

听闻此话,要不是孔武身手了得,所有的捕快都恨不得冲上来暴打他一顿。

"不得放肆!严加看管孔武!"张横喝了一声道,"把客栈封了,再把马永忠找出来!"

孔武又要发怒,宋慈却安慰他道:"孔兄弟安心待一下,这事我会去调查。"

孔武鼻子一哼道:"那你可要快点儿,要不然洒家憋急了,可要冲出去打人的。"

虽说客栈被封,但是余莲舟等皇城司的人却旁若无人地走了出去,龙游县衙役本想阻拦,见张横摇了摇头,故而只好作罢。宋慈一介布衣,本想跟着出去,不承想却被拦了回来。

回到屋中,宋慈躺在床上,心中有些埋怨,看来定然赶不上码头的客船了,余莲舟方才竟然不出手相助?不过眼睁睁看着两名太学同窗丧命于此,凶徒还逍遥法外,宋慈又于心不忍。这两人死得古怪,到底是何人要杀他们?是上河村的人吗?狐疑之时,临河的窗子突然被人打开,猛然间冲进来四五名蒙面人。

宋慈刚要发声叫喊,口里就被塞上了布条,头被人套上了黑面罩,眼前顿时一片漆黑。来人也不多话,扛着他便从窗口往下跳。

"咚"的一声后,几人稳稳地落在了船上。又过了一会儿,船只靠了岸,一行人穿过一条小巷来到了一间民宅。此时黑衣人揭开了宋慈的头套,又拿出了塞在他口中的布条。宋慈慢慢适应眼前的亮光,瞪眼一看,忍不住大骂道:"好你个余莲舟,为何绑我于此?"

"委屈宋公子了,"余莲舟让人给宋慈解绑,"张县令封锁了客栈,我做的事又不想让旁人知道,所以只好出此下策了。"

宋慈冷哼了一声,余莲舟方才明明可以带自己从大门出客栈,却非要把自己绑来,这定然是她愤懑于宋慈对皇城司的态度。既然宋慈认为皇城司不可理喻,那皇城司何妨不可理喻一次?

余莲舟呷了一口茶,对一旁的下属说道:"捞起来了吗?"

皇城司的一人恭敬回道:"刚捞起来了!"

"捞起来了什么？"宋慈诧异地抬起了头。未几，四名黑衣人抬着一具淌水的尸首走了进来。宋慈定睛一看，此人正是画师马永忠！

"宋公子，"余莲舟问道，"你看看此人是淹死的，还是死后被推落水中的？"

宋慈狐疑道："是你们杀了马永忠他们三人？"

余莲舟鄙夷地看了看宋慈："蠢材，若是本姑娘杀了他们，又怎会让你过来验尸？"

宋慈没心思和余莲舟斗嘴，他摸了摸马永忠的心口，好在心头尚温。又探了探他的鼻息，虽然微弱，但是尚未停息。于是连忙说道："此人还有救，过来几人帮一把手！"

余莲舟给属下使了一个眼色，几名黑衣人走了过来。宋慈让其中一个叫牛俊的把马永忠背靠背倒挂在背后。

"不要停，扛着他走几圈！"宋慈一边吩咐察子做事，一边解开随身携带的包裹，又从里面找出了皂角并捣碎，接着用棉布把捣碎的皂角包裹了起来。

"把他放下来！"宋慈说了一句。牛俊不敢怠慢，按照宋慈所说的做了。此时宋慈又道："把他翻个面，扒开他的裤子。"

宋慈把装有皂角的棉布塞入了马永忠的粪门之中，又让人轻轻按压马永忠的肚皮。须臾之后，马永忠咳嗽了一声，嘴角和粪门同时出水，终于活了过来。

虽然活了过来，但是马永忠依然在昏迷之中。余莲舟吩咐属下把他抬到卧房休息，又命人准备姜汤。

一切弄完后，余莲舟盯着宋慈问道："你还懂这些救人的法子？"

宋慈冷笑道："推案不仅是验尸，还有救人，我用的这些都是救死方中的法子。在童游里的时候，你除了看我爹的推案笔录外是不是就没看其他东西了？"

余莲舟坐到了桌子前，黑衣人又拿来了个布囊，里面有一个用油纸包裹了几层的画轴。余莲舟解开包裹层层打开油纸，当她最后摊开画轴的时候，眼角不由扬起。

宋慈知道这包裹是马永忠的，初始时他还对余莲舟的行为表示不解，可是当他看清楚画面上的人物后也惊得瞪大了眼睛，这竟然是一幅《骷髅幻戏图》的临摹画。

《骷髅幻戏图》乃是当今画院待诏李嵩所画的名画，也是宋慈最喜欢的画作之一。这幅画乃是一幅团扇画，画面的中心人物是一位头戴幞头、身穿透明纱袍的大骷髅。大骷髅席地而坐，左腿曲折着地，左手按着左大腿，右腿弓起，右肘支起右膝，坐姿十分舒适自然。大骷髅上下牙列开张，似在说笑，右手提控一个小骷髅。

小骷髅右脚着地，左脚抬起，两臂做招手状，很是活泼。他的对面是一名童子，其左手与双足俱着地，昂首伸着右臂，似要伸手抓小骷髅，顽皮而好奇。童子的身后则为一青年妇人，她双手伸出做出阻拦状，表情看似有些焦急，恨不得抢回孩子。大骷髅身后则安坐着一位青年妇人，她半袒胸，怀抱中的小儿正食其乳。这名妇人目光安详，身子稍侧，正注视着眼前之事。整幅画人物十分生动细致，特别是大骷髅操控小骷髅，童子又被小骷髅吸引，其母焦急的神态，让人过目难忘！

余莲舟指着画面说道："你怎么看？"

宋慈沉吟道:"我曾无意间看过《骷髅幻戏图》的真本,那张画上的大小骷髅看似骷髅,却有活人的风采,当时就惊为天人。眼前这幅画虽然是《骷髅幻戏图》的临摹本,但是空有其形却无其神。《骷髅幻戏图》最重要的就是大小骷髅,那原作之中骷髅神态就和人一样,这临摹本中,骷髅虽然画得细致,但是缺了几分人气,多了几分鬼气!"

"果真如此吗?"不知何时马永忠站在了门口。宋慈爱好字画名帖,虽然作画的功夫不算大家,但是品鉴的能力还是有几分的。他不想欺瞒马永忠,便点了点头。

"我就知道是这样!"马永忠面露悲伤之色,走了上前,猛地把《骷髅幻戏图》的临摹画撕成了碎片,又抛在了空中。

"何必如此呢?"宋慈劝慰道。

马永忠哀号着道:"再过几年,我就到而立之年,画院考了多次,每一次都是无功而返。画院之中,我最佩服的画师就是画院待诏李嵩,最欣赏的画作就是《骷髅幻戏图》。这次我用功三月,终于创作出了这幅临摹画。本想着到了临安后能靠这幅画作得到李嵩画师的青睐,进而能被招入画院。如今看来,又是黄粱一梦了。"

宋慈叹道:"你刚从鬼门关前走回来,醒来之后不问坠河之事却只问画卷?真是一名画痴了。"

余莲舟看着失魂落魄的马永忠问道:"你是怎么落入河中的?"

马永忠神情落寞答非所问道:"入不了画院,活着还是死了有什么分别?"

宋慈安慰道:"若是活着你还有希望,若是死了你就只能成为别人画笔下的骷髅了!"

"说得也是！"马永忠站起身来，对宋慈和余莲舟深鞠一躬。

余莲舟再次问道："你是自己跳下河的吗？"

马永忠摇了摇头道："不是，昨日我也喝多了。回到房中后倒头就睡，接着什么事情都不记得了。当我惊醒时已在河中，再次醒来就躺在床上了。方才我已经从旁人处问清楚了事情经过，多谢两位恩人！"

宋慈眉头微皱嘀咕道："你是睡梦时被人推入河中的？是谁要杀你？"

"不知！"马永忠摇头道，"这地方我是第一次来。"

"为什么是溺死？"恍然间，宋慈好像明白了什么。

余莲舟凝眉沉思，也知晓了其中的关键，轻声道："落入河中，尸体便会发白。这就是所谓的白房子？"

"你们在说些什么？"马永忠疑惑不解，接着又问道，"孔武他们人呢？"

宋慈叹了一口气道："李亚、段襄都死了，孔武则被县令张横关在了客栈之中！"

"这是怎么回事？"马永忠既惊讶又哀伤。宋慈让马永忠坐下，简述了一下事情的经过。马永忠听后身子瑟瑟发抖，颤声道："难道真的是冤鬼索命不成？"

"哪里有什么冤鬼索命！"余莲舟放下手中茶碗，"把你在钟馗庙中发生的事情原原本本再说一遍，不要有半分遗漏，若不然我就再把你丢到河里！"

"孔武不是说过了吗？"马永忠不解地看着两人。

余莲舟笃定道："我想听听你口中的故事！"

愣了一会儿，马永忠回道："好吧！"他坐了下来，喝了一口茶，说起了那段往事。马永忠的故事和孔武所讲的故事基本一致，甚至还简略了许多。

"讲完了？"余莲舟问道。

马永忠点了点头。余莲舟盯着他的眼睛说道："你还有所隐瞒！"

马永忠回身看了宋慈一眼，宋慈也点头道："你确实有言辞未尽的地方！"

"这……"马永忠支吾不语，似乎还有所犹豫。宋慈说道："你瞒不过我，自然也瞒不过她。当日夜里你独自一人去棺材房干什么？"

"我哪有独自一人去棺材房？"马永忠脸色一变。

余莲舟追问道："那四具棺材为何落地？是不是你做的？"

"不是我做的，我只是……"说到这里，马永忠心如死灰。轮到盘问，他哪里是宋慈和余莲舟的对手？

宋慈低声回道："那日你们喝酒时我就闻到了一股熟悉的味道。方才救你之时，这股味道又出现了。你虽然衣物沾水，让那股味道弱了许多，但还是能闻出来，你身上带着一些避尸臭的药物！"

马永忠脸色大变，惊讶地看着宋慈。一旁的黑衣人把马永忠的包裹解开，里面一个檀木盒中装有苏合香圆、避秽丹、苍术等物。余莲舟说道："能用上这些东西的，不是验尸的仵作就是盗墓的贼匪。你说说看，你是仵作还是贼匪？要不要我把龙游县令张横找来，对于盗墓之人，他可是从来不手软的。"

见到秘密被两人揭破，马永忠身子瘫软，靠在了椅子脚上说道:"我真的只是个画师,不是什么仵作,更不是盗墓贼!"

"那你随身携带着这些东西做什么?当日夜里你去棺材房有什么目的?是偷盗冥器不成?"余莲舟继续追问。

马永忠叹了一口气道:"唉!当日夜里,我确实一个人去过棺材房。你等可否相信?我打开棺椁的目的不是为了偷盗东西,只是想看骷髅一眼!"

"这是为何?"宋慈疑惑道,"世间哪里有这样的怪事?"

马永忠苦笑道:"你们也知道,我平生之愿就是拜在李嵩门下。李嵩收徒甚严,寻常方式已然难入他的法眼,于是我就想创作一幅骷髅图。既然要作此画,不看骷髅又怎么能成?然而这世间的骷髅又谈何容易找到?为了看骷髅,我从仵作处要了一些避尸毒的药丸,时常去一些没人去的乱葬岗或者槚馆观摩骷髅的形态。"

说到这里,宋慈和余莲舟已然相信了几分,马永忠又道:"只可惜这些地方的骷髅大多已然残缺不全。我听说过上河村的故事,知晓那四具尸首已然放入棺材中至少十年,定然成了保存完好的骷髅。为了提高画艺,当天夜里我便趁他们还在熟睡的时候,进到了棺材房中,查看那几具骷髅。"

马永忠说的理由匪夷所思却又在情理之中,余莲舟扬眉问了一句:"果真如此?"

马永忠点头道:"当真如此,我查看骷髅之时,庙外有了响声,好像有什么人来了,于是我躲到了钟馗神像后,不一会儿后棺材房里进来一群黑衣人,他们在房里上下翻看,似乎在找什么东西。我不敢多待,便回到了前殿。至于那四具棺材为什么破瓦落地,应当就是那些黑衣人所为!"

听到黑衣人三个字，宋慈看了看余莲舟，余莲舟却像没事人一样继续对马永忠发问："如何证明你方才所说的话？"

马永忠回道："我日夜都在揣摩骷髅的形态，时常还会翻找他们生前的画像反复进行比对，七八年下来，也练成了一些本事。不自夸地说，马某可以根据骷髅的样子画出他们生前的模样，差别不过两三分罢了！"

如此诡事宋慈闻所未闻，他质疑道："所言非虚？寻常的画尸人都没有你这样的本领！"

"事到如今，又何必骗你们呢？"马永忠回道，"我被关在钟馗庙的七天，也时常偷偷去棺材房看骷髅，他们的形态我已然印在了脑中。给我一炷香的工夫，我可以把他们生前的模样画下来。我怀疑这四人是以前的逃犯。你等只要找到十年前龙游县的海捕文书，再比对一下，便真相大白了。"

"好！"余莲舟回道，"那就如你所愿！"

旋踵，黑衣人送来了画笔和画纸，马永忠握住了画笔，又看了看纸，嘀咕道："笔虽然是羊毫软笔，但是纸张却是不透水的熟纸，在这样的纸上白描人物，得需狼毫硬笔，若不然……"

"够了！"余莲舟制止马永忠再嘀咕下去，让手下又找了几支毛笔来，说道："这两支笔是衣纹笔和叶筋笔，都属于狼毫笔，当下可以动笔了吗？"

"将就用一下吧！若不是我的笔落水时毁了，怎会用这些粗鄙不堪的东西！"马永忠抱怨了几句，蘸了蘸墨汁，在画卷上笔走龙蛇。

宋慈和余莲舟守在一旁，盏茶时分，四幅画都已画好。两人走到了画卷前,啧啧称奇,这马永忠竟然真是一名骷髅画师。

"你们可以去龙游县找十年前的海捕文书,比对一下就知道了。"马永忠说道。

宋慈和余莲舟对看了一眼,两人都摇头道:"不用了!"

在真假知府案时,宋慈曾看过赖省干相关的卷宗,里面就有好几幅他得意弟子的画像。马永忠所做之画中,其中一人和赖省干一名弟子的容貌竟然有八九分相似。以此看来,马永忠所言非虚。

"真的不用了?"马永忠又问了一句。余莲舟点了点头道:"有福客栈不安全,这几日你就在这里调养身子,等案子了结了,我自会放你出去!"

宋慈眉头微皱,忍不住嘀咕道:"这案子怎么又和赖省干有关?你们为何来这里?"说罢,他看了看余莲舟。余莲舟瞥了宋慈一眼,让他住嘴,却不发一言。

皇城司干办牛俊走了进来,在余莲舟耳边小声说道:"属下查到临安府有人在给这里通消息,至于临安府的人是谁,这里接头的人是谁,又有何目的,尚未查出。"

"继续查,不过不要打草惊蛇!"余莲舟交代了一句,牛俊领命后又走了出去。

就在此时,又有察子急匆匆走了进来,对余莲舟禀告道:"提点,有福客栈又出乱子了!"

"什么乱子?"

察子低声在余莲舟耳旁说了几句。

"走,我们去有福客栈!"说着,余莲舟看了宋慈一眼。宋慈明白余莲舟的心思,跟在了她的身后。当走到马永忠身前的时候,宋慈拍着他的肩膀说道:"马兄,你根据骷髅画活人自然就多了几分死气。如若反过来,根据活人画骷髅,想必骷髅就多了几分人气!"

马永忠醍醐灌顶、恍然大悟,对着远去的宋慈背影拜了一拜。

第四节
冤鬼索命

出了民宅,宋慈瞅了瞅余莲舟,他猜测马永忠在鬼庙碰到的那些黑衣人十有八九就是余莲舟的手下。她的人去鬼庙干什么?又有什么目的?

余莲舟明白宋慈的心思,岔开话题指着他胸口说道:"我那三只梅花镖,是在你这里吗?"

宋词一脸尴尬,刚想伸手入怀将之物归原主,余莲舟却道:"那你就留着吧!这东西我不缺。若是你好奇心太大,本提点还可以多射给你几只!"

宋慈听到余莲舟的警告,苦笑了下道:"在下谢谢姑娘手下留情!"

两人回到有福客栈,守在门口的捕快还要阻拦,黑衣人却不管不顾打了进去。县令张横听到楼下喧哗声,急忙下了楼,看到又是这群黑衣人,眼角便不住地跳动。余莲舟不再隐藏身份,掏出皇城司提点腰牌在他面前晃了下,霎时间张横脸色大变,猜想竟然是真的!

余莲舟举步向前,道:"办好你的案子就可以!其他的事情就不用劳烦张大人了！"

张横一脸苦相，不情愿地点了点头。

进到了客栈，孔武正在和捕快在大堂对峙，在他的身后则瘫倒了两名灰衣男子。这两人宋慈依稀有印象，昨日好像也在客栈用晚膳，只是躲在了角落处不太引人注意。

"这是怎么回事？"宋慈问道。

孔武指了指在地上哀号的两名男子说道："问出来了，这两个直娘贼就是上河村的，一个叫何三郎，一个叫何四郎。我等离开上河村后，他们就一直在跟踪我们。方才又来窥视洒家时，被洒家堵了个正着。不用说了，李兄弟、段兄弟还有失踪的马兄弟，定然是被他们害死的！"

余莲舟走到孔武身旁，问道："他们交代了吗？"

孔武愤然道："这两个人嘴巴紧得很，不过不要紧，再打几下就老实了！"

孔武刚要动手，小厮高小二走上前说道："诸位大爷，小的想说一句话。"

"有什么事，你说！"余莲舟宽慰了一句。

小厮回道："这两人昨个儿吃坏了肚子，昨夜一整夜都往茅房跑，恐怕不会……"

"你怎么知道的？"

小厮尴尬地看了诸人几眼，犹豫了好大一会后，这才下了决心说道，"小的嘴馋，给客人送吃食时常会偷点儿东西尝尝……"

听闻此话，年掌柜勃然大怒，狠狠地踢了他一脚，口中骂道："你这个腌臜泼才，老子都没舍得偷吃，却被你偷吃了！"

不过所有人都明白了，定然是一盘吃食有问题，何三郎、何四郎还有店小二都遭了殃，说不定三人昨晚一直在抢茅厕。兴许高小二就是半夜上厕所时碰到了醉酒的孔武。

虽说何三郎、何四郎有高小二作证，但是上河村与李亚、段襄的死肯定脱不了干系，宋慈提议道："看来要去上河村走一趟了。"

余莲舟也是一样的心思，道："好！"说着她又指了指何三郎、何四郎对身后察子说道："把他们也带上！"

张横皱眉道："余提点，这不好吧？"

余莲舟冷笑道："张大人对皇城司办案有意见吗？"

孔武在旁边跃跃欲试，宋慈明白他的意思，说道："孔兄也跟着去看看！他去过那里，说不定会有所发现。"

一行人出了客栈，叫了三辆马车，马不停蹄朝上河村奔去。顺着山道行了十来里路便到了衢江边一处渡口。此地山高林密，江水宽阔，一间孤零零的山神庙伫立于渡口之旁，偶有山风吹来，谷口处就呼呼作响，甚是骇人。

七八个乞丐横七竖八躺在山神庙的神龛前晒太阳，都是奄奄一息的样子。见到余莲舟一行人等，竟然都活了过来，他们不躲不怕，蹒跚着走过来要吃的。余莲舟打发手下派了一点儿吃食，顺便问了一句："此地离上河村还有多远？"

一名年老乞丐手拿了一个破碗，讨了两个馒头说道："女娃娃，你去那里干什么？那地方的人凶得狠，顺着前面那条山道，翻过两座山，再走五里路就到了。"

宋慈把怀中的干粮交予路旁行乞的小姑娘，转身对老乞丐问道："你们为何聚集于此？"

"哎！"老乞丐狼吞虎咽地咬着馒头，又把剩下的一个馒头分给了自己的小孙子，从水囊中灌了几口水，打了一个嗝这才说道："那地方的人虽然凶得狠，不过都是一些好人，若不然我等也不会在这里等了，只是这个月怪了点儿！"

"哦？"余莲舟来了兴趣，追问道，"老人家，这话怎么说？"

"这……"接过察子递来的酒壶，灌了几口酒后，老乞丐道出了是怎么一回事。

不知从什么时候起，上河村每逢初一、十五就会举行抬棺夜游的祭祀仪式。当天夜里他们会大张旗鼓，抬着四具棺材，带着大批祭品从上河村走出来，并一直走到山神庙前，做一场法事。据说只有这样才可以平息怨灵的愤怒，保护村子的安全。

每次仪式之后，上河村人会把祭品留在山神庙中。这一群乞丐守在这里就是为祭品中的吃食而来，只不过这次似乎出了点儿意外，本月十五日上河村的人没到这里，自然山神庙里就没有任何东西留下。乞丐们还不死心，又接连守了几天。要不是余莲舟等人来了，他们恐怕真要饿死了。

宋慈抬眼看了看孔武，又看了看余莲舟，心中盘算道："上次出了什么意外？为什么那些人没到这里，是因为孔武还是因为余莲舟手下的察子？"

余莲舟又问道："老人家，你们见过夜游吗？"

听闻此话，老乞丐脸色大变，回道："哪里敢看啊，万一被恶鬼抓了替身咋办？这里的人每逢初一、十五的夜里都躲在家里，不敢出门，若是不小心见到棺材了，那不是就要准备后事了？"

"多谢老人家了！"余莲舟留下了一些碎银子，又招呼着所有人继续上路了。

上河村位置偏僻,越往山里走,道路越加崎岖。翻过两座山头进入一处山谷后,眼前豁然开朗,前方是一处开阔地,一座牌坊耸立在道路正中,上书三个大字"上河村"。

站到了牌坊前,余莲舟环顾左右,拍了拍手。须臾,皇城司干办章勇带着几名手下从隐蔽处跳了出来,前来复命。

"这些日子有什么发现?"余莲舟问了一句。

章勇躬身回道:"村子里的人没什么特别之处,不过属下前日夜里在村子西头密林处听到有临安府口音的人在交谈,追去之时,那些人身手不凡又消失不见了!"

"临安府口音的人?这村子不简单啊!"余莲舟冷笑道,从前些日子起,他就留着章勇等人在此监视村子,没想到还真有了发现!

过了牌坊,进到村中,整个村子异常地安静。行人三三两两,见到宋慈一行人等,脸上都是警惕之色。章勇刚要找人问话,村民就躲瘟神一样地走开,如若追急了,四周的村民就会从家中手拿锄头、镰刀、弓箭、长枪等物齐齐涌出,一副要与人拼命的样子。只有一名梳着三丫髻、插着三只短金钗、系着红罗头须的总角女童,瞪大了眼睛好奇地看着众人,她怯生生地问道:"你们是货郎吗?里面有纸鸢卖吗?爹爹说要给蔚儿送纸鸢的!"

看到小女孩可爱的样子,余莲舟露出了笑容,一旁的章勇心领神会,从怀中摸出一包蜜饯递了过去。余莲舟蹲下身子,拿出两个蜜枣塞到小女孩手中,说道:"我们不是货郎,小姑娘,你爹爹叫什么名字啊?他是做什么的?"

"蜜枣真好吃,姐姐也喜欢吃吗?爹爹是坐大堂的,他叫……"小女孩刚要说什么，就有一名妇人过来，抱起小女孩就往回走，临走之前，还恶狠狠地看了众人一眼。

宋慈环顾着四周，动了动鼻子，嘀咕道："村子里好像有什么味道？很熟悉。"

孔武咧嘴笑道："这味道洒家知道，是酒味，哈哈，勾得洒家一肚子的馋虫都出来了。没想到这个破村子竟然有酒？前几日我怎么没留意到？"

兴许是孔武的声音大了，所有村民都定住了身形，齐刷刷地看着这群外乡人。若是有人高呼一声，定然要一拥而上了。

余莲舟转身对章勇说道："我们先去鬼庙。"

章勇点头称是，轻车熟路在前方带路。宋慈有些诧异，心中猜测道："难道余莲舟从没来过此地？章勇是打前哨的，他发现事情不简单后，便禀告了余莲舟？接着余莲舟就马不停蹄赶来了？所以当日黑衣人弄破棺材下垫瓦的那天晚上她并不在场？"

不多时，诸人到了钟馗庙前。一群气势汹汹的村民守在庙门前，虎视眈眈地看着余莲舟一行人等。孔武仇人相见分外眼红，大声嚷道："何洛何老头出来！你村子里的何三郎和何四郎都在我手中，若是再不出来的话，洒家就把他们捏死！"

余莲舟也知道此事没有转圜的余地，让章勇把何三郎、何四郎拉下了马车，孔武上去一人一脚，将两人踢翻在地。

"何人在此喧哗？"上河村族长何洛从鬼庙里走出，方才余莲舟见到的那个小囡囡也被她娘亲模样的女子牵着离开。兴许是方才那两个枣儿让小女孩有了好感，她对余莲舟摇手示意道："漂亮姐姐，下次不要卖枣子了，带纸鸢吧！蔚儿让大父拿酒跟你换！"

"好呀！"余莲舟露出了寻常不见的笑容，宛如春季盛开的桃花。

何洛咳嗽了一声，示意女子带着小女孩赶快走，旋即村里响起了咚咚的铜锣声，数百村民手拿武器黑压压地围了过来。

皇城司十余名黑衣人以余莲舟为中心，把他们护在了中间。章勇手持皇城司腰牌，对着村民说道："皇城司办事，你等想要造反不成？"

花甲之年的何洛对皇城司人到来并不意外，他举手制止了众人，道："不得鲁莽，来者是客。"接着转身又对余莲舟等人说道："诸位官老爷，可否赏个薄面，来庙里喝一壶小酒？"

"恭敬不如从命！"余莲舟留下了十余名手下看守何三郎和何四郎，她则和宋慈、孔武一道进了庙。

庙里除了族长何洛外，还有几名耄耋老人，想必都是村里有身份的族老。几名村民摆好了酒菜，转身离去。何洛对余莲舟等人做了一个手势："请！"

余莲舟和宋慈互相看了一眼，担心酒菜不安全所以没有动筷子，孔武却不管那么多，举起酒碗一饮而尽，又拿起一只烤兔腿，狼吞虎咽地撕咬起来。余莲舟给章勇使了一个眼色，示意他开始问话。章勇心领神会，对何洛问道："我等也不和你打弯弯绕，棺材里躺着的四个人是谁？他们又是怎么死的？"

"这……恕小老儿不知！"何洛摇了摇头，"这么多年过去了，这些陈年往事怎么记得清楚？"

余莲舟在庙里走了几步，打量着钟馗像，问道："何洛，你当真不知？那些人是赖省干的余孽？你胆子不小啊！"

"赖省干余孽?"何洛身子微微晃了下,接着又恢复了平静,问道,"你们原来是为他们而来?"

"要不然呢?"余莲舟低头看了看神龛道,"其他事还惊动不了皇城司!"

此话让何洛心中微安,章勇趁热打铁道:"即使棺材里的人是你们上河村杀死的也不用担心。这四人是贼,杀了他们不仅无罪而且有功。余提点只想知道他们的事,其他事情皇城司没有兴趣!"

何洛闭上了眼睛,权衡其中的利弊,过了许久,终于转过身点头道:"既然杀的是一群恶人,那么小老儿就把当年的往事告诉诸位好了!"

"请!"余莲舟重新坐定。

何洛闭上了眼睛,往昔一幅幅的画面又出现在眼前,当他再睁开眼睛的时候,终于说出了那段往事。

上河村位于山林之中,八山一水一分田,位置隐蔽,田地不多,不过好在此地山好水好,家家户户多以酿酒私卖为生。十年前,村里来了四个人,他们身着道袍,神色惊慌,身上还有刀伤。

几人进村后,先是躲在了钟馗庙里,接着又到村里偷了几件长衫以及美酒吃食,为此还打伤了不少村民。上河村村民习武成风,还没有外乡人敢欺负到他们头上!见到衣物被偷后,便顺藤摸瓜找到了躲在庙中的外乡人。

四人见到村民拿着弓箭和刀叉,一言不合就打了起来。虽说他们只有四个人,但是拳脚不错,不到一会儿的工夫,村民之中就有不少人负伤倒地。何洛不想村民无辜伤亡,于是说道,他们不再追究四人偷衣服和偷吃食的事情,只要他们酒足饭饱后离开此地就可以。

四人一路逃亡，早就疲了，便点头同意了。

上河村人民风彪悍，怎会受得了这份鸟气？当何洛与外乡人谈判之时，已然有人偷偷潜入庙里，在四人的酒坛中放入了毒药。这四人不知有诈，喝了酒后脑袋就嗡嗡作响。何洛见此，急忙叫村民进去抓人。

这四人中一人当即被毒死，一人迷迷糊糊坐起来却被送酒的悍妇用湿衣服蒙住口鼻闷死，还有人逃跑时被人用绳索套住脖子勒死，最后一人虽然跑到了江边，但是毒性发作，失足落入水中而死。

闯入的外乡人都死了，上河村村民却不安了起来。这四个人看起来都是逃犯，如若告官的话兴许还能领一份功劳。可是若是他们不是逃犯怎么办？他们上河村的人不就成了杀人犯？

既然如此，村民一不做二不休，把四具尸首放在了一起，准备找个僻静的地方烧了。

当天夜里，上河村村民抬着四人的尸首走入了密林之中。就当他们架好了木材后准备毁尸灭迹之时，留守村子的村民又押着一名道士过来。此人行踪鬼鬼祟祟，像是先前四人的同伙。当那名道士看到放在柴火堆上的四具尸首后，神色大变。村民本想把这人也杀了，不承想他对身旁村民宣称："那死去的四名道人都会法术，此番惨死后心有不甘，会化作厉鬼找村民索命！"

村民哈哈大笑，哪会相信这样的鬼话！便一拥而上把他丢到篝火之中。就在此时，火中升起了一道迷烟，不少村民吸入迷烟后，立马神志不清。他们眼中见到了各种幻象，整个人变得或痴笑或狂舞,就像是中了邪一样。有几人胆子小,又参与了围捕四名道人之事,心虚之下,竟然宣称看到了厉鬼索命,没过一时半会,竟然口吐白沫,活活被吓死。

此刻已然有不少人相信道士的鬼话了,连忙把他从火堆上救了下来。此时道士说要想平息厉鬼的怨气,就不能烧毁他们的遗体。不仅如此,还要准备红、白、黑、长四具棺材把他们尸首放入其中,棺材的四脚也要垫上七片瓦片,万万不能让棺材接触地气,若不然的话就会有恶鬼出来找替身。

村民们宁可信其有不敢信其无,他们找来了四具棺材,还把棺材安放在了钟馗庙的后殿。其后几日,道士在钟馗庙里做了几场法事,他还交代说在每月的初一十五,都必须抬棺夜游,这样冤魂才不会害人。

村民不敢造次,一一做了,一个月后,上河村风平浪静,道士也离开了上河村。一年之后,有村民在武夷山山神庙中无意间又见到了做法的道士,这名道士给了村民四道黄符,让他带回去贴在棺材之上。

自此以后,村民都会携带银两到山神庙中求镇鬼的黄符。大概几年前,道士又说道:"以后要求黄符的话,要到泉州的天机观。"

十年来,村民一直遵从道士的嘱咐,不敢有一丝一毫的怠慢之心。只可惜前些日子,村民再去泉州天机观的时候,却发觉这座道观被官府封了,那名道士也不见了踪影。

神仙不见了,那可怎么办?没有黄符镇棺材,厉鬼索命怎么办?几天前村子又像往常一样,抬棺夜行。谁知道第二日他们去钟馗庙的时候，竟然发现四具棺材都破瓦落地了。棺材吸了地气，厉鬼不就是要出来了吗？

于是村民抓住了在前殿酣睡的孔武四人，想要他们偿命。不过最后马永忠的一席话却说动了他们。七日之后，孔武等人离开，何洛还不放心，便派了何三郎、何四郎两人一路尾随。没想到再碰面的时候，他们已成为阶下之囚。

听到这里宋慈已然明白，那名骗钱做法事的道士十有八九就是宁道人。他那日去上河村就是要和其他人汇合。只是宁道人极其狡猾，见到同伴被杀后，就编了一个故事骗人。甚至还因祸得福赚了十年的银子。至于余莲舟为何要到此地，想必也是从宁道人口中套到的消息。不过这么多年过去了，在这里还能找到什么？上河村能放了孔武四个人，恐怕不是因为马永忠的一席话，而是知道皇城司的人在暗中观察，在局势未明的时候不想轻举妄动罢了。

何洛的故事说完，余莲舟又让属下拿出了一幅画像，指着画中的道士说道："他就是你们口中的那位神仙道士吗？"

虽然已经过了许多年，画中道士的模样也老了许多，但是何洛还是一眼认出，此人就是当年指导他们摆风水阵的人。余莲舟又道："此人乃是坑蒙拐骗之徒，已被我抓住押往临安府了。你们以后不用再弄那些神神鬼鬼的事情了。"

何洛疑惑道："虽说如此，就怕族人心不安啊！十年都抬棺夜游了，突然中断，也不好交代啊！再说当年四名村民又是如何死的？"

余莲舟回道："篝火之旁的幻象是因为那名道人往火里丢了毒物，旁人吸入毒气后自然就会有幻象产生，有心志不坚定者，容易被自己惊吓而死。如同你们偶尔服用了一些毒菇，也会产生幻象。"

何洛听此似有所悟地点了点头，对其他事情，心头还是犹豫。宋慈忽然想到了什么，问道："为什么几日前祭祀队伍没有走到衢江边的渡口？"

"唉，"何洛叹了一口气道，"法事不能见外人，有外乡人撞破了，自然就不用到渡口了。"

余莲舟盯着何洛的眼睛问道："李亚和段襄是你派何三郎、何四郎杀的吗？"

何洛手微微一抖，洒洒了地，惶恐道："官老爷明鉴，断不是上河村所为，若是要杀他们，七日前就杀了！"

余莲舟问此话，也只是想看看何洛的反应。她看了一眼宋慈，又瞅了瞅后殿。宋慈心领神会，对何洛说道："那四具尸骨，能否让在下看一下？"

"这？"何洛犹豫不决，最后还是点了点头。一行人来到了钟馗庙的后殿，打开了第一具棺材，棺材内壁四周密密麻麻地贴了一层黄符。棺材中的尸首早就腐化，成了一具枯骨。

宋慈把骷髅头从棺椁中了拿了出来，让孔武抱着头颅，自个则取来装满清水的水囊徐徐地把清水从骷髅的脑门穴灌入，旋踵，有一些细泥沙屑从骷髅的鼻窍处流出。

余莲舟问道："真的是溺死的？这么多年了，还能有细沙流出？"

接着宋慈又打开了第二具棺材，也就是所谓的黑房子。这具棺材中依然贴满了黄符，宋慈查看了尸骨，尸骨骨头发黑，应当是被毒死的。

白房子、黑房子验完,接着是红房子,棺材里一模一样,也是贴满了黄符,骷髅头的口腔中还可以看到赤齿之状,确实是被闷死的。

宋慈最后打开的就是长房子,棺材里除了黄符外就是一具骷髅,他的喉骨有破损的痕迹,乃是被勒死的。

验完了四具尸骨,已然证实了何洛所说的故事。既然问完了话,何三郎、何四郎又没啥用,余莲舟便把两人放了回去,何洛等人感激不尽。

"何村长,我等能四处走走看看吗?"余莲舟问了一句。

"自然是可以的,小老儿就在前面带路。"何洛走在了前面,余莲舟一行人等跟在了后面。上河村整个村落就在山谷之中,耕田不多,四周都是高山。走马观花看了一圈,倒是没有什么特别之处。

大半个时辰过后,看完了整个村落,余莲舟挥手叫来章勇,吩咐道:"李亚、段襄刚死,兴许会有贼人对上河村不利,你带些人守在这里,记住,断不能打扰村民的正常作息!"

"这……不必了吧!"何洛脸上露出苦色。

余莲舟冷笑道:"何族长是在质疑皇城司做事吗?"

何洛连忙摆手:"不敢,不敢,上河村人定然好好款待诸位官老爷!"

章勇拍了拍何洛的肩膀道:"老族长放心,皇城司也不是什么事都管!"

何洛尴尬地笑了笑,既然皇城司都把事挑明了,他也不藏着掖着了,挥了挥手,便有村民把私藏的美酒搬了出来。孔武是个好酒之人，当即甩下了几锭银子，大大咧咧地抱了几个酒坛子就往马车上搬。何洛见此哭笑不得，却打死不要孔武的银子，说道："孔壮士喜欢这酒，乃是上河村的荣幸，哪里还敢要银子？收了银子，不就成了卖私酒的吗？使不得！使不得！"

大宋朝一直奉行榷酤制度，严禁百姓私自酿酒贩卖。孔武也不客气，领了美酒，和宋慈等人离开了。此番来上河村，只是掀开了冤鬼索命一事的面纱，宋慈心中的疑问仍然没有解开：李亚、段襄两人是被谁杀死的？马永忠又是被谁推下河的？皇城司到上河村为了何事？

余莲舟猜到了宋慈心里的想法，说道："皇城司来此确是另有要事！李亚、段襄的案子你只能自己查，不过我可以派人帮你。"

"多谢了！"宋慈拱手称谢，又闭上了眼睛靠在了马车上。

余莲舟掀开马车的窗帘向上河村的方向看了看，问道："你对何洛和上河村怎么看？"

"那个故事应当是真的，毕竟揭露这件往事对上河村没有任何影响，不过何洛应该还有所保留！"

"你是指？"余莲舟放下了帘子，回眸看着宋慈。

宋慈回道："虽然何洛带我们把整个村子都逛了一遍，可是有两个地方没让我们看见！"

余莲舟眸子微动，说道："你是指酒坊和酒窖？"

"提点英明，想必方才你观察钟馗像和神龛，也是想看看是否有收获吧！"

"你这样的人，真应该来皇城司！"

宋慈不再言语，在读书人看来，皇城司就是鹰犬、爪牙，是最为不齿的那些人。宋慈的看法虽说因为余莲舟而有所松动，但他自己是万万不会去皇城司的。

余莲舟秀眉微蹙，道："除了没看到两个地方，还没有看到一些人！"

宋慈心领神会道："你的意思是说，没看到章勇干办口中提到的操临安府口音的人？"

"嗯！"余莲舟点头道，"若是做山货买卖的人，不必这样藏着掖着！"

第五节
大小法场

回到了客栈,余莲舟带着手下先行离去。孔武让小二送来了美酒和小菜,拉着宋慈一道用膳。

三杯酒下肚,孔武刚要说些什么,宋慈又打开另一个酒坛,给他满上了一杯,道:"再喝喝这杯!"

孔武喝了这杯酒后,深吸了一口气,还在回味酒的味道。宋慈看了他一眼,问道:"两种酒一个味道吗?"

"差不离,后一种味道更纯正些,有点儿上头!"

宋慈也给自己倒了一杯,略微品尝后,说道:"更纯的是上河村的酒,店里的酒掺了点儿水。看来是要找他一趟了!"

"你去哪里?是要找那给酒掺水的王八吗?我也去!"孔武猛地站起了身。宋慈拍了拍他的肩膀,宽慰道:"此事我一个人去为好,你不必担心,人多了反而容易坏事!"

起身之际,却看到小厮高小二早已守候一旁,他微微闪开了身子,说道:"宋公子,请随我来!掌柜的等你多时了!"

高小二在前面带路,下了楼,穿过一道小门,到了后宅门前。宋慈停住了脚步,似有犹豫,小厮回道:"公子不必担心,此处没有女眷！"

进了院门，来到房中，一眼就看到了年有福，他正用小刀削薄竹条，看样子正在做纸鸢。见到宋慈来了，年有福用眼神示意宋慈坐到一旁。

"掌柜的好雅致，是给孩子做的吗？"

"家里的小丫头要的，没有法子。"年掌柜说起女儿，脸上都是笑意。

宋慈也拿起了锉刀，将其中一根竹条削平："有鸟有鸟群纸鸢，因风假势童子牵。去地渐高人眼乱，世人为尔羽毛全。"宋慈念着元稹的诗，似乎也想到了自己的儿时，很多记忆都涌上了心头。

削好竹片后，年掌柜开始用麻线捆纸鸢的骨架，脸上挂着笑容道："春暖花开了，咱大宋的百姓有春季放纸鸢的习俗。当纸鸢飞到高空后，再剪断绳子，就能把一年的晦气和病疫都送走！我家囡囡聪明，去年我说过一次，她就一直记着。这不，今年非得要放纸鸢，说是要为全家人祈福，你说这丫头烦人不烦人？"

虽然爹娘总认为自己子女是最好的，但是像年有福这样疼爱女儿的男子却是不多。宋慈轻轻点了点头，帮着理了理麻绳的线头。

年有福在纸鸢骨架上拴好了线头，试着提了提道："小恩公莫要笑话年某，到了我这岁数你就知道，人生在世求的不过是家人平平安安，妻女过得好点儿罢了！"

宋慈抬头看了一眼窗外，他尚未娶妻，也没有子女，还没有想过这件事。不过当下他期望的却是完成太学学业，踏上仕途，为百姓办事。

年掌柜察觉到宋慈眼神的变化，自嘲道："让小恩公见笑了，这不过是我等俗人的想法罢了。你去过上河村了？"

"嗯！"宋慈调弄了下手中的糨糊。

年掌柜一边裁剪剪绢纸，一边说道："龙游县地多田少，又常年旱涝，百姓苦不堪言，上河村尤甚！那里的人火气大点儿，你莫要介意，其实都是良善人家。"

"兴许是吧！"宋慈意有所指道，"为何不做些小买卖？"

年掌柜指了指自个脸上的刀疤道："买卖也不好做，年某以前就做这个行当。大宋的行税百中抽二，过一个关卡抽一次，越是走远门，行税越重，住税则是百中抽三，一趟买卖跑下来，如若祖宗保佑不碰到贼寇，可以有一成的利润，勉强可以养家糊口。不过每次出远门做买卖，就好比走一趟鬼门关，年某倒是不怕，可是禁不住家中妻女担忧！"

宋慈看了看面前的酒肆，年有福心领神会道："前几年拙荆给我生了个小丫头，常年在外也不是法子，便用所有家当开了这间酒肆，算是有个着落了吧！"

"年掌柜安稳了，何不想想法子让他们也安稳？即使再艰难，想必也比担那些风险强！"

年有福露出苦笑道："若是能填饱肚子，哪里有人愿意担打板子的风险？这间酒肆不是我一个人的，山里的老老少少都有份子。"

宋慈停下了手中的活计，问道："跑买卖真的很危险？"

年掌柜给纸鸢骨架上蒙上了绢纸，道："远的那些事情不说，小恩公可否听说过虚喝？折税？大小法场？"

宋慈愣住了，他虽然饱读诗书，可是对于这些现实中的门道确是闻所未闻。

年掌柜宽慰道："这都是些上不了台面的腌臜事,小恩公没听说过也很正常!所谓虚喝,就是无中生有喊出货物的名字和数量,再让商人纳税。折税则是过了时辰还没交税就要以货物抵税,至于货物值多少钱,则是官老爷说了算。这种种的手段,其实都是巧取豪夺!"

宋慈一腔书生意气,最听不得这些下作的事情,怒道："大宋的官吏已然腐化如此了吗?"

年掌柜叹了一口气,用剪刀剪掉纸鸢上多余的纸张,说道："池州雁汉谓之大法场,黄州谓之小法场,鄂州谓之新法场。这些地方的官吏征收商税最为残暴,对我等商贾来言,都好比杀人的法场!"

宋慈心中百感交集,问道："年掌柜交了课税后,只卖官酒不可以糊口?"

年掌柜一边给纸鸢绑牵引线一边道："在大宋做买卖不容易,开个酒肆也是如此。小恩公也知道,交了酒税后还只能从官府买酒曲或者成酒。官家的酒曲贵且不说,味道更是差强人意。若不是有其他地方的酒帮衬着,我这小小的酒肆估计无人买酒!"

宋慈苦笑道："这酒还掺了点儿水!"

年有福定住身形,说道："不是年某小气,而是这酒不掺水的话味道太浓,比之官酒要好上许多,容易让人发现。即使这掺水过后的酒,也比官酒好太多。小恩公可以在龙游县打听下,有福客栈的酒可是出了名地厚道。"

宋慈点了点头,这里最好的大酒确是比其他酒肆的酒便宜。

年有福矫正了下纸鸢的形态道:"上河村八山一水一分田,靠种田早就饿死了。如若不做一些见不得光的买卖,不仅酒肆开不下去,就连村里的人也要饿死大半!小恩公若是要检举年某,年某愿意束手就擒,只是希望宋公子放过上河村的百姓吧,他们过得太苦了!"

此话说罢,年有福一脸怅然,眼中仿佛又看到了过去的那些不堪岁月。

宋慈心知,年有福卖的大部分酒应该是来自上河村的私酒。此罪虽然罪不至死,但是挨一顿板子却是免不了的。他的内心在天人交战,既觉得此事是国家律法所不允许的,又觉得百姓似乎也有苦衷,这到底是哪个环节出了问题?

年掌柜猜出了宋慈内心的犹豫,说道:"小恩公他日做官,一定要来龙游县,兴许那时我等就不用这么偷偷摸摸了。"

宋慈看着年掌柜,又问道:"冒昧问一句,掌柜昨晚在做什么?"

年掌柜指着身旁厚厚的一摞账本:"在为此犯愁了!传闻朝廷要对北方用事了,不仅要大肆征收军粮,商税也要增加不少。我得在增税之前多买些货物存着,能省一点儿是一点儿吧!这年头,买卖不好做啊!公子若不信,可以看看这些账本!也可以问下我身旁的小厮高小二,昨晚上他一直在一旁伺候。"

宋慈把手放在了账本上,就当年掌柜以为宋慈要查账的时候,宋慈摇头道:"宋慈只不过是一名路过的学子罢了,方才问掌柜的那些话已然是无礼之举,又怎能再看这些账本?"

纸鸢已然扎好,是好看的喜鹊形状,年掌柜指着风筝,对宋慈做了一个请的手势,道:"小恩公是读书人,是贵人,由你来点睛。"

宋慈拿起了纸鸢,这只纸鸢做得很精致,定然能飞得很高,他又环顾周遭说道:"年掌柜对自己挺节省,桌椅都用了许多年,不过做纸鸢的纸却是最好的绢纸,骨架也是上好的楠竹,想必令爱很招人喜爱吧!"

"一个淘气的丫头,像个假小子一样,不知道以后怎找得到婆家。她单名一个蔚字,这名字是年某用了五坛子好酒专门找了村里的老学究取的。"年掌柜研好了墨,把兔毫笔递给了宋慈。

宋慈略微思索,提笔在纸鸢上画了一对眼睛。

年有福还不满意,在一旁嘀咕道:"我找老学究问过,诗经里有一句话:'蓼蓼者莪,匪我伊蔚',这里面就有个蔚字,整首诗讲的是孝顺,要不在纸鸢上写上这两句?"

宋慈听闻此话哭笑不得,道:"这首诗虽然讲的是孝顺父母,但是整首诗太悲切了!寓意也不好!"

"不怕,不怕!就写那两句!"只要谈起女儿之事,年有福就有着自己的执着。

推却了半天,年有福却一点儿不让步,宋慈没有法子,只好在纸面上写下"蓼蓼者莪,匪我伊蔚"两句话,后来又觉得意头不好,在后面又添上了"年年喜庆,一生有福"八个字。

年掌柜得到题字后当即大喜,道:"好字,好书法!高二郎,快来!"

高小二急匆匆地进了房,恭敬地守在一旁。年有福指着纸鸢说道:"等上面的糨糊干透后,就给小姐送去。"

高小二点了点头，小心翼翼地拿着纸鸢离去。

宋慈心想再也问不出什么，他转身准备离去。

年掌柜看着宋慈即将离去的背影，喊道："小恩公，此地水深，莫要耽搁了去太学的行程，两日后渡口还有一艘去临安府的客船。"

听闻此话，宋慈定住了身形，回道："多谢掌柜的！宋某还想问一句话，你和上河村是什么关系？"

年掌柜身子怔住了，过了半晌才回道："上河村于我有大恩，年某万死难报！"

宋慈追问道："李亚和段襄是你杀的吗？"

年掌柜神色微变，正色道："绝不是年某所为，更非上河村所为！"

走出了后院，宋慈微微闭上了眼睛，整件事最奇怪的地方就在于贼子为什么要杀李亚和段襄？难道仅仅是他们撞破了夜游的队伍？到底还有什么地方是自己疏忽的？在心头盘算了一阵，宋慈似乎想到了什么，走向余莲舟所住的客房。

余莲舟从上河村回来后，一直听着手下各路察子的汇报。

"这几日龙游县信鸽多了，想必有些人急了。"皇城司干办牛俊把这几天的相关卷宗呈了上去。

余莲舟翻了翻，眸子一动，问道："查出何人所为？又交给谁了吗？"

"属下无能，尚未查出来。不过应当是与我等追查之事有关！还有，属下还查出了一点儿东西！"

"什么东西？"余莲舟瞪着牛俊。

牛俊伸手入怀拿出一个酒壶递了过去。余莲舟把壶口放到鼻子前闻了闻,又品了一口,道:"这酒哪里来的?"

"临安城的胜樊楼,其他几个酒楼也有这种酒,至于从哪里取的货,还在追查之中。"

"这些人好大的胆子!竟然在皇城司的眼皮下兴风作浪!"余莲舟凤目怒瞪。

就在此时,干办谭峰禀告道:"提点,宋慈求见!"

"让他进来!"

宋慈进了屋子,刚一落座,便开门见山问道:"姑娘可否给在下帮个忙?"

"什么忙?我们很熟吗?"余莲舟秀眉微抬道,"我先说好,不是不愿意帮你,是眼前事情还很多,还另有要事要办!"

"能否从县衙手里把李亚和段襄的遗物要过来,我想查验一下!"

"他们的东西不在县衙那里,我手下人先拿到了。"余莲舟挥了下手,谭峰把两人的包袱拿了过来。宋慈先翻看了一下李亚的包裹,摇了摇头。接着又打开了段襄的包裹,这包袱里面有几服尚未服用的中药。

谭峰在一旁回道:"共有七服药,都是城西的悬壶药堂开的。"

宋慈打开第一服药,翻查了下,接着又打开第二服以及第三服药,当他打开第六服药的时候,眉头微微皱起,之后打开了最后一服药。

余莲舟放下手中正看的文书,不解问道:"有问题?"

宋慈把药材抓了起来看了看又闻了闻道:"当归、防风、焦白术、牛膝、川芎，还有其他几味药没辨出来。"

余莲舟乐道："你还是个大夫？"

宋慈叹道："若要推案验尸，就得什么都懂一点儿。"说罢，宋慈抬头看了看谭峰问道："段襄是不是有风湿骨痛之病？"

谭峰点头道："确实如此，段襄刚到龙游县就去开了药。药方我让老大夫看过了，没有问题。"

宋慈拿起一味乌黑色球状根茎的药材说道："这是乌头，乌头虽然有止痛的功效，但是只要稍微过量就是剧毒。"

"过量了？"谭峰不解问道，"我特别找过老大夫查过乌头的用量，这七服药中乌头总量却并没有过量。"

宋慈指着第六服中药道："如若七服药乌头的总量是二两，有六服药的乌头加起来是八钱，那么剩下一服药的乌头就是一两二钱，你说这服药过量没有？"

"难道那时候有人就要加害段襄？"余莲舟转身对谭峰说道，"你带人去悬壶药堂走一趟！"

谭峰急忙领命而去。

宋慈皱起了眉头，新的发现让他更加困惑。余莲舟也不解地问道："你说过段襄中的是鼠芒草的毒，这药材里有吗？"

"药材里没有鼠芒草，这几服药段襄还来不及服用！"

余莲舟站起身来，在屋子里走了几步，道："这是何意？按道理只要按部就班，段襄就会服用这服药而死，届时就很难被人察觉，为何凶徒突然改变了主意？"接着她看了看宋慈，似有所悟道："如若你不出现，李亚会被认为是酒足饭饱死而不是外物压口鼻死。段襄虽然是被毒死的，但是继续搜查下去会被认为服药不当而死。若是我也不出现,马永忠也可以被认作是酒后坠河而死,这三人都可以看成是意外死的!"

"确实如此!"宋慈回道,"如此一来不仅没有了凶手,而且可以让其他人相信他们都是怨鬼索命,被抓了替身。因为他们的死法就是红屋子、黑屋子和白屋子。原来那些人一直都不想让这四人活着。"说到这里,宋慈看了看余莲舟,问道,"章勇是不是一直盯着上河村?他们四人去上河村那天,你的人也在?马永忠见到的那些翻棺材的黑衣人就是他们?"

余莲舟坐回了椅子,擦着手头的梅花镖说道:"不觉得话多了一点儿吗?"

宋慈自顾自倒了一杯茶道:"兴许就是因为你的人在那里,上河村的人又奈何不了,所以才会放走孔武四人。"

"你的意思是说,还是上河村人动的手?"

"目前为止还是他们的嫌疑最大!年有福也脱不了干系!这四人到底撞破了上河村什么秘密?真的只是因为让棺材落了地?"宋慈摇了摇头,突然又想到了什么,又翻起了两人的包袱。

余莲舟疑惑道:"你在找什么?"

"听孔武说李亚和段襄合写了一本游记,想必上河村的事也记在了里面!可是这包裹里怎么没有?难道被贼子抢先拿走了?"

余莲舟拍了拍手,牛俊拿来了另一个包裹,里面有一本书册。宋慈随手翻看了几页,正是李亚和段襄合写的那本游记。

"这是怎么一回事?"

余莲舟诡秘一笑道:"这是从马永忠包裹里找到的。我问过马永忠,马永忠说李亚和段襄想让他在游记中画几幅插图,所以把游记送到了他的手里。马永忠落水时，游记被油纸包裹，我的人又救得及时，所以没有损坏。"

宋慈指了指游记中一章插图说道："这应该就是上河村的舆图，想必他们四人离开时又走到了高处，这才画了此图！图上村落和溪流都清晰可见，有些地方还是我们没有去过的。不过从游记的内容上看，他们所记载的和孔武所说的故事并无多大的差异。"

余莲舟秀眉微蹙道："上河村想隐瞒什么事情？私自酿酒之事虽说有违律法，但是罪不至死。到底还有什么是我们没查到的？方才你见过年有福了？"

"见过了，他说李亚和段襄不是他杀的，也不是上河村人所为！"

"你信他？"

"总觉得他不像是会说谎的人，不过也有言犹未尽之处。你可以派人盯着。"

未几，谭峰回来了，悬壶药堂的掌柜和伙计都不知所踪。宋慈心知，这几人要么跑了，要么死了，而且后者更有可能。夜已深了，宋慈不好再打扰，便告辞离开。

回到了房中，宋慈准备沐濯一番，脱衣之时却发现两张黄符从衣裤之间掉了出来。

"难道是白日验骨时无意间沾惹上的？"宋慈把第一张黄符放到了烛火之中，"嘭"的一声冒出一股青烟。当宋慈放入第二张黄符时，眼睛瞪得溜圆，他急忙把烧了一半的黄符从火中抽了出来，看了两眼后，心中嘀咕道："这难道就是皇城司来此地的缘由？"

这个发现太为重大，宋慈不敢耽搁，穿好衣服后急忙又去敲余莲舟的房门。

"谁？"开门的余莲舟刚刚沐浴完毕，整个人如出水芙蓉一般，多了几分平时见不到的妩媚，只是脸上带着愠怒，"宋慈，你有何事？"

宋慈伸手入怀，把黄符递了过去。余莲舟接过黄符，方看了一眼便面露喜色，一把把宋慈拉进了屋子。

进到屋中，又反反复复看了几遍黄符后，余莲舟问道："这黄符是被烧过的吗？你在哪里找到的？"不等宋慈答话，余莲舟自言自语道，"我知道了，是在那四具棺材里！"

宋慈试探着问一句："想必这就是你们来此地的缘由？"

余莲舟喜悦之下本想这就叫上人去上河村，转念一想又觉得这个举动过于招摇，要是因此被人捷足先登就大为不妙了。

宋慈看着冷静下来的余莲舟说道："余提点，其实两件事都和上河村有关，不如合成一件事为好！"

"你有什么主意？"余莲舟亲自给宋慈倒了一杯茶。

"那些人要隐瞒上河村的秘密就必须让夜游继续下去，要夜游名正言顺就必须让撞破夜游的孔武等人死去。如今李亚和段襄死了，马永忠落水后一直没露面，别人也会认为他已经死了，唯一活着的就是孔武。"

"你的意思是要拿孔武当诱饵？可是这个浑人会愿意？"

"当诱饵这是第一步，后面还得好好谋划一下。至于孔武那方面不用担心，宋某可以说服他！"

一个时辰后，宋慈从余莲舟的屋子走了出来，为了思考一个问题他还把李亚、段襄合著的那本游记也带在了身上。下了楼，宋慈回到自己房间，一边翻看着游记一边思索，突然间他好像想到了什么，在马永忠的插画背面提笔写下了一行字：孟昆，荆湖北路鄂州府人士，好拳脚……

接着宋慈找到了孔武，当他说完主意后，孔武的头摇得和拨浪鼓一样，翻着一个白眼道："这不成，非是酒家怕死，而是这种死法太窝囊！不是英雄豪杰所为！"

"孔兄，你喜欢美酒吗？"宋慈随口问了一句。

孔武昂首道："我孔武志存高远，一生追求乃是直捣黄龙，一雪靖康之耻。美酒美人于我有如粪土，不值一提！"

"那好，就当宋某没说。前几年，我翻阅古籍时曾找到一种宫廷御酒的做法，甚至还依葫芦画瓢弄过一壶，那酒味至今难忘啊！"

"那你还愣着干什么？"孔武跳了起来喊道，"快弄啊！"

"那你答应了？"

孔武不耐烦地摆了摆手，道："答应了！答应了！快弄，快弄！"

"此事不着急，等案情查明后，定如孔兄如愿！"

第六节
山村秘事

说动了孔武，宋慈等人其后几日都没有什么动静。这一日，孔武托人分别送走李亚和段襄的灵柩，喝了一点儿闷酒，便回房中歇息。夜深了，整个龙游县除了咚咚的打更声外，静得听不到一丝鸡鸣狗吠的声音。三更过后，一声惊呼有如平地惊雷一般，震动四方。

"死人了！孔公子自缢了！"高小二大声嚷道。

皇城司的人早已埋伏在附近，转瞬冲入了房中，两道黑影如夜魅一般，跳出了窗口，消失不见。

"追！"余莲舟大喝了一声。

龙游县令张横一直守候在客栈之中，听到了消息，连忙带人也来到了房中。仵作当前一步，探了探孔武的鼻息，便摇了摇头。不多久，追出去的余莲舟回来了，看到此等景象，当即大怒道："此案由我皇城司接手，其他人等不得过问！"

"余提点，这不符合律法！"张横并不想退让。

"张大人若有疑虑可亲自去临安皇城司亲兵营大营找提举大人问话。若是提举大人也做不了主，可以请圣上裁断！"

"余提点，何必如此呢？"张横哪里料到余莲舟会如此耍横，抱怨了几句后便带着手下离开了。

龙游县衙的人走了，躲在一旁的宋慈进了屋，此番他却不是来验尸而是来救人的，这所有的一切原本就是一出戏。孔武是个武人，刚才被贼子勒住脖子时并没有伤及性命。宋慈知晓救死方，又有谭峰和章勇从旁协助，忙活一阵后，孔武终于顺过一口气来。

"他奶奶的，勒死洒家了，拿酒来！余提点，你找的人下手真狠！"

"他们不是我的人。"余莲舟摇了摇头。

"真有贼子要害我？"孔武挺直身子，瞪大了牛眼。

"当然！"余莲舟点头道，"那些人身手不错，这小小的龙游县怎成了藏龙卧虎之地？连牛俊和谭峰也跟丢了！"

宋慈给孔武喂了一碗姜汤，余莲舟在一旁问道："能骗得过他们吗？"

宋慈苦笑道："很难，不过他们对此事想必也乐观其成，毕竟鬼话成真了。"

第二日，又有客船去临安，宋慈辞别众人，登上了去太学的客船。临行之时，年掌柜挥手道："小恩公，走了好，此地水深，走了就不要回来了！"

宋慈拱手回道："衢江水深，年掌柜也要小心！"

孔武"死"了，有的人说孔武是被人杀死的，但是更多的人却说孔武是被抓了替身，死于"长屋子"的手里。更有好事者打探到马永忠是坠河而死的，尸体在衢江下游已然被人找到。虽然死者的面容腐烂不堪难以辨认，但是从衣着身材看，正是马永忠无疑。

曾经撞破夜游的四个人都死了，龙游县的百姓更加相信冤魂索命的传说了。这一日恰逢初一，又是上河村抬棺夜游的日子。今夜上河村附近所有的乡民都躲在家中，连大气都不敢出，生怕撞到了鬼棺。

在上河村钟馗庙前，道士摇着铃铛领路，身后几名村民穿着孝服扛着招魂幡，再其后是抬着大批贡品的送葬人群，最后面是十六位戴着鬼怪面具的白衣汉子，他们抬着红、白、黑、长四具棺材紧紧跟随其后。

一行人等走出了牌坊，走到了山道上，天空中繁星点点，山崖间火把排成了长龙，道士的咒语声和小孩的童谣声让夜晚更加诡异。行了十几里山路，到了山神庙前，在道士的指引下，上河村村民点燃了三堆篝火，把纸钱、纸马、纸人等一干祭品丢到了火堆中，熊熊的夜火如同鬼眼一般，发出幽幽的绿光。

须臾之后，衢江中出现了一艘货船。一位灰衣汉子走出船舱站立船头，他提着灯笼朝山神庙方向晃了三圈。上河村人心领神会，也把手中的火把来回晃动了三下。未几，货船靠了岸，村民便把剩下的祭品一箱箱地往船上搬，甚至连那四具棺材也想送到船上。

忽然间山道里响起了哒哒的马蹄声，江面上三四艘兵船也围了过来。谭峰、牛俊两人，一人封着水路，一人封着陆路，将上河村人以及货船上的人团团围住。

"何族长，好久不见了！"余莲舟从马背下跳了下来，宋慈也跟在身后。

何洛走出了人群，对着余莲舟拱手道："余大人，我等是犯了什么事,竟然如此兴师动众?"

"犯了什么事?"余莲舟抬头看了看星空说道,"何洛,想听一个故事吗?"

何洛面不改色道:"余提点,请讲!小老儿洗耳恭听!"

余莲舟指着还没搬上船的四具棺材道:"有这么一个村子,山好水好,所以酿的酒也好。初始时,他们只是自酿自饮,后来却开始在乡间贩卖,到后来还在城里开了一间酒肆,堂而皇之在城里卖酒。这事虽然不合大宋律法,但是念在村民也是为了养家糊口,很多人也就睁一只眼闭一只眼了,只是想不到啊!"

说到这里,余莲舟指着江面上几艘大船道:"他们竟然鬼迷心窍,把私酒卖到了临安城里,好大的胆子!"

何洛脸露蔑笑,却依旧不发一言。

余莲舟敲了敲棺材板道:"这么多送往临安的酒怎么掩人耳目呢?那村子的人也聪明,以前他们有个仪式,原本是送鬼的,后来想想,不如来送酒。只要把美酒混在祭品之中,其他人又害怕撞了棺材走了霉运不敢窥视,那不就能瞒天过海了吗?何族长,你说我说得对吗?"

何洛抬起了头,回道:"老朽不知余大人在说什么!"

"待会儿你就有口莫辩了。"余莲舟又走了几步道,"夜游送酒此事做得很隐蔽,估计有许多年头了,还一直没有出现差错。只可惜四个愣头青撞破了此事,他们破坏了那个传说,却没有被恶鬼抓了替身,何族长你说这怎么办?若是没有恶鬼索命的传说,夜游还办吗?"

何洛依然老神在在。余莲舟继续道:"何族长,为了让鬼话成真，他们竟然胆大妄为，杀了那四个人，你说可恶不可恶？"

何洛挺直了腰杆道："何洛不知提点在说什么，上河村和那四人的死也没有关系！"

"好！"余莲舟拍手道，"既然何族长心中磊落，就看看你葫芦里卖的什么药！来人，搜！"

皇城司的人得令后便冲了过去。上河村的人刚想反抗，却被何洛制止住了。抬祭品的箩筐一个个被打开，里面除了祭品之外竟然翻不到一点儿酒曲和成酒。皇城司的人还不死心，又把剩下没烧的纸人、纸马以及任何可能藏东西的地方都弄开，然而依旧没有任何收获。

"去船上看看。"余莲舟交代了一句。

又过了一炷香的光景，牛俊在船上回话道："提点，搬到船上的东西都翻查了，没有发现！"

为何会这样？余莲舟眉头紧锁，忽然间看到脚旁的四具棺材，道："把棺材也打开！"

所有人都屏住了呼吸，就连方才窃喜的上河村人都瞪大了眼睛。嘎嘎声后，四块棺材板被推开，皇城司人呆若木鸡，余莲舟往棺材里面瞅了瞅，那里躺着的只有四具骷髅，根本没有什么美酒。

"余提点，找到什么东西了吗？"何洛嘴角边露出了笑容。

余莲舟指着四具棺材道："你们为何要把棺材和祭品送到江面上去？"

"这就要多谢余提点了！"

"此话怎讲？"余莲舟压着一口恶气看着何洛。

何洛指着棺材回道："要不是余提点出手，我等山野村夫怎知道被人愚弄了这么久？为了免除麻烦，就想一次性把这东西都弄走。不过请神容易送神难，不多准备些祭品怎成？若是余提点晚点来，就会看到棺材和祭品都送到了船上，再过一会儿船便会驶入江中。届时我等会射出火箭，由于船上早装好了桐油等物，所有的一切都会烧得一干二净。提点若不信，可以派人再去船上看一看，引燃物就在船底放着。"

旋即，谭峰再次上了船。未几，他回禀道："提点，都查过了，船只底部确实有桐油等物！"

何洛摊开了手，问道："余大人，既然查清楚了，敢问我上河村何罪之有？难道送走几个该死的恶鬼也不成？"

这本是宋慈和余莲舟定下的引蛇出洞的计策，本想人赃俱获，不过上河村人却十分狡诈，竟然来了这么一手，难道他们真的和贼人有联系，甚至猜到了孔武并没死？

如今紧要的事不是这个，余莲舟从棺材壁上扯下一张黄符，背着身放在火把上烧了后，微微摇了摇头。接着又烧了一张黄符，依旧如此，直到烧到第三张的时候，她脸上终于露出了笑容。按宋慈的推断，这些黄符之中有些是赖省干的恶徒也就是棺材里的某人带来的，只有他带的黄符才藏着秘密。十年前，上河村的人担心恶鬼索命，为了镇住鬼魂，就把从赖省干徒弟包裹中找到的黄符贴在了棺材里。由于黄符不多，上河村人还从别处请了其他的黄符。

此番余莲舟最大的目的就是拿到棺材里的黄符，如今东西到手，便拱手对何洛说道："看来确是一场误会，不过这棺材里的四个人乃是赖省干余孽，即使死了化成了骷髅，那也得皇城司来管！来人啊，把棺材统统运走！"

何洛本来也认为自己胜券在握，可是看到余莲舟烧黄符的举动后，便狐疑了起来，他急忙道："不可，这些棺材要烧了后才安心！"

余莲舟微笑道："上河村的苦处余某明白，你看那边……"

何洛顺着余莲舟的手指望过去，牛俊竟然领了几个道士走了过来。余莲舟说道："这都是皇城司花大价钱请来的道长，皆为高人。谭峰你就领着人看着道长在此做法事，上河村的人一个也不能走，要不然法事有了纰漏，恶鬼送不走！若是有人想离开此地一步，格杀勿论！"

何洛怒瞪余莲舟以及皇城司一干人等，盘算着要不要带着族人在此拼命，恰在此时上河村的上空突然传来了穿云箭的声响，这乃是留守上河村的皇城司干办章勇的告急信号。

"发生什么事情了？"余莲舟脸色大变，何洛脸上却露出了笑容。

事情急转直下，余莲舟转身对手下说道："谭峰带着你手下的人看守这里的人，牛俊把棺材运回去，其他人等随我去上河村！"

话未说完，余莲舟便领着手下拍马而去，宋慈知道情况有变，也骑马跟在了身后。翻过了两个山冈，余莲舟放慢马速，等宋慈跟上来后问道："上河村的人为何要烧棺材？难道以后他们都不卖私酒了吗？这说不通！"

宋慈略微思索后，道："一时半会我也琢磨不透。但是有一点是肯定的！"

余莲舟得到提示后说道："那一定是上河村里还有比卖私酒更严重的事情，所以他们才会丢卒保车。此番他们这么做其实也是调虎离山，为的就是在上河村里的谋划。如今我的人一半被拖在了山神庙，章勇那里的人不多，我身边的人也不多，此事有风险。宋慈，你不要跟着去了！"

宋慈马术不及余莲舟，一边控制马儿一边回道："宋某虽然是个书生，但不是手无缚鸡之力的无用之人，再说上河村局势不定，那里更需要我出谋划策！"

"好！"余莲舟斩钉截铁道，"你若是死了，我余莲舟还你一条性命！"

一行人等进了上河村，却发觉整个村子寂静无声，连人影都看不到。余莲舟吹起了响哨，等了许久，却不见章勇回应。

"他们在什么地方？"余莲舟秀眉微蹙，环望四周。

宋慈喊了一声："拿火把来！"

察子举着火把站到了一旁。宋慈伸手入怀，拿出了李亚、段襄的那本游记，翻到了马永忠所画那页插图上。在图上一点点地看过后，宋慈手指着某个地方道："应当是这个方位。"

"你确定？"

宋慈翻身上马道："走吧，边走边说！"

一行人等在宋慈的带领下前行。余莲舟想了一会儿后说道："你是不是比较过地图以及上次来上河村所走的地方？那些我们没去过的地方就是章勇等人被困之地？可是这样的地方有不少！"

宋慈回道："那地图我琢磨过多次，符合没去过、有水源，还能通马车的地方只有一处，就是前方的溪流旁！"

"你的意思是说，那是上河村的酒窖和酒坊处？所以需要水源！"

"希望我的判断是对的。上河村的人虽多,但是被何洛带走了大半,章勇和手下人武艺不错,为何应付不了?"

余莲舟面露苦色道:"应当是临安加派了更多的人来,上河村的酒想要送到临安必须打通多个环节,这里面得有通天的人物作为靠山!他们必定会派人毁灭证据!"

不多时,已来到了溪流边,尚未靠近就听到了打斗声。前方不远处有一人光着膀子、眼露凶色、满脸红光,一根乌梢棒舞得虎虎生风,虽然身旁围着七八个蒙面人,但是他面无惧色,口中还大声叫道:"痛快!痛快!酒家好久没这么痛快了!直娘贼都上来,给爷爷献上人头!"

宋慈喊了一声道:"孔武,你不是在客栈养病吗?怎么来了?"

余莲舟连忙派手下去帮孔武。孔武得到援手,松了一口气后骂道:"宋慈,你这个书呆子,被年有福这个腌臜泼才说了两句小恩公就忘了祖宗是谁了?酒家是跟踪这个狗贼来的,给酒里掺水的人哪有什么好货?此人也是上河村的,他就在前面的山洞里。那里就是上河村的酒坊和酒窖!"

余莲舟当机立断,留下了一些人帮孔武,带着剩下的人继续冲向了前方。

在洞口之前,几名浑身是伤的黑衣人守在洞口,一旁还有三四名黑衣人倒下。在他们的面前则是一群灰衣蒙面人。打头的察子见到余莲舟,含泪道:"提点,半个时辰前有人进入了洞中,章干办带人追进去了。"

"把这些人统统拿下,敢抵抗者格杀勿论!"

得到指令后,皇城司两拨人左右夹攻,杀向了灰衣人。虽说两边人数相当，但是皇城司这边士气旺盛，加之余莲舟又功夫了得，软鞭挥出便有一名灰衣人满脸是血、遍地找牙，银光闪过又有贼子的胸口多了几个血洞。

孔武得了帮助后也打退了贼人，匆匆来到山洞口前助拳。几名灰衣人纷纷中招倒地，一名贼子眼见不敌，翻身向后，消失在夜色之中。

宋慈环顾左右道："贼子不知来了多少人，此时恐怕去搬救兵去了。孔武你带人守在洞口，我和余提点进去看看！"

孔武把乌梢棒插在地上，摆了摆手，示意他们快走。余莲舟、宋慈领着十来人进入山洞，孔武则和剩下的察子守在了山洞前。

进入洞口，里面豁然开朗，洞壁两侧每隔十步便有火盆照明，道路凶险处也修成了台阶。又行了几十步，便见到了一些血渍，几名黑衣人和灰衣人横七竖八地倒在路上。余莲舟轻轻拍醒一名晕过去的黑衣察子问道："章勇章干办在哪里？"

察子迷迷糊糊地睁开了眼睛，咳嗽了下，含糊地说了一句："提点，你可来了！"又用手指指向了其中的一处岔洞口，便又昏倒过去。

"走！"余莲舟带头冲了进去。行了百来步，山洞的空间一下变大，仿佛寻常人家的大堂。前方不远处两拨人拔刀对峙。章勇和几名手下互相搀扶，守着身后的一摞米袋，酒肆掌柜年有福领着一群灰衣人围住了他们。

"章大人，何必如此呢？我等没做伤天害理的事，更不想杀人！"年有福还在劝说章勇。

"年掌柜不要惺惺作态了，你们做了这么多事情，不就是想烧了这些东西吗？"

"章大人，年某不想杀人，可是为了妻女和族人的性命，此事也不得不做了！"年有福刚想下令杀人灭口，空中便银光闪烁，几只梅花镖呼呼飞过，两名灰衣人中镖倒下。若不是年有福及时闪躲，他也会中了飞镖。皇城司的人一前一后，把年有福的人围在了当中。这两拨人话不多说，撒开手就打。

宋慈不会武艺，不想成为累赘，站到了远处。盏茶时分后，高下立分，年有福带的灰衣蒙面人倒下了七八个，剩下三四人则和他一道负隅顽抗。余莲舟走过去扶起满身是伤的章勇，章勇指了指一旁的米袋，在某些米袋之上有红红的大印。到了此时，余莲舟终于明白那些人为何费尽心思也要毁掉这些东西了。

"年掌柜，"余莲舟转身问道，"这些米哪里来的？"

虽然身处险境，年有福脸上还是挂着笑容，道："拿酒换的，酿酒要米，上河村人吃饭也要米，没有米怎么行？"

"呵！换的？"余莲舟指着米袋上的红印道，"你告诉我是如何换的军粮？难道你们龙游县征集的军粮都在这里？"

宋慈走近几步，看着米袋上的印记叹了一口气。大宋行商只要过关卡，就要交过税，不过有行文的军粮则不用纳税。军粮的米袋上也都盖着各种官府的官印，如此一来，既不用交过税，也可以防止胆大之人私吞军粮。可是没想到，还有人这么胆大包天！这军粮袋子上有枢密院知杂房的印章，有龙游县令张横的印章，也有宁德厢军的印章。如此看来，这些军粮是枢密院在龙游县调集，征拨给宁德厢军的军粮。

宋慈转身看着年有福道："是不是每次在山神庙渡口的时候，

你们给他们送酒，他们就会把船上的军粮卸下来？"

"小恩公！"年有福叹了一口气，道："这不是你应该插手的事，这里的水太深了！"

章勇上前一步，想把年有福等人生擒。年有福喝道："我身边的人是死士，年某也是早就把命卖出去之人，你们放马过来！"余莲舟制止了手下，又望了宋慈一眼。

宋慈心领神会，对年有福说道："年掌柜，说说你的事吧！那些你不想说的可以不说！"

年有福对宋慈有过许诺，会对他说他想听的，如今自个身入险地，有些事情当下不说兴许就永远没有机会说了。心思如此，年有福点了点头，从怀中拿出一个小酒壶抿了一口酒道："我的故事说起来很长，其实也没什么特别之处……"

第七节
天地玄黄

宋慈从年有福口中得知，他本是益州路人士。舞勺之年时，家乡恶疾暴发，为了避难，父母带着他一路东逃，最后到了两浙东路地界。这一日，父母为了赚点儿活命钱，拉着板车送了一位患有温寒病的学子去山神庙渡口。谁知几日后却双双染上了天花恶疾，就连年幼的年有福也没能幸免。命运就是如此捉弄人，在家乡没染上的恶疾，在千里之外患上了。

其后几日，父母接连死去，年有福也奄奄一息，眼看着就要一命呜呼。由于身患瘟疫，所有人都唯恐避之不及，更不提救治了。这一日，渡口来了父女两人。小女孩的年纪和年有福相仿，她看其可怜，便央求家人留下了一些吃食，甚至还放下了几服药材。兴许是命不该绝，年有福吃了吃食，喝了汤药，迷迷糊糊过了几天，竟然从鬼门关前爬了回来。

康复之后的年有福四处打听恩人的下落，终于知道那对父女正是上河村的族长何洛和女儿何璐。上河村人不相信外乡人，更不愿意得过恶疾的人进村子，就连何璐也忘了这个变成满脸麻子的小男孩。年有福乃是知恩图报之人，其后的日子，他在上河村外找了一处溶洞安身，每天上山砍柴。那些砍下的柴火，一半放在了族长何洛的门前，另一半则在城里卖了用以糊口度日。

就这样过去了三年，这一年衢州府大旱，上河村本就人多地少，粮食不多，这下子更是雪上加霜。此时年有福挺身而出，他说村里用野果酿造的酒非常好，城里的人都喜欢喝。只要把这些酒偷偷贩卖出去，定能换回粮食。

卖私酒是打板子的罪过，但是为了活命，大伙也顾不得那么多了，便将信将疑地把果子酒给了年有福。此次年有福不辱使命，终于用私酒换来了粮食，自此之后，上河村的村民开始接纳这名外乡人。

上河村本就土地贫瘠，加之天灾不断，所以酿私酒贩卖也成了常态。为了卖个好价钱，年有福常年以贩卖山货为遮掩，四处卖酒曲和美酒，最远的地方甚至到过泉州府和临安府。城里人的口味叼，有些人喝不惯果子酒，慢慢地上河村也开始做米酒了。

近些年来，大宋吏治崩坏，关卡增多，行税增加，"虚喝""折税"等欺负商贾的事情也接连发生，加之年有福时常还夹带私酒，所以买卖做得并不容易。又到了一个灾年，很多村民为了活命借了庙里长生库的银子，一时间债台高筑，苦不堪言。年有福听闻泉州府有一些海外客商喜欢村里酿造的米酒，就带着几名村民冒险走了一趟，虽然去的时候一帆风顺，但是带着粮食和银子回来路过武夷山的时候却被贼寇截住了。那一场厮杀，村民死了七人，年有福脸上挨了一刀侥幸活命。

村子的希望毁了，还死了不少人，年有福回到村子讲述了整个经过后便想投河自尽。就在此时，何璐站了出来，说年有福自立自强，她早已芳心暗许，她不介意年有福满脸的麻子还有脸上的刀疤。年有福大为感动，却觉得自己配不上何璐。何璐拿出了爹爹准备的嫁妆钱，其他村民也把最后的棺材板钱拿了出来，大伙又凑足了本金，年有福便带着村里最后一批私酒上了路，去了临安府。

年有福曾经来过临安府几次，这里虽然商贾云集，手眼通天的人也有不少。初始时，事情办得十分顺利，美酒都顺利脱手。没想到临行之前却被官府的人抓住，打入了大牢。最后一点儿希望也破灭了，为了不连累村子的人，年有福再次有了寻死之心。

就在此时，有灰衣蒙面人探监，说已然查出他们是上河村的人，酒不错，想合伙做一个买卖。蒙面人说的条件十分苛刻，可是年有福已然走投无路，加之不想村子里的人受牵连，便点头答应了。

灰衣人的能耐很强，不久后年有福就被放了出来。不仅如此，灰衣人还送给了他大批的粮食。当粮食送到上河村后，所有村民都欢呼雀跃，年有福也成了人们口中的英雄和救星，族长何洛甚至默许了年有福和女儿的婚事。不过渐渐地村民也发现，他们吃的粮食是军粮，米袋子上有官府的印戳。

在县里卖私酒是杖刑，乃是打板子的罪过；出了龙游县跨地域卖私酒，是徒刑，流放的罪过；用私酒换军粮却是大辟之罪，杀头的罪过。

没过多久，灰衣人来了，告之上河村的人以后要听他们的吩咐专门给临安府送私酒，若不然整个村子的人都不得善终。在年有福离开村子的时候，村里的人还偷偷杀了四个道人，追究下来都是大罪。无奈之下，上河村人同意了灰衣人的安排。

一年后，年有福代表上河村去武夷山中找宁道人求黄符，见多识广的他起了疑心。回来后他经过多番调查后发现整个上河村都被宁道人骗了。何洛知晓了此事，示意年有福不要将此事说出去。由于送到临安府的酒多，以前每次送酒下山都提心吊胆，生怕被人识破。两人合计，不如用夜游的法子掩盖送私酒到山下渡口之事。兴许是百姓都敬畏鬼神，这个法子出奇地好使，送私酒方便了很多，一直以来都没有出过事。

八年前年有福存够了钱，他的娘子还为他生了个小丫头。为了安稳，为了妻女，也为了有个掩饰，在岳丈何洛以及所有村民的帮衬下，年有福盘下了县里一处酒肆，并改名为"有福客栈"。

说到这里，年有福感叹道："我年有福走到这一步，上河村走到这一步，其实都是被逼的！我们小老百姓哪里想做什么不法之事？铤而走险只是为了活命而已！"

宋慈没想到上河村人活得如此艰辛，问道："贩私酒的赚头，上河村能拿到三成吗？"

年有福苦笑道："不到一成，但是这一成的赚头就够全村二百四十三户八百九十七口人全年衣食无忧了！"

四名灰衣人一直留意着年有福，只要他口中说出不该说出的事情，他们就会杀人灭口。宋慈盯着年有福的眼睛，正色道："李亚和段襄是不是你们杀的？"

"小恩公，你依旧不相信我等吗？上河村人只想活着，不想杀人。只是今后上河村要想过上安稳的日子，也难了！"

宋慈知道他是指卖私酒给临安府被揭穿之事，上河村人以后没这条出路，确是难以糊口了。年有福要烧酒窖和米袋，估计也是听从临安府贵人的指示。

余莲舟盯着四名灰衣人道:"你们是谁?"

灰衣人张开了嘴,舌头都被割去了,想必这几人也不会写字,都是死士。

宋慈走了几步,对年有福道:"让我猜猜这些人的来历如何?"

年有福脸上露出警惕之色。

宋慈继续道:"余提点审问宁道人时知晓了上河村的往事,于是派人进入了上河村。他们的到来惊动了上河村人,所以你们将此事告诉了临安府的通天人物。那人估摸很好奇皇城司的来意,以为是要查军粮酿酒一事。所以决定断尾求生,毁掉证物。由于整个村子都被皇城司的人盯着,所以你们都不敢轻举妄动。宋某猜测孔武假死之事也瞒不过你们的耳目,所以你们就将计就计,让何洛继续带人夜游引开皇城司,你则带着临安府派来的帮手进洞里毁灭证物!年掌柜,我说得对吗?"

年有福微微一笑,道:"小恩公,如若你今日不死,日后必将是一名神探!"

宋慈听出来年有福话中有话,却并不意外,缓缓说道:"你给我们讲这么多事,其实也是等一个转机,等那个真正杀死李亚和段襄的人扭转乾坤!"

年有福苦笑道:"即使这次上河村人能活着,也要背井离乡了。"

余莲舟刚想派察子去洞口,就发觉有打斗声由远及近传来,孔武以及几名守护洞口的察子边打边退到了这里。余莲舟和手下的察子急忙上前帮忙，无奈此次闯入的灰衣人人数众多，进退配合似是军中人物，极有章法，加上领头之人武功不凡，他们立时落了下风。

片刻后，皇城司的察子或受伤倒地，或失手被擒，余莲舟、孔武、章勇、宋慈等人被逼到了角落处。

"你们究竟是谁？好大的胆子，竟然和皇城司作对！"余莲舟大喝了一声。

领头的贼子压着声音对手下道："留活口，还有话要问！"

为什么要压着嗓子说话？难道是熟人？余莲舟和宋慈对看了一眼，大约猜出了来人的身份。孔武当前一步将乌梢棒舞出了棍花，余莲舟的银鞭也打得呼呼作响，但是依旧不能阻挡灰衣死士的进攻。眼看着一干人等就要命丧于此，宋慈走到了照明用的火盆旁，从怀里掏出一卷图册，放在了火焰上，接着大喝道："张横，你还想要《黄字书》吗？"

听闻此话，龙游县令张横的眉角不停地跳动，这短短的一句话中有太大的杀伤力。

余莲舟一旁插话道："张大人，不必遮掩了！上河村要送私酒去临安，没有此地官府的人庇护不行！能神不知鬼不觉杀死李亚和段襄的人，不是年掌柜就是你张大人。兴许验尸的时候你只想走走过场，把李亚、段襄等人的死安排成一种意外，只不过没想到宋慈和我皇城司的出现破坏了你等的好事！余某只是好奇，你是临安府中那个人派来的县令，还是当上县令后上了他们的贼船？"

领头的贼子眼中露出错愕神情，却不发一言，似乎还在犹豫。

宋慈扬扬手中的图册继续道："看来张大人还是有所怀疑！这

本图册是从马永忠包袱里找到的，你知道吗？他们被困鬼庙七日，无聊之下便四处翻查，无意间发现墙上某块砖石被挖得中空，里面还放了一本有年头的图册！你说世上会不会有那么巧的事？赖省干的弟子带着《黄字书》到了鬼庙避难，在墙上隐蔽处挖了暗格，将《黄字书》藏于其中。十年后，马永忠等人再次被困，竟然在机缘巧合之下，又找到了这本书。"

领头的贼子已然有些意动，虽然鬼庙他翻查了很多次，但是漏查了一处砖石还是很可能的。此番临安府飞鸽来信有两件事，第一件事就是毁掉军粮酿酒的证据，第二件事就是要抢先一步找到十年前就消失的《黄字书》。

为了获得贼子的信任，宋慈继续道："当年赖省干卜数通神，还获知了很多秘闻。据传赖省干将这些秘事记载于四本中，即《天字书》《地字书》《玄字书》以及《黄字书》，《天字书》记载的是皇家秘事，《地字书》记下的是百官秘事，《玄字书》写的是三教九流有头有脸人物的秘事，《黄字书》记的则是升斗小民的秘事。虽说《黄字书》上的人最无关紧要，但是能让赖省干费心记下来的人，想必也有过人之处。而且十年过去了，当年的泥腿子如今有可能是叱咤风云的大人物了。张大人，我说得对吗？"

赖省干和《四字书》都是通天的机密，即使是张横也是这几年得到上面信任后才偶然得知的，宋慈即使和余莲舟关系再好，皇城司也不能将此等秘密告诉他，难道他手头的书真是《黄字书》？

余莲舟看着宋慈的表情却有些诧异，她没想到平时看起来老实巴交的宋慈说起谎来面不红耳不赤，看不出一点儿破绽。赖省干确是写过四字书，但是余莲舟却从未对宋慈提过。宋慈竟然根据看过的一些有关赖省干的卷宗还有找到的黄符，就能推断出这么多的事情，此人若是能进皇城司，前途定然不可限量！

至于真正的《黄字书》，则根本不是宋慈手中的那本图册而是贴在四具棺材上的黄符。想必赖省干给这些人推八字时，根本没在意这些人的秘事，随便让弟子用白醋写在黄符上。赖省干出事后，弟子四散而逃，负责《黄字书》的弟子逃到了上河村。然而他还没说出此间的秘密就死了，从此《黄字书》不知所踪。

前几日宋慈验骨时无意间沾上了黄符，又碰巧发现了此间的秘密，《黄字书》才再次出现。到了此刻，干办牛俊想必早已把棺材运走，那么皇城司到此地最重要的目的也就达成了。

孔武在一旁听得瞠目结舌，为啥这事他一点儿都不知道，马永忠什么时候发现的暗格？《黄字书》是怎么回事？宋慈手中的那本图册他见过，不是李亚、段襄的游记吗？怎么成了《黄字书》了？他刚想说些什么，腰间就被余莲舟打了下。好在孔武虽然是浑人但不是蠢人，马上就闭嘴了。

这微小的举动却逃不过张横的眼睛。眼见张横又起疑心，宋慈开口道："孟昆，荆湖北路鄂州府人士，好拳脚。淳熙十三年入临安府，混迹于中和坊青皮之中，伤两人，杀一人，后因出卖义父心神不宁，淳熙十六年三月初三于庙中求签闻仙药时吐露此事！"

张横的身子在微微发颤，如果他没猜错，十年前的这名青皮如今就是左班殿直（成忠郎）孟大人，他竟然有如此不堪的往事！宋慈从未到过临安府，他怎知此事？

见张横入了套，宋慈又趁热打铁道："杜武秀，两浙西路嘉兴府人士，淳熙十五年毒死岳丈、妻子，独吞财物，因白日见鬼，于淳熙十六年二月初六于庙中求签问事，闻仙药时吐露此事而不自知。"

张横已然相信宋慈见过真正的《黄字书》了，杜武秀如今是临安府四大酒肆之一的醉仙楼的掌柜，他的起家原因却很少有人知道。

余莲舟也暗叹宋慈有过目不忘之能，这其中一个人的往事是记载在宋慈所烧的那张黄纸之上的，另一人的往事却是刚刚在山神庙前余莲舟所烧黄纸上记载的。这两人如今都好好地活着，还成了临安城的大人物，就连宋慈也有所耳闻。

"你想怎样？"贼人终于开了口，他摘下了面罩，正是龙游县令张横。

宋慈看了余莲舟一眼，余莲舟说道："放我的人出去，这里的东西则由你处置！《黄字书》也可以给你！"

"如何证明你手上的书是《黄字书》？"张横追问道。

宋慈翻开了书，找到马永忠所画插画的背面，那上面有一行字：孟昆，荆湖北路鄂州府人士，好拳脚……

张横终于相信宋慈所说了，余莲舟还有一点儿诧异，难道宋慈早就想到这一点？宋慈心中也在暗叹侥幸，这本是个无心之举，不指望能用上，没想到此刻却能救大伙的性命。

张横一手撑着洞壁，另一手拿着飞刀说道："你们可以走在前面，宋慈必须在我十步之内！离洞之前，《黄字书》必须给我！"

余莲舟和宋慈两人心知十步乃是张横手中飞刀的射程，可是此时也没有其他的法子，于是对望下点了点头。两边人开始互换方位，皇城司的人相互搀扶站到了山洞外侧，孔武在前面探路，余莲舟护着宋慈走在了最后面。

待到皇城司的人闪开，张横挥了挥手，便有灰衣死士点燃了米袋以及其他相关证物。章勇看着熊熊燃烧的大火，心有不甘地看着上司。余莲舟明白他心中的想法，回道："不怕！留得青山在不愁没柴烧，知晓此事和枢密院知杂房以及宁德厢军有关就可以了，至于物证，我们还可以再找！"

一行人等慢慢退出洞口，就在此时张横大喝道："把东西留下，若不然休怪张某手下无情！"

宋慈和余莲舟交换眼神，当即拿定了主意。但见一道黑影飞出，宋慈把假《黄字书》丢到了洞壁的火盆上，接着转身逃跑。张横早已料到会如此，一边去拿假《黄字书》，一边丢出了手中的飞刀射向了宋慈。余莲舟不敢怠慢，把手中的梅花镖嗖嗖地打了出去，在飞刀将要射到宋慈后背的一刻，将之打落在地。

一旁的灰衣死士急忙放出了暗器，余莲舟和手下纷纷以暗器回击，张横从火中抓回了假黄字书，翻了一下后发现只有其中一页有《黄字书》的内容，其他部分都是无关的文字。

"直娘贼！竟然骗我！"张横大骂了一声，叫道，"不要放跑他们，他们知道《黄字书》在哪里！"

宋慈虽然不是文弱书生，但是脚程哪里比得过这些亡命之徒，要不是几次都有余莲舟的飞镖掩护，早就成了刀下之鬼。跑出了百来步，双方都没有暗器了。好在一行人就要冲出洞口，就在此时，前方的孔武突然停住了脚步，阻滞了众人的前行。

张横方才偷偷从洞壁上抠下了一块石子，见此机会，掷出了手中的石子，"砰"地击中宋慈的脚踝，眼看着宋慈就要摔倒在地。

"抓住他，逼问《黄字书》的下落！"

情急之下，余莲舟挥出软鞭，缠住宋慈腰身，手上用劲把他拉了过来。转了几个圈，靠在了洞壁上。两人胸口贴着胸口，面面相觑，心中涌起一种奇怪的情愫。这乃是张横一直等待的最佳时机，此时他再无犹豫，手握长刀，跑了几步后，在身后洞壁蹬了一下借力飞来。整个人如同一把利刃，就要刺向余莲舟和宋慈。

靠在洞墙的宋慈看到张横扑来，就想推开护在他身前一时有些恍惚的余莲舟。在这生死一线之际，余莲舟却伸手探入宋慈怀中，随即转身扬手，嗖嗖嗖接连甩出了几道银光。跳在半空的张横急忙挥刀格挡，一左一右分别打落两道银光后，第三道银光却"噗"的一声射入他的咽喉之中。

中镖的张横从半空摔落，心有不甘地看着余莲舟。方才明明发现余莲舟已没有梅花镖了，这最后的三枚梅花镖又是哪里来的？宋慈心有余悸地看着这一切，若不是他把余莲舟的梅花镖一直放在身上，此刻他和余莲舟就真要成为刀下之鬼了。

张横死了，灰衣死士一下子群龙无首，都看着跟过来的年有福。孔武和章勇如临大敌一般站在洞口，额头都是冷汗。宋慈和余莲舟互相搀扶着走了过去，看到山洞外黑压压站着几百号人，明晃晃的火把照亮了整个夜空。

皇城司干办谭峰满身是伤地靠在山壁上，他的面前横七竖八倒着皇城司的察子以及上河村村民的尸体。

谭峰看了一眼余莲舟，擦了擦嘴角边的血迹道："提点，上河村的人造反了！"

"牛俊呢？"余莲舟不安地问道。

谭峰笑了笑道:"提点放心,牛俊在我等的护卫下驾船离开了。何洛这老头疯了,竟然带着全村的人杀了回来,属下不放心,便也跟了过来!只是他们人太多,请恕谭某守护不力!"

何洛挥了挥手,几十名村民举起了弓箭。早在十年前,上河村人就知道自己干的是刀尖上的买卖,所有村民无论男女老少都习武,当下已然没有了退路,不如杀人灭口。

余莲舟把所有察子召集了起来,围成了一个圈。年有福在灰衣死士的护卫下也走了出来,他看着满地的死尸,眼眶中的泪水夺眶而出。

"铁匠叔!"年有福抱着一名村民的尸体,摇了一摇,见其没有反应后,哀号道:"有福来上河村的时候,是你给我了一把镰刀,我才能上山砍柴,才能有命活下来!你怎么就这么走了呢?不是说好要吃你家六郎的喜酒吗?"

"周大娘!"年有福又跪在一名大娘的身边,哭道,"你说过你是嫁过来的,我们都是外乡人,所以要互助。要不是当年你告诉我身后这个溶洞的位置,有福就没有容身之地!这场厮杀,本是男人干的事,你怎么也冲过来了?"

火把下印着一副副面孔,或老或少,或男或女,他们不知道其他事情,只知道若是村子不能酿酒了,所有人都会被饿死。谁断了他们的生路,他们就要找谁拼命。

宋慈也没想到事情会发展到这一步,所有村民眼中都是怒火,只要何洛一声令下,就会把他们生生地咬成碎片。心思如此,宋慈摇摇头道:"何必如此呢?为何要私用军粮酿酒?那是军人的命啊!若是当兵的都吃不饱,如何保家卫国?"

年有福忽然哈哈大笑了几声，道："这是我等能决定的吗？上河村只想吃口饭，可是他们只给军粮，我等又有什么法子？你们该找的不是上河村，而是他们！"

余莲舟问道："他们是谁？"

年有福和何洛对视了一眼，都摇了摇头。若是说出那些人的名字，想必连家人都会被诛杀。

"爹爹！你受伤了吗？身上怎么流血了？"一个脆生生的童声在人群中响起。余莲舟等人循声望去，那名叫蔚儿的小女孩走出了人群。

"蔚儿！"年有福破涕为笑，连忙擦掉眼角的眼泪说道，"爹爹没有事。你怎么来了？快走！"

小女孩年蔚闪着晶莹的大眼睛看着余莲舟，哭问道："漂亮姐姐，你是要杀爹爹吗？不杀他好不好？爹爹是个好人，还给蔚儿做纸鸢。蔚儿把纸鸢给你，你不杀爹爹好不好？"

余莲舟挥了下手，皇城司的人把手中的武器垂下了。上河村的人见此，也纷纷把手中的武器垂下。

"蔚儿！"年有福一瘸一拐走过去，抱起了女儿，在她脸蛋上好好地亲了下，又轻轻抚摸着她的额头道："蔚儿乖，爹爹和漂亮姐姐闹着玩的，你先和你娘回去，爹爹等会儿就回来了。"

说着年有福期盼地看着余莲舟，余莲舟也笑着对小女孩说道："蔚儿乖，姐姐和你爹爹闹着玩的，你快回去吧！姐姐明天给你带枣子来！"

"真的吗？"蔚儿水汪汪的眼睛看着年有福和余莲舟，两人点了点头。小女孩聪慧，依旧不相信，又看了看所有村民和皇城司的人。村民和所有察子也都点了点头。

得到了所有大人的保证,年蔚终于开心了,她拍了拍手说道:"爹爹,那我就回去了。蔚儿想学纸鸢上的那首诗,可是村里的老先生不教我。爹爹,你待会儿和他说说嘛!"

"好……好!我的蔚儿以后一定是一个大才女!"

蔚儿点了点头,又格格地笑了下,这才被人抱了出去。

等到小女孩离开了,余莲舟对年有福和何洛说道:"你们随我走一趟!这里的事皇城司不会再过问!"

年有福心知如若上河村此时杀了皇城司所有的人,就必将成为反贼。天下虽大,又怎有他们的安身之地?

何洛摇了摇头道:"不是小老儿怕死,只是上河村人不能再酿酒,那同死了又有什么区别?"

余莲舟不顾谭峰、章勇的阻拦,走了上前,她指着倒在地上的一具具尸身说道:"还要更多无辜的人死吗?我知晓你等的难处,更尝过上河村的好酒!你等放心,余某将求圣恩,让上河村的酒可以光明正大地卖到临安!"

"酒税重吗?"有人不安地问道。

"酒税和你们卖到龙游县一样,行税收一次,住税收一次!"

这乃是天大的恩典,不过年有福和何洛却满是质疑地看着余莲舟,皇城司虽然是圣上的心腹,但是这事真的能做到吗?就连知晓余莲舟底细的谭峰和章勇也疑惑地看着她。

余莲舟轻声对左右说道:"如今我们已经拿到了《黄字书》,用这场功绩换圣上的恩典,我觉得可以!"

章勇揪心道:"提点!提举大人早就半隐退了,你只要拿到

《黄字书》十有八九就能升提举了,这下恐怕要便宜冰井务的刘世亨了!"

"官位算不得什么,只可惜你们的功劳恐怕也要被剥夺了!"

谭峰是余莲舟的心腹,他回道:"提点,若是升不了提举,你就不能去天机阁。去不了天机阁,你想看的东西也看不到了!"

余莲舟苦笑了一下,她不在乎什么职位,可是不能升提举就不能查阅当年那件天大案子的卷宗。但是此时此刻,她也顾不得那么多了。天人交战一番后,余莲舟轻声道:"不必再劝了,此事我心意已决!"

听闻此话,所有皇城司察子跪在地上道:"我等谨听提点吩咐!"

"你们都愿意?"余莲舟又追问了一句。

"绝不作悔!"章勇、谭峰等人齐声喝道。

"那好!"余莲舟转身对上河村众人说道,"我余莲舟在此发誓,除年有福、何洛外,皇城司绝不伤害上河村任何人等。回京之后,余某将去向圣上求情,定要让上河村的酒名正言顺地销往临安,而且税负与龙游县卖酒等同!如违此誓,天打雷劈,不得好死!"

得到余莲舟庄重的誓言,年有福和何洛终于放下了心头的大石,此时他两心领神会,转身看着上河村所有族人。

何洛开口道:"既然余大人如此发誓,我们上河村就信了他们。待会无论发生什么事,都不得轻举妄动,更不能伤害官家的人!所有的恩怨,就此作罢!违此誓者,上河村人共杀之!"

上河村无论男女老少都放下了武器,在何洛的带领下朗声起誓道:"所有恩怨就此作罢,如违此誓,不得好死!"

年有福发过誓言后跪在了地上,朝所有村民咚咚地磕了三个响头,含泪道:"有福本是外人,承蒙诸位乡亲不弃收留,此恩万死难报!我娘子和蔚儿以后就拜托乡亲们照顾了!"

何洛也在一旁朝所有村民鞠了三次躬。

余莲舟察觉两人形态有异,刚想上去阻拦,年有福和何洛却双双抽出随身的短刀抹向了脖子。两道血光喷射而出,映红了夜空。宋慈、余莲舟以及上河村人的人见此,急忙冲了上去。

这两人早有了死意,用刀很深,嘴里冒出红色的血泡。宋慈蹲在年有福身边叹道:"年兄,何必如此呢?"

年有福脸上露出了笑容,含糊不清地咕哝道:"我……死,妻……女活!"

上河村人都听到了这句话,愤恨地看着那一群灰衣死士。此时除一名死士转身离开外,其他人也都引刀自裁!章勇和谭峰刚想追,余莲舟劝阻道:"他是回去报信的,若追得急了,这人也会自尽,让他走吧!"

何洛也快死了,却不愿闭眼。余莲舟走到他身旁,郑重说道:"放心去吧,我定会遵守方才的诺言!"

何洛满意地笑了笑,含糊不清地说了一个名字,但只能勉强听清有个"师"字。

这是什么意思?难道说的是临安府里的那个人?然而,已经没人给余莲舟答案了。年有福和何洛终于闭上了眼睛,他们知道如若落入皇城司的手里吐露真相,不仅他们会被灭口,他们的家人也会被连累。方才看到死士都已自裁,何洛这才在临死之前说出了一个名字。这也许就是何洛对余莲舟最后的答谢!

上河村的事终于告一段落，余莲舟又派人搜查了张横的宅院，在一摞烧成灰烬的信纸中找到了只言片语，信中那京城的通天人物也有个"师"字，难道他是张横的师父不成？

由于上河村的案情事关重大，加之余莲舟给了村民承诺，所以不日后她就带着皇城司的人离开了龙游县。

宋慈那一夜伤了腿，将养了几天，孔武和马永忠一直在旁边照顾他。三人虽然是萍水相逢，但经历这么多事后，已成无话不谈的好友。

这一日，三人在渡口找了一艘小船，准备一起结伴去临安。在船上宋慈拿出一壶酒，又在酒中放入苏合香丸，便对孔武说道："请！"

孔武诧异道："这就是你说的那种美酒？如此简单就完事了？"

宋慈点了点头道："这乃是苏合香酒，以前乃是宫廷御酒，可以修身养性！《梦溪笔谈》中有记载！"

孔武抿了一口赞道："上河村的酒确实好，加了苏合香丸后确实独有风味！"

宋慈没有和孔武、马永忠两人喝酒，独自一人站在了船头。船行到山神庙渡口的时候，山腰间出现了送葬的人群，抬眼望去都是上河村的人，他们正抬着年有福和何洛的棺椁，准备安葬。年蔚哭着喊了声："爹爹，大父，蔚儿给你们唱首歌儿可好？"

山道上传来了童谣声：

蓼蓼者莪，匪莪伊蒿。哀哀父母，生我劬劳。
蓼蓼者莪，匪莪伊蔚。哀哀父母，生我劳瘁……

初始时只是年蔚的声音，旋踵后，所有的村民都开始吟唱起来。宋慈听到此歌，心中沉痛，喃喃道："蔚儿还是学会了这首葬歌！"

孔武不解地看着宋慈，马永忠一旁解释道："这是《诗经·小雅·蓼莪》，乃是一首祭奠父母的歌！蓼莪又称抱娘草，代指父母！"

听闻此话，孔武神情肃穆，看着马永忠。

马永忠回道："其诗大概意思是说：看那莪蒿长得高，却非莪蒿是散蒿。可怜我的爹与妈，抚养我太辛劳！看那莪蒿相依偎，却非莪蒿只是蔚。可怜我的爹与妈，抚养我太劳累！……"

葬歌在山林间飘荡，越来越悲切，当村民唱到"南山烈烈，飘风发发。民莫不谷，我独何害！南山律律，飘风弗弗。民莫不谷，我独不卒"一句时，山林中有喜鹊模样的纸鸢高高地飞到天空。那空中的纸鸢随风飘荡，忽东忽西，如同无根的浮萍。唱完《蓼莪》后，年蔚剪断了纸鸢的引绳。纸鸢没有了牵扯，随着风远远地飘去，不知飘落在何处。

宋慈遥望纸鸢离去的方向，口中喃喃道："南山高峻难逾越，飙风凄厉令人怯。希望今生今世这首葬歌都不要被人唱起，纸鸢飞走吧！把所有苦难都带走吧！"

江水带着哀愁一路前行，客船顺着衢江进入了钱塘江，在下游的不远处就是大宋的心脏——临安城。

——鬼庙案完

第三卷 青楼案

第一节
女尸升棺

大宋南迁，建炎三年（1129）升临安府为行在，绍兴八年（1138）定都于此。整座城池南依凤凰山，西临西湖，北部、东部皆是一马平川的平原，以一条御街为中轴线贯穿南北，呈现出南宫北市的不规则长方形格局。

从龙游县离开几日后，宋慈等人在钱塘江码头下了船，经西南侧的清波门入城，穿过中和坊、后市街、保佑坊、下瓦子后，直接奔向太学所在的纪家桥附近。一路上行人摩肩接踵，商家吆喝不停，运货的马车、挑担的浮铺、雕花的轿子将四车宽的街道堵得严严实实，让人透不过气来。

除了马永忠外，宋慈和孔武皆是第一次来临安城，虽然早有耳闻，但是今日亲眼见证大宋都城的繁华气象，还是心神激荡。好不容易挤出了后市街，马永忠感叹道："临安城住户三十万，云集百万人，已不弱于东京开封府。张择端一幅《清明上河图》画出了汴京的盛世景象，我若是能画出一幅展现临安城风貌的画作，也不枉此生了！"

孔武鄙夷道："画呆子又冒傻气了。画院就要开考了，你准备好了吗？你的《骷髅幻戏图》临摹画已废，可有其他画作呈给画院待诏李嵩？"

"唉！"马永忠感叹了一声，不由想起了三年前的往事，眼中流露出落寞之情，心中唏嘘不已。作为画师要想出人头地，一是要拜在名师门下，二是要考入画院。拜名师需要献上自己的画作，如若能入名师的法眼，以后就步入了康庄大道。画院考试则是现场出题，会选取一首古诗中的诗句作为题目，画师当场作画，从而定出优劣。对于这两点，马永忠心中都没有太大的底气。

宋慈拍了拍他的肩膀道："马兄不必太过烦恼，谋事在人成事在天，尽力而为！"

前方不远处就是大瓦子，一座五层高的雕花木楼耸立其上，两尺宽、九尺长的酒旗迎风飘扬，上书三个大字：三元楼。三元楼乃是临安府四大酒楼之一，有钱的商贾、文雅的书生皆聚会于此。

孔武抬眼望去，文人骚客正在酒楼上行着酒令，风尘女子则在店前搔首弄姿，挥舞着手帕招揽客人，一辆辆马车载着建州府、徽州府的山货以及明州府、秀州府的海货鱼贯而入，好一派繁忙景象。

孔武搂着宋慈的肩膀说道："宋慈，这座酒楼乃是杭州正店之首，论规模已不亚于汴京的樊楼，听闻参加科举的学子为了占个三元及第的彩头，春闱秋闱时都会在此住店。怎样？等你高中状元时我等也在这里大肆庆祝一番？"

"骑马倚斜桥，满楼红袖招。"宋慈叹了一句。经历了建宁府真假知府案、龙游县军粮酿酒案，宋慈领略了民间疾苦，更确定了仕途之心，只有入仕才能为民请命，为百姓伸冤，在他心中出仕可不是为了享乐。他抬头看了看三元楼,却没有一点儿进去的意思。

"怎的?傻了?"孔武拍了下愣神的宋慈。

马永忠好像想到了什么,拉着孔武的胳膊道:"孔武,我们没钱,去不了!"

"啊!酒都喝不成了,这怎么行?"孔武忧心道,"盘缠给了段襄、李亚的亲属后就没剩多少了,到哪里去弄银子呢?"说着孔武朝四周看了看。

停留了须臾,几人到了三元楼前转弯向西前往纪家桥方向。孔武忍不住回头望了一眼,那些没拉到恩客的香艳女子,正浅嗔薄怒,对他嘟嘴埋怨。

"委屈小娘子了,等酒家安顿好后,就会回来疼你们!"

前方不远处就是太学,由于明日才是入学的日子,三人便准备找个脚店先住上一日。信步来到兴庆坊前,正在四处张望时,巷子口忽然人声嘈杂。行人见此纷纷避向两旁,一队官差手握长棍、横刀,气势汹汹朝宋慈等人冲了过来。

孔武朝身后看了一眼,诧异道:"他们要捉拿什么人?"宋慈和马永忠两人也瞪大了眼睛不明就里。

不料官差在三人面前停下了脚步,又拿出一张海捕文书,对照着上面的人物画像看了他们几眼。

"就是他,带走!"打头的官差指着马永忠的鼻子大喝一声。一旁的捕快话不多说,就要给马永忠戴上枷锁。

孔武最见不得兄弟被欺负,握紧了拳头就要和官差干架。宋慈连忙拉住了他的手臂,对打头的官差问道:"这位大哥,敢问我兄弟犯了什么事?为何要捉拿他?"

官差看着马永忠问道:"你是马永忠?"

马永忠一头雾水,不过还是点了点头。

官差又道:"三年前你在临安府待过几个月?"

马永忠再次点头。

"那就对了!"官差回道,"有人告你杀了宣二娘!"

"杀人了?"宋慈和孔武都是一惊,他们二人和马永忠认识的时间并不长,并不知道他的底细,因而两人都是一头雾水地看着他。

"在下没有杀人!"马永忠急忙辩解道,连嗓音都变得沙哑不堪,"我从没听说什么宣二娘,更不认得此人,怎么会杀人?"

官差回道:"有什么委屈回衙门和我们大老爷讲去吧!"

孔武牛眼一瞪,拦住了官差道:"我兄弟说没杀人就是没杀人,你等定是弄错了,快快闪开!"

"若是胆敢阻拦官府做事,以同罪论处!"官府抓人哪里会在乎旁人说什么,见到马永忠打死不从,给他套上了链子就要带走。

"哟?来硬的了?"孔武吃软不吃硬,见到兄弟受辱,再也忍不住,撸起袖子就和官差干了起来。一时间,大街上尘土飞扬,鸡飞狗跳,人仰马翻。

围观的百姓的层层叠叠、密密麻麻,就连三元楼的姑娘也远远地探出了头,见到孔武的英姿后,还一边嗑瓜子,一边给他抛媚眼、摇手帕,有胆子大的还大声喊道:"大官人威武!"

孔武本就打得兴起,如今又有美人助阵,这还了得?打得更欢了。宋慈一脸苦相地站在原地,心中抱怨道:"来到临安还不到半个时辰,这就惹上官非了!难道我宋慈和刑狱推案这种小道之事就离不开了吗?我来临安为的可是求大道!"

眼看孔武这么一闹不好收场，宋慈不得不站了出来阻拦道："且停下手，我等就随几名官差大哥前去看看，天子脚下，定不会是非不分！"

马永忠不想拖累两人，连忙道："是啊！我又没做过什么歹事，自然不怕见官，孔兄弟你收手吧！"

孔武虽然莽撞，但不是傻子，知道真把官差打了那就是大罪！几名官差拿孔武没有办法，脸面上过不去。不过自家老爷是帮理不帮亲之人，要是真追究起来，自个也讨不了好。于是咽下一肚子的气，押着马永忠前行。至于宋慈和孔武两人，自然是跟在了身后。

一行人折转向北，路过了保和坊、报恩坊，去的方向竟然不是临安县衙，而是两浙西路提刑司的府衙。

宋慈眉头微皱，一般来说，提刑司是上级衙门，不会直接参与刑狱案件，为何此案是提刑司督办？入了大门，抬头一看，那提刑官宋慈还认识，正是白僵案时见过的孙毅孙大人。他不是福建路的提刑官吗？怎么一个多月不见成了两浙西路的提刑官了？

孙毅见到宋慈也很诧异，挥挥手让其站到一旁。等他看到孔武的时候，眼睛却瞪成了铜铃。孔武见到孙毅后，也如同耗子见到猫一样，实在躲不了，这才咧嘴笑道："舅父，你怎么也到临安府了？"

舅父？孔武竟然是孙毅的外甥？这真是大水冲了龙王庙，一家人不识一家人。那几名被孔武打的差人本想告状，这下子也只好把苦水往肚子里吞了。

孙毅正是由于白僵案时破案有功，便被提拔为两浙西路提刑官。从福建路到两浙西路，看似平调，但一个是地方官，一个是京官,地位之差别已然不可同日而语。

此时衙门前还有原告血亲,孙毅不好和两位晚辈叙旧,便给了个眼色让他们两人老实地在旁边待着。宣二娘的哥哥宣胜乃是原告,当他大声念完状纸后,宋慈大体知道了是怎么一回事。

原来宣二娘三年前和前夫和离后就不见了踪影,世人都说她跟着一个琉球客商去海外快活去了。几个月前那琉球客商再到临安城,宣家找到了客商,那客商却说宣二娘根本没有和自己一道回去。宣家不信此话,但是找了许多人,都证明琉球客商所言非虚,便立刻呆住了。

此时也不知谁出的主意,宣胜找来画师画了宣二娘的仕女画,又拿着画像满城寻找宣二娘。皇天不负有心人,一番努力下,他们真的找到了知情人,知情人说一名叫马永忠的画师曾经见过宣二娘,很可能杀死了她。

虽说有了消息,但是一来是不见宣二娘的尸骨,二来是找不到马永忠,三来是时间过了三年。所以临安县衙接到报案后,就把此案作为疑难案件交到了两浙西路提刑司手上。孙毅刚上任,就碰到这样的诡异大案,自然不敢怠慢。他听闻马永忠可能要回到临安报考画院,便命人画了他的画像,在城中四处搜查,不承想今日还真的被他堵住了。

宣胜读完状纸后,指着马永忠骂道:"你这贼人,快快如实招来,究竟把我妹妹怎么样了?她如今还在不在人世?"

马永忠额头冷汗直流,却依旧弄不清情况,他抬头说道:"大人明鉴,草民真的不认识什么宣二娘,又怎会加害于她?"

孙毅招了招手,师爷拿出了一张女子画像:"马永忠,你好好看看，这画上的女子，你见过没有？"

马永忠接过了仕女图，方看了一眼，便吓得一佛出世二佛升天，此女上身穿紫色窄袖短衣，下身穿荷花长裙，外面还披着一件对襟的长衫，媚眼如丝，是一名有着六七分姿色的妇人。特别是女子的右边额头极其醒目，那里有个鹌鹑蛋大小的血包，血包里面的血丝还清晰可见。马永忠吞咽了下口水，他真的见过此女，而且印象深刻，可是只见过几眼就要攀上杀人大案不成？

正当马永忠心中犹豫的时候，宋慈在一旁说道："马兄有话直说，不要隐瞒。孙毅大人为官清正廉明，断案如神，你若犯了案定然逃不了王法，你若没犯事，大人也会还你清白的！"

"是的，"孔武回道，"早知道就不用打架了。"

孙毅狠狠地瞪了孔武一眼，这外甥的脾气他是知道的。

马永忠点了点头，对孙毅说道："大人，这女子晚生确实见过，不过就只是看过几眼，更别提杀人了！"

孙毅"啪"的一声拍响惊堂木，道："你是何时何地见过此女的？从实招来！"

"这？"马永忠脸露疑难之色。孔武看其为难模样，连忙道："怕什么，你说啊！即使是在床上见到她的又有何妨？脑袋都要没了，还操心卵蛋的事情干什么？"

宣胜怒气冲冲地看着孔武，孔武怒目圆瞪，抖了抖身后的乌梢棒，一副有种放马过来的架势。若是别人家的妹妹被这么诬陷，当哥哥的必定震怒。可是宣胜知晓自己妹妹的龌龊勾当，还真的有点儿相信孔武的话了。

马永忠摇了摇头道："孔兄莫要瞎说，我确实见过宣二娘，只是不是在其他地方，而是在……"

"在什么地方？"孙毅追问了一句。

马永忠犹豫了一下说道："在棺材里！"

听闻此话，大堂中除了宋慈和孔武以外，所有人都炸开了锅。他们怎么也没想到马永忠是在棺材里见到的宣二娘。

"到底是怎么回事？"孙毅惊诧追问道，"快快如实招来！"

"草民领命！"马永忠叹了一口气，知道今日若是不把此事说出个子丑寅卯来，是绝对脱不了干系的。

三年前，也是画院开考的时候。马永忠提前三个多月到了临安府。由于盘缠快用光了，他便找了一座寺庙，在里面彩绘佛画。这缘由一是有个不要钱的地方可以落脚，二是也能赚些银两度日。

马永忠是个画痴，最敬佩的人就是画师李嵩，最着迷的画就是李嵩的《骷髅幻戏图》。在寺庙里马永忠画着各种佛教彩绘画，感受着佛家所说的寂灭生死，好像对《骷髅幻戏图》又多了几分体会。

很多年前，马永忠就偷偷去过乱葬岗查看骷髅。这番心有所感后，忍不住又想故技重施。有了多年看骷髅的经验，马永忠对尸体什么时候能变成骷髅也有了心得。若是棺材用的是好木头又埋在泥土中，那么一般要十年左右才能化作骷髅。如若棺木用的差一点儿，则需花费三五年的光景。假若是简单的几块板子，尸首又放在蛇虫众多的乱葬岗，最快三个月就能被蛇虫啃咬光，成一堆枯骨了。

如今离画院开考还有三个月的光景，若是当下去乱葬岗察看新埋下的尸首，就能记下尸首如今的模样。等三个月后，尸首变成骷髅，马永忠就能更好地比对骷髅和生前模样的差别。有了这番领会，即使考不上画院，临摹一幅《骷髅幻戏图》也会多几分神韵，说不定就能得到李嵩的赏识了。

打定主意后，马永忠趁着夜色便去了城外的乱葬岗，竟然真的找到了一座新坟。此坟被人匆匆掩埋，棺椁之上只有浅浅一层泥土，棺木用的是再普通不过的松木。

深吸了一口气，马永忠推开了棺材板，拿着油灯借着月光朝棺材里看了一眼。里面躺着一具女尸，没有发臭，也没有尸斑，看起来还栩栩如生，应当是死了没有多久。以马永忠的经验，这具女尸在乱葬岗里放上三个月就能成为一堆枯骨。此番若是能临摹出她的模样，三个月后再看化成骷髅后的样子，画技定然能够有所长进。

马永忠把油灯放到了一旁，拿出了画笔和画板。女尸一身妇人打扮，左手腕上戴着银镯子，看得出来家境小康，右边额头高高地肿起，有一个鹌鹑蛋大小的血包，这个应该就是致命伤。

以女子的家境看不该草草掩埋于此，这其中定然有不少故事。马永忠心中有些犹豫，不知道该不该报官，画笔迟迟没有落下。

就在此时，乱葬岗中起了一阵狂风，乌云遮住了明月，四周鬼火重重，怪声不断。一条一米多长的黑蛇从女尸棺材下爬出，昂起头来朝马永忠吐着蛇芯子。

马永忠受到惊吓，一个踉跄跌倒，手撑着沙土，双脚不停地向后蹬，逃命之时还把一些泥块踢到了棺材里的女尸身上。

月亮钻出了乌云，大地又是一片银色，黑蛇顺着棺材边缘爬了出来，直瞪瞪地看着马永忠。马永忠憋着一口气不敢说话，兴许是身上有避秽丹等药丸的原因，黑蛇迟疑了一下游走了。马永忠长吁了一口气，还没等坐起来，棺材里的女尸却猛地一下睁开了眼睛，唰地从棺材里弹起了身子。

马永忠急忙用手捂住了自己的嘴巴，不敢发出一点儿声音，这是诈尸了？还是女尸还魂了？他连忙躲到了一旁山石的后面，女尸茫然地看了四周几眼，似乎在想着什么，颤颤悠悠地站了起来，脸上都是迷茫的神色，愣了一会儿后便深一脚浅一脚地走出了乱葬岗。

回到庙中的马永忠仔细回想，断定不是诈尸，而是女尸假死复活。这个女人撞伤了脑子，旁人以为她死了，便草草埋葬。不过好在天命不绝，马永忠为了画尸，打开了棺椁让她透了气，彻底活了过来。

此番虽然没画成女尸，但是却有了另一番领悟。艺文之道，无论是书法也好，字画也罢，创作时都讲究意境和心境。传世的《兰亭集序》，相传就是王羲之聚会喝酒后微醺状态所作；号称天下第二行书的《祭侄文》也是颜真卿痛心侄儿之死心有所感而成。

此时的马永忠也心境大开，他一边回想往事，一边挥毫泼墨，半盏茶光景就画出了一幅《女尸升棺图》。在月色之下，女尸从棺中缓缓爬出，看似死人，又像活人，整幅画作说不出来地诡异惊悚。其意境已然有了《骷髅幻戏图》五六分的神韵。

此画作完后已是清晨时分，庙里有人通知马永忠前去做工，于是他就把画放到一旁走出了房间。不承想干完活再回来后，画竟然不见了。

这是马永忠好不容易才画出的一幅满意的画，即使再让他画一次，也画不出方才的神韵。若是乱葬岗挖人坟墓之事被人知道，那更是吃不了兜着走。受此影响，马永忠在三个月后的画院考试中没有过关，也没能拜在李嵩门下。心灰意冷之下便离开了临安城，四处采风作画。

虽然过了好几年，但是往事历历在目，马永忠三年前只看了宣二娘几眼，印象却是十分深刻。可是他和此女是真的一点儿关系都没有！

听闻马永忠的叙述后，宣胜和孙毅都瞠目结舌，他们都没想到世上还有如此的画痴！可是一旁的宋慈和孔武却司空见惯，为此宋慈还上前一步给孙毅讲起了路上的那起鬼庙案。

此事太过诡异，孙毅沉思一番后问道："马永忠，你还记得乱葬岗中那具棺木的位置吗？"

马永忠迟疑了一下，回道："草民估摸记得。"

孙毅看着堂下众人说道："既然如此，就去一趟乱葬岗！"

宣家也没有任何异议。出了城门，一行人等朝乱葬岗方向走去。通过方才马永忠叙述，宋慈已经大体相信他的清白，可是其中还有很多蹊跷之处。

孙毅见到宋慈神情不对，把他叫到了一旁。他目睹宋慈破获了白僵案，又听他说起了鬼庙案，对宋慈的断案能力了然于心，此番把他叫过来，就是为了一起推断案情。

宋慈从孙毅口中得知，宣二娘此人乃是商贾人家的子女，父兄在临安城中和坊开了一家脚店，家道不算大富大贵，但也算是殷实人家。后嫁了一名小吏，只可惜夫君十年来都没有得到提拔，不由得有些抱怨。为此她还经常到庙里求签，以求夫君能有所出息。只可惜她的男人是个榆木脑袋，不知变通。眼看着丈夫升迁无望，她便心旌摇曳了。

宣二娘心思浮动后，传闻和琉球来的客商有染，丈夫听闻此事后勃然大怒，与她争吵了一番，后来两人还大打出手。宣二娘性子彪悍，吵架时一时气恼，拿起厨房的菜刀就砍向了丈夫的大腿。丈夫受伤之时，也把她推倒在地，为此宣二娘还磕掉了一颗门牙。不久之后，宣二娘和丈夫和离，自此消失了踪影。世人皆说宣二娘早就红杏出墙看上了海外的富商，此番消失就是和客商走了。

转眼间到了三年后，宣胜找到琉球客商，见其妹妹没有去琉球，加之又有画师说马永忠可能和宣二娘的死有关，便到官府告了状。

第二节
验尸骷髅

行了十几里山路,一行人等终于来到了乱葬岗。宣二娘的坟冢就在前方一块黑色山岩下面。

"就是那个地方吗?"孙毅指了指一处坟包说道。马永忠观察了下四周的景致,点了点头。

宋慈看着保存完好的坟冢,心里渐渐不安。若是马永忠所说属实,那么此地应当只是一具空棺材而已,怎么会有坟冢?

棺材掩埋不深,捕快挖了两尺后就看到了棺木。虽然只是三年的光景,但是棺木已经腐烂不堪。马永忠也猜到了什么,心中顿感不安。孙毅点了点头,几名捕快急忙上手,唰地把棺材板掀开了。

"怎会如此?"马永忠看到眼前的景象后震惊不已,那棺材里面竟然有一具已成骷髅的尸骨!满棺材的蛇虫见到日光后四散而逃,转眼消失不见。为何里面有遗骸?这到底是怎么一回事?

孔武在一旁嘀咕道:"会不会是别的棺木恰好葬在此处?这一切只是巧合?"

孙毅蹲在了棺椁旁,棺木里的衣物尚未腐烂干净,还可以找到一些衣裙裤脚的碎片。他忽然间想到了什么,对一旁手下说道:

"把宣二娘的画像拿来。"

孙毅看着画，棺材里虽然只是零星的衣料，但是比较尸衣花纹和画上的图案，竟然一模一样，难道死者真的是宣二娘不成？

宣胜也蹲在了骷髅旁边，他抬起骷髅的左手腕骨说道："大人你看，这只银镯子乃是积善坊陶家所做的。我妹妹出嫁时，也戴着一模一样的手镯，那上面还有印记，不信您瞅瞅！"

孙毅翻看手镯，在内环里面有个阳刻的"芸"字。宣二娘真名乃是宣芸，这正是她的手镯。他又看了看宣二娘的画像，左手边还真有一个一模一样的镯子。

"妹妹啊！你怎么就这么走了！哥哥定要帮你报仇雪恨！"宣胜嚎哭了一声，站起身来就要向马永忠索命。

一时之间马永忠也蒙了，棺材里为何真的有具骷髅？骷髅的服式、首饰也是宣二娘的，难道这真是宣二娘的枯骨不成？可是他明明看到宣二娘活了过来！是那晚见鬼了？还是怎么回事？

孔武制住了暴怒不已的宣胜，马永忠又仔仔细细地看了骷髅几眼，忽然说道："这不是宣二娘的遗骸！"

所有人都愣住了，孙毅疑惑问道："你何出此言？"

马永忠回道："大人，马某是画师，也是画尸人，有根据骷髅复原此人生前模样的能力。此具尸骨虽然是女子的，但定然不是宣二娘的。你看她的眼部，宣二娘的眼睛细而长，眼角上勾，是桃花眼。这具尸骸的眼部复原后却是丹凤眼。你再看看鼻骨，此鼻子复原后是悬胆鼻，宣二娘鼻子小巧，不是这种形状。"马永忠口若悬河说了起来，然而在场的所有人都无从评判他说的究竟是真是假。

"拿笔墨来！"孙毅对属下说道。

未几,笔墨纸砚还有案几都放到了马永忠身前。若说根据骷髅画人像,想必普天之下除了李嵩外,没有人比得过马永忠。一盏茶的工夫,仕女图已然画好。

孙毅手拿着两幅画像,左边瞅了瞅宣二娘的画像,右边看看马永忠所作的仕女图,这两幅图上的女子形态、衣着、首饰虽然都一模一样,但是容貌上却有不少的差别。马永忠所画的女子有大家闺秀的模样,宣二娘的画像却多了几分妖艳之色。

虽然图画出来了,但是马永忠本身有嫌疑,难以取信于人。孙毅却陷入了沉思,刚接手第一起案子,就是这样的陈年奇案。

马永忠见到众人不相信自己,既愤懑又无奈。

孔武遗憾道:"即使再美的女子,在马兄眼前也只是一具骷髅而已,可叹啊!不知马兄去了青楼中看到那些貌美如花的女子,是不是也像看到骷髅一样,扫兴啊!"

都什么时候了,孔武想到的却是这些,孙毅怒看他一眼。

宋慈眼看马永忠不能洗清嫌疑,蹲在骷髅身旁问道:"孙大人,能否让晚生验尸?"

宋慈的话,对于孙毅来说仿佛救命稻草一般,他对一旁的书吏说道:"宋贤侄的验尸之术鬼神莫测,他说的话,你等可以记到《验尸格目》和《验状》里面!"

书吏点了点头,看了看这位被提刑大人推崇备至的年轻人。孙毅转身又对宋慈说道:"需要洗尸吗?梅子饼那些东西需要准备吗?"

"先不用那些东西!"宋慈指着骷髅的牙床对宣胜问道,"听闻令妹和前夫打架时磕掉了一颗门牙?可有此事?"

宣胜点头道："确实如此，那姓顾的就不是个东西！"

宋慈把骷髅拿到了手中说道："常人牙齿的数量或二十八颗或三十二颗。这具骷髅的牙齿保存完好，若是我没有看错的话，乃是三十二颗，它牙床之上并没有缺损之处。令妹若是缺了牙齿，这具尸骸就断然不会是她的了！"

孙毅把骷髅头接了过来，仔细看了看，牙床确实完好无缺。

宣胜也仔仔细细地看着骷髅头，过了片刻后他是既喜又惊。骷髅头牙齿完好，那就不是他妹妹了，可是她如今又在何处？是死是生？为何一直不联系自己，最让他不解的是这具女尸的衣着为何和宣芸失踪前一模一样，还戴着她的手镯？

孙毅也是一样地头疼，宣二娘失踪案还没有眉目，眼前就又多了一起女尸案。

"此女是怎么死的？是被人杀死的吗？"孙毅问了一句。

"这就要细细看了！"宋慈轻叹了一句。孙毅也找来件作帮忙，两人洗骨之后，宋慈说道："尸骸身上没有明显的受创之处，也没有中毒迹象，粗看之下乃是生病而亡！"

听闻此话孙毅松了一口气，岂料宋慈又道："骷髅的面骨、额骨处有破损迹象，脸面应当被人砸过！"

"这！"孙毅心道，"还是被人害死的？"

宋慈把面骨洗干净说道："面骨虽然有破损，但是洗净之后骨头中没有红影，想必是死后被人砸在了脸面上。"

"这就更加怪异了！"孙毅脑海中的疑问越来越多，一个女人正常死亡后，竟然被人毁了面容，接着又穿了宣二娘的衣服、戴着她的首饰躺在这具棺材里，这里面到底发生了什么事？

想了一下,孙毅又问道:"这具尸骨是男子还是女子?"

马永忠不解地瞪大了眼睛,心说道:"我画都画出来了,你还要问这个?难道如此不相信我?"

宋慈指着骷髅头说道:"若是男子遗骸,脑后有一横缝,头顶之下直到发际另有一条竖缝。若是女子,只有横缝没有竖缝!大人看看这具骷髅头,它的情形和女子骷髅头一致,是女子无疑了!"

"有劳贤侄了!"孙毅称谢道。

既然没有证据证明马永忠杀人,宣二娘也生死不明,宣胜便撤下了诉状。

马永忠死罪虽免,但是活罪难逃,他因三年前挖人坟冢,被孙毅打了三十大板。他根据骷髅所作的那幅仕女图则被孙毅留了下来,孙毅还让旁人多临摹了几幅图,并派人四处打听。

临行之前,孔武被孙毅叫到一旁训斥了一番。孙毅对宋慈则是和颜悦色,一番安抚。宋慈和孔武雇了一辆马车,把屁股开花的马永忠从提刑司衙门送到了落脚的脚店。

幸好打板子的衙役手下留情,马永忠休养十多天就会安然无恙,还能赶得上一个月后的画院大考。宋慈叹了一口气,低声道:"此案除了女尸离奇外,还有一件事也很古怪!"

孔武疑惑道:"还有哪点古怪了?"

宋慈回道:"马兄三年前的那幅画怎么丢的?又怎么有人知道你见过宣二娘?还有孙大人手上的那一幅宣二娘的仕女图,那幅画如此精细,甚至连宣二娘失踪那天的服装和首饰都画上去了,是何人所画?他又是怎么知道这些隐秘的?"

听宋慈这么一说,马永忠也沉思了起来:"那幅仕女图定是根据我的《女尸升棺图》所作,定是那人偷了我的画作,又告了我的状。不过此人似乎有意隐瞒了自己的笔法,那幅图看似粗鄙,可是细微之处还是能彰显功力,让我总有一种似曾相识的感觉!"

宋慈拍拍马永忠胳膊道:"小心此人,他没存什么好心思。最近一个月你就好好地养伤,等考上画院后,我们再去调查此案!"

马永忠感激地朝宋慈拱了拱手。

翌日清晨,宋慈和孔武找了人照顾病床上的马永忠,这才起身去太学以及武学报到。

出了脚店,一路向西,小半个时辰后,便来到太学的大门前。在临安城中,太学、宗学、武学三座学堂比邻而建,都扩建在岳飞府旧址之上。至于书学、画学、算学等等学院所在之地也和太学相距不远。

虽然宋慈进的是太学,孔武进的是武学,但是两座学堂都建在了一块儿,所以大多时候都在一起办公。要去太学和武学报到,必去的地方就是"三案"。两人先去了学案,交了报名的举状,换到了证明身份的监牒。接着去了厨库案,由于宋慈和孔武都是外舍生,所以必须缴纳一年的斋用钱,才能在学堂里的炉屋用膳。最后去的是杂案,不承想在这里却遇到了麻烦。

在杂案办事的胥吏乃是往年的老生,初始时还对两人一脸堆笑,态度热情。岂料看到宋慈的监牒后,胥吏中有一人脸上风云变色。但凡监牒,除了名字之外都会记载学子的籍贯,以及祖上三代的姓名,借此确定持有者的身份。

"你是建宁府的宋慈?"这名胥吏问道。

宋慈点了点头,心中疑惑道:"那监牒上不都写着吗?"

"可惜啊！你们来晚了，学斋都住满了人！"胥吏感叹了一声。

宋慈疑问道："果真如此？"

除宗学以外，太学、武学学子住宿的学斋共有六十座，每座学斋中房屋有五间，炉屋一间。上舍生所住学斋五座，学子不超过三十人。内舍生所住学斋十五座，学子不超过三百人。外舍生所住学斋四十座，学子不超过一千两百人。这么多学斋，怎么就满了？

"学弟恐怕不知！"胥吏起身，朝天拱手道，"圣上改元开禧，天下同贺，故而今年来的学子比往常多了许多。你们来晚了，已经没有多余的学斋了！"

宋慈根本不信，如若学斋不够，为何会招这么多的学子？方才他还交了不少斋用钱，若是不能住在学斋的话，那只能长住旅店，这一年要花多少银子？他根本负担不起！眼前这名胥吏好像有意刁难自己，这是为何？

孔武懒得和胥吏问话，翻看着眼前的学斋格目。这格目上面的服膺斋、诚意斋等等学斋确实是住满了人。忽然间他瞅见砚台之下还压着一张格目，有座学斋里好像只住着一人。

孔武把这张学斋格目从砚台下抽了出来，弹了弹纸面道："这座学斋不是还没住满人吗？"

胥吏看着学斋格目上的名字，嘴角边露出了古怪的微笑，道："你们可是要住这里？真想好了？"

孔武问道："这可是上舍的学斋？"

胥吏回道："不是！"

孔武又问道:"这是内舍的学斋?"

胥吏依旧摇头道:"也不是!"

"那不就得了!"孔武哈哈笑道,"宋兄,我们就住这里!"

"好!"宋慈点了点头。

胥吏正色道:"这座学斋名为斗斋,不属于上舍、内舍和外舍,任何学子想去都是可以的。不过丑话我可说到前头,去了后可不能反悔,若不然你等今年就只能去脚店睡柴房了!"

"有劳学长了!"

好好的一座学斋为啥只有一人居住,无非是出了一些人命案子成了凶宅而已。宋慈从小验尸,连槚馆都住过,更别提凶宅了。至于孔武乃是一向胆大的武夫,又怎会怕这样的地方?

宋慈、孔武两人登记学斋之时,还有一名刚登记完学斋的学子在一旁驻足流连。初始时他还感叹运气不错,抢了最后一个住宿之地。如今却听闻还有一座学斋这么宽敞,一下子就动了心。

想到这里,这名学子跑了过来,对胥吏说道:"莆田学子刘克庄,可否换到斗斋?"

胥吏不可置信又幸灾乐祸地看了刘克庄一眼,呵呵笑道:"你可想好了?这学斋格目若呈上去,就不能再更换了!"

刘克庄满脸堆笑道:"想好了,劳烦学长了!"

胥吏动笔在学斋格目上添上了三人的名字,又给他们开具了证明文书,示意他们可以离开了。待到三人远去,一旁另一个胥吏问道:"这些人以为斗斋是因为闹鬼可怕,却不知有比闹鬼更可怕的,如今有好戏看了!"

说罢两人哈哈大笑,方才说话的胥吏又说道:"董畅,你和宋慈有何仇恨?按道理你们乃是建宁同乡,本当互相扶持才对!"

"同乡?"董畅狂笑了两声道,"一日破三案,好威风!我太学学子,怎能是仵作之流?宋慈,在这太学之内有你好果子吃的!"

第三节
误入斗斋

太学分为三部分，正西是孔庙，以大成殿为主，庙内奉祀孔子，配祀十贤人，两边墙上彩绘孔子七十二弟子像。当中乃是教学区，有首善阁、崇化堂等厅堂。斋舍区在东面，此地乃是太学和武学的交会之地，两边的学子都在此地居住。至于宗学乃是皇家子弟和达官贵人子弟上学的地方，居住之地可不是太学、武学的斋舍区可以比拟的。

每座学斋前都有射圃，是学习射箭以及强身健体之地。过了射圃，三人走到斗斋的大门前，这就是他们今后几年要居住的地方了。刘克庄抑制不住内心的激动，憧憬着以后的美好生活。每座学斋中都设有斋长和斋谕，用以督导学斋学子的学业和行艺。若是能当上斋长和斋谕，就可以免交斋用钱了。

"斗斋当前只有一人居住，那么我是不是也可能成为斋长或斋谕？从而省下大把的银子？"心思于此，刘克庄忍不住偷偷发出笑声。

孔武敲了敲门环，等了好大一会儿，偌大个斗斋中却没有一点儿回应之声。"不管了，开门再说！"孔武推开了门，霎时间庭院里呜呜作响，狂风卷着枯枝败叶朝脸上就吹了过来。

"没有人吗？"孔武大吼了一声，正要四处查看，前方的水缸中突然跳出一人，他青衣长衫、目光如炬，虽然从模样上看比宋慈大不了几岁，但是气场上却像是一位久经沙场的悍将，看样子方才竟然在水中闭气练武。

擦了擦身上的水渍，那人问道："你们就是新来的学子？先把学斋文书交上来！"

三人不敢怠慢交上了文书。怪人看了下后鄙夷道："谁是武科学子孔武？"

孔武回道："洒家就是，你又是谁？"

"拔出你腰间的横刀，在我手下走过三招后才配问我的名字！"

此人赤手空拳，却说孔武接不了三招，孔武勃然大怒，他攥起拳头，一个长蛇出洞就朝怪人打了过去。电光石火之间，两人已交手了七八招。孔武暗暗吃惊，他没有任何保留用上了全力，但是那人顶多用了五六分力道。到了当下怪人还不将他打翻在地，无非是在考校他的武功而已。

"欺人太甚！"孔武抽出背后的乌梢棒唰唰地舞出了棍花，见到孔武搏命相斗，那人终于笑了。宋慈心中大惊，孔武的功夫他是知道的，面对上河村几十名手拿刀枪的村民都可以全身而退，此时却在怪人的手里好像走不了几招。

二三十招后，孔武闪身向外，气鼓鼓地把乌梢棒丢在地下，抱胸怒道："不打了，你原本在十招以内就可以打败洒家，为何又让了几十招？大丈夫可杀不可辱！"

"你不错，有些拳脚的底子，可以进斗斋。日后若是经常操练，战场上可做百夫长！"

"只是百夫长？"孔武有些愤懑，但又打不过眼前的怪人，不好反驳什么。

考校了孔武的武艺，怪人的目光又直瞪瞪地看着刘克庄和宋慈两人，刘克庄看过学斋格目，早知晓怪人的名字，于是恭敬说道："华岳学长，我不是武生，可打不过你！"

"在斗斋我既是斋长又是斋谕，让不让你等进来都在我一念之间。你等若是想进斗斋，必须经过我的考校。我知道你不是武生，但是想必也有其他本事！"

刘克庄心中暗暗叫苦："斋长和斋谕都是一人，那我的小算盘可就打错了。他要考校我们的本事，看来也是文武全才之人，这可怎么办？"哀怨之时，他看到斋院的屏风墙上题有一首诗，《斗斋》：

八方无处著瞿昙，百合中间寄一龛。
满把酒浆供里北，平量风月借和南。
腰如可折岂徒五，诞若果流何待三？
更喜小窗能就拱，夜寒江静著山函。

"好诗！好气魄！"刘克庄赞道，"此诗想必乃是学长所作，刘某愚钝，也想献诗一首，请学长品论！"

华岳指了下院墙前的笔墨，示意刘克庄可以动笔了。斗斋之中草木繁盛，百花争艳。刘克庄眺望远处，见到两朵海棠花正在风中怒放，便挥毫泼墨在墙上写了一首《卜算子》：

> 片片蝶衣轻，点点猩红小。
> 道是天公不惜花，百种千般巧。
> 朝见树头繁，暮见枝头少。
> 道是天公果惜花，雨洗风吹了。

华岳点了点头道："词作得不错，就是脂粉味浓了些。斗斋的规矩，射圃三日一小练五日一大练，断不能只做手无缚鸡之力的书生，若不然金人打来时，只会送了人头，丢我大宋男儿脸面！"

"啊！"刘克庄脸有惧色，心道："怪不得以前没人来这里，若只是凶宅也罢了，没想到还有一个比鬼还凶的人，看来这下要吃不了兜着走了！"

孔武和刘克庄都通过了考验，剩下的就是宋慈了。他走到了华岳所作的那首《斗斋》诗作之前，凝眉沉思道："这手字写得筋骨结实，没有丁点儿媚俗之风，字内究其精微，字外求其磅礴。若我没猜错的话，学长用的乃是颜鲁公的笔法。"

"有点儿门道，但是一般人都可以看出此点，并不稀奇！"华岳冷声道。

宋慈指着"斗斋"两字道："斗斋，乃是天宫星辰的总称，亦是我们这座学斋的名称。此诗应是在暴雨之后，夜空初晴，天上繁星点点，心有所感时所做。"

"华某所感为何？若是你能答上来，就算你过关！"

宋慈正色道："颜鲁公铮铮铁骨，究其一身只为平息安史之乱。此诗描绘星空,漫说南北,又用颜真卿的笔法书写,宋慈斗胆猜测,学长当时所想无非是两个字而已!"

"哪两个字?"华岳直瞪瞪地看着宋慈。

宋慈上前一步提笔在墙上写下了两个字:"北伐!"

见到这两字后,华岳哈哈狂笑了几声道:"看了一首诗就猜到我当时心中所想,果然是声名赫赫有推案之能的宋慈,你也过关了!"

住个房子,还要过三关斩六将?刘克庄等人头痛不已。看来以后的日子不好过了。华岳又道:"你等皆为外舍生,每月月考之前,我都会抽查你们的学业。至于行艺则每旬考校,若是有作奸犯科、鸡鸣狗盗之举,行艺下下等;若是有不尊孝道、奸淫妇女之举,行艺下下等;若是有卑颜屈膝、谄媚媚上之举,行艺下下等……"

华岳一口气说出了十来种行艺下下等的行为,刘克庄叫苦不迭。入了太学,每月太学都会举办考试,此为私试,也称月考。每隔一年,朝廷举办一次考试,名为公试。在一年之中,以斋长、斋谕为首的人则会考校学斋学子的行艺,并划分等级。私试、公试再加上行艺,三者一起决定学子能不能升舍,如若两优一中,那么就有升舍的可能,若是其中有一项为下下等,就别想升舍之事了。

华岳身为斋长兼斋谕,已然掌握了三人的命运,此人做事又一丝不苟,要求甚严,怪不得学子宁愿在其他学斋挤着住,也不想和此人住在一起。刘克庄心中暗暗懊悔,若不是想贪小便宜,也不会进到这阿鼻地狱之中。

斗斋中共有房屋五间,除了华岳所住的北斗屋外,中斗、东斗、西斗、南斗屋都还空着。三人看着剩下的四间屋子，脸上终于露出了笑容，虽然有其他千般不好，但是一人一间房，这是上舍生都没有的待遇！

华岳指着最里面的南斗房说道："斗斋里除了这间房外其他的房屋你们都可以住。各自回房洗漱一番，未时三刻前到射圃集合练习箭术！"

"啊！"刘克庄叫出了声来，"今日就开始啊？！"

华岳又道："箭术乃六艺之一，岂可荒废？一月之内，在三十步外，孔武射出的三箭中必须有两箭射中红心，刘克庄、宋慈射出的三箭中必须有一箭射中红心，若不然这月的行艺就为下下等！"

刘克庄眼冒金星，他是书生，又不是武将，为何也要练习射箭？这往后的日子要怎么过？如今要换学斋还来得及吗？

宋慈看了看南斗屋，这间房子贴了封条，还被铁链锁着，整间屋子爬满了青藤，也不知道荒废了多少个年头。

孔武当先一步，选了中斗房，刘克庄选了明亮的西斗房，宋慈选了东斗房。三人选完房后皆不敢怠慢，洗漱后就跟随华岳进入射圃训练。

这是让人难以忘怀的一个月，入了太学，宋慈等人只要没课，就会被华岳拎到射圃，射箭、骑马、跑圈、习武，强身健体。三人在华岳手下，像是被操练的新兵一样，已然不成人形。后来三人得知，此事已成太学惯例，太学新生到来后，都会被操练一番。只是其他学斋有三十人，斋长照顾不周，还可以偷下懒。斗斋只有他们三人，华岳又十分严厉，自然要比旁人苦上万分了。

一个月匆匆而过，太学里进行了第一次月考，此番私试只是摸底，题目并不算难，所以宋慈和刘克庄皆以上上等通过了。孔武在武学之中的考试也顺利过关。

华岳说话算话，在射圃考察三人的射箭本事，孔武三箭全中，宋慈竟然射中了两箭，刘克庄射中了一箭，不过好歹都过关了。

华岳又道："下个月改为四十步远射箭，要求同第一月相同，若不能做到，行艺即为下下等！"

刘克庄默默腹诽了一句："上月三十步，这月四十步，难道要把我们操练成百步穿杨之人不成？我是文圣人弟子，又不是上沙场的武夫！"

华岳走了几步说道："上个月你等没有休沐，从这个月开始有了，十日一休，名为旬沐。若遇元旦、立春、清明以及皇上、太后寿辰休沐期限便和朝廷官员一致。好了，至于你等之功课自有直讲、学正、博士诸位大人负责，我就不过问了。都散了吧！记住，休沐之时若是在外面惹出祸来，行艺定然是下下等！"

终于在太学里安定下来了，宋慈每日既上课又习武，虽然劳累，但也充实，离踏上仕途为民请命的人生理想又近了一步。

第一个休沐日，宋慈、孔武两人去了脚店看望马永忠，刘克庄也一道去了。此番马永忠考得不错，只是画院还没有放榜，不过希望很大。

入学已有一个多月，三人的胆子渐渐地大了。刘克庄每到休沐日必会出游，不过几十天的光景，就把临安城摸了个底朝天，孔武多会找人喝酒。至于宋慈，则喜欢待在屋中读书，或者去崇化堂借阅策问，只是随身带来的那个验尸用的柳木箱子，则慢慢落满了灰尘。

这一日,刘克庄买了一只小黑狗放在斗斋寄养。孔武打探了下,刘克庄面色不安道:"南斗房中每到夜晚总有怪声袭来,细细听之,似乎像抓棺材板的声音,故而买一只黑狗壮胆!"

华岳呵斥了刘克庄一顿,本想把黑狗拎走,不承想黑狗却和华岳有缘,围着华岳的脚跟不停地叫唤,态度甚为亲昵。华岳生出怜悯之心,也就睁一只眼闭一只眼了。三人见此大为开怀,给黑狗取了个名字"虎子",每次去炉屋用膳后,都会带点儿吃食回来喂它。

这日,正逢五月初五端午节,此节又名"浴兰令节",太学休沐三日。临安风俗,从初一到端午日,家家户户买桃、柳、葵、榴、蒲叶、伏道,又并市茭、粽、五色水团、时果、五色瘟纸等物,当门供养,热闹非凡。

兴许是在太学里太无聊了,刘克庄对宋慈说道:"来了太学后,你还没好好逛逛吧?不如去城里看看,或者去西湖游玩也行!"宋慈性子清冷,又一心读书,不愿出去凑热闹,刘克庄却在一旁死缠烂打,就连孔武也在煽风点火,故而只好和两人一道出去了。

第四节
西湖烟雨

出了太学,向西路过了国子监、风波亭,就到了钱塘门,出了城门就是碧波荡漾的西湖。今日天高气爽,游人接踵摩肩,不少大户人家的小姐也出门游玩,孔武和刘克庄两人看着道路两旁貌美如花的轻衫少女,心就像是扑向群花的蝴蝶一样,早就按捺不住。

宋慈眺望着西湖,对两人劝慰道:"省点儿心吧!若是惹出祸事,以后可就出不来了!"

"你知道什么?"孔武鄙夷道,"色即是空,空即是色,不看就是看,看就是不看。你表面上一副假正经的样子,心里面不知道有多少花花肠子!"

宋慈无可奈何地叹了一口气,不想多说什么,也许是打小见到过太多生死的缘故,他对男女之事并不热衷。刘克庄在一旁说道:"两位可知临安府不仅米贵,连宅子也贵,我听闻不少大臣都买不起房,一年到头都在租房!"

宋慈看着路边摩肩接踵的人群道:"这算什么?大宋的都城还在汴京时就有宰相租房住,长安居大不易,自古便是如此。如今我等能在太学里一人住一间屋子也算是造化了!"

三人闲谈之时，远处传来了哒哒的马蹄声。一位身穿绿色公服的男子，虬髯黑面，骑着骏马呼啸而过，也不知道是什么事情赶得这么急。刘克庄忽然来了兴趣，对身旁两人说道："你知道方才跑过去的人是谁吗？"

"什么人？"孔武鄙夷道，"看他所穿的公服，应该是枢密院十二房的人，最近这些日子以来，那些人老往北方跑，难道北方有事？"

"你知道什么？"刘克庄回道："他名叫顾纯，乃是枢密院知杂房的主事。别看他官位不大，但是在临安府却是个名人！"

宋慈听到枢密院知杂房几个字心头一惊，在上河村溶洞里所看到的米袋上就有这个衙门的印章，也不知皇城司的人查得怎么样了。

孔武却来了兴趣，问道："他怎么出名的？"

刘克庄促狭一笑道："还不是因为头上有点儿绿，他原来的老婆你们也听说过，就是让马永忠倒霉的宣二娘！"

"原来是他！"宋慈也来了兴趣。

刘克庄所说的事情，宋慈大体听说过。只是他不知道的是顾纯和宣二娘和离后就转了运道，没过多久就当上了枢密院知杂房的主事。别看是名芝麻绿豆大小的官，官位不大权柄却不小，一千军需之事，都会找上门来，是个争破头的肥差，巴结他的商贾不知凡几。后来宣二娘消失不见，宣家的人还找过顾纯，但是顾纯却推说已经和离，不知她的踪迹。

好事不出门，坏事传千里，特别是这些男盗女娼之事传得最快。顾纯虽然升了官，旁人记得他的却是被悍妻砍伤大腿的旧事。

见宋慈没有取笑之心,刘克庄又转移话题道:"看朝廷的心思,从种种迹象观之,真有北伐之意。若是要收复中原,不如我等也投笔从戎。你等可知?江陵知府辛弃疾辛大人又要被起用了!陆游大人若不是年迈,定然也会进入中枢,这实在是天大的好消息!"话音未落,刘克庄便大声咏唱起辛弃疾的《水龙吟》:"楚天千里清秋,水随天去秋无际。遥岑远目,献愁供恨,玉簪螺髻。落日楼头……"

孔武一心想做岳飞、辛弃疾一样文武全才的英雄人物,听到刘克庄吟诗也兴致高昂,他昂首念道:"壮岁旌旗拥万夫,锦襜突骑渡江初。燕兵夜娖……"兴许是背得不熟,孔武想了片刻后说道:"燕兵捉奸老匹夫!"

宋慈正在喝水,忍不住呛了下,说道:"你要念诗就拿出诗集念,什么叫燕兵捉奸老匹夫,那是燕兵夜娖银胡䩮,汉箭朝飞金仆姑。"

"哈哈!"孔武笑道,"都差不多,方才提起绿乌龟顾纯,就想起捉奸了!"

暖风熏得游人醉,直把杭州作汴州。孔武和刘克庄等人相互吟诗,初始时,所唱的诗词还算豪迈,可是过了一会儿见到西湖里画舫内的一个个貌美如花的女子后就慢慢变了味,刘克庄刚唱道:"今宵酒醒何处?"孔武便连忙翻着诗集说了一句:"赢得青楼薄幸名!"

两人越说越欢,刘克庄拉着宋慈也要他吟唱一首:"来来来,宋兄,出来玩,不要扫兴,你也念一首词。对了,不要豪迈的,婉约一点儿,不要打打杀杀的把小娘子都吓跑了。"

宋慈被催得没法，看了看眼前的景致，有一座画舫从西湖芦苇中缓缓驶出，画舫中的女子虽然看不清容貌，但是看她身边丫鬟的装扮，应该是哪家的清倌人。于是心有所感，低声道："山抹微云，天连衰草，画角声断斜阳……"

刘克庄打断道："这是秦观的《满庭芳》，你唱错了！"孔武翻看着诗集，也在一旁附和道："是的，是的，宋慈你唱错了！要不要哥哥我教教你？"

画舫中的女子，听到宋慈这句唱词，身子颤了颤，貌似想到了什么，便和身旁的丫鬟说了两句。不多时，丫鬟桃红在船头挥动绣帕："我家小姐有请三位公子！"

"是我们吗？"刘克庄和孔武大喜，他们皆到了知慕少艾的年纪，对年少女子本就有亲近之心，此番吟唱了几首词，就得佳人青睐，这如何让他们不开心？

上了舢板，刘克庄听闻里面的女子乃是城里轻吟阁的花魁杜芊芊姑娘，就更加心花怒放了。传闻这芊芊姑娘不仅容貌俊秀，而且颇有才名，寻常日子里即使花上一百两银子也不见得能一睹芳容，今日竟然主动请他们上游船了。

进入画舫，刘克庄和孔武都眼中放光，眼前的佳人，手如柔荑，肤如凝脂，螓首蛾眉，巧笑倩兮，举手投足间都美得不可方物。芊芊见到当前两位公子来了，也躬身万福，皓齿明眸，吐气如兰。宋慈是第三个走进来的，他和芊芊姑娘对看了一眼，一时间两人都愣住了。宋慈呆呆地看着女子，思绪仿佛回到了从前。

那一年宋慈尚年幼，他遇到了一位金钗之年、温柔可爱的秦家小姑娘。那日秦家小姑娘出游，于林间闻到了一股香气，寻香而去时发现宋慈正在野外做饼子。这么多年来，这是第一次有女子和宋慈打招呼，懵懂无知的他异常欣喜。女孩吃了他做的饼子很开心，并表示以后还想找他玩耍。宋慈也知晓了女孩的名字，她叫秦卿，家住临安府，此次是来建宁府省亲的。

那几个月也许是宋慈年少时最快乐的时光，虽然年幼，但是两人都爱好诗词。他们一起谈论易安居士和幽栖居士，吟唱吴淑姬的《长相思令》，品论张玉娘的《兰雪集》。

宋慈虽然年少，还不懂男女之情，但是也见过男女定亲之事。这一日懵懂的宋慈偷了母亲藏在楠木盒中的碧玉手镯，那个手镯据说是宋母将来要送给儿媳妇的信物。宋慈带着一丝害羞、一丝不安、一丝窘迫找到秦卿，他的心在怦怦乱跳，想开口却不敢开口。然而秦卿却突然间变了一个样，有些不安，甚至有些恐惧，她怯生生地问道："你当日送给我的饼子，是盖在死尸身上的梅子饼吗？"

宋慈急忙摇头，是谁这么恶毒在背后中伤他？然而秦卿还是哇的一声哭了，转身便走，还说以后再也不想见到宋慈了。

宋慈手中的玉镯掉落了，连同他那颗初次躁动的心。

……

往事仿佛就发生在昨日，兴许只是年少无知时做的一场梦，宋慈曾经千百次幻想和秦卿再次见面的景象，但是他怎么也没想到是在这样一艘画舫里。秦卿有了艺名杜芊芊，身份也不一样了。

"怎么了？"孔武拍了一下宋慈的肩膀道，"见到小娘子就魂不守舍了？"

杜芊芊看到宋慈后，心中也是百感交集，他日一别，今日却是这番情形。忍了忍眼角的泪珠,杜芊芊也给宋慈躬身万福,两人似有默契,都没有再说什么。

刘克庄盯着芊芊明月般的面容问道:"姑娘为何请我们来?难道是因为方才那首秦观的《满庭芳》?"

杜芊芊贝齿微露,说道:"《满庭芳》确实是《满庭芳》,不过却不是秦少游的,而是琴操姑娘的!"

"啊!"刘克庄拍了下手中的折扇道,"我怎么把这茬忘了,真是贻笑大方了。"

琴操,本名蔡云音,艺名琴操,乃是苏轼的红粉知己,百余年前钱塘有名的清倌人。相传有一日,某人在西湖边吟唱秦观的《满庭芳》,不过却把"山抹微云,天连衰草,画角声断谯门"误唱成了"山抹微云,天连衰草,画角声断斜阳"。琴操刚好听到,于是说:"你唱错了,是'谯门',不是'斜阳'"。此人戏曰:"你能按照我唱错的改韵吗?"

秦观的词乃是:"山抹微云,天连衰草,画角声断谯门。暂停征棹,聊共饮离樽。多少蓬莱旧事,空回首烟霭纷纷。斜阳外,寒鸦数点,流水绕孤村。销魂,当此际,香囊暗解,罗带轻分,漫赢得青楼薄幸名存。此去何时见也,襟袖上空有啼痕。伤情处,高城望断,灯火已黄昏。"

琴操想了想,当即将这首词改成阳字韵,成了一首新词:"山抹微云,天连衰草,画角声断斜阳。暂停征辔,聊共饮离觞。多少蓬莱旧侣,频回首烟霭茫茫。孤村里,寒烟万点,流水绕红墙。魂伤,当此际,轻分罗带,暗解香囊,漫赢得青楼薄幸名狂。此去何时见也?襟袖上空有余香。伤心处,长城望断,灯火已昏黄。"

经琴操这么一改，两首词虽然有一些差别，但是韵味却分毫不差。自此之后琴操的才名传遍杭州城，就连知府苏东坡也折节交往。

孔武在诗词上是个小白，听完刘克庄所说的故事后，击节叫好。

宋慈心中五味杂陈，琴操原为大家闺秀，琴棋书画、诗词歌赋都有一定的造诣，只可惜十三岁那年父亲受宫廷案件牵连下了狱，母亲悲愤而亡，全家籍没后这才被卖入青楼成了清倌人。芊芊提起琴操时已然动情，难道她的命运也是如此？

四人在画舫里把酒言欢好不快活，忽然间，船外的丫鬟桃红大叫了起来："不得了了，有人淹死了！"

第五节
青楼命案

几人连忙冲出了船屋,碧波荡漾的西湖湖面上有一具男尸正随湖水上下浮沉。一旁很快来了官家的差吏,七手八脚把浮尸捞了起来。见到尸体容貌,孔武等人诧异不已,此人不是别人,正是他们方才还谈论的枢密院知杂房主事顾纯。

出了这档子事,几人也没有了游玩的心思,杜芊芊便命画舫在涌金门旁靠了岸。

离别之时,杜芊芊抚琴唱了一首琴操的《满庭芳》,那柔美之音,如同新莺出谷,乳燕归巢,让人如痴如醉,不忍苏醒。刘克庄掏出了十两银子,孔武全身上下摸了摸也抠出了五两银子。两人把银子交到了丫鬟桃红的手里,又看了看宋慈。宋慈一言不发,提笔在宣纸上写了一首琴操的《满庭芳》。

下了画舫,刘克庄和孔武两人都埋怨宋慈小气,说若是没钱,他们可以借给他。宋慈心中感慨万千,不愿多说什么,一个人走在前面。

"芊芊多谢三位公子了!"杜芊芊走出了船舱,对三人盈盈下拜。刘克庄和孔武乐得满面桃花,宋慈则驻足回望,点了点头。

回到了船舱，杜苄苄把刘克庄和孔武给的银子放到一旁，却看着宋慈写的《满庭芳》默默出神。这首词用的是颜真卿的笔法，写得是一身正气。很多年前，她和宋慈就是这样，一人吟诗，一人写词。宋慈没有给她银两的缘由不是小气，而是不想把她当成青楼女子看待。想清楚此中的缘由，杜苄苄眼角旁的泪珠便如珍珠般滴答落了下来。

一路北行，半炷香光景后，三人到了发现浮尸的湖岸。顾纯官职不大，身份却十分特殊，掌管各种军需之事。值此龙游县军粮酿酒案爆发又即将北伐之际，他的死太过蹊跷。只不过半盏茶的工夫，皇城司的人便风风火火地赶来了。

皇城司提点余莲舟蹲下来查看顾纯的尸首，干办章勇回禀道："回提点，据路人说，顾纯骑马路过大佛寺的时候，一棵大柳树刚好折断，碰巧砸到了他的脑袋，让其落入了湖水中，就此丢了性命！"

"这天底下的巧事还真多！去大佛寺看看！"临走之时，余莲舟看了看一旁的宋慈说道，"宋公子挺有雅兴，到临安府还没有几日，就赢得佳人芳心了！"

宋慈尴尬地笑了笑："提点一心为了社稷操劳，难得还有闲暇关注宋某。"

"哪里！哪里！才子佳人，乃是佳话！案子要紧，就此别过，他日宋公子抱得美人归，余某再来讨一杯水酒！"

损了宋慈几句，余莲舟走了。宋慈却愣在了原地，不知这位余姑娘哪里来的怨气。孔武不知从哪里弄来了一截莲藕，一边啃藕一边说道:"余提点长得挺不错,就是脾气不好,穿着打扮像个男人,名字取得也古怪,你断不能娶她当婆娘!"

话音未落,前方突然飞来一个小石子,正中孔武手中的藕上。孔武一边握着半截藕,一边说道:"看到没有,我没说错吧!偷听也就罢了,还偷袭。不是英雄所为!你还是找杜芊芊姑娘吧!"

休沐的日子总是过得很快,宋慈也适应了太学的生活,平日里除了去崇化堂听课外,他总喜欢和华岳谈上几句,两人从诗词歌赋到天下大势无一不说。看得出来,华岳对于即将到来的北伐之事既满心期盼又忧心忡忡。宋慈也满意当下的生活,他一边读书,一边为社稷谋划,这才是男儿大丈夫该做之事!

华岳是上舍生,如今很少去课堂听课了,平日里他总喜欢把自己关在北斗房中。他的房间是任何人进不得的,孔武某日好奇,前脚刚踏进房门后脚还没踏进去,就被华岳一脚踢了出来,整个人躺在床上叫喊了几日才好。

虽说华岳对学斋中人要求严格,但宋慈却不排斥射圃中的锻炼,不仅如此他还甘之如饴,即使不是大练小练的日子,自己也会在射圃里跑上几圈。

这一日,又到了休沐日,由于明日乃是太后诞辰,所以太学里一连放了三天假。宋慈在射圃中射完箭后,刚冲了凉,刘克庄就滴溜溜地跑了过来,孔武也屁颠屁颠地跟在身后。

"宋慈,我们去大瓦子中的遏云楼听曲去,我定下了青云位的黄字房,这位置是最好的,是我好不容易订到的!"刘克庄满脸堆笑道。

宋慈摇摇头道:"你们去吧,我想去首善堂借几幅书贴回来看看!"

"书贴什么时候不能看?你在抄写文贞公的诗集?"孔武劝阻道,"大瓦子里有棚子十几座,里面什么好玩的都有,即使你不想听曲也可以看看别的!"

宋慈没有答应,刘克庄却在一旁轻声道:"今日遏云楼请了轻吟阁的姑娘前来唱曲,芊芊姑娘也会来,你真的不去吗?"

宋慈抬起了头来,对于杜芊芊他真想再见上一面,便点了点头。

孔武鄙夷了一句道:"装,看你装到几时!"

刚走出房门,就看到站在院落里的华岳。三人大气不敢出一下,都蜷缩着身子,华岳轻声道:"大瓦子里人员混杂,皆是一些三教九流之辈,你等断不可在那儿乱了心性,进而影响学业。若是惹出事端来,行艺必然会扣分的。"

刘克庄本以为这次的事情黄了,华岳却挥了挥手让三人赶快走。几人连忙出了斗斋,不由得高呼了几声。

临安府中的勾栏瓦舍有几十处,大瓦子则是最大的一处。此地有为数众多的棚子,棚子之间用勾栏围住,各占一方。每个棚子都有名字,有叫青云棚的,有叫夜叉棚的,不一而足。每个棚子里可能是杂剧、讲史、说浑话、诸宫调、傀儡戏、叫果子甚至是赌场、青楼等等。可是说瓦子是宋人最大的欢娱场。

进了大瓦子,便看到瓦棚之间的过道上人声鼎沸。卖药、算卦、理发、饮食之类的浮铺鳞次栉比,摆得满满当当。

宋慈几人找了一处小摊,点了几个小菜,填饱肚子后就来到了遏云楼。大宋朝不仅七十二行中行行有行会,就连三教九流也有各种各样的团社,演杂剧的是绯绿社,踢蹴鞠的便是齐云社,唱赚的就是遏云社了。

遏云楼是遏云社在大瓦子里所建之楼,四层高的青楼建得气势非凡,让人不由侧目相看。今日遏云社请了轻吟阁的杜芊芊、潘巧儿、顾小冉三位当红角儿前来献唱,由于这几名女子早在临安府打出了名气,所以太阳才刚下山,遏云楼里就高朋满座。

找寻位置之时,三人还闹出了笑话,他们找了正对戏台位置最好的房间准备进去,哪知道还没踏进大门就被几名五大三粗的男子赶了出来。原来遏云楼的房间分几个区域,正对戏台位置最好的区域叫青云位,这区域视野最好的房间是黄字房。除此之外,还有红栅栏、蓝栅栏等几个区域,每个区域中也有自己的青云位和黄字房。

刘克庄原以为买到的是整个遏云楼青云位的黄字房,不承想却是红栅栏青云位的黄字房。这两个房间虽然听起来差不多,但是位置、价位和装饰上却是相差甚远的。

刘克庄进了房间后,一直纠结没有买到最好的包房,宋慈安慰道:"不用纠结于此了,比起大堂里挤着坐的那些人,我们已然好多了。"

孔武插话道:"位置虽然偏了点儿,但是好在是包房,你即使露出了丑态也没多少人可以看到的!"

"下次我早点儿下手,定然买到最好的位置!"刘克庄叹了一口气,又吩咐小二送来美酒和瓜果。

这场唱赚,串场的是遏云楼的老鸨薛三娘,首先上台的则是轻吟阁的潘巧儿,接下来是顾小冉。她们吟唱的皆是柳永柳三变的诗词,满楼的听众听得如痴如醉,不由叫好。

杜芊芊紧接着第三个出场,她给观众行万福之时,眼光不由得看向了宋慈等人的包房。见到宋慈也来后,嘴角不由含笑。宋慈也点头回应。

须臾,三首曲子唱罢,刘克庄和孔武的嗓子都喊哑了。杜芊芊和宋慈之间目光交流,似有千言万语。孔武不爽道:"你等这样眉来眼去,一副勾搭成奸的样子好吗?"

宋慈顿感失态,回道:"真的有吗?"

"怎么没有?不信你看看那边!"孔武指了指斜上方,在宋慈等人所在的红栅栏对面则是蓝栅栏的区域,那里包房里也有一位年轻公子一边为杜芊芊拍手叫好,一边挑衅地看向宋慈等人。

刘克庄愤然道:"为啥瞪着我看?"

孔武鄙夷道:"方才就属你喊得最凶,旁人看来和杜芊芊勾勾搭搭的不是宋慈,而是你!"

"那又如何?"刘克庄展开扇子道,"这个贼眉鼠目的家伙名叫萧乔,乃是一名画师,据说钟情芊芊姑娘已久,不过却是个穷鬼,他家徒四壁,全身的家当都用来捧芊芊姑娘的场子了!"

宋慈揶揄道:"你连这也知道?"

孔武在一旁堆笑:"这夯货钱多,打听过的人多了,楼里面爱慕芊芊姑娘的客人他都打听过。"

刘克庄叹道:"我不担心爱慕者多,就怕楚王有梦,神女无情!"

几人谈话之间,遏云楼的老鸨薛三娘走到台上说道:"今日芊芊姑娘本来只唱三曲的,但是有位大爷却又出大价钱,让芊芊姑娘再加唱一曲,老身在此谢过这位大爷了!"

听到此话，歌楼里顿时喧嚣了起来，皆在交头接耳窃窃私语，临时加曲的情况不是没有，但是十分少见。听闻每次加曲都价格不菲，倒不知是楼中的哪位财主所为。

杜芊芊接过曲目，方看了一眼便愣住了，她无意间瞅了瞅宋慈等人所在的房间，以为是三人所为。琴声再起，杜芊芊轻启朱唇唱道："山抹微云，天连衰草，画角声断斜阳……"

宋慈和刘克庄都惊呆了，这是《满庭芳》，不过不是秦少游的《满庭芳》，而是琴操的那首《满庭芳》。

"画角声断斜阳"一句词刚一唱出口，杜芊芊心中就懊恼万分，本来这位大爷让她唱的是秦观的《满庭芳》，也不知为何，鬼使神差地就唱成了琴操所写的《满庭芳》，如今之计也只能将错就错了，好在两首词之间差别也不大。

兴许是出了差错，杜芊芊脸颊绯红，有如桃花，时不时地还望向宋慈所在的房间。刘克庄看着杜芊芊灼灼的目光，心潮泛滥，呼吸急促。那名叫萧乔的画师，却怒气冲冲地看着刘克庄，心中说道："难道是这人出的钱让芊芊姑娘唱的曲子不成？芊芊姑娘为何脸有羞色，还老望看他的方向，莫非是钟情于他？"心思于此，萧乔气急败坏，手掌指节捏得咯咯作响。

此曲唱完，歌楼里更是叫好声不断。杜芊芊躬身行万福，退出了戏台。此时台上又出来一群女子献舞。估摸此舞之后，潘巧儿、顾小冉以及杜芊芊三名当家角儿还会再次联袂出场一次，到了那时这场唱赚就算真的结束了。

每当听到杜芊芊唱这首词时，宋慈心中就酸楚万分，他虽然同情杜芊芊的遭遇，却没有财力为其赎身。黯然神伤的宋慈走出了遏云楼，漫无目的走在大瓦子内。刘克庄和孔武两人又叫来了几坛子美酒，两人举杯对饮，看得出来，刘克庄今日的心情着实不错。

出了栅栏，宋慈也不知道要到哪里去，浑浑噩噩在几座瓦棚间留连。恍然间，身旁叫好声四起，竟然来到了一座以说诨话为主的戏台前。大宋说诨话的艺人胆子都大过了天。仁宗年间说诨话的艺人张寿竟然开起了当时宰相的玩笑，还写诗嘲讽。让人没想到的是最后还安稳无事，成了一时的奇谈。

此时台上的艺人名为蛮老四，也在拿当朝的大老爷开涮。

"昔有老叟，不慎落水。有捕快过之，却袖手旁观。老叟危急时高呼岳爷爷无罪！捕快大喜，入水将老叟抓住，送往官府，老叟遂得救！"

话音刚落，底下笑声一片，笑声最大的却是几名北人打扮的商客。自从岳飞将军被秦桧诬陷后，一直不得平反，这已成大宋有志之士最大的一块心病。宋慈听此，却毫无笑意，心中只有悲切。

蛮老四又说起了下一个笑话："天下幸事何也？有士子云，昨日于家中安坐，皇城司亲兵忽至，告之曰'辛弃疾，你丢官了'！士子急忙道，吾乃主和人士也，方升迁，辛大人乃在隔壁！"

此笑话刚说完隐蔽处却传来几声咳嗽声，笑声最大的依然是几名北人。

蛮老四说起了第三个笑话："大散关官兵与金人对峙，粮草奇缺，遂告之于朝廷。朝廷回文，勒紧裤带。主将答曰'请给裤带'！"

三个笑话说完，几名北人商客笑得疯了起来，朝台上直丢银子。宋慈忍不住怒喝道："此乃大宋之耻，岂能编作笑话？我有志男儿定当北伐，洗雪此辱！"

几名北人闻听此话，束了束腰身，捏紧了拳头，朝宋慈走来。这几十年来，北人在临安作威作福惯了，宋慈没有退却，挺身道："壮志饥餐胡虏肉，笑谈渴饮匈奴血。大宋定将北伐！"

受到宋慈感染，不少人也站起身来，大声对几名北人喝道："北伐！北伐！北伐！"

几名北人从没见过如此架势，权衡一番后，离开了瓦棚。

宋慈走出了棚子，眼前突然一亮，一道熟悉的身影从眼前一闪而过，钻到了前面另一间棚子里。

"难道是她？她怎么也在这儿？"宋慈快步向前，到了棚屋前一看，眼睛瞪得溜圆，此棚名为夜叉棚，大门前的旗子上高高悬挂了一个赌字，里面正是一间赌坊。

进入棚中，里面人声鼎沸，什么样的人都有，什么样的赌具都有。不少赌徒光着膀子，面红耳赤，精神亢奋。宋慈环顾四望，终于找到了那道倩影，他没有看错，此人正是余莲舟。

与往日一样，余莲舟还是一身男子的打扮，纸扇纶巾，好不俊俏。她凤目四望，似乎在找什么人？未几，余莲舟走到一处转盘面前。有荷官见到客人来了，连忙上前道："公子看着面生，是新来的人吗？今日夜叉棚酬宾摆出了这'风水轮流转'。想必客官还不知道，凡是换了十贯筹码的大爷，都可以在这里转上一转，这可是难得的好机会啊！"

风水轮流转形如捏糖人摊位上的转盘。上有指针，下有十二个栏位，每个栏位上写着一种赠品，如西施舌、荷花酥、胡辣汤、杏仁茶等等，不一而足。喜欢赌博的人迷信，若是手气不好，换了筹码后就会来此转一下,以求时来运转。

"好啊!"余莲舟掏出银子换了筹码,转了下转盘上的指针。指针滴溜溜直转,最后停在了七宝擂茶的栏位上。

"余公子高中七宝擂茶一碗!"荷官大喝了一声,余莲舟抬起头来,指了指身后不远处的宋慈说道:"这碗擂茶送给那位公子!"

"好嘞!"荷官点了点头。宋慈接过擂茶,也不客气,喝了一口,又不远不近地跟在余莲舟的身后。

赌场中所有的赌桌都有桌号,余莲舟拿到筹码走到丙七号的赌桌之前,四处瞅了瞅,好像在找什么人。

这赌桌上的赌具乃是牌九,主位坐着一位不惑之年、生意人装扮的男子,他看了看余莲舟,说道:"这位公子,可有雅兴赌一局?"

"怎么赌?"余莲舟坐到了男子身前,看着他眼睛问道,"兄台做买卖的?在等人吗?"

"鄙人邱山,在海浪里做些小买卖。"邱山拿起了牌九又道:"兄台是要赌钱还是赌物?"

"赌物?"余莲舟眉头微皱。

在夜叉赌坊旁边有一座长生库,也就是百姓俗称的当铺。当赌徒输光身上的银子又想翻本的时候,就会拿身上值钱的东西去长生库中典当。若是赌钱,赌的是赌徒身上的筹码,若是赌物则赌的是赌徒身上的当票。

"看来兄台也是新来此地!"邱山笑了笑后,就把规矩说了一下。

余莲舟眸子转了转,说道:"下次赌物!此次赌钱!"

邱山眼睛一亮,充当庄家洗着手中的牙牌。

牙牌,又称宣和牙牌,乃是大宋宣和年间所创,高宗皇帝时颁行天下,民间又称推牌九。自从此物出现后,就成了大宋人最爱的赌具之一。宋慈心中嘀咕,余莲舟这人做事一丝不苟,今日怎么来了如此的雅兴?难道每个人都有为人所不知的一面吗?

不多时余莲舟和邱山推牌九的声音传了过来,至尊宝、铜锤、虎头之声不绝于耳,正当两人赌得甚欢的时候,邱山眼睛眨了眨,把牙牌推了推道:"余兄弟好手气,今日邱某运气不佳,我等来日再赌!"

余莲舟还要和邱山攀谈,赌场外忽然有了骚动,不少赌客都涌出了夜叉棚。忽然间,有一人大叫了一声:"不得了了,遏云楼出人命案了!"

余莲舟连忙起身拱手说道:"邱山兄,我等来日再赌。"说罢就闪身向外。干办章勇此时也从隐蔽处走了出来。余莲舟低声道:"留几个人在夜叉棚里看着。方才我跟踪朱杰来时,此人在丙七赌桌前消失了,你们再去找找看。还有邱山这人也挺古怪,也要有人盯着,其他人等和我去遏云楼!"

章勇点头答应,吩咐手下办事。宋慈也跟在了余莲舟身后。遏云楼里有刘克庄、孔武,还有杜芊芊,若是他们出了事就大大不妙了。

进到了棚中,余莲舟一边登楼,一边问道:"死的是什么人?究竟是怎么一回事?"

留守遏云楼的干办牛俊回道:"属下不知,不过冰井务的人也来了,他们先上了楼!"

"他们也来了?"余莲舟眸子一动。

皇城司分为冰井务和探事司两个衙门,冰井务执掌宫禁、周庐宿卫,皇城和京城的安全是他们的首要职责,探事司则负责刺探情报,两者一向井水不犯河水,为何今日之事他们也有兴趣?

牛俊在一旁嘀咕道:"提点,不是那边的人想抢功吧?"

如今皇城司提举朱大人常年养病,最有可能接替他职位的人就是探事司的提点余莲舟以及冰井务的提点刘世亨,余莲舟的长处在于背景深厚、办事得力,刘世亨的优势在于资历深厚、做事稳当。原本刘世亨在这场竞争中领先一步,不承想余莲舟竟然找到了《黄字书》,若不是她用这天大的功绩换了一旨上河村的恩典,当下余莲舟已然是提举了。

为了能进入天机阁,余莲舟对提举之位志在必得。她看了看左右道:"封了遏云楼,闲杂人等不得出入,宋慈就在身后,让他过来一趟!"

宋慈进到楼道口的时候,孔武也急匆匆地跑了下来,宋慈不解问道:"你不是和刘克庄在上面喝酒吗?怎么也跑到外面来了?"

孔武嘀咕道:"姑娘们都唱完了,我待在那里还有什么意思?与其这样,还不如去其他棚子里耍耍,洒家告诉你这书呆子,最好看的是傀儡戏!"

"刘克庄呢?"宋慈心里有些不安。

孔武回道:"他今日高兴,我走的时候他还在自斟自饮!"

宋慈拉住孔武:"这里出了命案,我们去找他。"

遏云楼已经被皇城司察子封锁,宋慈和孔武走到二楼入口,刚想寻思着找一些什么说辞，黑衣人却挥挥手让他们上去了。

进了楼中，宋慈刚想去刘克庄包间里看看，却被黑衣人请到了后楼。

"这是歌姬休憩的地方，难道轻吟阁中有人遇害了？"宋慈的心猛然提了起来。几人走进一间典雅的屋子，进屋一看却是一喜一忧，喜的是死去的人不是杜芊芊而是串场的老鸨薛三娘，忧的是喝得酩酊大醉的刘克庄被人五花大绑丢到了地上。

屋子里站着两名主事人，一人是余莲舟，另一人从余莲舟的话语上看是皇城司冰井务的提点刘世亨。

刘世亨瞅着宋慈对余莲舟问道："这人能行？我等可是皇城司！"

"能不能行待会不就知道了，刘提点今日怎么也有雅兴到大瓦子来了？"

刘世亨冷哼一声道："探事司能来，冰井务就不能来吗？别的先不说了，先让宋慈验尸！"

余莲舟冷嗤了一声，心道："宋慈乃是心高气傲的主，哪里会听你的？"

宋慈走到了刘克庄身前，看着刚被一桶水泼醒的刘克庄，问道："这是怎么回事？你怎么被抓到这里了？"

刘克庄醉醺醺地看着宋慈和孔武两人，还不知道发生了什么事，等酒醒后这才满头大汗，哆哆嗦嗦地说起了刚才之事。原来两人离开后，他依旧兴致高昂，不停地喝酒。等到他酒醉醒来后，发现自己被人绑到了这里。中间发生了什么事情，他也不清楚。

"敢问两位提点，这是怎么一回事？"宋慈指着地上的刘克庄说道。刘世亨瞅了旁边一眼,察子心领神会,拿来了包袱,抖了抖后一块监牒落在了地上。

"此人是不是刘克庄?这块监牒是不是他的?"刘世亨问道。

刘克庄拾起手中的监牒,疑惑道:"我的监牒怎么在你手里?你把我的包袱拿来干什么?"

"你的包袱?那抓你来就对了!"刘世亨回道,"薛三娘一死,冰井务的人就到了屋子里,虽然没看见贼人,但是在屋子里见到了这个包袱!"

"包袱怎么在这里?刘某没有杀人!"刘克庄哀号了两声,却怎么也解释不清为何自己的包袱会落到这间房中。

刘克庄的腰间还挂着另一个包袱,他摸了摸腰间的包袱说道:"这是怎么回事?为何还有一个包袱?"说着解开了包袱上的结,里面除了一尊一尺来高的佛像外,空无他物!

为何刘克庄的包裹在薛三娘的房中?他自己身上系着的却是别人的包袱?一时间宋慈等人都迷惑不解。

"谁换了我的包袱?这究竟是怎么一回事?"刘克庄脑袋嗡嗡作响,正在努力回想着之前的事。

"这就要问你自己了!"刘世亨正色道。

余莲舟翻看着刘克庄的包袱,问道:"除了监牒外,你的包袱里还有什么东西?"

"还有一百两的银票!"刘克庄回了一句。

余莲舟搜了下包袱道:"银票没了!"

"没了?"刘克庄脸露苦色,他原本还想用这些银子和杜芊芊把酒言欢的,没想到竟然被人偷了。眼下这都不是关键的,关键的是他怎么被人陷害，成了杀人犯了！

"宋慈！"余莲舟喊道，指了指薛三娘的尸首。

刘克庄眼巴巴地看着宋慈，宋慈的验尸本领他是知道的！

"好！"为了洗脱刘克庄的嫌疑，宋慈走到了薛三娘的尸身前，看了一会儿后说道："口眼、发髻散乱，双手微握，嘴角吐血。胸口处有一处刀痕，伤口表面宽阔，里面狭小，乃是尖刃所致。此处伤口是从尸身左上侧滑向右下侧一刀致命，持利刃的人应当是左撇子。尸身手腕处有瘀青，当是被贼人制住问话后刺死！"

"凶徒为何要杀一名遏云楼的老鸨？"余莲舟秀眉微蹙。牛俊指着不远处的红木柜子说道："提点你看看这里！"

这具柜子原本上了铜锁，当下铜锁已然被人砸开。拉开其中一个抽屉，里面出现了一叠画纸。余莲舟随手翻了翻，画纸上的画像有三种，分别是佛陀画、菩萨画以及罗汉画。在画像里面还散落着一张三十两的银票。

牛俊回道："依卑职所见，这里面以前定然有不少银票，凶徒走得匆忙，所以来不及全部收走，便留下了一张银票夹到了画像之中。"

余莲舟点了点头，他分析得有些道理，这起案件表面上看来确实像谋财害命的案子，可是薛三娘怎么会把这些佛陀画像和银票放在一起？这些画像有什么特别之处？

"把这些佛陀画像都带到皇城司！"余莲舟说了一声，牛俊点头答应。宋慈远远地看了那些画作几眼，这些画有点儿眼熟，走的是画院的笔法，不过作画水平却和街上当街卖的字画没什么区别，应当值不了几个钱。

刘世亨走到了余莲舟身边轻声道："这起案子看起来没有什么特别之处，难道和我们查的案子没有关系？"

余莲舟好像想到了什么，问道："是不是大瓦子里所有的暗子都来了？"

刘世亨脸色大变道："大部分都来了，不好！"想到这里，刘世亨对身旁人说道，"你们几人留下，其他人该做什么就做什么，这里的事不用你们管了！"

"得令！"不多时，几十名黑衣人又从遏云楼中钻出，散落到大瓦子里十几个棚子之中。

过了片刻，又有察子回禀道："刘提点，临安县的曹县尉来了！"

刘世亨头也不回道："你给他们说一声，此事不用临安县衙管了，自有皇城司接手。"察子点了点头，转身离去。

眼前的案件看起来十分简单，皇城司的人却为何要接手？这里面到底还藏着什么秘密？宋慈正要问话之时，刘世亨又道："刘克庄先押回皇城司亲兵营大牢，其他人去盘问遏云楼里的人，剩下的无关人等就请回吧！"

刘克庄听闻要坐牢了，身子当即颤抖。宋慈望向了余莲舟，余莲舟却转过了头，一副公事公办的样子。

"放心！"宋慈安慰刘克庄道，"此案定会真相大白，还你清白！"

宋慈和孔武被皇城司的人赶出了遏云楼，那件装有铜像的包袱也一同丢了出来。孔武本想一脚踢走，宋慈却制止道："拿回去看看，兴许会有收获！"

第六节
再访秦卿

回到斗斋,进了炉屋,这间屋子本是学斋中聚会问事、吃饭谈论之所,如今却成黑狗虎子的狗窝。华岳正在给虎子喂着吃食,见到垂头丧气的两人便说道:"那件事已经传遍太学,不要给斗斋惹麻烦,若不然这月的行艺……"说罢便不理错愕的两人离开了炉屋。

宋慈翻开了那个包袱,拿出了佛陀铜像,这座铜像横看竖看好像在哪里见过一样,不过却找不出任何端倪。

夜半时分,余莲舟到了斗斋。进入炉屋后,她话不多说直奔正题:"我知道刘克庄断然不会是凶手。不过他是人赃并获,刘提点也是秉公办事!"

"宋某心里明白,多谢余提点了!"宋慈拱手称谢,其实余莲舟并不用解释什么,她专门来一趟已经是最大的尊重。

余莲舟又道:"我虽然相信刘克庄的清白,可是刘世亨却不相信。此案还是老样子,你救你的同伴,我忙我的正事,不该问的事情你不用问,问了我也不会说。查到线索后,我们互通有无!"

"好!"宋慈点头称是,依旧摸着手头的弥勒佛像。余莲舟的目光也盯在了佛像上，过了片刻惊讶道："薛三娘收藏的图中，就有这张弥勒佛的图像，难道这里面有什么玄机不成？"

宋慈回道："我也想到了这点，遏云楼里其他人都调查过了吗？"

余莲舟笑了笑，站起身来说道："你说的可是杜芊芊？她逃离时和凶徒打了一个照面，还撞伤了脑袋，听闻你们是老相识？"

余莲舟的笑有点儿古怪，宋慈知道解释也是多余，便回了一句："算是吧！"

"该说的我都说了，不必相送，就此别过！"

孔武看着余莲舟远去的背影，揶揄道："你和芊芊姑娘早就认识？怎么没听你提过？我本以为只有我和刘克庄这样的人才好这一口，没想到你这书呆子样照样拈花惹草，还捷足先登了。快说说看你是什么时候下的手，洒家怎么不知道？"

"我看你是闲得慌，要不要我禀报斋长，说你夜晚想去射圃锻炼？"

"做贼心虚！"孔武嘀咕了一句，回到了自己的屋子。宋慈摆弄着手头的弥勒佛像，再没有什么发现后，这才回到了东斗房。

翌日清晨，宋慈动身准备外出。孔武听到动静后，便在炉屋里放下了一碗没吃完的东坡肉饭，紧紧跟在了宋慈身后。

两人先去了大瓦子，忙活了大半个时辰，一点儿收获也没有。得知杜芊芊等人已回到了轻吟阁，两人便又赶向了那里。

到了轻吟阁，老鸨死活不让宋慈等人进去，说是杜芊芊伤了容貌，要将养几日，不能见外人。宋慈和孔武两个穷光蛋好不容易凑出几两银子递了过去，老鸨却看也不看一眼。

焦急之时，幸好牛俊走了出来，和老鸨说了几句话，便把两人带上了雅阁。在闺房之中，杜芊芊额头上缠着轻纱，余莲舟则坐在了一旁。昨日刘世亨的人已找杜芊芊等人问过话，今日不承想余莲舟又来了。

杜芊芊命丫鬟给几人斟了几杯好茶，便开始述说。昨日她加唱了一曲后想去找薛三娘拿那首《满庭芳》的唱赚钱，可是才走到楼梯口，就听到屋子里传来了尖叫声，接着便有蒙面黑衣人冲了出来。杜芊芊受到惊吓急忙逃走，黑衣人被人撞见后也起了杀人灭口之心，朝杜芊芊逃走的方向追了过来。

慌乱时，杜芊芊在拐角处撞伤了额头，幸好那时皇城司的人赶到。蒙面人见状不妙，连忙转身从楼道另一头的窗户跳下逃走。至于蒙面人的模样，杜芊芊则没有看清楚。

"凶手是左手握刀，还是右手握刀？"余莲舟追问道。

杜芊芊沉思了一下："我记得不太清楚了，好像是左手握刀！"

余莲舟又问道："你和薛三娘熟识吗？以前打过多少交道？"

杜芊芊轻声回道："薛三娘是遏云社的人，每当大瓦子开唱赚场子的时候，就会请人前去献唱。轻吟阁的荣妈妈和薛三娘交好，所以我等也经常会去。她为人豪爽，从不会拖欠我们的银子，是个好人！"

说到这里，杜芊芊眼角氤氲湿润，露出哀伤之色。宋慈起身打量着杜芊芊的闺房，这间屋子布置典雅，四面墙壁上挂着不少名人字画。忽然间，他的目光在一幅仕女图前定住了。画作之中杜芊芊正临窗眺望，眼神有说不尽的妩媚。

杜芊芊脸色绯红道："让宋公子笑话了！"

宋慈看着画作陷入了沉思，画作的笔法有几分似曾相识的感觉。余莲舟察觉到宋慈眼中的变化，问道："你有什么发现？"

宋慈指着画作说道："作画之人用的画院的笔法，走的乃是徽宗皇上作画的路子，你看看画作上的红色部分，如若没猜错用的乃是朱砂。徽宗皇帝所作的《瑞鹤图》中，仙鹤丹顶之处也是用的朱砂！这幅画我总有点儿熟悉的感觉。"

余莲舟想到了什么，让章勇送上了几张画。那些画宋慈也见过，正是昨日从薛三娘房中搜出的佛陀图。

宋慈仔仔细细地对比杜芊芊的仕女图和佛陀图，特别是图上红色的地方，竟然真的相同，用的都是朱砂。

宋慈来到杜芊芊的身前问道："你的仕女图是何人所赠，为何没有落款？"

"这？"杜芊芊犹豫了一下叹了一声道，"送画的名叫萧乔，也是一名画师，在大瓦子里经常捧我的场子。据他说，此画画的是某日走在街上第一次看到我时的情形！"说到这里，杜芊芊的声音低沉了下去，似乎有什么话不好意思说出口。

余莲舟追问道："你想到什么就说什么，说不定你觉得无关紧要的小事就是破案的关键！"

杜芊芊点点头，扭捏道："我听闻这是萧乔几年中最得意的画作，三年前他把此画献给了画师李嵩，想拜在他的门下，可是李嵩画师却说作画之人心术不正，从画中看出了淫邪之心，故而没有收他为徒。"

余莲舟恍然大悟，方才她看此画时就觉得有些奇怪，但究竟是哪点不好，却也说不清楚。此时听到杜芊芊这么一说后，终于明白了。

"萧乔？"宋慈眼珠又亮了几分，昨日刘克庄提过此人的名字，他也是杜芊芊的仰慕者。难道此人因为和刘克庄争风吃醋，所以杀了薛三娘，又嫁祸给刘克庄不成？

余莲舟叫来了章勇，打听到萧乔的住址后，起身说道："我们去报恩坊。"

拜别了杜芊芊，几人马不停蹄，径直奔向了报恩坊的萧乔家。穿过了几条狭小的巷子，众人在一处偏僻的院落前下了马。

进入院门，便看到了几间漏风漏雨的瓦房。庭院里的水缸已破，放在房檐下的凳子缺了一个脚。

"就萧乔这样子还要去撩拨芊芊姑娘？"孔武讥讽了一句，推开了正房房门。

吱嘎一声后，迎面传来了一股浓郁的血腥味，诸人快步向前，又齐齐收住了脚步。前方地面上躺着一具男尸，他瞪着双眼捂着胸口躺在血泊里。

"还是来晚了！萧乔死了！"孔武叹了一声。宋慈检查了萧乔的尸身说道："一刀致命，凶手还是左撇子，同杀死薛三娘的应当是同一个人！以尸斑观之，应当是昨晚动的手。"

"拿卷宗过来！"余莲舟朝空旷处喊了两声，不多时章勇递来了萧乔的卷宗。萧乔乃是画师，平日以作画为生，一心想考入画院。最近一次考试他本来胸有成竹，不承想却被一名叫马永忠的画师抢了最后一个名额，一气之下，便吐血卧床，躺了十来天才好。近些日子，萧乔变卖家财，又四处筹钱，只是为了求得和杜芊芊一亲芳泽。为此他省吃俭用，有时为了节省开销，还去寺庙里吃布施的斋饭。

萧乔的卷宗并没有什么特别之处,余莲舟看完之后,又把它交到了宋慈的手上。盯着卷宗,宋慈心中乐了一下,有段日子没和马永忠碰面了,没想到他竟然考进了画院,可是为何没跟自己说一声?接着,他又问道:"看样子萧乔只是一名穷困潦倒的画师,就连这座宅院也值不了几个钱,听闻要捧轻吟阁的清倌人花费不菲,就连富家的衙内也会捉襟见肘,他哪里来的这么多的银子?还有他送薛三娘那些画作有什么用意?"

余莲舟也是玲珑剔透的人物,她想了想说道:"你的意思是说萧乔另有赚钱的门道,若不然捧不了清倌人的场子?这种门道还和薛三娘有关?"

"我也是猜测而已!"宋慈回了一句。

众人疑虑之时,巷子外忽然传来了急促的马蹄声,干办牛俊走了进来,说道:"余提点,提举朱大人已经求得皇命,临安十三座城门中除了四座城门外,其他紧闭!其余的四座城门和五座水城门,出入城池的人都会被严查,所有客商无论陆商还是海商都必须有路引才能放行!"

"封城了!"一件青楼命案怎会惊动天颜?这里面还藏着什么诡秘之事?宋慈看着余莲舟,疑窦顿生。皇城司是皇帝的心腹,其中设提举一名,提点二到六名。此番是提举亲自出马,那定然是出了天大的案子!

大宋和以往的王朝不同,它不设宵禁,夜晚不禁止百姓摆摊做买卖,也取消了路引,让各地客商可以自由往来。就是因为皇家的重视,大宋朝才会如此繁华,如今大宋的税收六七成都是商税而不是农税,这是千百年来都没有过的事情。一向重商的大宋,今日却重启路引,严查各地商贾,这到底是为什么?

疑惑之时,院落外又来了一人,此人五大三粗,一身公服,正是提点刘世亨。

进了屋子,问明萧乔的情况后,刘世亨对余莲舟说道:"提举让我们回去一趟!"

"好!"余莲舟点头答应,转身对章勇说道,"你们再好好搜搜这几间屋子,有什么发现立马回报!"

余莲舟和刘世亨走了,宋慈和孔武也被人礼貌地赶了出去,刚刚找到了一点儿线索,就这么断了。

出了报恩坊,再穿过两条街道就是太学的后门。入了夏后,天气说变就变,方才还晴空万里,此刻却乌云密布,黑压压的乌云罩在了临安城上,整座城池一下子进到了黑暗之中。

赶到大雨来临之前,宋慈和孔武跑回了斗斋。还没等抖落身上的枯叶,便一眼望见炉屋前持枪怒视的华岳。宋慈不安道:"学长,发生什么事了?"

华岳转身看着两人,勃然大怒道:"若是外面惹了祸事,我只会扣你们的行艺分,若是把祸事引到了学斋来,你等就别想在这里住了!"

宋慈急忙赔着不是,又问了几句,这才弄明白缘由,原来方才天暗之时,有七八名蒙面人趁机闯进了斗斋,似乎在寻找什么东西。此时华岳恰好从外面返回,撞见了他们。那些蒙面人的功夫不差,华岳不敢怠慢,拿出了铁枪,双方激斗了起来。

华岳的功夫冠绝武学,又岂是几个毛贼可以比的?蒙面人也没想到这座小小的斗斋竟然有这样扎手的人物，见到讨不了好，便招呼了几声四散而逃了。华岳本想追去，可是又担心斗斋的安危，便守在了屋中。

"有什么东西丢了？"宋慈看了看华岳所在的北斗房，又看了看那间禁闭的南斗房，不安地问道。

华岳冷嗤了声道："若是丢了东西，你等还能平安无事？三日之内把此事平息，若不然就别怪我华岳翻脸无情了！"

"我等知道了。"宋慈和孔武急忙道歉，华岳这才心有不甘地回到了北斗房中。学斋里的炉屋乃是公用之地，平日里除了作为会堂，便是吃饭的地方。两人走进了屋子，见到弥勒佛铜像已然滚落在地，孔武上午放在一旁的陶碗也落在地上成了碎片。

黑狗虎子不知道从什么地方跑了回来，正摇着尾巴朝孔武献媚，它嘴角冒油、胡须上还挂着饭粒，想必早上孔武没吃完的那碗东坡肉饭，都到了它的腹中。

宋慈捡起了铜佛，铜佛的胸口弹出了一块，里面有一个鸭蛋大小的暗格。孔武感叹道："昨日我们怎么没有发现铜佛肚子里另有玄机？"

宋慈看着铜佛默默出神，好大一会儿都没有作声。

孔武走出后，宋慈静静地坐在炉屋里，陷入了沉思。刘克庄无辜被关，薛三娘和画师萧乔接连死了，皇上下令封城，商贾只有拿到路引后才可出城。这里面到底有什么联系？还有这尊弥勒铜佛怎么解释？暗格里的东西又是什么？萧乔又为什么送薛三娘这么多佛陀画？这里面有什么样的玄机？

雨整整下了一夜，宋慈在炉屋里也整整坐了一夜。突然间他想到了什么，便把铜佛放到了布囊中准备离开。孔武走进了屋子，两人话不多说，走出了斗斋。

出了太学的大门，一路向东，过了文思院后，又踏过京杭大运河上的监桥，走向了妙明寺的方向。

临安府内虽然寺庙众多，但是大多数寺庙都建在西湖附近，城里的寺庙则没有几座。妙明寺乃是城中最大的寺庙，每隔一段日子，妙明寺都会给百姓布施斋饭、念经祈福。这些年来一直不曾中断，对于此事，城里的百姓无不称赞。

妙明寺每当施斋的时候，城里各处的告示栏上就会贴出布告，那些穷困人家见了布告，就会去妙明寺中吃斋饭。萧乔的卷宗里说过，他平日里除了在家里作画外就是去捧杜芊芊的场子，除此之外就是去妙明寺里吃斋饭。

萧乔虽然穷，但是省一点儿花在女人身上的银子也不会到吃斋饭的地步。再说妙明寺和萧乔所住的报恩坊相隔甚远，一个在城西一个在城东，中间还隔着一条大运河，要吃斋饭他可以去就近的广通寺、普济寺，为何要舍近求远去城东的妙明寺？这里面定然藏有不可告人之事。

最奇怪的是，听闻妙明寺中也有许多开光的佛像、菩萨像以及罗汉像，善男信女若是心诚，捐了香油钱后，就能把佛像请回家。炉屋里的铜佛像是不是萧乔从妙明寺中请来的？他请来铜像后鬼使神差般地和刘克庄互换了包袱，最后又落入宋慈等人的手中？

第七节
连环杀人

走近妙明寺山门,就见到不少皇城司察子守在门口。还没等宋慈上去寒暄,妙明寺便钟声大作。寺外扫地的沙弥、迎客的执客僧,听到钟声后脸色大变,头也不回地冲进了寺中。

宋慈本以为会被察子阻拦,没想到这几名察子乃是余莲舟的手下,早就认出了宋慈,挥挥手便让他进去了,不仅如此,还提了一句:"提点刚进寺里。"

"难道又来晚了吗?"宋慈和孔武冲进了寺中,余莲舟和刘世亨两人也从一旁的罗汉堂中走出,奔向了方丈的禅房。

走到方丈房中,寺中僧人却哀号一片,方丈慧显已然坐化。慧显乃是临安府中有名的高僧,信徒万千,如今怎么突然身亡了?

在一干僧人之中,站着一名布衣男子,他青衫直裰,神色凝重,站在了方丈慧显尸身旁。此人不是别人,乃是宋慈曾经见过的海商邱山。

"你怎么也在这里?"余莲舟以及刘世亨都望向了邱山,邱山知道自己脱不了干系,便对二人说道:"两位大人,可否偏堂说话?"说话之间,还掏出了腰间的一块腰牌。

见到了腰牌，余莲舟看了刘世亨一眼，两人都点了点头，跟随邱山进了偏堂。宋慈也见到了那块腰牌，心中琢磨道，难道邱山也大有来头？

这才刚进妙明寺，方丈就坐化了，此事太过蹊跷。宋慈端详慧显的尸身，他全身上下没有明显的伤痕，只是眼角和嘴角处有乌紫的颜色，看样子应该是服毒而死。宋慈本想上前验尸，周围十几个和尚却怒目圆瞪围在了方丈身边，恶狠狠地看着他。

小半个时辰后，余莲舟、刘世亨以及邱山都走了回来。刘世亨叫来了禅房外的察子，把僧人赶到了一旁，示意宋慈前去验尸。

宋慈摇摇头道："不用验了，口鼻眼处已有腥臭污血流出，应当是中毒而死！"

慧显乃是坐着中毒而死，死前也未呼救，他到底是被人毒杀，还是服毒自尽？

宋慈看着余莲舟，低声问道："也许不当问，但还是想问一句，邱山为何在这里？"

余莲舟还未答话，邱山便说道："邱某只比你们早来一会儿。我走进大师房中时，还没有问话，就看到方丈大师已然圆寂了。"

"你为何要找方丈？"宋慈一脸不解地看着邱山。邱山明白宋慈的心思，回道："我的身份已经告诉余提点和刘提点了。至于为什么要来这里，你问问他们就知道了！"

方丈已死，线索又断了。余莲舟叫来了寺里的几名高僧，宋慈从包袱里拿出弥勒佛铜像对眼前的僧人问道："这尊佛像，可是从贵刹求得的？"

罗汉堂首座慧觉禅师走上前，回道："确实是本寺的，凡是来庙里的香客，若是捐一些香油钱，就能请回佛像去供奉！"

刘世亨接过了宋慈手中的佛像，看到了佛像肚子上的暗格，脸色大变，问道："里面的东西呢？难道已经被人拿走了？"

宋慈点头道："昨日回去时斗斋来了贼人，那时候暗格里就没东西了！"

余莲舟追问道："这可是刘克庄换过的包袱中的铜像？"

宋慈正色道："正是如此！"

一时间余莲舟和刘世亨的脸色都沉了下来，原本离成功这么近，没想到却这样溜走了。

宋慈接着回道："请问大师，画师萧乔是否经常来妙明寺？"

"这？"慧觉禅师想了想，回忆道，"这名字有点儿耳熟，待我问问旁人！"

不多时，有监寺的僧人出现。听僧人所说，三年前妙明寺重修宝刹，不少木匠、铜匠以及画师都来庙里做活，萧乔那时候也在。完工之后，萧乔感悟到佛法精深，还时常来庙里听法。

忽然间宋慈想到了什么，又问道："三年前做工的画师中有没有一名叫马永忠的画师？"

这名僧人想了想后点了点头。宋慈心头盘思了一下，便对马永忠的案子有了新的想法，但是此时最重要的还是手头的这起案子，他接着问道："寻常为香客添香油求铜像的是哪位大师？"

慧觉沉吟了一下说道："乃是执客僧定可！"

余莲舟看了身旁的牛俊说道："去把定可禅师请来！"

牛俊问明定可禅房所在后便冲了出去。过了一会儿，牛俊不安地回报道："定可禅师失踪了！"

"可是有人出了妙明寺？"余莲舟追问道。

牛俊摇了摇头道："没有！"

"挖地三尺，也要把此人找出来！"刘世亨愤愤不平道。

大半个时辰过去了，定可却依旧不见踪影。余莲舟对慧觉大师问道："定可禅师是一个什么样的人？"

慧觉回道："他是外乡人，三年前才到庙里剃度修行，此人平时沉默寡言，没有什么特别之处！"

余莲舟想到了什么，又问道："妙明寺大修是在三年前，定可也是三年前在庙里剃度的，那大修是在定可剃度之前，还是剃度之后？"

慧觉诧异道："是在定可禅师剃度之后，怎么？有何不妥吗？"

"三年前贵寺大修的地方是何处？"

"是达摩堂！"慧觉回了一句。余莲舟吩咐牛俊道："去达摩堂里再好好搜下！"

一行人等走向了达摩堂，还没等进入房中，一道黑影突然从达摩堂中蹿出，瞬间又消失不见。

"快追！"刘世亨大吼了一声，带领手下急忙追去，剩下的人则进入了达摩堂中。

在达摩堂的一尊佛像后面有一道暗门，推门一看是一间密室，一名僧人的尸首直挺挺地躺在了地上。

"定可！"有僧人急忙冲了过去。余莲舟对一旁的慧觉问道："你知道这间密室吗？"

慧觉一脸尴尬之色道："贫僧不知！"余莲舟又问道："还有谁知道这里？"

"这？"慧觉低声道，"当年是方丈主持的大修，定可则是监工，至于其他人老僧就不知道了！"

宋慈站到了定可身前，这名僧人模样俊秀有潘安之貌，若是还俗定然会让年轻女子芳心乱颤。凝眉一看，定可的口鼻有被人掐过的痕迹，他的脖子被人扭断了，探了探鼻息，又摸了摸胸口，宋慈说道："死了不过一炷香的工夫，凶徒应当就是方才逃走的黑衣人。"

密室不大，里面却有一些铜佛像、菩萨像和罗汉像，每座佛像的胸口都有暗格。

"外面的佛像胸口处也有暗格吗？"余莲舟看着章勇。章勇回道："外面摆放的铜像虽然和里面的一模一样，但是没有这些暗格！"

余莲舟点了点头道："派人查下给妙明寺做铜像的铜匠！"

章勇点了点头，转身走了出去。

到底是什么人？为何总是快人一步？薛三娘、萧乔是被人左手持刀杀死的，慧显当下看来是服毒自尽，定可又是被人扭断了脖子。如此看来凶手不止一人，这几起案子之间到底有没有联系？

余莲舟看着宋慈，有意无意地说道："封城令才过去一天，城里的商贾们就闹翻了天，据说还捅到了韩相那里！"

宋慈知道事关重大，却也不好多问什么。忽然间又有干办谭峰走了进来，他左手拎着一只死猫，右手拿着一个茶碗说道："回提点，这是慧显禅师曾经用过的茶碗！我把未饮完的茶水混着食物给野猫吃了，猫儿没过多久便死了！"

"难道有人在慧显的茶碗里下毒？"余莲舟皱起了眉头，"这么说来慧显方丈不一定是自尽?"

杀了定可的蒙面人逃出来后就消失了。皇城司的察子一间屋子接着一间屋子地毯式搜了过去，忽然间有蒙面人从僧人的休息禅房中跑了出来，借着墙角旁的大树跳上了围墙，逃出了妙明寺。

"快去追!"刘世亨大喝了一声，带着一干察子也爬上了围墙，追了出去。

如今不仅是妙明寺，整个临安城都鸡飞狗跳。也不知道是不是巧合，每当刘世亨等人要追上贼子的时候，就会有商贩、百姓走出来，挡住他们的去路，就这样贼子竟然在人群中消失了踪影。

线索再一次断了，宋慈和孔武两人回到了太学，心情都有一点低落。华岳站在了斗斋大门前，指了指前方的射圃。两人话不多说，绑好了脚上的行缠，跟着华岳绕着射圃跑圈。

整整跑了十圈，宋慈和孔武身上都满身大汗，又在华岳的指示下张弓搭箭，瞄着前方的靶心。华岳看着飞出去的箭矢问道："今日没有收获吗?"

宋慈摇摇头道："线索又断了!"忽然间他想到了什么，拿着箭支在地上画出了一个腰牌的样式，对华岳问道："学长见过这种腰牌吗?"

华岳看了一眼道："这几日来找你们的余莲舟总是脚穿黑靴，这靴子是皇城司的人常用的，她是皇城司的人吗?"

宋慈点了点头。华岳指着地上的腰牌样式道："没想到啊!你们去遏云楼一趟，不仅惹来了皇城司的人，还惹来了机速房的人!"

"机速房?"宋慈心中一颤。在大宋朝，宰相大多兼知枢密院事。而机速房则是枢密院下的官署，它除了负责紧急军机大事外，也负责刺探军情。如果说皇城司是皇上的耳目，那么机速房就是宰相的耳目。

大宋皇帝与士大夫共天下已经两百多年，皇权和相权一直互相制衡。所以皇城司和机速房两个衙门虽然做的大多是同样的事，但是却互不隶属，时常还会针锋相对。

怪不得那日在大瓦子会碰到邱山，怪不得今日邱山要和余莲舟以及刘世亨密谈，原来两大密探衙门都盯上了同一起案子。

宋慈沉思之时，华岳又道："城里已经暗流涌动，大宋的财源在商贾，商贾若不满，天下必乱，给你们的时间也不多了！再这么封城下去，会激起民变的。"

黑狗虎子不知从什么地方跑了回来，它一步一颠地走到了三人的身前，又翻身露出了肚皮，期待着让人抚摸。华岳蹲下摸着狗肚子说道："虎子买来后，你们也不养，当下却成我的职责。这两天也不知道它是吃多了还是吃坏了，总不吃饭，感觉有点儿病恹恹的样子！"

虎子打了一个挺，来到宋慈脚边，宋慈摸着狗头轻声说道："几天没去看刘克庄了，明日我去看看他，这次他也是无妄之灾，可是真凶落网前也回不来！"

翌日清晨，宋慈和孔武去往了城中的皇城司亲兵营，让他没想到的是这才一大早就有不少商贾和小贩围在了亲兵营前叫嚣。

孔武疑惑道："怎么小贩也来了？他们是拿了银子过来闹事的吗？"

宋慈摇头道："不见得，商贾运的是大宗物品，这些物品要卖出去则需要小贩走街串巷兜售。如今商贾不能进货出货，小贩自然也跟着没有活路了！"

"唉，你说这事闹得！"孔武给了大牢狱头一些银两，两人便进到了监牢之中，这才几日不见，刘克庄已然蓬头垢面不成人形。孔武安慰道："他们给你用刑了吗？你再忍几日，哥哥们定会救你出来，到时候我们去三元楼找小娘子喝花酒，定然让你龙精虎猛！"

刘克庄漠然地看着孔武道："没有用刑，自从我进来后，就没人找我问过话。但是我好歹是堂堂的太学学子啊！怎么能一直在牢房里待着？你们找到杀害薛三娘的凶手了吗？我刘克庄即使真有什么歹心，也会找杜芊芊、潘巧儿和顾小冉一类的妙人儿，怎么会找人老珠黄的薛三娘？"

"说得也是！"孔武接话道，"你觉得这三个美人儿谁最好看？原本我是最喜欢杜芊芊的，没想到她和宋慈这书呆子有一腿，潘巧儿和顾小冉之间又选谁好呢？一个环肥一个燕瘦，好难下决定啊！这三个美人儿，咱哥仨一人一个吧！"

"确实难以抉择！什么？你说杜芊芊和宋慈有一腿，我怎么不知道？"说话之间刘克庄露出了失望的神情，对宋慈问道："你们两人是什么时候搅和在一起的？"

宋慈原本还在为刘克庄担心，不承想见面之后，这位公子哥却在和孔武说那些不着调的事，这一趟应该是白来了。

"你们若是没有其他的事，宋某就要走了。"宋慈说了一声，就要离去。刘克庄好像想到了什么，对宋慈说道："昨日有人来探监！"

"是谁？"宋慈转过了身来。刘克庄回道："从穿着打扮看那人是名商人，说是受人之托，要借我之口和你说一句话！"

"什么话？"宋慈疑惑道。刘克庄又道："他说的这句话只有三个字：刘蕴古！"

第八节
金人细作

　　孔武看着宋慈，又看了看刘克庄，不知道两人打的什么哑谜。宋慈不可思议地又问道："你说的是四十年前的那个刘蕴古？"

　　"应该是吧！除了他，还能有谁？"刘克庄回了一句。

　　宋慈心中震惊不已，大宋朝叫刘蕴古的人虽然很多，但是能在史书上记上一笔的就只有一人。四十多年前，寿春来了一名珠宝商人，此人名叫刘蕴古，他生长在金国，但是心向南方，于是冒着风险回到大宋。刘蕴古看似只是个升斗小民，却爱谈论天下大事，只要说起金国就愤懑不已，说到大宋就会赞叹国力强盛，还说宋人只要上下齐心就能收复中原。

　　高宗皇帝知道此事后大为高兴，命人找到了他。刘蕴古自陈一片忠心日月可鉴，于是高宗皇帝封其为浙西帅司。短短几个月时间，刘蕴古从一介平民摇身一变成了武官，前途不可限量。

　　后面几年，刘蕴古平步青云，四年之内，官位连升几次。

　　常在河边走，哪有不湿鞋？几年后，刘蕴古还是露出了马脚。有一次，某座庙宇翻修，刘蕴古用了一年的俸禄捐了一个匾额。他唯一的要求就是要把自己的官阶和名字刻在匾额上。要在匾额上面题上官阶和名字，此事着实有些古怪。故而有人盯上了他。

其后的日子，刘蕴古数次被人怀疑是金国的奸细，但是每次都化险为夷。到了隆兴三年（1164）的时候，有金国的细作被人发现，审问之下才知道此人乃是刘蕴古派出送信的家仆。到了此时，真相终于大白了，刘蕴古竟然是金国潜伏在大宋最大的细作。

虽然最后刘蕴古被枭首示众了，但是几年中他传递了多少大宋的机密就无人知晓了。

回想着往事，宋慈心中思索道："此人提刘蕴古的名字是何含义？如今无论是在乡野民间还是在朝堂之上，都流传着即将北伐的消息，在这紧要的关口，难道临安城再次出了金人细作不成？难道弥勒佛像中的东西就是细作要传递的消息？怪不得朝廷有这么大的动静，皇城司和机速房的人也全部出动。又是什么人通过刘克庄之口提醒自己的？这人的用意又是什么？"

宋慈思索了一会，又问道："昨日探监的人究竟是什么模样？"

刘克庄点头道："此人容貌看起来有些苍老，额头的皮肤有裂纹，像是经常下海的人。"

"难道是海商？"宋慈在心中猜想道，"我在临安城见过的海商不多，满打满算有过交情的就只是邱山一人，这人到底是海商还是机速房的人？"

刘克庄见到宋慈似有所悟的样子，又说道："那人还说你心中若是有主意了，不妨去三元楼的甲三房找他！"

不论那人有啥目的，又是不是邱山，宋慈都不得不去了。走出皇城司亲兵营的大门，宋慈和孔武马不停蹄，一路狂奔，到了大瓦子旁边的三元楼。

这是孔武第一次到三元楼里面来，才踏进酒楼门口，里面娇滴滴的小娘子们就莺莺燕燕地涌了出来。宋慈急忙闪躲，孔武却乐在其中。摆脱了红粉的纠缠，两人来到了五楼甲三号客房。

在房门前站着两名佩刀护卫，见到宋慈后，也不多话，侧身打开了房门。这是一间有好几个房间的雅居，装修极其豪华。在黄梨木方桌前，邱山已经倒好了两碗阳羡茶，正在等着两人。

宋慈打量着眼前的邱山，不惑之年、一身华服，举手投足都显得稳重大气，若只是海商，应当也是一个做大买卖的人。

"请！"邱山指了指茶桌前的长椅。宋慈坐定后，盯着邱山的眼睛问道："不知道该称呼你为邱掌柜呢？还是邱大人呢？"

邱山听完宋慈话后回道："两者皆可！"说罢他站起身来，站在窗口前眺望着临安城说道："天下攘攘皆为利往，天下熙熙皆为利来。这座城池看似繁华，可是若是商贾几日不动就会是一座死城，宋公子相信吗？"

宋慈点了点头，也站到了窗口边，临安人数上百万，商贾不动，柴米酱醋不过几日就会告急，到了那时就不是商贾喧嚣，而是百姓造反了。

邱山又道："既然你来到了这里，想必已经去了皇城司亲兵营探监。听到那个名字后，你大体也能猜出最近发生了什么事情！"

宋慈疑惑道："为什么会对宋某透露这些消息？"

邱山关上了窗户，回到了房中，说道："皇城司能知晓的事情机速房也大多能知道，你年纪虽轻，却接连破了建宁府真假知府案、龙游县军粮酿酒案，乃是一名不折不扣的推案奇才！"

宋慈有些不好意思，不知如何作答。邱山又道："皇城司的刘世亨为人古板，断不会向你透露什么信息，可是此事事不宜迟，拖得越久，各方的压力就越大。不瞒你说，我既是海商也是机速房派去北边的探子，如今朝廷的动向想必你已有所耳闻，枢密院已经数次催我动身去北边打探消息！"

宋慈轻声道："这些事情本不该是我一名小小的太学学子能知晓的，可是邱大人为何不走呢？"

"当下走得成吗？"邱山苦笑了一下说道，"封城令是皇城司下发的，路引也必须通过皇城司才能拿得到。他们本来就对机速房有成见，当下更不可能对我开了这道口子！"

宋慈想了一想问道："晚生斗胆问一句，那一日邱大人在夜叉棚里所为何事？"

邱山哈哈一笑道："皇城司为了什么，机速房就同样为了什么！"

"昨日邱大人为何也在妙明寺中？"宋慈上前一步。

邱山在屋子里走了几步，问道："你知道方丈慧显四十年前是什么人吗？"

宋慈想到了什么，疑惑问道："他难道和刘蕴古有关？"

邱山点头道："四十年前，他乃是刘蕴古身边一个不起眼的家丁，由于常年在外，所以很少有人知晓其身份。刘蕴古案子发生后他隐姓埋名，最后还遁入了空门！"

宋慈诧异道："难道他传递了四十年的消息？"

邱山摇头道："大宋和金国有几十年没打仗了，也不需要这些人做些什么。当今皇上登基后，显现出北伐的决心，这些蛰伏的人自然也就蠢蠢欲动了。执客僧定可来历不明，但是他十有八九是北方来的奸细！"

宋慈沉思了起来，皇上登基后有了北伐的心思，所以北方派人到了临安城，激活了那些潜伏的细作。定可就是北方派来的奸细，想必慧显在北方还有亲人，抑或有其他不得不为的苦衷，所以才答应了定可的请求。三年前定可让妙明寺大修，就是为了修建暗室，此后他还发展出一些眼线，比如萧乔等人。邱山去找慧显，慧显知道自己要暴露了，故而服毒自尽，但是定可是被什么人杀死的？

邱山看着沉思的宋慈说道："这就是我想让你参与此事的缘由。皇城司的步子太慢了，我已经去晚了，他们竟然比我去得还晚。不仅如此，那名妙明寺中的杀手也不见了踪影，偌大个皇城司连个凶徒也抓不住，你说我怎么指望他们在几日内破了此案？"

宋慈疑惑道："莫非邱大人指望我？这有点儿让宋某受宠若惊了！"

邱山点头道："你和皇城司的余提点已经合作过几次，让你知道这些消息他们虽然会有所不满，但是还能接受。不仅如此，你不是住在斗斋之中吗？你们那位斋长，乃是二十年来武学之中最值得期待的麒麟人物。你若是还有什么地方不清楚，可以问他。若是我没有猜错的话，我的身份也是他告诉你的？"

听闻此话，宋慈微微震惊，没想到邱山也知晓华岳。是邱山知道得太多，还是华岳本来就是厉害人物？

邱山又请宋慈喝了一杯茶，然后说道："若是此案早破，封城令就会早一步解除，我也可以早日动身去北方，去完成韩相交代的事情。所以无论你何时何地遇到麻烦，都可以来三元楼中找我！"

宋慈拜别了邱山，孔武却万分地舍不得。这处酒楼，不仅酒好、吃食好，就连小娘子们也好。

"温柔乡原是英雄冢！"宋慈不满道，"你再多待一会儿，明年的今日我就可以给你上坟了！"

"好啊！"孔武咧嘴笑道，"烧几个好看的小娘子下来，还要买几壶好酒！"

宋慈和孔武走出了房门，三元楼对面的听波楼也有人窃窃私语。刘世亨打开了窗子，看着走出的宋慈等人，对余莲舟说道："希望宋慈真如你所说的那样有七窍玲珑心，能破了此案！若不然就白放他一马了。"

余莲舟心中冷哼了一声，刘世亨这人又想破案，又怕担干系，所以借着邱山之口告诉宋慈那些机密。

"最多到后天我等就要发路引了！"刘世亨又道，"若是没破案，就只给那些在两浙路做买卖的客商发路引，路远的商客不能发，去北方的商客更不能发，海商也不能发。"

余莲舟点头道："即使发了路引后也要派人时刻盯着，城门更要派人守着。就怕那些人扮成平民百姓离开此地。枢密院自己捅的娄子，却要我们皇城司来背，是何道理？"

刘世亨呷了一口茶道："昨日妙明寺逃走的贼子，一路之上都有人接应，看来那些人为数不少啊！说来也奇怪，若是他们得到了想要的东西，早可以假扮平民混出城去。我等虽然看守严格，但是临安城有十三座城门，五座水门，总有疏忽的地方，他们为何不走？又为何要去杀妙明寺的方丈和执客僧？"

"兴许杀薛三娘、萧乔的和杀妙明寺僧人的不是同一人。"余莲舟沉思了一会儿，叫来了章勇、牛俊、谭峰等人说道："薛三娘被杀那日遏云楼中去了哪些酒客？你等再去好好调查下，明日之前给我名录！"

几名干办点了点头，转瞬消失不见。

天色渐暗，宋慈回到了斗斋，又过了一天，然而事情还是一点儿进展都没有。华岳站在射圃之前，百步之外唰唰唰地射了三箭，都命中了红心。见到了学长，宋慈想到邱山的提醒，便走了过去。

"斋长！"宋慈走到华岳身边问道，"宋慈有些事还没想明白，不知学长可否解惑？"

华岳轻声道："到了后天休沐的日子就过了，你等届时必须回来上课，若不然……"

宋慈恭敬回道："知道了！"

华岳指了指前方，两人进了斗斋，来到了炉屋之中。

"你们所查的事情关系重大，若是不能说的地方就不要说！"华岳开门见山道。

宋慈点了点头，就从大瓦子听唱赚那日开始讲起，把事情原原本本说了一遍。听完宋慈的叙述，华岳凝眉沉思道："所有的变化都从薛三娘遇害开始，若是我猜测没错，北方的细作那日定然在大瓦子接头，只是当中出了意外，所以才惊动了皇城司和机速房的人！"

宋慈看了看一旁的弥勒佛铜像说道："应当如此，皇城司和机速房的人也定然是得到了消息，故而在大瓦子里埋伏！"

"这其中出了什么差错？"华岳站起身来，在屋子里走了几步。忽然之间，他定住身形，对宋慈问道，"你方才说芊芊姑娘那日唱的乃是琴操的《满庭芳》而不是秦观的《满庭芳》？"

宋慈有醍醐灌顶的感觉，好像也要抓到其中的关键了，他点了点头说道："确实如此！"

"这就不对了！"华岳疑惑道，"琴操所作的词虽好，但是终究是清倌人的曲子，上不了台面，她原本应该是唱秦观的《满庭芳》，为何突然改词了？"

方才述说往事时宋慈对华岳有意隐瞒了西湖画舫的事，更没提他与杜芊芊的旧事，听到这里，他脸上露出了尴尬之色，不知道该说什么。孔武不知道什么时候来了，他站在宋慈的身后，用手指了指宋慈，脸上露出了鄙夷之色。

华岳沉思了一会儿，回到自己屋里，旋踵又拿了一本书放到了宋慈的面前说道："这本书你好好看看，应当会有所领悟。商女不知亡国恨，隔江犹唱后庭花。狎妓之事，以后还是少去！"

宋慈尴尬地点了点头，又不好解释什么。华岳突然让他看一本书，这是什么道理？宋慈摊开了书，此书乃是《武经总要》，是仁宗皇帝时曾公亮和丁度所写的军事著作，是武科学子必学的书目。

"这本书你看过？"宋慈转身问向孔武。孔武瘪瘪嘴道："明年就会学了，这是内舍生才会看的书。"

宋慈快速翻动书本，在此书之中有一折页，宋慈的目光顿时定在了这页纸上。孔武凑过身来，看着上面的字说道："《字验》！"

《字验》乃是军中传递机密消息的一种保密方法，军中重要的事情大约有四十种，比如请弓、请箭、战不胜、将士叛等等，在作战之前军方头目会选一首四十字不重复字的古诗为密码本，把古诗中的字和四十种军情一一匹配，每一个字代表一种军情，这个排法唯有前方和后方的主将才能知晓，其他人等则不明其意。

在作战的时候，若遇到大事，主将会写一封明信，信中会暗暗地在某个字下面做一个记号。后方的人收到信后，看到做记号的字再找到字所对应的军情，就能知晓前方到底发生什么事了。

宋慈看完《字验》之法后，陷入了迷惑。《武经总要》发布后到如今差不多一百年了，就连金国也收藏此书。北方的细作会不会把《字验》的方法加以改变，作为传递消息的法子？

杜芊芊唱过四首曲子，前面三首都是事先定好的，只有最后一首《满庭芳》是临时加唱的，也就是说只有这首曲子才可能会传递消息，可是传递的又是什么呢？想到这里，宋慈拿出了笔墨，把两首《满庭芳》都写在了纸上，沉思了起来。

孔武不明就里，看着宣纸上这两首词说道："字不错，纸也不错，墨也挺好。你在找什么？这两首词差不多啊，只不过是黄昏与昏黄，几乎没什么区别！"

孔武的话一下提醒了宋慈，他把两首词不同的地方圈了起来，口中嘀咕道："遏云楼的事必定和这两首词有关，也必定和刘克庄有关！可是到底是什么呢？"忽然之间，宋慈兴奋得哈哈大笑，用笔在几个字下面画下了横线。

孔武探过头来，第一首词是秦观所写的《满庭芳》：

山抹微云，天连衰草，画角声断谯门。暂停征棹，聊共饮离樽。多少蓬莱旧事，空回首烟霭纷纷。斜阳外，寒鸦数点，流水绕孤村。销魂，当此际，香囊暗解，罗带轻分，漫赢得<u>青</u>楼薄幸名存。此去何时见也，襟袖上空有啼痕。伤情处，高城望断，灯火已<u>黄昏</u>。

宋慈在青楼的青字下面，以及黄昏的黄字下面，重重地画了两笔。

第二首是琴操所写的《满庭芳》：

山抹微云，天连衰草，画角声断斜阳。暂停征辔，聊共饮离觞。多少蓬莱旧侣，频回首烟霭茫茫。孤村里，寒烟万点，流水绕红墙。魂伤，当此际，轻分罗带，暗解香囊，漫赢得青楼薄幸名狂。此去何时见也？襟袖上空有余香。伤心处，长城望断，灯火已昏黄。

宋慈在词中三个代表颜色的字，红墙的红字下，青楼的青字下，以及昏黄的黄字下画上了三笔。

秦观的词提取颜色的字就是"青黄"二字，琴操的词提取颜色的字就是"红青黄"三个字。

看到这里孔武还是有些不解，宋慈问道："你还记得我们当日听唱赚所待的屋子吗？"

"是红栅栏青龙位黄字房啊！刚开始我们还差点儿弄错了！"说到这里，孔武也明白了过来，"你的意思是说，词中有颜色的字就代表的是遏云楼中的位置？"

"正是！"宋慈点头道，"杜芊芊本来应该唱的是秦观的《满庭芳》，若是此曲，指的就是青龙位黄字房。结果她唱成了琴操的《满庭芳》，也就成了红栅栏青龙位的黄字房了，也就是我们的房间。想必那日有人出钱，让余莲舟唱秦观的《满庭芳》，借此通知另一人前来接头，没想到鬼使神差下，曲子错了，接头的房间自然也就错了!"

到了此时,宋慈终于厘清了事情的脉络。孔武还是有一些环节没想清楚,便催促宋慈说出案情的真相。宋慈整理了一下思绪,说出了自己的看法。

大宋朝定然是有了北伐之心,所以北方的人便想打探临安城的举动。此时有朝廷官员被北方收买,偷盗了机密的军事情报,还把此情报送到了妙明寺中。

以寺庙传递消息,是从刘蕴古就开始有的法子,所以并不稀奇。寺庙接到东西后,又在各大街坊上贴布告,把密语隐藏在布告文书里,通知传信人来拿东西。若是没猜错,这个传信人就是画师萧乔。

萧乔一个穷画师,又没什么赚钱的法子,凭什么能捧杜芊芊的场子?定然是他已经当了细作!萧乔拿到了东西,也就是弥勒铜像后,画了一幅画给大瓦子遏云楼的老鸨薛三娘。薛三娘也许不知道自己在其中的作用,又做了什么事情,但是此人十分好财,定然会找姑娘来开一场唱赚场子。

在唱赚场子里,有人会给薛三娘一大笔银子,这明面上是给加曲的报酬,实际上是薛三娘当中间人的报酬。这加唱的曲子十分关键,是告诉萧乔接头房间的暗号。

兴许每次和萧乔接头的人都不一样,所以他们才会通过这样的法子碰面。只可惜杜芊芊唱曲的时候出了差错,把秦观的《满庭芳》唱成了琴操的《满庭芳》,所以萧乔就没去青龙位黄字房,而去了红栅栏青龙位黄字房。

此时那个房子里只有喝得烂醉如泥的刘克庄,萧乔对刘克庄不满，又不能不做事，就把装有铜像的包裹留了下来。每次传递消息后，萧乔都会有报酬，可是刘克庄又没有醒来，他便顺手牵羊拿走了刘克庄的银票，就连包袱也拿走了。

真正与萧乔接头的人乃是青龙位黄字房中的人，他左等右等不见有人过来，便知道出了差错，于是找到了薛三娘。薛三娘在这过程中知晓的事情最少，她根本不知道发生了什么。

那人怕身份暴露，便一不做二不休杀了薛三娘。就在此时，杜芊芊要去薛三娘的房中要《满庭芳》唱赚钱，那人看到了杜芊芊，便想再把她也杀了。杜芊芊受到惊吓，慌忙逃跑，危急之时幸好有皇城司的人赶过来。那人当机立断，放过了杜芊芊，跳窗逃走。

贼子追杀杜芊芊时，萧乔听到了声音也赶到了薛三娘的房中，此时恰好和贼子错过。萧乔看到倒在血泊中的薛三娘，他本是画师，又通晓诗词，立刻就明白了发生了什么事情。萧乔不知道是薛三娘这儿出了纰漏，还是杜芊芊处出了纰漏，但是这些都不重要了。

萧乔为捧杜芊芊的场子急需用钱，他也知晓薛三娘藏钱的地方，便趁乱把里面的银票拿走了。萧乔明白了刘克庄不是接头人，又以为他和杜芊芊有私情，于是一不做二不休，留下刘克庄的包袱陷害于他。

萧乔从房间中走出来时，贼子见到了他的身影。后来打探出萧乔的住所，就连夜到了他的家中。萧乔被贼子捉住，可是铜佛却不在他手中。贼子问明了情况，知晓萧乔已然暴露，定会被皇城司的人找到，就提前一步将之杀害。

贼子又打探到萧乔留下的包袱在我们这里，于是趁着乌云密布的时候到了斗斋，偷走了佛像里的东西。

孔武疑惑道："送个消息为啥要这么麻烦？中间转了这么多人？"

宋慈回道："四十年前刘蕴古就是让家丁传递消息时暴露的，四十年后他们怎么会不长进？这法子虽然麻烦点儿，但是你没发觉吗？那贼子到了当下也没有暴露身份！"

炉屋之中不知何时进来了一道靓丽的身影，插话说道："贼子确实长进不少，你的推断虽不中，亦不远矣！"

悄无声息进来的人正是余莲舟，也是因为来的是她，华岳才没有示警，想必方才宋慈所说的那些事情，她都听进了耳朵。

宋慈回道："可是有一点我还是没有想明白，妙明寺的方丈以及执客僧又是怎么死的？杀他们的人和杀薛三娘以及萧乔的人好像不是同路人？"

第九节
画师洗冤

孔武嘀咕道:"兴许贼人很多,所以也不用总是一个人出手,因此死法不一样。你说贼人就是那日在青龙位黄字房的客人,那些人我记得,有好几个人都是凶神恶煞的样子!若是能查到是什么人买了那个屋子的戏票,就可以顺藤摸瓜找到贼子了!"

宋慈看着余莲舟,余莲舟轻声道:"应当快了!"

小半个时辰后,章勇来了,刘世亨也跟在了身后。这段日子以来,皇城司的人都在紧盯大瓦子,所以买了青龙位黄字房的豪客也在他们的盯梢之中。

看过章勇递过来的名单,余莲舟叹道:"原来是他们,竟然也住在三元楼。"

刘世亨在最短的时间内弄清了宋慈的推断,连忙对手下说道:"去亲兵营传令抓人!"

整个临安城一下子沸腾了。上百名皇城司亲兵从亲兵营出发,将三元楼团团围住。

刘世亨带人闯进了屋子,没想到里面却空空如也!

"传令下去,封锁所有城门!"

皇城司亲兵涌向了各座城门，不明事理的百姓交头接耳，纷纷打探着消息。余莲舟带着人站在保安水门的闸口前。从三元楼逃走最近的路就是从保安水门出城，若是能出了此门，就能经运河到钱塘江，接着就能进入大海。只要到了大海后，他们就能逃之夭夭了。

一艘小船从水道中慢慢驶出，船篷的后面还挂着几张破渔网。余莲舟举目望去，船夫一直用左手撑着船杆，眼角的余光还不停地朝四周张望。

"拿弓箭来！"余莲舟喊了一声，有察子递上了弓箭，嗖的一声后，箭矢如闪电一般射向了船夫。船夫见到箭矢射来，左手拿起了撑杆，急忙格挡。

"就是那些人！"余莲舟指了指渔船上的人对身旁察子说道，"把这些人都抓住，记住要留下活口！"

经过一番拼斗，渔船上的人五死两伤，留下了两名活口。有消息灵通人士打听到发生什么事后，当即惊呼了起来。更加高兴的乃是城里的商贾，既然贼人抓到了，那么封城的禁令也当撤了吧，路引什么的更是用不上了！

当城里闹得天翻地覆的时候，宋慈却在给黑狗虎子喂食，也不知道为什么，虎子这几天病恹恹的，连肉也不吃。

当天夜里，宋慈躺在了床上，总觉得事情没有这么简单。又过了两日，城里渐渐平静了下来，封城这么多日，无论是商贾还是百姓都叫苦不迭，终于有一些贩卖柴米酱醋的商贾得到了路引，可以出入城池。

这一日宋慈刚从首善堂上课回来，斗斋之中就来了两个人，余莲舟和刘世亨端坐在炉屋里，一言不发。

"不是抓到贼子了吗？为何闷闷不乐的样子？"宋慈问道。

刘世亨回道："抓回来了两名活口，可是口风紧得很，他们虽然承认是北方来的细作，还杀死了薛三娘和萧乔，但是打死不承认拿到了东西。我们问得急了，其中一名贼人还咬舌自尽了。"

宋慈给两人倒了两杯茶说道："此事我也觉得奇怪，若是他们拿到了东西，早该出城才对，为何还要待在城中等你们来抓？"

余莲舟目光灼灼地看着宋慈，宋慈惊道："我可没碰那些东西，你这样看着我干什么？难道怀疑那东西还在斗斋里？"

刘世亨点头道："那东西对你们没啥用，留在手里反而会引来杀身之祸！"

宋慈瞅了瞅斗斋，好像四周都隐藏着黑衣察子，于是问道："你们不会是搜了斗斋了吧？"

余莲舟说道："你们的三间房还有炉屋都搜了！"

孔武接话道："那还有两间房呢？"

刘世亨回道："打不过那个人，若是还找不到东西，就别怪我不给他以及叶侍郎面子，要破屋搜查了！"

宋慈也沉思了起来，如果把他放到刘世亨的位置上，他也会觉得那东西还在斗斋里，可是又在哪里呢？就在此时，黑狗虎子挪着缓慢的步伐，走到了宋慈的身前靠在他的脚边，还呜呜地叫了两声。

宋慈忽然想到了什么，让虎子翻过身露出了肚皮。他用手在狗肚子上摸了摸，心中大致有数了。

找了一些大黄混在了肉糜之中，宋慈逼着虎子吃完了泻药。余莲舟和刘世亨也明白了宋慈的心思，几人目不转睛地看着虎子。未几，虎子跑出了房间，躲在草丛中撅起了屁股。

一股恶臭后，余莲舟招了招手，几名察子走了过来，在狗屎里翻找着什么。过了一会后，察子们摇了摇头。不多时，虎子又爽快了一次，察子继续翻查着狗屎。就这样，当虎子第四次拉出黄白之物后，终于有一名察子在里面翻出了一个夜明珠大小的蜡丸。

"找到了！"章勇不顾污秽，拿起了蜡丸，兴奋得呼喊了起来。刘世亨接过了蜡丸，也不嫌弃恶臭，顺手掰开了。蜡丸里面乃是一张保存完好的绢纸，他看着上面写着的东西，愁眉顿展。到了此时，刘世亨和余莲舟悬着的心终于放下。

孔武不解地问道："这是怎么一回事？"宋慈轻声道："以后没吃完的饭不要放到炉屋了。"

原来那日孔武离开斗斋时走得匆忙，就把没吃完的一碗东坡肉饭放在了桌上。黑狗虎子贪食，跳上了桌吃东西。兴许是虎子不小心，它撞翻了一旁的弥勒佛铜像。铜像肚子里的暗格恰巧也被撞开，里面的蜡丸滚到了孔武的饭碗里。

虎子贪食，把那一碗东坡肉饭舔得干干净净，就连蜡丸也囫囵吞到了肚中。这几日虎子病恹恹的，就是肚中的蜡丸在作怪。

宋慈抚摸着虎子的狗头道："幸亏被它吞进了肚中，要是被贼人得到，那些人想必早就离开临安府了！"

刘世亨拿了蜡丸就要离去，宋慈连忙说道："如今杀人的真凶已然找到了，刘克庄可以放回来了吧？"

"去领人吧！"刘世亨回了一句。

翌日，全身酸臭的刘克庄回到了斗斋，在屋子里洗漱一番后，就被华岳叫到了一旁。宋慈本以为刘克庄只是被教训一番而已,没想到第二日他卷起铺盖就要搬出去了。

宋慈见此,连忙阻拦道:"好好的怎么要搬走?"

孔武也在一旁煽风点火道:"就是,这太不近人情了!"

刘克庄叹了一口气,说道:"斋长说我心思太乱,会让斗斋不安宁的。若是我不搬出去,这几个月的行艺就全是下下等,若是搬出去他就当没有事情发生过!"

话都说到这个地步,宋慈也不好再说什么,若是行艺下下等,定然就升不了舍了。

孔武叹道:"你搬走后,斗斋就不热闹喽!"

刘克庄宽慰道:"我就搬到一旁的笃实斋,还是能时常找二位兄长叙旧的。再说你们不用担心,刘某给你们又找了一名斋友,我就是同他交换的房间!"

"是谁?"孔武问道。刘克庄指着斗斋前拉着板车搬家的男子说道:"是他!"

宋慈笑了,这人竟然是马永忠,他虽然知道马永忠考上画院了,却不知道他一直住在隔壁的笃实斋。

"你怎么也住在这里?"孔武疑惑道。

马永忠伸了个懒腰道:"因为画院没房子住啊!"

大宋朝画院最鼎盛的时期乃是徽宗时期,那时画院又称宣和画院,由于宋徽宗好绘画,所以画院房屋众多,每一名画师都有屋子住。待到大宋南迁后,这一来是赋税不如以前,二来是朝廷上下大多认为徽宗是沉迷于绘画等玩物才丢掉半壁江山的,所以如今的画院不受朝廷重视。只有画院待诏才有屋子住,其他的画师则要四处找寻住处。

太学、武学的学生斋院和画院挨得近,当今皇帝登基后,朝廷便有了恩典,让普通画师可以和两学的学子同住。

听闻马永忠解释后,孔武疑惑道:"我只听闻蹭饭的,没听闻蹭屋子住的!画院怎么沦落到如此地步了?"

"有地方住就可以了,还在乎那些虚名干什么?"马永忠伸了个懒腰说道,"这里好,清静,人少,在这里画画最好不过!你们还不过来帮帮我?"

刘克庄轻声道:"我先和你说好,这座斋子里好像不太干净,夜里总有一些怪声!若是以后出了什么事,不要怪我啊!"

宋慈和孔武都笑了起来,马永忠最不怕的可就是这些鬼神之事了。

刘克庄接着说道:"不仅如此,华岳学长可是要求甚严啊!"

"我在山水之间走了这几年,在射圃里跑跑步算什么。只要没人打搅,这里就是最好的地方!"

几人说话之际,华岳也走了出来。马永忠看了看斗斋的斋长,从画篓里拿出一幅画说道:"斗斋的规矩我明白,这是马某的投名状!"

华岳摊开了画卷,其他几人也好奇地凑过了身来。方看了一眼,就忍不住大笑起来。

这又是一张骷髅图,一个骷髅身穿着铠甲,手拿着长矛,正在战场上挥斥方遒,虽然没人说透,但是所有人都看出来了,那名骷髅就是华岳。

看到此画,华岳点头道:"确实有些门道,你可以住进来了,不过我不喜欢用长矛,下次你给我换一杆长枪!"说完就转身走了。

马永忠点了点头,就开始布置自己所在的屋子了。刘克庄和两人挥手告别,这几个月就像是做梦一样,离开斗斋也不知道是好是坏。

孔武看着刘克庄和华岳两人远去的背影笑道:"哈哈,你看看华岳学长那张脸,想生气又不好发作,这个马永忠是越来越有意思了!"说到这里,孔武又想到了什么,脸色顿变,口中嘀咕道,"刘克庄为人豪爽,有钱。新来的画呆子却和书呆子一样,穷得叮当响。以后这酒钱哪里去找啊?"

"有意思的还不止于此!"不知何时,余莲舟来到了斗斋,她看着先是得意忘形紧接着又愁眉不展的孔武。

孔武不解地问道:"余提点,你这是什么意思?"

余莲舟回道:"你可以回去问问马永忠!"

回到了斗斋,宋慈不解地看着余莲舟问道:"余姑娘你是来找我的?"

"不是!"余莲舟提步走了进来,此女虽然不苟言笑,又喜欢穿男装,但是天生丽质难自弃,举手投足之间自有一股英气。

斗斋里面,孔武揪着马永忠的袖子说道:"快说说,你到底干了什么坏事?为什么不叫上我?"

马永忠斜眼看着他道:"你应该感激我才是!"不多时,马永忠抽出一卷画卷说道,"这是我这次画院考题的答卷!"

画院考试,每次都会以一句古诗为题。有一次,画院的考题是"踏花归去马蹄香",最被人称赞的考卷是画了一匹奔驰的骏马,有两只蝴蝶正在追逐着马蹄,似乎闻到了花香。还有一次,画院的考题是"深山藏古寺",很多人的画卷都是古寺藏在深山之中,要么露出寺庙一角,要么露出院墙一角,不过第一名的画卷却是一名老和尚在河边打水,背后是深山,寺庙的样子一点儿也看不到。

所以画院考试不仅考画画的笔法,还要考画画的意境,两者缺一不可。宋慈不解问道:"这次画院的考题是什么?"

马永忠还没说话,余莲舟回道:"犹是春闺梦里人!"

宋慈轻声念道:"誓扫匈奴不顾身,五千貂锦丧胡尘。可怜无定河边骨,犹是春闺梦里人!这次考题的确能契合马兄所长。就是不知马兄是如何作画的?"

孔武摊开了画卷,画上的绣楼有点儿像三元楼,楼中哀怨的女子有点儿像三元楼中的姑娘。至于在闺房之外背着乌梢棒做出敲门状的骷髅却越看越像是孔武。

"不错啊!"孔武回道,"不过若是有两名姑娘想我就更好了,若是三名就是好得不能再好了!"

宋慈轻声道:"这次考题莫非是画师李嵩出的?"

马永忠点了点头道:"确实如此,虽然我考入了画院,可是无论是《孔武梦归图》还是《骷髅抬棺图》都不能入李嵩画师的法眼,成不了他的弟子!若是那幅《女尸升棺图》还在就好了,兴许还有一点儿指望。"

宋慈安慰道:"一步步来!你定然能拜到李嵩画师门下的!"

余莲舟拿出了一张卷轴,递到了马永忠的面前说道:"你说的就是这幅画吗?"

马永忠接过了画轴,摊开了画卷,双手开始颤抖,嘴角激动到打颤:"是的,这就是我的《女尸升棺图》,余姑娘你在什么地方找到的?"

"你猜呢?"余莲舟坐了下来,给自己倒了一杯茶。

马永忠看了宋慈一眼,对于这些动脑子的事情,他一点儿兴趣都没有,直瞪瞪地看着宋慈。宋慈沉思了一会儿说道:"难道是在萧乔的房子里?"

余莲舟点了点头。宋慈忍不住激动道:"如若是萧乔偷了这幅画,那么马永忠的那件案子就可以迎刃而解了!"

马永忠好奇地看着宋慈,宋慈问道:"你三年前是不是在妙明寺画过佛像画?和你一起的还有画师萧乔?"

马永忠点了点头。

宋慈笑道:"那就对上了。你和萧乔都想报考画院,都想拜李嵩为师,所以自然成了竞争对手。那日你画出《女尸升棺图》后就出去做工了。这幅画定然被萧乔看到,此画既然是你的得意之作,那么萧乔自然就会倍感压力,所以便偷偷把这幅画偷了,藏了起来。"

"原来是萧乔这个狗东西干的好事!"马永忠怒骂了一句。

宋慈又道:"三年前你虽然没考上画院,但是萧乔的那幅画也没有入了李嵩法眼。三年后,宣家到处找人画宣二娘的画像,我听闻一连找了好几人,结果宣家都不满意。这时候他们定然又找到了萧乔,萧乔听到宣家对宣二娘容貌的描述后,自然就想到了你那幅画上的女子。所以他才能作出那幅让宣家满意的画,若不然怎么连衣服和首饰都没用弄错?只不过萧乔因为怕被你发现,才故意藏拙,没有展现出十足的功力!"

听到宋慈这么一说，马永忠也恍然大悟道："怪不得见到那幅画作后有似曾相识的感觉，觉得是故人之笔！"

宋慈继续说道："萧乔听闻了宣家的故事，又想起了你的那幅画，于是就认为你是杀害宣二娘的元凶。画院招考的日子又要到了，你必定重回临安府，如能借宣二娘的案子除掉一个对手，他又何乐而不为呢？所以官差抓捕你时，那幅你的肖像画也是他画的！"

"这人真是个十足的小人，我到底哪里得罪了他？"马永忠怒道。

宋慈回道："匹夫无罪，怀璧其罪。要怪就怪你在作画上还有几分天赋！"

马永忠听到此话，不由乐道："能得宋兄夸奖，马某就是再被打一次板子也值得了！"

孔武在一旁疑惑道："可是宣二娘的案子还是没有破，她到底是死是活？"

余莲舟看了看门外说道："兴许过会儿就会破了，此案破了，青楼命案才能得以完结！"

孔武诧异地看了看门外，问道："谁要来？"

宋慈轻声道："你舅舅！"

听闻此话，孔武当即大怒："你舅舅！宋慈，信不信我一拳头把你的脸打开花？"

宋慈摇了摇头。门口进来一人，正是两浙西路提刑官，孔武的舅舅孙毅。

"舅父！"孔武上前扶着孙毅的手臂问道，"您怎么来了！"

宋慈、余莲舟、马永忠等人也起身打招呼。孙毅看着马永忠道:"多亏你根据骷髅画的那幅仕女图,那具骷髅的身份确定了,是被人偷的尸体!"

宋慈追问道:"那女子是谁?又是何人偷盗的尸体!"

孙毅回道:"她是城西张员外家的二小姐,三年前得了痨病死了,葬在了西湖旁。我手下的捕快拿着那张图画找到张家时,他们还不信自家女儿的尸首被人盗了,后来城里大雨,棺木从坟里被冲出来,张家才开棺验尸,这才确认里面的尸首早就没了!"

马永忠疑惑道:"那是何人盗的尸首?"

孙毅看了看宋慈,又看了看余莲舟,道:"还不确定!"

宋慈沉思道:"盗尸之人,必定是知道张家之事的人。除了张家的亲戚朋友外,就是来张家做法事的和尚最有可能,是妙明寺的?"

孙毅回道:"确实有这么巧的事,定可就是做法事的和尚之一!"

宋慈又想到了什么,说道:"定可难道做了辨机之事?"

孔武有点儿发蒙,看着宋慈。宋慈喝了一口茶,却不说什么。辨机是唐朝太宗年间的和尚,曾帮高僧玄奘翻译佛经,既生得俊俏,又懂得佛法。高阳公主嫁给了房玄龄的二儿子房遗爱后,却嫌弃此人不长进。在进香时,高阳公主和辨机结识,一来二去两人就做出了苟且之事。

宋慈提起辨机,那意思很明显,就是宣二娘和定可也做出了类似高阳公主和辨机和尚的事情。定可容貌俊秀,宣二娘又经常到庙里求签,这两人会不会就做出一些不可告人的事情?

孔武从马永忠口中弄明白了是怎么一回事,问道:"可是定可为什么要接近宣二娘？"

宋慈终于把所有事情串了起来，说道："因为宣二娘的丈夫顾纯！顾纯原本是枢密院知杂房的小吏，接着还成了知杂房的主事。兵马未动粮草先行，前方若有战事，首先起变化的就是这些看似不起眼的杂事！知杂房的事情若是让明眼人看到，定然能推断出朝廷的动向！"

余莲舟轻声道："你猜得不错，那个蜡丸里的消息确实和知杂房有关！给金国送消息的人，十有八九就是顾纯！自从龙游县军粮案后，皇城司就开始留意此人了。"

孔武醒悟道："怪不得当日顾纯身死西湖，你们这么快就能追过去，可是顾纯为何要当金国的奸细？"

宋慈想了想道："此事也许就和宣二娘以及被盗的枯骨有关了！"

众人都看了看他，等待着宋慈的解释。宋慈站起身道："虽然我没见过宣二娘，但是从其所作所为也可以看出，此女定是好逸恶劳又贪得无厌之人。她刚和顾纯和离，顾纯就升官当了主事，这如何能叫她平心静气？所以她定然会再回去找顾纯麻烦！"

孙毅插话道："我从宣家了解到宣二娘和顾纯和离时双方的父母都不在场，顾纯只是写了放妻书而已！"

但凡和离，一般都有双方父母在场见证，即使父母之中有人故去了，也会找来族中长辈作证，这才能算数。宣二娘和顾纯打架动了刀子，顾纯一气之下，在没人见证的情况下写下放妻书也是有可能的。

把心中的猜测告诉大伙后，宋慈又道："宣二娘也许以和离不规范为由，要和顾纯重修于好。可是顾纯早就厌恶了眼前这个女人，定然不愿从命，两人扭打之下，顾纯可能推倒了宣二娘，让她额头碰地，假死了过去！"

孙毅点头道："十有八九便是如此了！"

宋慈再道："宣二娘定然早就和定可勾搭成奸。宣二娘要和顾纯和好，说不定也是定可的主意。当宣二娘回家时，他必然跟在了身后，所以目睹了顾纯失手'杀死'宣二娘的过程。"

这番假设合情合理，余莲舟也点了点头。宋慈又道："定可初始时只是想通过宣二娘控制顾纯，没想到顾纯竟然失手杀了宣二娘，这叫定可如何不开心呢？"

余莲舟插话道："说不定不是意外。定可有功夫在身，宣二娘和顾纯争吵之时，若是躲在门外偷偷用石子击中宣二娘的脚踝，让顾纯以为是自己失手杀了宣二娘也很有可能！"

宋慈赞叹了一声，道："也许余提点说的才是真相，不管如何，顾纯以为自己杀人了。这时候定可现身了，他说服了顾纯，两人一道把宣二娘的尸身偷偷放到了一具简易棺材中，又拉到城外的乱葬岗掩埋，接着放出了宣二娘和琉球商人私奔的消息混淆耳目，只要过了几年，宣二娘的尸首就成了一具骷髅，到那时就没人能知道真相了。只可惜人算不如天算，宣二娘命不该绝，碰到了我们爱去乱葬岗采风的大画师，马永忠！"

马永忠疑惑道："定可帮顾纯的目的是什么？宣二娘又在何处？到底是死是活？"

宋慈回道："目的很简单，就是借此要挟顾纯，让其为金国卖命。至于宣二娘，我怀疑没死。定可好色，宣二娘又徐娘半老风韵犹存，说不定被金屋藏娇了！"

马永忠沉吟了一会儿，问道："还有一个疑问，棺材里怎么多了一具尸首，为什么要盗尸？"

余莲舟插话道："宣二娘复活后，被一些人看到了踪影，这些话传到顾纯的耳中，他自然要去乱葬岗一探究竟。定可想必也知道此点，他一边安抚宣二娘，一边想到了瞒天过海之计。他让宣二娘脱下了衣服和首饰，又找了一具女尸，打烂她的面容，让其穿戴上了宣二娘的衣服和首饰，把她放到了原来那具棺椁中。顾纯开棺应当是几天后，那时候尸首面容爬满了蛆虫和蜈蚣，看不清面容，身上又穿的是宣二娘的衣服，戴的是她的首饰，顾纯自然而然就相信宣二娘真的死了，那些流言也是不可信的！"

孔武追问道："那宣二娘藏在什么地方？"

宋慈看了余莲舟一眼问道："你那可有临安的舆图！"

不多时，章勇献上了舆图，宋慈以妙明寺为中心道："宣二娘藏身之处定然和妙明寺不远，不会超过半个时辰的脚程。"

余莲舟接话道："宣二娘这个女人爱胭脂水粉，藏身的地方应当离丝绸铺和胭脂水粉的店面不远，若不然她不会安心当个活死人的！"

孙毅也接话道："查查三年前那块儿买下或者租下的房子，若是有这样的房子，平时又很少有人出入，就很可能是宣二娘的藏身地。"

三人一点点在舆图上比画着，后来都指着一个地方说道："十有八九在皮市街附近！"

余莲舟和孙毅同时转身，对各自的属下说道："方才的话都听清楚了吗？还不快去！"

旋即，余莲舟的属下离开了，孙毅带着手下也走了。

宋慈疑惑道："你不去看看？"

余莲舟轻声道："这个女人对我没啥用，对孙大人却很有用！即使抓到了她也只是验证你方才的推断而已！"

第十节
三段经文

宋慈沉吟了一会儿，问道："你是不是还有什么不解的地方？"

余莲舟回道："顾纯死得太凑巧，刚给妙明寺送了消息，就死在了西湖里。我去调查过砸死顾纯的那棵柳树，断裂处有被人锯开过的痕迹。还有他在知杂房里蛰伏了这么多年，怎么刚刚和离，就升了主事？这里面到底还有多少文章可寻？"

宋慈给余莲舟倒了一杯水又说道："说实话，没弄清楚的地方还不止这一点。萧乔为啥每次都给薛三娘佛画？若是通知她开唱赚场子也就罢了，可是怎么会有佛陀画、菩萨画以及罗汉画三种？"

余莲舟沉思道："会不会三种画代表三种不同级别的密信消息？佛陀画最重要，她能得到的银两也最多，菩萨画次之，罗汉画最少。薛三娘贪财，留着这些画其实是记账，毕竟数一下有多少张佛陀画、多少张菩萨画，还有多少张罗汉画，就知道自己赚了多少银子！"

宋慈心中一惊，薛三娘书柜里三种画都不在少数，难道他们已然传递了这么多消息了？接着宋慈又想到了什么，问道："如若是你要传递最重要的消息，你要怎么做？"

"我会找最保密的渠道，找最可靠的人，还会……"说到这里，余莲舟脸色大变。宋慈追问道："还会什么？"

余莲舟不安道："我断然不会只送一封信，而会送出多封，一定要把密信送出去才行！"

萧乔传递的消息是藏在佛陀肚子里的，那定然是最紧要的消息。宋慈又问道："不知道该不该问？你们皇城司是怎么得到消息的，当天你怎么又会到夜叉赌场里？"

余莲舟想了想，叹了一口气说道："此时告诉你也无妨，我们查到了一名叫朱杰的木匠，他在三年前曾经在妙明寺干过活，最近还在保和坊偷偷买了一所宅子！"

"一个木匠能在临安府买房子？如今当官的不贪墨钱财都不能在临安府买房，一个小小的木匠怎么可能？此人当下在何处？"

"听闻此人是在夜叉赌场赢钱后才买的房。前日有人发现他马上风，死在了青楼里面！"说到这里，余莲舟额头上已是满头的冷汗。

宋慈沉思道："也就是青楼命案发生后没多久他就死了，这段时日里，他又去过夜叉赌场吗？"

"去过！"余莲舟当下心惊肉跳。

宋慈想了一想又问道："他去的那天晚上，赌场里有没有风水轮流转？"

余莲舟朝身后使了一个眼色，干办章勇回禀道："有，风水轮流转不是每次都有，听宋公子这么一提醒，好像每次朱杰去的时候，都有风水轮流转！"

宋慈苦笑了一下道："余提点当日是追寻朱杰的脚步进的赌

场吧？"

余莲舟叹了一口气，那日她被青楼命案所吸引，就放松了对朱杰的追捕。宋慈站起身来，在屋子里走了几圈说道："兴许有两路人在传递消息，他们为了保密和安全，彼此之间并不知道对方的存在。青楼命案发生那天，另一路人也想在夜叉赌场接头，由于突然发生了命案，人多眼杂，加之你还派人盯着，那些人就取消了接头。"

余莲舟也想到了这点。宋慈又道："第二天当我们调查薛三娘那一条线时，赌场那条线的人碰面了，而且成功地把消息传递了，兴许他们传递的也是一尊佛陀像！"

孔武插话道："可是他们又是怎么通知对方的？"

宋慈说道："兴许和萧乔那边一样，只要朱杰给赌场一个东西，那边就会开风水轮流转，接头的人看到布告后当天夜里就会去了。"

孔武又道："他们是怎么确认彼此的？"

宋慈推测道："应该也是类似《字验》的方法，这奥秘应当就在风水轮流转之中，余提点，你手下的人记下了风水轮流转中十二个栏位的图案吗？"

"有的！"余莲舟点了点头，又对牛俊说道："通知刘世亨提点，带人先封了赌场！"

七八幅风水轮流转的图案画摆在了眼前，果然不出宋慈所料，每次图案上的奖品都不一样。

宋慈看着栏位上的奖品说道："这里面的东西都是吃食？里面有汤面羹粥，也有糕点馒头。虽然名目众多，但是大体上可以分为干物和湿物两类。"

余莲舟回道："赌场上的赌桌是以天干加数字为号，从一排到九，比如甲三桌、丙七桌等等！这两类吃食会不会分别对应天干和数字！"

听到这里，宋慈叫上了旁人，统计风水轮流转上的吃食种类。须臾，他们算出来了，有汤水的吃食十种，干物吃食九种，正好符合十天干以及九数字。

余莲舟看着不同的食物名字说道："可是每种吃食到底是什么含义？这风水轮流转上又是哪两个栏位代表赌桌号呢？"

宋慈想了想回道："最有可能的就是子午向，也就是风水轮流转的正北方和正南方两个栏位。"

"很有可能。"余莲舟翻看一张张画卷，每张图上子午位确实一个是汤水吃食，一个是干物吃食。

余莲舟拿起了青楼案命案发生那天的风水轮流转画卷，脸上有了不安的神色。

孔武似懂非懂地说道："即使接头人看明白了，也到了对应的赌桌，两个人就这样堂而皇之地交易物品？"

宋慈摇头道："断然不会。赌场不比遏云楼，没有包房可以隐藏形迹。他们定然用了其他的法子。"

孔武也不是傻子，似有所悟道："怪不得朱杰每次逢赌必赢，原来这是他的报酬啊！"

余莲舟好像想到了什么，口里嘀咕道："赌钱还是赌物？"宋慈也恍然大悟，两人同时说道："是长生库！"

朱杰每次接头前都会把东西质押在长生库中，然后带着当票到赌场。届时他只要假装输钱，把当票抵押给别人，接着再弄成时来运转的模样把自己的报酬赢回来就行。就这样，他们两边就可以神不知鬼不觉地传递了情报，不仅支付了报酬，还能掩人耳目。

宋慈脸露苦色道："当日你和邱山推牌九时，他有没有提到过长生库？"

余莲舟心中一沉道："有，他一开始就问赌钱还是赌物？难道这是接头暗号？"

宋慈在纸上比画着什么，说道："我已经解出暗语了。你回想一下，当天你是不是到的这个赌桌，丙七？"

余莲舟那日一路追踪朱杰，确是在丙七桌附近才跟丢了人，难道邱山真的是第二路的接头人，他也是金国的细作？

想到这里，余莲舟冷汗直流，她急忙喊道："来人，封了夜叉赌场和长生库，剩下的人跟我去三元楼！"来不及多想什么，余莲舟立马动身，叫上手下就朝三元楼奔去。

当余莲舟冲进三元楼甲三房的时候，里面已经空空如也，一个人也看不到。余莲舟急忙叫来了察子以及小二打探消息，此时她才知道邱山已经出海了。前几日皇城司的人抓到了嫌犯后开始派发路引，邱山因为有机速房作为靠山，所以是最先几个得到路引的客商之一。

走下了楼梯，余莲舟失魂落魄，这是她进入皇城司以来第一次失手。宋慈也来到了楼下，找了一处酒桌，倒上了两杯酒。余莲舟走到桌前，话不多说，举起酒杯，一饮而尽。过了一会儿，又道："再满上！"

宋慈又斟满了酒，就这样连续喝了七八杯酒后，余莲舟嘴里才冒出了一句话:"我失策了,没想到螳螂捕蝉黄雀在后,他们竟然还有一路人!"

宋慈也喝了一杯酒道:"我也是,竟然被邱山利用了。青楼命案的第二天,他们就在夜叉赌场再次碰了面,交换了东西。不过此时皇城司在封城搜索,又严控路引,他们出不去。皇城司能顺藤摸瓜查到妙明寺,机速房也可以,所以邱山才会提前一步找到方丈慧显,想必是他逼迫方丈自杀的。"

余莲舟点头道:"在我们去盘问方丈的时候,他又派人将定可杀了。怪不得刘世亨在城里抓不到刺客,原来是他从中作梗!"

宋慈举杯和余莲舟干了一杯道:"妙明寺是必将暴露的,这些人被他斩草除根了。我们定然会找到遏云楼青龙位黄字房的那些人,邱山也知道,所以他才丢卒保车,向我吐露消息,这一来是打消我们对他的怀疑,二来是抓到那些人后路引才会发放,他们才能坐海船离开临安府。若是走陆路,路上还有无数关卡,说不定还可以截住商队。若走是海路,只要出了大海就天高任鸟飞了!"

余莲舟脸颊绯红,呵呵笑道:"所以我们都成了他的棋子?没想到那些贼人为了掩护邱山,竟然自投罗网、甘做弃子!"

"道高一尺,魔高一丈!"宋慈也一杯接着一杯地喝酒,他看着脸颊染上胭脂的余莲舟说道,"余姑娘,其实你的模样挺好看,不要总像一个男人样,穿点儿女子的服饰也好!"

"你也是!"余莲舟说道,"你平日里总有一股棺材气,总是一副不苟言笑的样子!难道读书读傻了?"

"你……不明白!"宋慈面红耳赤道,"我先祖乃是北魏吏部尚书宋弁、大唐名相宋璟,既然是名门之后,那么注定是要登堂拜相的，可不能放浪形骸！"

"迂腐不堪，腐儒！理学就是伪学，一群伪君子！还是宋伯父活得光明磊落！"

"余莲舟，你再骂理学，我可要打你了！"宋慈抬起头来，如同愤怒的公牛。

余莲舟蔑视一笑，手握筷子指了指他，不屑道："就你？十个都不够我打的！"

……

两人你一杯我一杯喝个不停，开始时还在谈论案情，后来就什么话都说了。干办章勇在一旁干瞪眼，不知该如何是好，最后给余莲舟递来了解酒的蜜饯。这时候孔武也跑来了，怒道："你们两个不厚道，喝酒为啥不叫我？"说着孔武也坐到了酒桌前，和两人推杯换盏，吆喝不停。

翌日清晨宋慈醒来，抬头一看，自己正坐在东斗房的地板上。他的床上躺着一个女子，正是平日里从来没有笑容的余莲舟。此时的她咧嘴笑着，正说着梦话："宋慈，你这蠢材，被邱山骗了吧！"

宋慈揉了揉生疼的额头，耳朵里又传来呼呼的打鼾声，孔武趴在门槛睡觉，嘴里还流着哈喇子。

拍醒了孔武，宋慈问道："这是怎么回事？我们怎么在这里！"

孔武迷迷糊糊地睁开了眼睛，说道："没怎么回事啊？昨夜我们不就是在三元楼里喝了点儿酒吗？"

宋慈疑惑道："我们怎么回来的？余姑娘又是怎么来的？"

"走回来的啊！"孔武回道，"余姑娘在三元楼里喝了酒后，非要和我们拜把子，最后我当了大哥，你做了二弟，余姑娘则成了三妹！接着我们就走回来了！皇城司的章勇想阻拦，还被三妹训斥了一顿！说要不是她，章勇这个烂赌鬼，当年早就死在赌场里了。后来我看不过眼，就和章干办动了手。"说着孔武挑衅地看着门外。

"还有这回事？"宋慈疑惑道，"我怎么不记得了？"

"怎么没有？"孔武回道，"章勇对三妹是真的好，被她抽了几鞭子也不还手。知道的明白是属下，不知道的定以为是情郎！"

"没有这回事！"不知何时余莲舟醒了过来，怒道，"谁要是敢乱说，我就砍下他的脑袋！"

马永忠端着一碗豆腐脑走到了房中，一边呼噜呼噜喝着豆腐脑，一边说道："晚喽，昨夜三元楼的人都看到了，就连刘提点后来也来了！"

"还被他看到了？"余莲舟听闻此话，连脖颈都红了，此时此刻恨不得找个地缝钻下去。

马永忠点了点头道："食堂的油炸桧不错，可是今日起得晚，去的时候已经没有了，若不然油炸桧配豆腐脑，那才是绝味。对了，差点儿忘记了，昨日你们三人结拜时余姑娘说一定要有个见证，于是拉着我画了幅结拜图，此画我开价三十两，你们记得给我银子啊！一人十两！"

"还有画？"余莲舟更加头疼。孔武却咧嘴一笑道："不会画的三具骷髅吧？"

余莲舟瞪大了眼睛，若是马永忠回答是的话，她就有杀人灭口之心。

马永忠叹了一声道："本来这么想的，后来又来了一人，我就没敢这么做了!"

"是谁?"宋慈问道。马永忠得意地把豆腐脑刺溜吸到肚中,又舔了舔碗底道:"华岳斋长啊,你们三人不会真的以为自己是走回斗斋的吧?没有斋长和我雇来马车,你们早就跌到不知哪条阴沟里醉死了!"

余莲舟想到了什么,伸出手来,道:"那幅画呢?三十两我给!"

马永忠侧转了身子,打了个饱嗝:"在斋长那里。他说了,若是你等再这样放浪形骸,在外面胡来,他就再让我画一幅画,那次就可以画骷髅了。说真的,我还蛮期待把你们都画成骷髅的!"

三人想上去揍马永忠的时候,华岳走到了门口说道:"若想拿到那幅画,就必须得打赢我,你等是一起上还是车轮战呢?"

和华岳打架就是找死,就连一向胆大的孔武也把头扭向一边。

"若是不想打,以后都给我老老实实的,不要出去丢人现眼!"

宋慈"哦"了一声,余莲舟虽然贵为皇城司提点,此时也默不作声。

华岳接过马永忠递来的茶水,微微吹开表面滚烫的茶叶道:"邱山虽然拿走了那些东西,可是没什么大不了的。枢密院各房制定方略时都有甲策和乙策,甲策既然被人知晓了,那么定然就会有乙策,只不过调整策略需要多花一些日子罢了,所以此次你们并非算是失败。我最忧心的事不是这里,而是你们三人都没再去好好看看妙明寺的布告!"

说到这里,三人一下醒悟了过来。章勇一直在斗斋中守候,他见到余莲舟一个眼神后,就把抄写的妙明寺的布告都递了过来。

孔武知道自己是猜不透那些弯弯绕的,就走到马永忠身前问道:"你还是兄弟吗?自己打了豆腐脑和油炸桧,却不给我们留一点儿!"

马永忠回道:"谁说没有?我拿着你们的监牒去炉屋总共打了三份!"

"其他两份呢?"孔武拎着他的领口。

马永忠指了指在院子里乱跑的虎子说道:"都给它了啊!我回来的时候问你们吃不吃,你们一个个的都不理我,然后我就说不理我就给虎子了啊!你们也没反对,所以就都给虎子吃了!"

"你这个画骷髅的呆子,看洒家今日怎么打死你!"

孔武和马永忠喋喋不休的时候,宋慈抬起头,余莲舟也是一脸的苦色。对照妙明寺的布告和萧乔等人的卷宗可以看出,布告中一般都会有经文,每段经文就对应一个细作。青楼案的布告,妙明寺里提起了三段经文,也就是说有三路人马,除了萧乔、朱杰两路外,还有一路人马是谁?难道是听说诨话的北人?

宋慈和余莲舟又陷入了苦苦思索中。

当宋慈等人在斗斋中沉思的时候,茫茫大海中有一艘两千料的大福船也在扬帆远航。

邱山走出了船舱,远眺着朝阳,再行几十里,就过了大宋和金国交界的海域,终于不用担心南边的追兵了。

未几,有一名蒙面男子走到了邱山身旁,说道:"掌柜的,他们醒悟过来了吗?"

"过了这么多天,就是一条狗也明白是怎么一回事了。不过这次要不是有你，我也不会这么顺利！"

邱山要和朱杰接头那日，蒙面男子看到了跟踪朱杰的余莲舟以及宋慈的身影，提醒了邱山。所以邱山才会给朱杰提示，让他及时逃脱，接着还和余莲舟虚与委蛇一番。

妙明寺里，邱山拖住了皇城司的人，又是蒙面人提前一步找到了定可，将之成功灭口，没有让更多的人暴露。

可以说蒙面人在邱山这里已经证明了忠心和能力。海风徐徐吹来，蒙面人掀开了蒙在脸上的黑布，令人想不到的是，此人竟是仇彦！

几个月前，仇彦所坐的海船遇到飓风发生了船难，一船的人几乎都死了。仇彦在海水中抱着一块船木，浮沉了两天后，终于游到了一座海岛之上。

在海岛上休息了几日，一天夜里有两条海船靠了岸，一条是金国的，一条是大宋的。从大宋海船走出的人就是邱山。

邱山和金国来的人秘密接头，临行之时发现了在一旁偷窥的仇彦，将之抓住。本来仇彦是要被邱山杀了灭口的，他却说自己乃是一名逃犯，在益州路烧了一座宅子，还在建宁府杀了不少人，如今他愿意为邱山效命。

邱山有双重身份，一重身份是金国的细作，另一重身份则是机速房的察子。仇彦犯的乃是大案，两件案子他都有所耳闻。验明仇彦的身份后，邱山把他带在了身边。在临安城的这些日子里，仇彦也证明了自己的忠心和能力。

前方又是那座小岛，大宋和金国的两艘船又一前一后停在岸边。这次邱山没让任何人跟随，一个人进到了岛中。

翌日清晨，邱山回来了，他把仇彦叫到了船尾。

"我的身份已经暴露了，以后不会再去临安，你是想陪我到金国？还是找个机会再回临安去？"

仇彦陷入了沉思，去金国自然更安全，可是临安府却有他的大仇人。

邱山低声道："你知道我为何要投奔金国吗？"

听闻此话，仇彦不知道该如何回答。邱山又道："我本是大宋机速房的察子，被派到了汴梁刺探消息。初始时我一直顺风顺水，为大宋屡立功劳。不过接着我碰到了一个人，身份就暴露了！"

邱山的才智仇彦早就看到了，他被宋慈、余莲舟两人打成了丧家之犬，邱山却把那两人耍得团团转！他这样一个聪明绝顶的人物，怎么也会栽到别人的手里？

邱山回想着往事，又道："我遇到的这个人是这辈子遇到的最狡诈的一个人。他原本也是宋人，犯了事后逃到了金国，为了给金国邀功，抓住了我。初始时我本想为了大宋江山舍弃这条性命，可最后在他的游说下我还是放弃了。所有的一切都是假的，只有命才是真的。我投降了金人，自此成为双面细作。"

仇彦看着邱山，不知他为何要说起此事。邱山扭头看了看仇彦道："大金国在临安府的探子已经被他们拔去了七七八八，以后必须重新整顿一番才行。我不会再去临安，过些日子有人会去，他会统帅临安所有的探子，兴许要做一番大事。"

仇彦想了想，问道："这人是谁？"

"你可以称他为童眼，这人也就是在汴京抓住我的那个人。若是你还想回临安报仇，你就待在那座岛上，过一些日子会有人来接你，若是不想回去，就随我去金国好了！"

仇彦心中唯一的执念就是复仇，沉默了一会儿后，问道："去小岛的船在哪里？"

"哈哈哈！"邱山笑了笑，指着船尾放下的小船说道："你果然没有让我失望，用不了多久你就会回到临安的！"

——青楼案完

第四卷　阴兵案

第一节
阴兵索命

时光荏苒,光阴如梭,恍然间已是开禧二年(1206)春。

一年来,宋慈在太学里一心求学问道,孜孜不倦,已经有所收获,日子过得平顺而又充实。

然而今夜在临安府善德坊的一座深宅大院里,女主人楚氏却六神无主,惊慌失措,连秀发上的簪子都插得歪歪扭扭,时不时地还要往门外瞧上一眼,焦虑之情溢于言表。过了半个时辰,见到人还没有回来,楚氏站了起来,走到门口伫立凝望。

"唉,怎么还没回来?"楚氏叹了一声,心不甘情不愿地回到屋子里,在神龛前上了三炷香,虔诚祷告。

不知过了多久,楚氏有点儿乏了,手撑着额头正在藤椅上打盹,突然间院落里传来了急促的脚步声。

"来了!"楚氏猛然惊醒,可是睁眼看到来人之后,又是一脸的失落,"汪全,怎么就你一个人,钟道长请来了吗?"

家仆汪全扑通一声跪在地上,磕头哀号道:"小的无能,无论小的如何哀求,钟道长都不愿意来!"

"他真的不愿意来吗?我汪家逢年过节都不忘给观里添香火

钱，为何到了这时候他就不愿意来呢？他不愿意来，老爷可怎么办呀？"话音未落，楚氏眼中的泪如决堤之水，哗啦啦地滚落脸庞。汪全啪啪地扇着自己耳光，哭道："都是小的无能，不能给主母分忧！"

哭了许久，楚氏接过丫鬟递来的巾帕擦了擦脸，对汪全问道："钟道长什么也没有说吗？"

"这……"汪全支支吾吾，欲言又止。楚氏忍不住怒喝道："都什么时候了，有什么不能说的！快说，钟道长说了什么？"

汪全叹了一口气说道："钟道长虽然不愿见我，可是却派他的道童要了老爷的八字，拿到八字看了许久后，他让道童转告说……"

"说什么啊？你要急死我不成？"楚氏站起身来，跺了跺脚，又急又怒。汪全知道躲是躲不过去了，于是横下一条心说道："钟道长说老爷流年不利，七杀遇阴煞，化忌临命，加之三方四正没有正星制煞，这个坎怕是不好过啊！"

"真的吗？怪不得我最近吃不好睡不好，老是做噩梦，原来真的有事！"楚氏抽泣一声，晃晃悠悠坐回了椅子，"钟道长还说了什么没有？送的那些礼他收下了吗？"

汪全额头冒汗道："钟道长说老爷命中注定的劫难到了，强求不得！那些礼钟道长一件都没有收，原封不动退回来了！"

"啊！这可如何是好啊！"楚氏一下子心如死灰，如坠冰窟之中。她知道算命的道人有个规矩，就是不收死人的钱。楚氏心中哀叹道："难道钟道长认为老爷必死无疑？"

汪全见到主母失魂落魄，面色惨白，急忙说道："汪家于小的有大恩，小的不敢不报！于是小的私自做主，送了点儿碎银子给钟道长的道童，那道童说老爷身边有阴物，煞气就是阴物招来的！"

"阴物？"楚氏想到了什么说道："那一定是老爷前些日子得到的血沁玉，汪全这事你办得好！你这就快马去建康府，让老爷把那脏东西丢掉！希望一切还来得及！"

"好的，小的这就去！"汪全退出屋子，翻身上马，奔向了建康府。

几百里外的老虎山下，汪思祖正在兵营主帐下端坐，身旁虽然有烧得很旺的火盆，但是额头依然冒着虚汗。一个月前他还是临安府从六品的横班副使，如今短短一个月，就升任从五品的横班正使。按理说他应该欣喜才是，但是不知为何，自从进入军营后，他就神魂不定。

喝了一口烈酒驱了驱春寒，汪思祖伸手入怀，掏出一个碧绿的物件。此物如核桃般大小，通体墨绿，雕成了寒蝉的形状，最诡异的是玉佩中有一丝丝的血丝，好像是鲜血渗入一样。

一旁站着的人是汪家的家臣，汪忠。

见汪思祖沉默不语，汪忠试探地问了一句："老爷，你有心事？"汪思祖点了点头。汪忠又问道："这心事和血沁玉有关？"汪思祖再次点头。汪忠大着胆子说了一句："老爷，汪忠有句话不知该讲不该讲！"汪思祖愁眉紧锁道："这里又没有外人，有什么话不能讲的？！"

汪忠看了看左右说道："老爷，这块玉不能留啊！"

汪思祖直直地盯着汪忠，手指捏得咯咯作响。此时汪忠也豁出去了,扑通一声跪在地上说道:"老爷,我找人打探过,此物是冥器,乃是死人下葬时封七窍的东西。煞气过重,留不得!"

汪思祖愣了一下,旋即苦笑道:"我又何尝不知?可是你老爷的这身官袍就是靠此玉得来的!"汪忠一脸错愕。汪思祖摸了摸手中的血沁玉说道,"此玉据说是东晋鬼帅苏峻下葬时含在口中的冥器,由于得了苏峻最后一口气,所以有统帅鬼兵的神力。"

说到这里,汪忠一下明白了。阴兵之事,古来有之,按史书记载,北齐大宁三年(562),大唐开元二十三年(735),都有阴兵出没。最神奇的是大宋澶渊之盟时,还有阴兵助阵。大宋的皇帝大多崇信道教,对鬼神之事向来信奉。当今圣上登基后还把以前的潜邸改为了火德真君庙。

上行下效,在大宋的行伍之中也有不少信奉这些玄怪之事的将领。汪思祖在横班副使任上蹉跎近十年,一直得不到升迁。如今刚得到鬼玉一个月,就升为了横班正使。这说不定是上面认为汪思祖有统帅鬼兵之力,这才给他升的官。若是汪思祖丢了此玉,那是不是官位也要丢了?

汪忠指了指帐篷外的大黑山说道:"老爷,可这里正是老虎山!不远处就是苏大将军庙!"

"谁说不是呢?"汪思祖叹了一口气。此玉原来的主人苏峻乃是东晋将领,曾平息王敦之乱,后来他以讨伐庾亮为名,联合祖约起兵反叛攻入建康,从此专擅朝政。同年温峤、陶侃起兵讨伐,苏峻战败被杀。

真正让苏峻出名的却是南朝刘宋时。宋明帝即位之初地位不稳,军阀邓琬领着叛军杀到了建康城。就在江山要易主的时候,怪事发生了,建康城外的紫金山上突然出现了一只神秘的部队,士兵皆穿着东晋时期的旧军服,每个人都披头散发,面无血色,冲锋之时还发出毛骨悚然的嗷嗷叫声。更诡异的是这些士兵浑不怕死,异常彪悍,即使被箭矢射中也面不改色,勇往直前,活脱脱的是一群僵尸鬼兵,而领兵之人则是死了一百多年的东晋大将苏峻。这难道是苏峻带着地府的鬼兵来帮宋明帝了吗?

叛兵没想到宋明帝能招来阴兵鬼帅,当即崩溃。自此宋明帝坐稳了帝位。为了纪念此事,宋明帝还下旨表彰了苏峻的赫赫战功,在下关老虎山修建了一座规模宏大的苏大将军庙。

汪思祖没想到自己碰巧就调任到了建康府,军营就驻扎在苏大将军庙的旁边。自从来到这里后他就心绪不宁,好像冥冥之中有一双眼睛在盯着他一样。

明月躲进乌云,冷风吹得呼呼作响,四周陷入一片墨色之中。忽然间远处传来一声虎啸,军营四周有了齐整的脚步声,紧接着盔甲声、兵器碰撞之声随之而来。恍然间似乎有千军万马要杀入营房中一样。

"有人劫营!"军营里哨兵惊呼。汪思祖穿上盔甲,汪忠紧随其后出了大帐。营地里锣鼓喧天,兵士四处跑动,惊慌不已。

汪思祖大喝一声道:"各守其位,各司其职,违令者就地斩杀!斥候出营查探!"

小半个时辰后,斥候回来了,营房四周并没有什么异样,也看不到任何人,更没什么老虎。追得最远的斥候跟着怪声一直追到苏大将军庙,接着怪声就消失了。

汪忠忍不住嘀咕道:"这是第七日了!"

这几日每到夜晚子时，军营四周就会有怪声传来。有好事者私下议论，这怪声是汪思祖进兵营后才有的，这也太巧合了。还有消息灵通人士说，汪将军拿了鬼帅苏峻的血沁玉，苏峻这是要追回自己的东西，所以才会带着阴兵过来讨要，那些怪声就是阴兵发出的。

没有人比汪思祖更明白血沁玉的来历，他不相信什么鬼帅阴兵的事情，可是每晚那些声响是从哪里来的？这些谣言又要如何平息？

见到军营终于再次安静了下来，汪思祖让汪忠代替自己巡营，自己则回大帐歇息，这些天来他就没睡过一个安稳觉。汪忠自然不会违背家主的号令。可是他也感觉奇怪，似乎汪思祖有事瞒着自己一样。

在军营里走了一圈，没有发现任何异动，汪忠走向了主帐。明月钻出了黑云，照在营房之中，回到主帐前的汪忠突然愣住了，帐篷之内竟然有两道光影在晃动。

汪忠急忙冲进了帐篷。当掀开帐门的那一刹那，却听到一声惨叫，汪思祖跌倒在地，生死不明，手里还死死地握着血沁玉。一道诡异的黑影站在汪思祖身前，正要探手去拿汪思祖手中的鬼玉。

"是谁？"汪忠对着背影大喊了一声。突然间，帐篷内的火盆和蜡烛被打落，漆黑一片。听到异动的士兵拿着兵刃冲了出来。一道闪电划破天际，那道黑影见到人来了，顾不得抢东西，转瞬消失不见。

汪忠揉了揉眼睛，不知道方才看到的是人是鬼。军营里一阵混乱，箭矢声、号角声不绝于耳。汪忠追了出去，鬼影在各个营帐顶上晃动，难以追踪。

大雨哗啦啦地落了下来，浇灭了火把，大地一片墨色。闪电再次劈来，有如白昼。在营地旁的栅栏上背身站着一道身影，他身着盔甲，手持长枪，当脸转过来的时候，所有人都惊得目瞪口呆。此人的模样，不就是苏大将军庙的鬼帅苏峻吗？难道是他来取自己的东西了？

　　闪电消失，鬼影怪笑了一声，转瞬不见。营地外的密林里又传来了脚步声、盔甲声和兵戈相撞的声音。是阴兵来接自己的主帅了吗？

　　汪忠和所有兵士都擦了擦眼睛，不敢相信方才所见的事情。难道今日真是阴兵索命不成？

　　翌日清晨，汪全来了，见到的却是自家老爷的尸首。汪思祖死得很奇怪，身上没有任何伤痕，所有人都猜测汪思祖是被鬼帅苏峻勾了魂魄而死。汪思祖死时还紧紧握着血沁玉，就是鬼帅苏峻来了也没能拿走。汪忠和汪全没有法子，只好找来棺椁，把汪思祖的尸首以及他手中的血沁玉一道运回了临安府。

第二节
麒麟玉佩

　　世间每天都有各种各样的怪事发生，就连斗斋之中也是如此。宋慈担忧的事还是发生了，虽说几天之后就要举行一年一度的太学公试，但是眼前之事却更为迫切。

　　等了整整一宿，还没见着人影，宋慈出了屋子，在院子里踱着脚步。"找余莲舟帮忙？"宋慈心中思索道，"不成，他对皇城司有成见，说不定更不会露面！临安府还有什么人可以作为援手？"

　　徘徊之时，有炖牛肉的香气从炉屋传来。在大宋杀耕牛是大罪，杀牛必须要有宰牛书才成，那两个家伙不会乱来吧？推开房门，孔武和马永忠正在忙活，一条牛大腿被分成了好几份，或放在锅中小火慢炖，或熏制成肉干。

　　孔武见到宋慈来了，牛眼一瞪道："想吃肉？没门，你最近大门不出二门不迈的，一心只读圣贤书，叫你出去也不出去！这牛肉自然没你的份。"

　　马永忠知道宋慈的心思，说道："宋慈，别担心。有农人的耕牛跌伤，报了临安县衙拿了宰牛书。我二人眼疾手快，买了一条最实惠的牛腿！要不来尝两口？"

"不必了。"宋慈正要转身关门离去，马永忠又问道："看你这身打扮，好像要出门，怎么不温书了？"

"我要去两浙西路提刑司衙门！华学长今日还没有回来。"

孔武嚼着牛肉说道："只不过晚了几天而已，普天之下武功比得上那个狠人的有几个？你担心什么？"

"这次总觉得有点儿古怪！斋长乃是守信之人，昨日又是本月评定我等行艺的日子，他应该回来的！"

"好吧！"孔武站起身来说道，"虽说没他的日子过得自在一点儿，不过这次确实很奇怪。我回来前找过舅舅，他当下不在衙门里，而去了火德真君庙前，据说那里发生了怪案！"

"那就去火德真君庙！"宋慈打头，孔武和马永忠收拾一番，锁了房门跟在了后面。

出了太学，临安城里热闹非凡，家家户户都在门前摆上香案，敬奉了瓜果，看样子比过年还热闹。宋慈和孔武两人齐齐地看着马永忠，毕竟他在这里生活最久。

马永忠恭敬说道："今日是东岳大帝诞辰，按规矩是要神游临安府的。东岳大帝手握生死簿，掌管天下人的生死，是了不起的神灵。他的神位在临安城有五座行宫供奉，分别建在吴山、临平、汤镇、西溪、昙山，皆香火鼎盛，信众如云。算一算，今年应当轮到吴山行宫主持东岳大帝神游一事。不过以往这个时辰，大帝的神位应当早来这里了，为何今日却一直未到呢？就连鞭炮声也听不到！"

三人虽然诧异，但还是正事要紧，便向火德真君庙方向前行。尚未到达庙门口，就见到那里里三层外三层围了好多人，不仅有一干僱役维持秩序，就连禁军的兵士也来了不少。火德真君庙是当今圣上宋宁宗的潜邸，是他没登基前住的宅子，如今虽然改做庙宇，但依然是常人碰不得的地方，是何人胆大包天在此闹事？

挤进了人群，东岳大帝的神位被挡在了街口，戴枷的赎罪者、念咒语的庙祝都不得前行。在神位之前，一位妇人身穿孝服，带着一群同穿孝服的家丁，拉着一具拖棺材的马车跪在了神像之前。

"这是怎么回事？"孔武找了旁人问话，接连问了几个人后，终于明白了是何缘由。戴孝的妇人乃是楚氏，是横班正使汪思祖的夫人。三日前，汪思祖在军营身亡，找不出死因，世人皆说是恶鬼索命。楚氏痛心丈夫身亡，不愿其死不瞑目，既然是恶鬼害死的，那就不如去找主管生死的东岳大帝诉说冤情。

也不知是谁的主意，楚氏不仅选择当街拦神位告鬼状，还把告状的地点选在皇上的潜邸火德真君庙前，这样一来事情就闹大了。

主持这次神游的道长钟道人是楚氏的老相识，虽说汪家时常捐香油钱，但是此等事情确是闻所未闻，根本无从下手。好在他脑子转得快，把此事告诉了临安县衙。

县令王玮对此也是束手无措，告状的是武官之妻，被告的是几百年的老鬼，要接状纸的是万人敬仰的神灵，告状之地还是皇帝潜邸之前，一个处理不好，就会乌纱帽不保。于是心生一计，又把此案上报到两浙西路提刑司衙门，交到了提刑官孙毅的手上。

孙毅为官正直，又不怕事，接了状纸后，就要处理汪思祖身死之案。由于此地在火德真君庙之前，东岳大帝神游又是大事，孙毅便说动楚氏，让其把汪思祖的尸首运到两浙西路提刑司衙门，再验尸断案。

经此一番劝导后，东岳大帝的神位继续神游，所有人都松了一口气。宋慈三人则跟在一群人的后面，赶往了两浙西路提刑司衙门。

到了衙门前，此处又被看热闹的百姓围得水泄不通。孙毅找来的仵作，正蹲在汪思祖的尸首前验尸。

孔武抬起胳膊碰了下宋慈，说道："那仵作的木箱子看起来没你宋家的柳木箱子精致啊！只可惜你房里的箱子都满是灰尘了，也不知何时才能见天光！"

马永忠眼中放光道："宋慈，你那箱子要是不要可以给我，反正你当官的心思更重！"

三人嘀咕之时，仵作已经验尸完毕，可是孙毅问了三遍死因是何，仵作却哑口无言，根本答不上来。最后被逼得急了，仵作回道："小的仔细查过了，汪大人身上没明显的伤痕，恐怕真的是……"

"真的是什么？"孙毅往前探了探身子。仵作擦汗道："恐怕真的是阴兵索命，勾了魂魄！"

"啪"的一声，孙毅怒拍惊堂木道："一派胡言！朝廷养你等何用？"愤怒之时，孙毅的目光扫到了孔武和马永忠。孔武知道舅舅的心思，用手指了指躲在人群之后的宋慈。

"这小子也来了？他是无事不登三宝殿之人，为何也来了？不管那么多，既然来了，就要用一用！"心思于此，孙毅问道，"宋贤侄可在？"

宋慈侧转过身看着一脸得意样的孔武，骂了一句："夯货！"

"草民在！草民斗胆想与仵作一同验尸！"宋慈心知躲是躲不

掉的,与其赶鸭子上架,不如主动一点儿,卖个人情,待会求人之时也好说话。

孙毅满意宋慈的态度,轻轻"嗯"了一声。提刑司的差人大多见过宋慈,所以闪出了一个口子,让宋慈走了进来。

汪思祖死了已经三日,虽在春日,但也有了尸斑,即将发臭,再不验尸就晚了。宋慈吞服苏合香圆,含了两片老姜,绕着尸首走了一圈道:"可验过顶心和粪门!"

如被外物所伤,最容易忽略的就是这两个地方,顶心可能被插入烧红的铁钉,粪门谷道可能被插入尖锐的匕首。

仵作笃定地点头道:"都验过两次了,没有任何发现!"

宋慈又问了尸亲案发当日的情形,随后戴上鹿皮手套,拨开了尸首顶心的头发,里面确实没有见到任何伤口。

"这就奇怪了!"宋慈站起身来。有衙役知晓宋慈验尸的手段,暗地惊呼道:"连宋慈都束手无措了,难道真的是被勾了魂魄?"孙毅一下子也把心提了起来,如果连死因都查不出来,此案还要怎么断?

宋慈想到了什么,又蹲在了尸首前,见苍蝇不停在尸首头顶盘旋。

"难道是这样?"宋慈让人找来了磁石,在顶心绕了几圈,感觉到了牵扯之力。未几,有一根牙签大小的铁针从头皮下露出了一点儿头。仵作急忙找来镊子,把铁针夹了出来。

孙毅看着托盘上的铁针,低语道:"是何人所为?竟然有这样的功夫?"

孔武暗叹:"小小一根铁针,竟然能没入脑中,那行凶之人功夫有多高?至少高于自己,和华岳也相差不多了。"

既然查明了死因,那就不是恶鬼索命,是个命案。只不过丧命的是个武官,这就不好办了。孙毅踌躇之时,衙门里又来了熟人。余莲舟带着章勇等人来了。

和孙毅打了招呼,余莲舟小声在他耳边说了几句。孙毅诧异道:"皇城司要接手此案?"旋即一想后又道:"也是!一个从五品的武官被人暗算,也是要案!"

"多谢孙大人成全。"余莲舟拱手称谢后说道,"我等来之前,得知还有一人死了!"

"谁?"孙毅诧异道。余莲舟挑眉看了宋慈一眼。宋慈想了想后回道:"是不是钟道人死了?"

"原来你还没变成书呆子!"余莲舟低声道。孙毅手捋胡须道:"为何是他?"想了一会又道:"果然是他!"

孔武不知两人打的什么哑谜,愣在了原地。马永忠也不知道他们葫芦里卖的什么药,呆呆地看着宋慈。

宋慈走到两人身旁轻言道:"我等方才都听过楚氏的扎口词。钟道人在汪思祖死前就一口咬定他命不久矣,还暗示是阴魂索命。如若不知内情,那他为何能一口咬定汪思祖必死无疑?如若真是神机妙算,他为何暗示是阴魂索命而不是被人害了性命?如今汪思祖的死因既然不是阴魂索命,所以……"

马永忠脑子转得快点儿,接口道:"所以那名钟道人就是同谋或者帮凶,他知道有人要害汪思祖,所以提前放出阴兵杀人的口风。这样汪思祖死了,加之死因难明,一般人等也就认同阴兵杀人之事了。只是歹人没想到楚氏竟然会告鬼状,接着还会碰到孙大人和宋慈！这下才露出破绽。"

孔武也不是笨人，说道："那些人肯定派人于此窥视，见到谎言即将被拆穿，便及时杀了钟道人！这些人了不得啊，既能扮阴兵，还有武功高强的鬼帅，还能有这么多的眼线！"说到这里，几人都看了看余莲舟，怪不得皇城司要接手此案，一般衙门哪里有这么大的本事，能断得了这样的大案。

事情办完，余莲舟也要走了，临行之时，她看着宋慈道："宋兄今日怎么出来了？是华岳斋长还没回来吗？"

"这个你也知道？"宋慈有些诧异。余莲舟奇奇怪怪说道："华岳自不量力，他功夫再好又怎样？我们都查不出的事，他能查出来吗？若是得到他的消息，我会通知你的！"

"多谢余姑娘！"宋慈目送余莲舟带着楚氏等人远去，心中的担心又多了几分，华岳要办的事连皇城司都觉得棘手，那到底是什么麻烦事呢？

孙毅走到宋慈身前，说道："贤侄无事不登三宝殿，有什么事吗？"

宋慈不敢隐瞒，把事情的前因后果说了一遍。华岳乃是武人，一心北伐，不过金国细作案后态度有了明显的转变。按他的说法，金人在临安的细作比想象的多，后方不稳，则北伐不成。

为了北伐，华岳从顾纯之死开始调查，断断续续地查了大半年，宋慈也是直到最近才猜出华岳真实的想法。虽说这大半年华岳神出鬼没，但是每个月都要按时回来考察斗斋众人的行艺，如今考察日已经过三四天了，他还没回来，这让宋慈不得不担忧了。

原本宋慈想找余莲舟帮忙，但华岳看不起皇城司，说里面的人干的大多是腌臜之事。于是宋慈左思右想,就想到了两浙西路提刑司的孙毅。

听了宋慈的述说,孙毅面色凝重地点了点头。华岳文武全才,冠绝太学武学,就连他也有所耳闻,据说左侍郎叶适对他还青眼有加,说其是栋梁之材。

"贤侄之事我明白了,若打探到华岳的消息老夫立马派人通知你。太学公试好比科举之春试,小觑不得。你早日回去温书吧!"

"多谢孙大人提点,小侄知道了!"

离开提刑司衙门,三人回到斗斋。孔武和马永忠两人依旧折腾着牛肉,宋慈却没有什么吃的心思。

太学每个月都有私试,即太学教员出题的考试。一年则举行一次公试,由礼部主导。能不能升舍,公试的成绩最为重要。若是不能升舍,大的不说,小的方面就是下一年还得交斋用钱,宋慈可不想再向家里伸手要银子。

接下来几日,宋慈依旧在斗斋温书,孔武和马永忠每日出门,回来就吃牛肉,吃不完的肉就做成牛肉干。这一日孔武、马永忠、虎子两人一狗又蹲在院子里啃牛骨头。孔武说道:"没想到啊,虽然汪思祖是被人杀死的,但是城里沸沸扬扬的还在说是阴兵索命!这些蠢人最喜欢神神道道的事情。"

马永忠吸了下牛骨髓说道:"上行下效,淫俗将成,越是离奇匪夷所思的事情小老百姓越是相信,你怎么解释都没用,他们不会听的!"马永忠又指指老天道,"再说那谁不也是信这些吗?若不然怎么把以前的宅子变成火德真君庙,我听说这是要用火德克制北方的金德,里面神乎其神的地方多得去了!"

黑云密布，暴雨将至，天色渐渐地暗了，宋慈从椅子上站了起来，隐隐地听到街边传来了厮杀声，诧异道："这是怎么回事？"

孔武和马永忠也察觉到了，走出屋子，朝纪家桥方向张望。忽然间嘈杂声进到了太学之中，旋踵一切又寂静无声。

一声霹雳后，暴雨倾盆而下。这阵急雨来得快去得也快，半个时辰后，天空放晴。宋慈走出了屋子，抬眼望去，却见到孙毅湿淋淋地站在门口，一旁还站着七八名捕快。

孙毅头上的獬豸冠已湿，鞋面也浸透了雨水，看得出来是在雨中奔波了许久。宋慈连忙把孙毅迎了进来，到了炉屋后，孙毅一边烤着火，一边从怀里取出一块玉佩递到了宋慈的面前。

宋慈接过了玉佩，方看了两眼，额头就冷汗直冒，他颤声问道："孙大人，这是武学上等生的麒麟玉佩？"

无论太学、武学还是宗学，成为上等生的人都寥寥无几，每名上等生朝廷都会配发玉佩，太学的上等生是鱼龙玉佩，武学的上等生则是麒麟玉佩。

孙毅开口道："武学上等生十七名，其他十六人我都问过了，玉佩没有丢失。"

宋慈明白孙毅话中的含义，这块玉佩是华岳的，他不安地问道："玉佩是哪里得到的？"

"城北常平仓附近的破屋方才走火，不过好在大火已被暴雨浇灭。我等在废墟里面发现了一具焦尸！玉佩就是在尸体旁找到的。"孙毅放慢了语速，直瞪瞪地看着宋慈。

宋慈的心已然提在嗓子眼上，额头冷汗直流，心中嘀咕道："不会的，断然不是斋长华岳，学长的功夫这么好，定不会被歹人所害！"镇定了一下心神，宋慈说道，"孙大人，我这就和你去城北常平仓！"

孔武此时走了过来，听到最后一句话嘲笑道："哟，书呆子要去破案了？明日不就要公试了吗？怎么不温书了？"

孙毅怒瞪了孔武一眼，一旁的马永忠指了指宋慈手中的麒麟玉佩。刹那间，孔武也脸色大变，大概猜到发生什么事了，马上闭上了嘴巴，跟在了孙毅和宋慈的身后。

出了太学，一行人等一路疾行，快马向北。孙毅也借着这个空隙，给宋慈讲述了方才发生的案情。据知情人说，暴雨之前天色渐暗，如同黑夜，有黑衣蒙面人疾行于常平仓周遭，就在此时有几十名身穿东晋士兵服饰的阴兵出现，和蒙面黑衣人在废宅之中打了起来。

渐渐地蒙面人不敌阴兵，身上满是伤口，眼看着就要一命呜呼。危难之时，又有黑衣蒙面人挺身而出，和先前的蒙面人一道和阴兵激斗，然而四面八方竟然又涌出了无数的阴兵。两名蒙面人渐渐不敌，最后受伤的蒙面人体力不支死于废宅之中。剩下的那名蒙面人哀号一声，边打边退，逃到太学方向后一下子消失得无影无踪。

由于太学是社稷重地，有重兵把守，一旁的武学中也高手如云，那些阴兵在太学前迟疑了一下，接着便消失不见了。死的那名蒙面人所在的废宅起火，好在暴雨紧接而至，及时浇灭了大火，然而尸首还是被烧得面目不堪，不能辨认身份。

孙毅一直派人留意阴兵，知晓阴兵再次在城中出现后就急忙带人赶到。他先去了废宅找到了玉佩，又到了阴兵消失的太学，知晓玉佩主人的身份后直接找到了宋慈。去常平仓的一路上，各路官衙的人来得越来越多，甚至还看到了皇城司亲兵营的人。

进了废宅，一眼就看到余莲舟也在屋中。这间屋子已经被烧去一半，焦尸被移到了没被烧毁的另一半房中。

"移尸了？"宋慈叹了一口气，他来到了焦尸面前，沉默不语，脸色阴沉。余莲舟疑惑问道："尸首烧成了这样，还能验尸吗？"

"我尽力而为。"宋慈蹲下了身子，这具焦尸还保持着临死时的模样，右手握着一把插到胸口的匕首，"死时就是这个模样吗？"

余莲舟回道："是的，当时又是火又是雨，眼看着尸首要被倒下的炭木掩埋，这才让人把他移动到这边的。我特意交代过，焦尸死的时候是什么样子，放到这边的时候就要是什么样子！"

宋慈凝眉沉思，低声道："这人最后是自尽的！"对于这一点，所有人都看出来了，想必此人受伤太重，又不想拖累同伴，就自尽让另一人逃走。

"是条汉子！"孔武在一旁说了一句。宋慈沉思了一会，身子躺在焦尸身旁的地面上，和他并排而卧。片刻后，在众人不解的眼神中，宋慈站起身来说道："这具尸骸的骨骼保持完好，大概可以推算出他生前的身高，应当没有我高！"

听闻此话，孔武和马永忠都松了一口气，宋慈话中的意思很清楚，华岳身高快七尺，是几人中最高的。这具焦尸即使算上烧毁的发髻和鞋履也最多六尺，比宋慈还矮，以此推断就不是华岳了。

既然死的不是华岳，那么脱身离开的应当就是华岳了。他既然逃回了太学，为何不回到斗斋？孔武看着焦尸道："此人为了掩护学长离开竟然自尽，于情于理我们都要破了此案，给他一个交代！"

诸人点了点头，可是他究竟是谁？余莲舟和孙毅对看了一眼，对一旁手下说道："四处再看看还有没有其他线索！"

宋慈走到了焦尸遇害的地方，此地已被大火和暴雨弄得七零八落，成了一堆废墟。马永忠按照宋慈吩咐，画了焦尸模样，又画起了现场。孔武走到宋慈身边，拿出一块风干牛肉说道："牛肉吃否？"

宋慈没有搭理孔武，蹲下了身子，指着废墟里一块没被大火和雨水破坏的石板说道："你帮我把这块石板翻过来。"

孔武挪开了石板上的杂物，把石板翻了一个面，石板背面是一摊干血迹，想必是大雨来临前被大火烤干的。

宋慈指了指血迹印出的花纹对马永忠说道："永忠，麻烦你把这些花纹都画下来！"

孔武凝视着血迹染出的花纹说道："这些花纹像是刺青！"宋慈点了点头，余莲舟走了过来说道："花纹里有配军的刺字。"

配军，很多人称之为贼配军，一般犯事之人充军之时都要在脸上刺字，仁宗时的名将狄青就是一名贼配军。宋室南迁后，虽然强制刺字的情况少了，但是许多军人却自己主动刺字，传闻岳母就在岳飞背上刺了"精忠报国"四个大字。

如今大宋各行各业都有行会，刺字的行会就叫锦体社。孙毅在一旁说道："马永忠，你把这刺青图案多画几幅，我派人去各地锦体社打探，定要查出此人的身份！"

宋慈推测道："应当是名武官，就是不知道官阶是使臣、诸司使还是横班，最近这些阴兵怎么和武官杠上了？"

知晓死者不是华岳，宋慈心中松了一口气，由于明日太学还要公试，便和孙毅打了招呼，同孔武、马永忠两人一道提前回去了。

第三节
策论北伐

到了斗斋，宋慈站到庭院中，看着华岳的北斗房，呆呆地出神。马永忠和孔武一左一右啃着肉干说道："宋慈，真的不吃肉干吗？再不吃，我们就给狗吃了！"

"多谢好意了！"宋慈看着北斗房沉思了许久，最后打定了主意，三步并两步地走到了房门前，手放在了门环上。

孔武瞪大了眼睛，嘀咕道："这人怎胆子肥了！竟然要打开学长的房间，他不怕华岳就在屋子里，一脚把他踢死吗？"

"砰砰砰！"庭院里萦绕着门环撞击门板的声音，经久之后，屋内并无回声。宋慈停住了手，孔武抽出了背后的乌铁棍，想一棍子把铜锁砸烂。"慢着！"宋慈轻声说了一句，从怀里掏出了钥匙。这是一个多月前时华岳交给他的东西，虽然没有过多的嘱咐，但是宋慈知道，不到万不得已，华岳是不想让人进他的房间的，哪怕这个人是宋慈！

钥匙插入了锁孔，轻轻地扭动，嘎吱一声后铜锁打开。推开大门，扑面而来的是一股淡淡的霉味，想必这间屋子已经有一段时间没人回来过了。

宋慈略微有一点儿失望，华岳的屋子干净、整洁，墙上挂着长弓，地面和桌面上已然有了一层灰尘。马永忠在一旁嘀咕道："如若那名逃到太学的蒙面人是斋长，他为何不回来？"

宋慈回望了下南斗房道："估计是不想引火上身让斗斋沾惹麻烦。"

诸人在屋子里走了几圈，这间屋子并不大，和其他几间房间也没有什么不同之处，为何华岳一直不让人进他的屋子？

书桌之上摆放着一封信，上面有宋慈亲启几个大字，书信的表层已然有了薄薄一层尘土，宋慈心知，这是华岳最后一次离开时留下的信件。

拆开了信封，一手漂亮的颜体字映入了眼中：

宋慈吾弟如晤：

见此信时，想必为兄已然失踪多日，或葬身于山林之间，或有苦衷不能相见。顾纯案发后，愚兄多番调查，其中有不可告人之处。背后主事之人势力庞大、心狠手辣，稍不留神，必陷万劫不复之地。

然此事万分紧要，关系北伐之成败，不入虎穴，焉得虎子。宋慈、孔武、永忠，愚兄唯恐拖累三位贤弟，故不敢以真相告知，望各位贤弟海涵。

数月以来，士民工商皆惶恐不安。朝廷如欲北伐，余细细察之，有以下几点甚为忧心……

宋慈读完了华岳留书，这近一年来，华岳都在为北伐之事奔波，可是越调查，他就越发觉此时不是北伐的最好时机。甚至为了探查一件和北伐相关的大事，还失踪了几个月，这里面究竟藏有什么样的玄机？宋慈一直以来都是衷心支持北伐的，可是读完华岳留书后，对此时是否是北伐良机也有了几分质疑。

孔武感叹道："华学长平生所愿皆是北伐恢复中原。连他这样死忠的主战派都觉得不是北伐的时机，兴许就真的不是了。"

三人从华岳屋子退了出来，宋慈心道华岳不想三人因他陷入危机，这封留书兴许当成了遗书，究竟有什么样的人能威胁到武功卓绝的斋长？

回到东斗房，宋慈给先祖宋璟的神像上香。明日就是太学公试，这是太学学子一年中最关键的日子。太学外舍学子有上千人，每年升入内舍的学子只有百人，十中取一，竞争不可谓不激烈。好在宋慈一年来严于律己，每日晨起温书，从不中断，每次月考也是上等，行艺也被各方称赞，只要最后的公试不出纰漏，定然能够一举升舍。

升入内舍，将来再升入上舍，就有了进入仕途的敲门砖。大宋官吏之间的差异有如云泥之别，没有功名在身，即使做得再好，一辈子也只能是小吏，就如同宋慈的父亲宋巩，他再有天大的探案本事，当的也只是推司，而不是推官，推司和推官虽然只相差一个字，但其中的差别却有如天地。官老爷的一句话，就能主宰小老百姓的生死。宋巩有多少次明明已经查清的案情，却经不住上头轻巧的一句话。

所以宋慈想要踏入仕途，想要更好地为社稷和百姓谋利，就必须在此次公试中高中，就和他一年前在考亭论理中获胜一样。

宋慈望着先祖的神像再一次地出神，成为名相，匡扶社稷，才是他今生所愿，而明日则是这条道路上第一个重大的关隘。

今夜宋慈没有温书，洗漱之后早早地躺在床上，他心中打定主意，公试之后定要好好地调查学长华岳失踪之事。

翌日卯时，悠扬的钟声在太学回荡，无论是太学还是武学、画学、算学的学子，都穿好了公服前往大成殿前的广场。须臾，宁宗皇帝乘坐八人步辇进了太学大门，远远地就可以看到明晃晃的黄罗伞。轰的一声后，所有人都跪在了道路两侧，不敢抬头。

太学公试，乃是朝廷出题，以往主持此次考试的大多是礼部侍郎，很少有礼部尚书出面。今日不仅礼部尚书来了，六部尚书也来了，就连权相韩侂胄，甚至大宋皇帝宁宗都来了。这么大的场面，几十年来还是第一次。

殿前司、侍卫亲军马军司、侍卫亲军步军司，这禁军三衙在各自的长官统率下牢牢地保障着皇帝的安全，整座太学，连一只不安分的鸟儿都看不见。

太常乐工在圣驾前引路，径直来到大成殿前。文武百官紧随宁宗身后步入了文圣人庙。这是宁宗登基以来第一次祭拜孔子，乐工在一旁奏乐，吏部侍郎叶适正在宣读《宣圣御赞》：

"大哉宣圣，斯文在兹。帝王之式，今古之师。志则《春秋》，道由忠恕。贤于尧舜，日月共誉。惟时载雍，戢此武功。肃昭盛仪，海宇聿崇……"

这是庆元党禁之后，宁宗最盛大的一次祭孔。仪式完毕后，宁宗带着文武百官到了一旁的崇化堂，他看着左下方的韩侂胄问道："韩相，朕听闻太学乃是岳武穆的故宅！"

韩侂胄闪身跪拜道："回圣上，确是如此！"

百官心中都百感交集，有些心思敏锐的还在心中嘀咕道，这一天总算来了。

宋宁宗微微闭了下眼睛,说道:"朕反复揣摩岳鹏举的《辩白文书》,其人赤胆忠心,可昭日月!"

岳飞被秦桧以莫须有的罪名诛杀后一直没得到平反,此事早在民间引起了激愤,就连他的故宅也被朝廷征用成了三学的学宅。今日宁宗亲自春祭,又提起岳飞,此中的奥妙,呼之欲出。

韩侂胄看了枢密都承旨苏师旦一眼,此人从韩侂胄担任平江知府起就是他的智囊,最是能知晓主子的心思。苏师旦心领神会,横跨一步,走出列班,跪在宁宗御座前说道:"臣斗胆,请恢复岳飞之声誉!"

听闻此言,韩侂胄一派党羽唰唰地跪了下来,说道:"臣附议!"

岳飞之冤天下皆知,理学一派的大臣虽然和韩侂胄是政敌,但是对于此事他们也没有什么异议,在刘光祖、魏了翁、真德秀等人带头下,也齐齐跪了下来,说道:"臣附议!"

如今朝廷之上有三派,除了韩侂胄以及理学之外,就是叶适所代表的永嘉事功学派,他们自然对此事也是乐观其成。

"好!"宁宗龙颜大悦,说道,"传旨,岳飞平冤,追封为鄂王,将其《辩白文书》宣付史馆,刊行天下!"

"皇上圣明!"文武百官无不欢呼。宋宁宗看着叶适道:"叶爱卿,你就按朕方才所说的意思拟旨吧!"

"臣,遵旨!"叶适退到了一旁,内侍递上了笔墨纸砚。

恢复岳飞声誉的消息如巨石落水一般一下子传开了,跪在崇化堂的文武学子听闻这个消息,无不振臂高呼,更有甚者以头抢地,磕得满头是血,口中喊道:"皇上圣明,皇上圣明。岳王爷你睁眼看看吧,你的冤屈终于得以昭雪了!"

霎时间,这消息在临安城炸开了锅,不少百姓开始燃放鞭炮,其热闹的氛围甚至胜过过年。

宋慈当然也欣喜岳飞得以平反,但是他心中却又有了一丝的不安。皇上如此郑重地主持太学春祭,又为岳飞平反,看样子将有大事发生。

不一会儿后,跪在最前面的上舍生又欢呼了起来,此次的欢呼声甚至比岳飞被平反时还大。片刻后宋慈得知,宋宁宗追夺秦桧申王的王爵,改谥谬丑,还大骂秦桧曰:"一日纵敌,遂贻数世之忧!"下诏追究秦桧误国之罪。

大宋百姓最恨的不是别人,正是秦桧。据传岳飞死后,杭州多了一种小吃名为油炸鬼,也有人暗地里称之为油炸桧,即为当下百姓所称的油条。此小吃把两根宽面放在油锅里炸,一边炸一边咒骂。虽然没有人明说,但是所有人都知道,那油锅里的两根宽面代表的就是秦桧和他的老婆。这个小吃也是太学学子每日早食必吃的东西。

这条消息再次引燃了整个临安城,有卖油炸桧的浮铺急忙竖起招牌,今日油炸桧大酬宾,一文一根,片刻间排队买油炸桧的百姓就成了长龙。

太学之内,市井之间,多少热血男儿痛哭流泪,多少能人志士热血沸腾!多少年了,终于盼到这一天了,宋慈也忍不住眼角含泪。

让人振奋的消息还不止于此,宁宗下令,江陵知府辛弃疾赶赴临安奏事,任兵部侍郎。老臣陆游,宁宗怜其体弱,命人问策于床前。其他主战派的大臣也接连起复。

北伐！人心所向！所有的学子，无论是武学、宗学还是太学的，此时此刻都是一个念头：北伐！收复中原，洗刷靖康之耻。

一条条令人振奋的诏令从崇华堂传向了四方。此番议事已让上下一心，还有一条消息让武人也振奋欢喜，宁宗今日拜祭了文庙，明日则要去武学拜祭武庙。崇文贬武的日子将一去不返。

说完了政事，宁宗下令所有太学学子进入首善阁、光尧石经阁等大殿等待公试，此次考试乃是宁宗亲自出题，韩侂胄监考。

一干学子，分别进入各个大殿，坐到了桌椅前，摆好了笔墨纸砚。宋慈也到了首善阁中，太学学正真德秀等人在此殿监考。

今年外舍考生上千人，可是能入内舍的名额最多只有百名，竞争不可说不激烈，然而所有的学正以及博士，都认为宋慈十拿九稳能升入内舍。

在宋慈身旁不远处是刘克庄，他向宋慈点头示意。刘克庄才智不在宋慈之下，他们两人被认为是最有可能夺得外舍生头名的学子。

"肃静，不得喧哗！"真德秀喊了一声。这次公试，只有一道策问题，七八名内侍举着写着策问题目的牌子穿梭于大堂之间。

虽然真德秀已经打了招呼，但是学子看到策问题目后还是忍不住惊呼了起来，今年的策问题目竟然是《论北伐》，而且不管是上舍生、内舍生还是外舍生都一样。

此题若放在往年，可能还有些争论，是否北伐大家还有不同的看法。可是今日宁宗皇帝刚恢复了岳飞的名誉，又追究了秦桧的误国罪，还提拔了主张北伐的官员，就连瞎子也知道该有什么看法，诸人所苦恼的不过是如何比别人写得更好，更能突显北伐的决心。

宋慈刚看到策问题目的那一刻，脑子便开始嗡嗡作响，他猜出宁宗和韩侂胄北伐的心思，但是没想到《论北伐》还成了策问的题目。一年前他刚到临安，阴差阳错地参与了青楼细作案，到今日贼首邱山还逍遥法外，就连第三路的细作也没有找到。这中间有多少的机密被北方知晓了？加之真假知府案、军粮酿酒案，以小见大，是不是大宋官场也晦暗不明？

华岳是最坚定的主战派，当他察觉到朝廷有意北伐的时候，就开始着手四处调查。这一年的光景，宋慈和华岳曾为此事多次讨论，可是结果并不乐观。大宋偏安一方，但是也有四五十年没有战火。经历过靖康之变的人要么老了，要么死了，他们的子孙已然没有那么多的仇恨，很多人觉得与其面对胜负难料的战火，不如老老实实地过小日子。

大宋的赋税六七成取自商税，然而商人却是北伐的最大反对者。商贾贩卖货物，住税百中抽三，行税百中抽二，若是关卡多，行税自然交得更多。华岳曾找商贾打探过，他们一次往来做买卖，若是一切顺利可以有一成的利润；若是碰到山贼抢劫或者其他祸事，就会血本全无。今日大宋北伐，定然要对商贾加税，此后若是有百分之五的赚头就是神明保佑了，一个不小心还会把一辈子的努力赔进去。

然而这些都不是关键的，重要的是朝廷没有可战之兵，更没有可战之将。四五十年没打仗了，当官的都在喝兵血，甚至倒卖军粮，当兵的甚至成了鱼肉百姓的兵痞。整个朝廷更对武人轻视许久，这样的大宋军队能战胜北方吗？

兴许大宋有希望战胜金国，但是要慎之又慎，必须做充足的准备才行。可是韩侂胄为了巩固相权打压赵汝愚、朱熹的理学一派，已经引起士子愤怒，此时只有外战才能巩固权威。今日宁宗在韩侂胄的建议下，连用了三策，尊岳飞、贬秦桧、拉主战派官员，已成骑虎难下之势，北伐已然箭在弦上，不得不发。

想着此中的万千关系，宋慈闭上了眼睛。大殿里的其他学子略微审题后，就在试卷上笔走龙蛇，恨不得把满腔的热血都洒在纸面上。真德秀留意到了宋慈的变化，这名学子是他看好之人，为何脸有难色？

宋慈的心在流泪，甚至在流血，他清楚这篇策问不管怎么写，都好比是大海之中的一滴水珠，翻不起什么波涛。如若昧着良心，去恭维宁宗和韩侂胄的决策，那定然可以顺利通过公试，成为内舍生，他心中的理想，成为先祖宋璟那样的名相就更进了一步。可是这样做真的对吗？战事一开，多少男儿就要命丧沙场，多少女子、孩童会成为孤儿寡母。最重要的是，做出这么大的牺牲，北伐兴许还要失败，届时是割土赔款，还是大宋灭亡？

坚持真知灼见必是沧桑之路，坚持内心不顺从潮流必然会面对狂风暴雨。宋慈一时难以抉择，忽然间他想到了爹爹宋巩，宋巩的推案之能天下无出其右，对经史典籍也是烂熟于胸，可是为何在太学这么多年依旧成不了上舍生？甚至还被打回了原籍。难道他也遇到了这样的事吗？

宋慈心知如若把内心所想写到策论里，不仅得罪了宰相还得罪了皇帝，兴许这辈子的仕途就完了。可是真的要为了仕途而违背内心吗？宋慈好像看到面前站着两个人，一个是他的先祖宋璟，一个是父亲宋巩，这好像就是人生的两条路。

真德秀看到额头冷汗直流的宋慈，喊了一声道："宋慈，身体可有不适？"

宋慈从恍惚中醒来，连忙回道："多谢学正挂念！学生未有不适之感！"宋慈终于握住了笔，心中埋怨道："宋慈啊宋慈，比起学长华岳来，你差得太多了！"

打定了主意，宋慈提笔在试卷上写了起来。到了此时真德秀才松了一口气。

太阳落山之时，所有学子都交卷了。真德秀指挥身旁的五经博士糊名誊录，所有流程和科举殿试一样一丝不苟。

出了考场，刘克庄走到宋慈身边道："此番考试，定然是宋兄拔得头筹了。"宋慈微微一笑，拍了拍刘克庄的肩膀，没有多说什么，回到了斗斋。

孔武和马永忠在武学和画学也有各自的考试，内容也都和北伐有关。进了庭院，宋慈就听到孔武在指点江山、激昂文字，仿佛一时间到了襄阳城外，到了大散关前，到了大宋和金国的各个战场。

宋慈先是好好地整理了一下自己的东斗房，又打扫了一遍华岳的北斗房，接着去炉屋买了一些肉骨头喂黑狗虎子。

"怎么了，宋大公子？是不是升舍后不准备在这里住了？"孔武走到宋慈面前揶揄了一句。

宋慈又拿出了扫把扫着庭院中的杂草和落叶，孔武和马永忠察觉到宋慈情绪不对，两人也跟着打扫起斗斋来。

此番公试连夜改卷，太学的学正、学录等人先看第一遍，有突出或者拿不定主意的文章交予司业和祭酒，最后选出十篇上等文章交予韩侂胄。韩侂胄看完后，把最好的三篇交给宁宗皇帝，由宁宗排定这三篇文章的位次。

真德秀也是改卷人之一，戌时时分，他拿到了一篇策问，方看了两眼便皱起了眉头。这名学子好大的胆子，哪里是在写文章，分明是在逆龙鳞啊！过了一会儿，他却又沉思了起来，右手轻轻捋了下胡须，不时点了下头。当整篇策问都看完后，他长长叹了一口气，如塑像般不发一语。

一般学正看完试卷后，都会在试卷上写中或不中。中者交予司业和祭酒，不中者再放到一旁，可是为何真德秀看完后却默默不语，不写结论呢？

太学祭酒走到了真德秀身边，刚看了一眼，就怒目圆瞪，等看完之后，怒道："这样的文章还留着干什么？自然是不中。若不然你我都会有大麻烦！"

太学祭酒乃是太学的一把手，真德秀想了想，不中确实是对这名学子的保护，于是点了点头。就在此时，巡查的叶适以及苏师旦到了门外。

"是什么文章？让我也看看！"苏师旦走进了屋子。祭酒哀叹了一声："完了！"真德秀眉角直跳。

苏师旦接过策问，看了一会儿后忽然哈哈大笑。世人皆知宁宗下定决心北伐是因为韩侂胄，韩侂胄决心北伐却多是因为苏师旦鼓动。他看到这篇反对北伐的策问后如此模样，事情自然不会小了。

"竖子狂妄！"苏师旦喊了一声道，"来人，去掉糊名，夺去此子学籍，打入大牢！"

叶适看过许多阿谀媚上的策问，此时他看到这篇策问后，却频频点头，劝道："苏承旨，此事还是让韩相和圣上定夺吧！"

第四节
暗夜入狱

苏师旦和叶适带着这篇大逆不道的策问来到宁宗的书房前。今夜宁宗就在太学之中留宿,明日一早则会去一旁的武庙拜祭。

还没走到书房前,就听到里面传来了茶碗摔碎的声音,宁宗喝道:"好一个上舍生华岳,竟然敢欺朕!难道就不怕朕砍了他的脑袋?刘世亨,华岳人在哪里?"

书房里的另一人正是皇城司冰井务提点刘世亨,他立身说道:"此人消失一个多月了,当下不知踪迹!"

"蠢材!"宁宗把砚台砸到了地上骂道,"既然消失了踪迹,他的上书怎么会神不知鬼不觉地放到朕的书房中?若是此人有了歹心,你等是不是就要叫朕大行皇帝了?"

"罪臣不敢!"大行皇帝乃是对刚驾崩皇帝的尊称,刘世亨听闻此话,遍体冰凉,啪的一声五体投地,跪在地上,身子在微微发颤,一旁服侍的宫女和太监也瑟瑟发抖地跪在一旁。

宁宗朝窗外瞅了一眼道:"在外面站着干什么?进来!"

叶适和苏师旦进到了房中,一番打听下终于从刘世亨口中知道发生了什么事,原来今日宁宗在崇化堂开完朝会回到书房后,就见到书桌上摆放了一封上书。左右之人皆说书房这几日都被严加看护，没有外人前来，不知此书是何人所递。

宁宗打开上书，乃是武学上舍生华岳所写的文章。华岳文武全才，誉满朝野，就连宁宗也有所耳闻，特别是他一心北伐早就满朝皆知。宁宗本以为华岳的上书是支持北伐的，没想到却是劝止北伐之书。

叶适双手接过宁宗递来的华岳上书，方看了几眼，心中就暗暗叫好，这上书中写道：

旬月以来，都城士民彷徨四顾，若将丧其室家；诸军妻子隐哭含悲，若将驱之水火。阛阓籍籍，欲语复噤，骇于传闻，莫晓所谓。臣徐考之，则侍卫之兵日夜潜发，枢机之递星火交驰，戎作之役倍于平时，邮传之程兼于畴昔，乃知陛下将有事于北征也。

侂胄以后族之亲，位居极品，专执权柄，公取贿赂；畜养无籍吏仆，委以腹心，卖名器，私爵赏，睥睨神器，窥觎宗社，日益炎炎，不敢向尔。此外患之居吾腹心者也。

朝臣有以庸琐之资，请姻师旦，骤入政府者；有以谀佞之资，附阿侂胄，致身显贵者。陈自强老不知耻，贪不知止，私植党羽，阴结门第，凡见诸行事，唯知侂胄，不知君父。此外患之居吾股肱者也……"好一个有胆的华岳，叶某没看错你！"叶适在心中暗赞了一声，这个华岳胆子真大，对宁宗上书反对北伐也就罢了，连韩侂胄以及他的心腹苏师旦等人都骂了，怪不得宁宗皇帝会如此震怒。

韩侂胄此时也到了御书房，他看了看华岳上书，嘴角微翘道："此子倒有几分气魄，这是要学陈东吗？"

陈东乃是大宋朝太学学子第一风云人物，曾经上书徽宗皇帝，请诛蔡京、童贯、王黼、梁师成、朱勔、李邦彦"六贼"，以谢天下。除了《诛六贼书》外，靖康之变东京汴梁危机之时，又上书请求起用主战派的李纲，拯救社稷。此后不久，陈东被一心议和的宋高宗赐死。

韩侂胄又笑道："太学学子不简单啊！不北伐要被骂，北伐也要被骂！"

苏师旦此时也看完了华岳的上书，当即大怒，他拿着一封糊名的策问说道："这里还有一名华岳的同党！"

叶适冷哂了一声道："华岳虽然冲动，但也有拳拳之心，念在其一心为了大宋社稷，还是不要这么快将之打为乱党为好！"

宁宗接过苏师旦手中的策问卷子，看了几眼后，怒道："此子的策问和华岳的上书如出一辙，究竟是谁？"

一旁的太监急忙过来把糊名撕开，宁宗看到试卷上的名字后，疑惑道："宋慈，是谁？朕好像听说过这个名字！"

一旁的刘世亨低声道："一年前的青楼细作案，此子曾经参与！"

"哼，原来是他！"宁宗冷哂了一声道，"仗着有点儿小聪明就恃才傲物，不知所谓，翅膀还没硬，就要学别人直谏求名，其心可诛！"

叶适听到宋慈的名字，心中叹道："果然是他！其心可嘉，只不过年纪轻轻，就要绝了仕途之路了！"

"来人啊！"宁宗喊了一声道，"将宋慈剥夺学籍，打入大牢！"

"喏！"

宁宗又道："让皇城司加派人手把华岳此獠给朕找出来，朕倒要看看，他究竟有多大的本事！"

刘世亨点头称是，领命后出了御书房。苏师旦拿到圣旨后，亲自带人去往斗斋。

天色已暗，快到亥时了，宋慈洗漱一番，换了一套干净的太学学子的公服坐在庭院中的石凳上，孔武和马永忠在一旁陪他，也没有回屋。

"喂，过分了啊！"孔武说道，"即使不给你吃牛肉，也不能这么小气一直不理人。这些牛肉可花了我和马永忠两个月的月钱！刘克庄那小子走了后，银子总是不够花，你说到哪里弄银子呢？"

宋慈抬头望着星空，奇奇怪怪地说了一句："早知今日，还不如多去验尸推案，至少能帮到一些人！"

"怎么了？阴阳怪气的，像是留遗言一样。"马永忠摸着虎子的狗头说道。

"兴许是吧！"宋慈苦笑了下，他才刚过弱冠之年，心中的抱负未酬，难道今日真的冲动了吗？

"真的吗？"马永忠跑回屋子拿出了画板，就要对宋慈作画。孔武敲着马永忠的脑袋说道："画呆子，你要作画，也要看看场合，难道真的是给宋慈画遗像，然后等他变成骷髅后你好比较不成？"

"是啊！"马永忠点头道，"宋慈和我朝夕相处，画他的骷髅我肯定最为拿手！"

"奶奶的，还回答得这么干脆！看洒家怎么收拾你！"说着孔武伸出拳头就要揍马永忠。

宋慈苦笑了下，自己就要大难临头了，身边这两个夯货还是这么胡闹。

忽然间斗斋大门被人撞开，苏师旦带着禁军冲了进来。宋慈没想到的是，余莲舟带着皇城司的亲兵也跟在了身后。

该来的终于来了，宋慈起身走了过去，他看了苏师旦一眼，又看了余莲舟一眼道："多谢了！"

余莲舟所在的皇城司是皇上的心腹，她本是在调查阴兵案的，听到宋慈出事后就急急忙忙地赶了回来。此时虽然不能挽回局面，但是也可以让宋慈少吃点儿苦头。苏师旦知晓余莲舟的身份，也知道她在皇上心中的分量。他本来是想先给宋慈一个下马威二话不说打他个五十大板，不过当下余莲舟出面了，那就不好办了。

苏师旦指着宋慈说道："给他套上枷锁，打入死牢！"余莲舟一旁阻止道："不行，要关也关在皇城司亲兵营大牢！"

苏师旦瞟了余莲舟一眼道："余提点，这不符合规矩吧，我也不好向圣上交差！"

余莲舟知道此事非同小可，怎么也不能让宋慈落入苏师旦的手里，若不然宋慈定会九死无生，于是说道："武学有牢房，先关入里面。你我都派人看护，有什么事等明日圣上祭祀完武庙再说！"

苏师旦还要说什么，余莲舟连忙抢白道："就这么办了，此事我会和舅父言明的！"苏师旦最擅长见风使舵，虽然他痛恨宋慈，但也不想为了这样的小人物得罪余莲舟，于是点了点头。

孔武在一旁看愣了，对余莲舟问道："怎么了，余姑娘，宋慈犯了什么事？"余莲舟低声道："放心，有我在他不会有事！"

眼见禁军要给宋慈戴上枷锁，孔武愤然大怒，拿出身后的乌梢棒就要干架。

"孔武!"宋慈喊了一声道,"不要莽撞,抓我的是圣上亲卫,你们不用担心!"

"奶奶的!"孔武心中嘀咕道,"怎么一下子惹了皇帝老爷了,这家伙比我莽撞多了!"

看到宋慈被人带走后,孔武连忙动身跑出了斗斋,马永忠跑到他的身后问道:"我们去哪里?"

"找我舅舅,让他想法子捞人!"孔武回了一句。马永忠低声道:"你和余姑娘都要去找舅舅,好像你们的舅舅都很厉害。不过从没听说过余姑娘的舅舅是谁啊!"

孔武愣了一下,道:"是啊,听余姑娘的语气她舅舅也挺厉害,就不知道这老东西究竟是什么货色!"

武学大牢离斗斋不远,小半个时辰后宋慈被关入武学大牢之中。虽然有余莲舟的看护,但是苏师旦还是指使衙役背地里踢了宋慈几脚,好在这一年宋慈听从华岳的吩咐强身健体,若是放在以前,光这黑脚就够他在床上躺半个月了。

进了大牢,苏师旦先行回去交差。余莲舟看着牢房里的宋慈问道:"你的事我已经知晓了,先例行公事问几句话,那策问是出自你手里,还是华岳让你写的?"

宋慈微微一笑,道:"华学长比我写得好,若是他让我写的,策问定然不会这样肤浅。"

"嗯!"余莲舟点头道,"想必你也知道此事非同小可,圣意难测,你还有什想说的?"

宋慈抓着牢房栏杆说道:"帮我找到华岳学长,他定然有更多的证据可以证明此时不是北伐的良机,只有这样我才有一线生机!"

"好!我答应你!"余莲舟站起身来,又说道,"假若我没找到华岳,新的圣旨就下来了,那时你还有什么话?"

宋慈明白余莲舟话语里的意思,心中不由酸楚,说道:"我宋慈自明事以来,就没多少时间能侍奉双亲,更时常对爹爹不太敬重。此番若是命丧刀口,劳烦告诉我爹娘,来世我要再当他们的儿子,以报答养育之恩!"

"好,我记住了。"余莲舟走出宋慈视线之前又问道,"没有其他人要带话了吗?"

"没了啊!"宋慈有点儿发猛,还有什么人?余莲舟转过身,冷声道:"不给杜芊芊姑娘说点儿什么?"

"呃……"宋慈靠在了围栏上不再说话。余莲舟对守候一旁的章勇说道:"帮我看着宋慈,莫要让别人下了黑手!"

"属下遵命!"章勇点了点头。

这注定是个不平静的夜晚,各方势力都在暗中角力。所有人都知道宁宗明日拜祭完武庙后就会颁布《北伐诏书》,到时候就是大宋正式向金国宣战的时刻了。

黎明总是好的,至少能看到阳光。虽然在大牢之中,宋慈已经感受到了大地的复苏,心也紧绷了起来。但凡战争诏书发布,都会找几个头颅献旗,大宋是对文人不错,对犯颜直谏的臣子也不错,但谁知道会不会有第二次风波亭?

太常乐工又开始奏乐,今日宁宗祭祀的乃是武庙,文武百官早就站在武庙前的广场上,等待着吉时到来。

宁宗头戴通天冠迈步走向了前方,对于他来说,昨日虽然有些跳梁小丑脏了眼睛,但是无论是文武百官还是贩夫走卒都欢呼雀跃,高呼圣明,说明北伐乃是人心所向!

司天监监正隋风高呼一声:"吉时已到!"殿前司的四名兵士齐齐推开大门。所有人都翘首以待,如今已经没人能阻止北伐诏书的颁布了。

晨风清爽,沁人心脾,宁宗一身轻松,迈步踏入了大庙。忽然间见到一道黑影悬在半空之中,随风摆动。殿前司公事夏震惊呼一声:"有刺客,快保护皇上!"

霎时间,大殿里涌入无数兵士,仔细一看又全都愣住了。在空中摇晃的不是刺客,而是一具自缢的死尸。

拜祭的大日子,竟然有人在武庙自缢,殿前司竟然毫不知晓,这让宁宗如何不发怒?夏震当即大惊,跪在地上说道:"臣死罪!"

韩侂胄、苏师旦等一干大臣也被眼前的景象惊住,叶适抬头看了一看,身子一晃就要晕倒在地,口中说道:"这是武学上舍生华岳!"

"华岳?"经昨日一事华岳之名已然传遍太学,无论大臣还是学子都知晓他的大名。宁宗勃然大怒道:"好一个华岳,竟然死谏,这是逼寡人不成?"说着,宁宗一脚踢翻了跪在一旁的夏震。

文武百官齐刷刷地跪在地上,大气不敢喘一口,只有宰相韩侂胄还躬身站在一旁,他指着华岳的尸首说道:"把这个脏东西从大梁上放下来!"

好好一场祭拜,竟然触了如此的霉头,宁宗恨不得把华岳碎尸万段。叶适上前一步,跪道:"臣知晓华岳其人,此人虽然倔强,但却有拳拳之心,一心为了社稷着想。此番在武庙自缢定有蹊跷之处,还望陛下明察!"

苏师旦也跪了上前说道:"传闻华岳与叶大人交好,两人已成忘年之交。春祭武庙,如此大事,华岳竟然死谏,是可忍孰不可忍?臣斗胆,请皇上将此獠碎尸万段,一干朋党皆枭首示众,以正视听!"

太学学正真德秀暗骂一声道:"好一个奸臣苏师旦,事情尚未调查清楚,此人就要借刀杀人了,他这是要把事情闹大,借机除掉眼中钉!"

殿前司的职能是护卫皇帝的安全,涉及命案应由皇城司出马,余莲舟带着察子急忙进入大殿,她指挥手下慢慢地把华岳的尸身放下来。昨夜宋慈还拜托余莲舟查找华岳的踪迹,没想到今日找到的却是他的尸首。

宁宗强忍心中的怒气,好好一个喜庆的日子,却成这番模样。他愤怒地看了叶适一眼,自从下定决心北伐之后,叶适就多番劝阻,今日竟然还为一个死人说话,还有那个不知天高地厚的学子宋慈也和华岳沆瀣一气,这是欺负他不敢杀人不成?

宁宗的手捏得咯咯作响,叶适猜到他要说什么,如若等到成了金口玉言,一切就都晚了,于是连忙拜道:"皇上,不可杀上书言事者!"

宁宗嗓子眼的话被堵了回去,传闻太祖皇帝赵匡胤有立誓碑,碑上有一行大字"不得杀士大夫及上书言事人",这道遗训也被大宋历代皇帝所遵从。宋慈的罪名只是在策问上质疑北伐的时机,算不上大罪,如若宁宗就此杀人,有违祖训,必将在史书上被人诟骂。

真德秀是见过宋慈策问的,此子虽然胆大包天,却是一片赤诚，所说之话，细细察之，也有几分道理。此时如若让苏师旦借华岳一案打压叶适，那么朝廷之上就又少了一分对韩侂胄的制衡之力。心思于此，真德秀跪拜道："圣上息怒，望圣上明察此案！"

太学博士魏了翁、两浙西路提刑官孙毅等人也出列齐齐跪在了地上。如今朝堂上的理学士子虽然官位微末，但是在民间的声望却不小，昨日好不容易得到了民间的支持，今日若打压理学人士，就前功尽弃了。

宁宗看了韩侂胄一眼，示意他该说话了。大殿里的余莲舟摸了摸华岳的心口，愁眉微展，急忙跑到宁宗身前说道："皇上，华岳尚未死透！"

"哦？"宁宗烦躁的心略微平复，今日虽然不能拜祭武庙了，但是只要没有死人脏了圣地，就是大功一件。苏师旦在一旁道："臣斗胆请太医前来医治此贼！"

"准了！"宁宗回了一声。余莲舟又说道："时间紧迫，臣推举一人救治此人，他定能救回华岳的性命！"

"谁？"宁宗疑惑问道。余莲舟正色道："宋慈！宋家在验尸断案时总结出了一套《救死方》，此方对各种将死之人往往都有奇效！"

"哦？原来是他！"宁宗哈哈大笑，他看着余莲舟的身影说道，"小莲，舅舅该相信你的话吗？"

舅舅两个字说出口后，跪在地上的文武百官大多瞠目结舌。余莲舟年纪轻轻，就成了皇城司的提点，这点众人早就狐疑，只是没想到她竟然也是皇亲国戚。

叶适和苏师旦等人是早知道这一点的，余莲舟的父亲乃是光宗年间的状元余复,他年轻时深得光宗的欢心,光宗便把三女齐安公主下嫁于他。十几年前,齐安公主怀二胎难产而死,余复伤心之下辞官归隐山林。

几年前余莲舟独自上京城,求得皇太后和舅舅宁宗恩准,入了皇城司,这几年来一直尽心尽力,成绩有目共睹。

宁宗和妹妹齐安公主自幼一起长大,兄妹情深,连带着对外甥女余莲舟也有几分偏爱。此时她保举宋慈,却真有点儿让宁宗没想到。

余莲舟笃定道:"小莲愿以项上人头担保宋慈!"

宁宗回忆着往事,扶起余莲舟道:"一个女孩子四处破案就让人笑话了,还动不动就拿什么人头担保!这怎么使得?罢了,你去把宋慈叫过来吧!若是救不回华岳的性命,再两罪并罚!"

第五节
隐宝斋

今日宋慈眼皮子直跳，总有不安的感觉。按说这个时间宁宗应该拜祭完了武庙，《北伐诏书》也该颁布了，外面应当热闹才对，为何等了半天，一点儿动静都没有？

余莲舟带着察子到了大牢中，指着宋慈的牢房说道："把他放出来，去掉镣铐！"

狱卒不敢造次，点头答应。宋慈出了牢门，疑惑不解地看着余莲舟。余莲舟回道："不要多问，没时间了，救人要紧，你的柳木箱子我已经派人去斗斋取了！"

一行人等押着宋慈，一路小跑到了武庙之外。进了武庙，宋慈见到躺在床上的尸首，眼眶中泪水萦绕，心如决堤。

"华大哥！"宋慈快步向前，探了探华岳的胸口和鼻息说道，"快，还有救！"

一旁的苏师旦鄙夷道："太医都说没得救了，你小小一个太学学子说有救，这可是欺君之罪！"

宋慈顾不上理会苏师旦，忙着指挥救人。章勇蹬在了华岳的两肩，用手揪住头发向上拉扯让其脖颈平顺通气，牛俊微微揉弄其喉咙又摩擦其胸让气息散动,还有几人按摩其肩腿,使之曲伸。

一顿饭的工夫后,几名察子已然满头大汗,但是华岳还是没有活过来的迹象。余莲舟轻声道:"还有救吗?"

宋慈叹道:"若是一般人吊了这几个时辰定然活不过来了,但是华学长擅长武学,气息绵长,这才吊着一口生气。我的箱子拿过来了吗?"

皇城司察子递来了柳木箱。此箱子是宋巩让宋慈带来的,一直都束之高阁,如今都沾满了灰尘。"没想到今日再开此箱,却是这个场景!"宋慈暗叹了一声,打开柳木箱,从里面拿出了皂角、细辛等物碾成细末,又用硬纸卷成纸管,把细末吹到了华岳的两个鼻孔之中。

庙里庙外,所有人都瞪大了眼睛,就是宁宗也仔细听着汇报。忽然间华岳咳嗽了一下,微微睁开了眼睛,嘴角在不停地翕动,似乎想说什么。

宋慈探头过去,华岳细语道:"隐……宝……斋!"说罢又昏死了过去。苏师旦在一旁急忙道:"来人啊,把此要犯押走,断不能让他死了!"

宋慈知晓这几日怕是见不到华岳了,急忙追了上去,却被殿前司的兵士阻拦。于是他对一旁的太医说道:"等他醒了,熬点儿官桂汤稀粥,这几日都只能吃流食。"

太医"嗯"了一声,今日被一个晚辈打脸,心中着实有点儿不痛快。不过他救人的法子,还真有借鉴之处。

听到华岳活过来的消息,宁宗的心情好了一点儿,总算是没有那么晦气。司天监的监正隋风又推算了一个好日子,乃是三日后的辰时。宁宗点了点头，对身旁人说道："三日后辰时拜祭武庙，届时若是再出岔子，你等脖子上的脑袋就别要了！"

夏震、苏师旦等人急忙点头称是。宁宗挥手叫来了余莲舟："华岳怎样了？能问话吗？"

余莲舟回道："回皇上，常人若是这样吊几个时辰早死了。华岳功夫不错，气息比之常人更加绵长，这才捡回一命。我问过太医和宋慈，他们说华岳这几日身子虚弱，即使醒来头脑也不会清醒，若是要问话恐怕要半个月后了！"

"有点儿晚了！"宁宗又问道，"听说宋慈有断案之能？"

余莲舟点头道："建宁真假知府案、龙游县军粮酿酒案，以及一年前的青楼细作案都有他的功劳。若不是有他，莲舟也拿不到《黄字书》。"

提起黄字书宁宗心情好了许多，说道："那就让他戴罪立功，调查华岳自缢一案吧！朕给他的时间只有三天，三天后要知道答案！"

"好！"余莲舟回答得斩钉截铁，"皇城司也会在一旁协助。"

"下去吧！一个女孩子家怎么就喜欢断案了？你娘在九泉之下若是看到，不知道要怎么说寡人了……"

余莲舟被皇上问话之时，叶适走到宋慈身旁说道："圣上召余提点进去了，此案十有八九你会参与。老朽知道，这一年来华岳都在调查北伐的相关事宜，他和老夫也多有交流。老夫也是一个看法，北伐虽好，但是时机不对。圣上改在三日后拜祭武庙，那之后《北伐诏书》就会颁布。等到那时，一切就没挽回的余地了！"

宋慈点了点头。叶适又道："几个月前，华岳告诉我说他查到一事，如若此事属实，那么定会让圣上收回此时北伐的心思。你的时间只有三天，一定要替华岳找到他想找的东西。韩相和苏师旦这几日定不会让你接触华岳，一切只能靠你自己了，方才他和你说些什么没有？"

宋慈低语道："只有三个字，隐宝斋。叶大人听过这名字吗？"

叶适低头沉思道："没有，这名字有些古怪，你可以找余提点和孙大人帮忙。老夫这里你可以随时来！"

"多谢叶大人了！"宋慈躬身称谢。余莲舟走到他的身前说道："时间不多了，走吧！"

两人出了太学，宋慈也把华岳告诉他的话告诉了余莲舟。余莲舟听后，说道："好一个隐宝斋！为此已经死了几个人了。"

宋慈微微有些诧异。余莲舟又说道："你还记得常平仓里被火烧死的那个人吗？"

"就是华学长准备救的那个人？可惜方才华学长说的话太少了，要不然定能问出不少事情！"宋慈感叹了一声。余莲舟让属下牵了两匹快马过来，和宋慈翻身上马后又道："已经查出焦尸的身份了。"

快马在临安城中疾驰，去的方向却不是常平仓，竟然是轻吟阁。到了青楼前，老鸨见到官府的人来了，不敢怠慢。余莲舟开口道："带我们找顾小冉，快！"

"这？"老鸨犹豫了一下，又给手下使了一个眼色。不多时，两人到了顾小冉的闺房中，她隔着一道帘子斜躺在了锦榻上，杜芊芊还在一旁陪着。

"小冉偶感风寒得了怪疾，不敢见余大人和宋公子，还望两位海涵！"顾小冉说话之间还咳嗽了几声。

宋慈上次见顾小冉还是在大瓦子的遏云楼，今日相见却不以真面目见人，这里面难道有什么玄机？听她的声音有些沙哑，还有些抽泣，显然是刚刚大哭过一场。

余莲舟不介意顾小冉的无理，开门见山道："你见过那刺青，确认是凌涛的吗？"

顾小冉应了一声，隐隐的又有哭声。余莲舟又道："本不该这时候打扰顾姑娘，可是此事又万分紧急，还望顾姑娘把知道的事情都告诉我等，只有这样才能早日抓到杀害凌涛的凶手！"

顾小冉呜咽了两声，一边抽泣一边说起了凌涛。

在一年前青楼命案发生时，整个遏云楼乱成了一团糟，顾小冉也是如此，没头苍蝇一样乱跑。逃命时顾小冉崴伤了脚，眼看着就要滚落楼梯，此时幸好有一名男子及时赶到，将她救下。

救她的人名为凌涛，乃是一名低阶武官，那日恰巧到遏云楼听曲。两人结识之后开始交往。听顾小冉描述，凌涛一身正气，为人正直，武功高强，却一直郁郁不得志。已过而立之年，还是一名三班使臣。

一来二往之间，两人情愫渐浓，已有了韩世忠与梁红玉之心。前些日子凌涛来得少了，顾小冉以为他变了心，打听之下才知道凌涛正在变卖家产四处筹钱，不过即使是这样银子还是不够。此时顾小冉找到了他，也不问为什么，就把自己这些年来所有的积蓄都给了凌涛。

凌涛推托不要，却抵挡不住顾小冉的一片热忱，加之自己确实缺钱，就点头答应了。听闻此事，顾小冉的姐妹都大惊失色，若是凌涛是个骗财骗色的登徒子，顾小冉可就要人财两空了，那可是她的赎身钱啊！然而顾小冉却自始至终没说过一句怀疑凌涛的话。

某日凌涛心情大好，顾小冉问他，凌涛说事情差不多办妥了。谁料到几日后，凌涛却愁眉不展，顾小冉宽慰凌涛，两人渐渐地说起了中兴四将，念起了岳飞的《满江红》。那一日，凌涛和顾小冉说了一夜的情话，清晨时分凌涛拉住了顾小冉的手，默默无语。顾小冉说大丈夫做事当断则断，不能儿女情长。

一日后，凌涛悄悄拿来了一个破罐子，说是前朝的文物，要送与顾小冉。顾小冉十分开心，凌涛还叮嘱她说，若是有人要来此买这个东西，就开价两万贯，少一个铜板也不卖。

听到这里后，宋慈插话道："顾姑娘，可否把罐子拿出来看一下？"

顾小冉点了点头，走出垂帘，把一个看似普通的陶罐抱了出来。这个陶罐做工粗糙，兴许有一些年头，罐子口被黄泥封住，上面还贴上了封条，写着"凌涛亲封"几个大字。摇了摇罐子，里面好像有什么东西。

余莲舟本想把罐子口打开看看，顾小冉却说道："凌涛说过，这罐子万万不能打开，若不然就卖不到那个价钱了！"

宋慈和余莲舟对视了一眼，微微一愣，旋即把罐子交还给顾小冉。顾小冉继续说道，凌涛交代了，只有官府的人找她时才能让别人看到这个罐子，若不然这罐子不能让任何人知道。

"有趣！"余莲舟轻声说了一句。两人在轻吟阁又坐了一会儿，再没有任何发现后，这才转身离开。待到走出门口后，宋慈问道："确认那人就是凌涛吗？"

余莲舟一边安排属下守着顾小冉，一边点头道："凌涛的纹身除了花纹外还有个'冉'字，顾小冉对此记忆尤深，我们也查过了，凌涛确实也失踪了，在常平仓死去之人十有八九就是他！"

"我怀疑凌涛的罐子是阳谋。"宋慈在路边浮铺买了六根油炸桧，分了一半给余莲舟，两人为了节省时间，边走边吃。

余莲舟樱唇微张，咬了一口油炸桧说道："我们查过顾纯的屋子，他的屋子里也有类似的罐子。"

"顾纯为何也有这样的罐子？这罐子普通得不能再普通，究竟有什么作用？"疑虑之时，章勇走了过来，在余莲舟的身前轻轻说了一句："回提点，汪思祖的未亡妻楚氏想见您，听她的语气，好像听说过'隐宝斋'！"

"哦？"听闻此话，宋慈和余莲舟连忙翻身上马，奔向了汪宅。进了汪家，一眼就见到孙毅、孔武、马永忠等人，原来今日汪思祖出殡，由于是命案，需要官府签字画押。

到了后堂，仆人把楚氏请了出来。孙毅等人一番安抚后，她又告诉了众人一个匪夷所思的故事。

一个多月前，楚氏发觉自己从娘家带来的六万贯嫁妆钱没了，找来找去却发觉不是别人偷了，于是想到了她的丈夫汪思祖。在大宋朝，女子的嫁妆即使带到婆家后也由女子掌控。若是日后和离，这部分嫁妆还是要带走的。

汪思祖见到东窗事发，遮掩不住，这才老实承认是自己拿的。贪墨媳妇的嫁妆钱，这可是被街邻四坊所不齿的丑事，楚氏当即大哭，就要回娘家。汪思祖好说歹说，才稳住了楚氏的心绪，交代了钱财的去处。

原来汪思祖打听到杭州城附近有个古董铺子,名为隐宝斋,那里面卖的东西都是宝物,可以让持宝人时来运转。

宋慈和余莲舟对看了一眼,看来他们要慢慢接触到事情的真相了。楚氏又说道,隐宝斋十分神秘,这么多年来没人知道它究竟开在哪里,又卖的是什么样的宝物,只是买了隐宝斋宝物的人都言辞凿凿,说是只要买了宝物后就能升官发财。

汪思祖一直是横班副使,早就想升为横班正使,只是一直没有门路。听到这个消息,便动了心思,费尽心思联系到了隐宝斋的人。

隐宝斋的规矩很怪,凡是去隐宝斋的人先得交一万贯钱,这个钱无论你在隐宝斋里买不买东西,都是不退的。而且隐宝斋的宝物都是十万贯起价,低于这个价钱的东西是一个都没有。

汪思祖思前想后,还是答应了隐宝斋的条件,为了筹钱他还偷偷拿了夫人楚氏的嫁妆钱。那夜三更天后,汪思祖戴着面具在东青门附近的运河旁等着,每一个去隐宝斋的人都不想让别人知道自己的身份,所以都会戴上面具。

大概四更天的时候,晚市做买卖的人已经散去,路上行人寥寥,整个城市一片死寂。

汪思祖等了许久,不见人来,本以为自己被骗了,就在此时,运河中冒出一条小船,有蒙面船夫正向他招手。两人在岸边碰面,各自亮出凭证,船夫拿出了隐宝斋的腰牌,汪思祖则递上了一万贯的钞票。

船夫接过钞票后,看了一眼,拿出一个黑色头套,示意汪思祖戴在头上。汪思祖愣了一下,但还是按船夫的话做了。进了小船,顺流而下，大概小半个时辰后，汪思祖被人扶上了岸，接着他又被人带上了马车，在天亮时分出了城。

也不知道在城外走了多久，又听了多少浪涛声和鸟语声，汪思祖迷迷糊糊之间到了一所老宅。这所老宅门窗紧闭，看不出外面是白天还是黑夜。有仆人送上了吃食，示意汪思祖就在这里等着，不要外出。

夜晚来临之际，汪思祖被人引到一间大屋子，这里就像唱赚的戏院一样，前面是戏台，正对戏台的是一个个隔间，整个屋子呈扇子形状。每个隔间里只有一个客人以及一个服侍的仆人，所有客人都看不到他人的面孔，只能看到前方的戏台。

在仆人的指引下，汪思祖看到了桌子上放着的一面白面扇，上面没有任何题字和绘画。接着戏楼里亮起了灯火，有一个头戴财神面具的人走上台，他压着嗓子对所有人说道，接下来会拍卖宝物，价高者得，起价十万贯，每次加价为一万贯。若是买家有意，就把白纸扇举起来让他看到。整个过程中，买家都不得说话，不能喧嚣，更不能离开隔间，若有违背者，就要被请出隐宝斋。

汪思祖是来买宝物的，自然不会坏了别人的规矩。接着隐宝斋的人便开始拍卖东西，从田黄石到名人字画，不一而足。汪思祖则对建康府出土的一块古玉有兴趣，听那人说此玉乃是血沁玉，是东晋鬼帅苏峻下葬时含在嘴里的冥器，由于吸收了苏峻最后一口生气，所以能有指挥鬼兵的能力。

此玉抢的人不少，最后汪思祖用十八万贯的高价才将此物买了下来。一旁的仆人示意汪思祖把自己的名字、所买到的宝物以及最后成交的价钱写到白纸扇上再交给他，等所有的宝物都拍卖完后，他就可以得到自己想要的宝物了。

汪思祖买到的东西是倒数第二件,所以并没有等多久,整个宝物拍卖的过程就结束了。他把纸扇交予仆人后,却迟迟等不到血沁玉送来。半个时辰后,仆人回来了,一边把血沁玉交给他,一边说今日出了一些小小的意外,所以耽搁了一些时间。

除了血沁玉外,仆人还拿来了一个陶罐,说此罐乃是大唐年间张天师炼丹时存放丹药的宝物,沾染了仙气,用此罐饮水则身强体健,用此罐插花则花儿怒放。每一名交了一万贯入场费的客人,都会有这样的一个陶罐。

拿到这两样东西后,汪思祖又被人引入到了马车中,一样还是戴着面罩。当他下了马车,摘掉面罩的时候,才发觉已然五更天了,正在北土门城门外。

第六节
宅院焦尸

汪思祖得到宝玉,不久就升官到了建康府,接着就发生了阴兵杀人事件以及楚氏告鬼状的故事。

宋慈呷了一口茶,他能断定除了汪思祖外,凌涛、华岳甚至顾纯都去过隐宝斋,顾纯应当是最早去的。

余莲舟手托香腮问道:"那个陶罐在吗?可否给我们看下?"

楚氏迟疑了一下,最后还是点了点头。未几,陶罐送来了,不出所料,这个陶罐和在顾小冉处见到的陶罐一模一样。

宋慈看了看空空如也的陶罐,问道:"汪大人是在什么地方打听到隐宝斋的?"

楚氏眸子转了转后,说道:"好像是听东岳大帝庙吴山行宫的人说过!"

宋慈转身看了看余莲舟,余莲舟知道他的心思,说道:"钟道人死了,他的道童也死了,和此案有关的人我们盘问过,都问不出什么消息!"

汪思祖的案子,两浙西路提刑司和皇城司都调查过,没有官府的文书尸首是下不了葬的。如今要问的事情基本都问清楚了,孙毅和余莲舟在《验尸格目》和《验状》上都写了一笔，同意尸体下葬。

跟随余莲舟出了汪府后，宋慈皱眉沉思。孔武和马永忠也跟了出来，至于孙毅还有其他事情要做，没有同行。

孔武从怀里摸出了风干牛肉，递给了余莲舟道："余提点，吃点儿牛肉，平时吃不到的！"

余莲舟也不客气，接了过来。宋慈立住身形道："我们要找到隐宝斋！"

余莲舟慢条斯理地咀嚼着牛肉干道："确实要找到，不过在这之前我们还要去见两个人。"

"哦？"宋慈诧异地看着余莲舟。忙了一整天，天色渐晚，所有人都没正儿八经的吃过东西，几人信步来到丈司营旁的小巷，余莲舟找了个铺子，示意大家都坐下吃东西。

孔武和马永忠是从来不会亏欠肚子的人，见有余莲舟付账，他们大声吆喝着，点了煎白肠、血脏羹、羊血汤、灌藕、羊脂韭饼、糟羊蹄等许多美食，至于宋慈和余莲舟两人则一人点了一碗鱼片粥，要了几根油炸桧。

华灯初上，万家灯火，此时此刻普天之下兴许只有临安城有这么美丽的灯火，远处的运河映着两岸的焰火，仿佛正在波涛中翻滚的红龙一样。

不知不觉间，夜已深了，四人酒足饭饱却依然没有离开的意思。孔武早已叫人送来了两坛子好酒，一边大碗喝酒一边说道："牛，吾所欲也！羊，亦我所欲也，两者不可得兼……"

马永忠追问道："然后呢？不可得兼之后呢？"孔武打了个饱

嗝说道:"两者不可得煎,就水煮、油炸,有什么好问的!"

宋慈低声道:"不要喝醉了,待会还有事要做!"余莲舟转向了马永忠说:"你的事情准备好了吗?"

马永忠夹了一截羊肠丢到了口中,咬得咯咯作响道:"余姑娘放心,我做事不会像孔武这样不知轻重的!"

"放屁,谁不知轻重了?老子有两百斤!"孔武刚要发怒,章勇走到余莲舟身边低声几句。宋慈疑惑道:"发生了什么事?"余莲舟秀眉微翘:"最近不少刚升任的武官都离奇地死在任上!"

大宋的夜市十分热闹,但是到了夜晚三更时,人也走得差不多了,接近四更时就只剩下宋慈等人所在的这家铺子。

"收摊了,几位客官明日再来吧!"说话的是一名满头银发的老者。宋慈看了看浮铺招牌,上面写着"凌家羊汤铺"几个大字。这个摊位乃是一对看上去年过花甲的老年夫妇操持,男子脸上带着一脸忧色,女人脸上却是一脸茫然。

马永忠从布囊里拿出一幅画卷,轻轻地展开,对老年男子问道:"老人家,你认识画上之人吗?"

男子神情有些紧张,见到画的第一眼,手指就在微微地颤抖,眼眶内泪水不停打转,眼看着就要滑落下来。老妇人走到老年男子身旁,像个小姑娘一样,歪着脑袋看了看画,一副若有所思的样子。

马永忠所画的画,乃是根据火场骸骨以及顾小冉描述画的凌涛生前的画像,为了逼真连凌涛身上的刺青以及他常穿的官服都画上去了。

男子全身颤抖地扶着老妻,牙关在微微打颤,强忍内心的波澜起伏。老婆婆看了几眼,直起身子道:"样子有点像我的涛儿,不过年龄不对,我的涛儿才十五六岁,这画上的男子都过而立之年了,不对不对,你们找错人了!"

老妻说起她的孩子后,就坐在板凳上开始絮絮叨叨,一会说儿子不听话想参军北伐,一会说大宋朝习武之人被人看不起,只有东华门唱名才是英雄。过了一会,老妻忽然哭出了声来,说是不该逼迫她的儿子读书的,若不然他也不会整日跑出去练武瞎混,还因为打伤了别人被人刺字当了贼配军。

说到这里,老妇人哭喊道:"涛儿啊,娘对不起你!不该逼你的。你离家这么久了,怎么不回来看看娘啊?你要当大英雄,要当岳王爷那样的好男儿,娘答应你,只要你回来看看娘就好!"

老妇人不停地抽泣,一旁的老头子抱着老妻轻声地安慰。宋慈把头仰起,他和凌涛一样,在十五六岁的年纪也离家出走,接着拜到理学大儒吴稚门下。宋巩因为此事抑郁吐血,宋母长时间见不到儿子也卧床不起。兴许每一对父母都有望子成龙的想法,他们期盼子女成为自己想象中的模样,可是似乎所有的孩子心目中都有另一个自己,于是在压迫下变得叛逆和绝情,甚至和父母疏远。

慢慢地,老妻哭得累了,倒在了丈夫的怀中。余莲舟叫来了马车,把老夫妇请到了马车上。此时老年男子才开口说道,他叫凌云,正是凌涛的爹爹。

从凌云口中得知,几个月前凌涛在四处凑钱,消息长着腿似的也传到了老夫妇所住的乡下。这十几年来,凌涛很少和家里联系,突然到处找钱,一下让老夫妇慌了。他们托人去临安城问孩子到底发生了什么事,可是凌涛却说没什么事,还让他们安心。可是孩子越说没什么事,他们就越安不了心。

两夫妇合计之下，狠心卖了乡下的田宅，带着所有的积蓄到了临安城中。进了城后好不容易找到了儿子的住处，可是还没见到儿子，就听到流言说儿子看上了轻吟阁的清倌人，他四处凑钱就是为了捧清倌人的场子。

竟然是为了一个娼妓？老两口大为心寒！等了许久，儿子终于回到了屋子，老两口初始时还是好言安慰，可是儿子却油盐不进，问他凑钱是为了什么，他打死也不说。问他是不是为了清倌人，他更支吾不语。就这样许久不见的父子一见面便吵了起来。

前些日子凌涛回了一次家，见到父母后，也没多说什么，只是恭恭敬敬地在他们面前磕了三个响头，然后开口道："孩儿不孝，让爹娘担心！"见到儿子如此古怪，老两口更加忧心。可是不管怎么问，凌涛都闭口不答。

那一夜后，凌涛消失了，老两口感觉天突然塌下来一样。他们四处打听，终于知晓儿子经常在夜里到羊肉摊中吃东西，最喜欢去的地方就是丈司营旁的小巷。

老两口一直觉得儿子会回来的，于是就在儿子经常出现的地方摆起了浮铺，铺子里卖的羊蹄、羊肉汤都是儿子小时候最喜欢吃的东西。每天他们都等到四更天，见不到儿子后才会万分失望地收摊。

前些日子老两口收拾凌涛的屋子时，在隐蔽处找到了凌涛不知何时藏起的一些东西，里面有拨浪鼓、风车、木剑等等，这些东西都是凌涛小时候凌云买给他的，除此之外，还有一把白纸扇。皇城司的人找到凌涛住处，当老父母听到常平仓发生了一场大火、儿子可能葬身火海的时候，精神一下子垮了，瞬间老了十几岁。

凌母抽泣几声晕了过去。当凌母再次醒来时，目光已然呆滞，她看着凌涛小时候的玩具，记忆好像回到了十几年前凌涛刚刚离家出走的那一刻。自那日起，凌母就一直认为凌涛才十五岁，才刚刚离家出走。

凌父为了有个念想，也为了让凌母有个依托，每天带她来此处摆摊找孩子。如今的凌母还以为凌涛在临安城里，每到深夜的时候就会找浮铺喝羊汤。

一行人把老夫妇送回了家中，宋慈轻声对凌父说道："我等想看看凌涛珍藏的东西！"

凌父点了点头，打开了抽屉暗格。宋慈看见暗格处有划痕，便看了一眼身旁的余莲舟。余莲舟轻声道："不是我的人做得，想必早有人在凌老夫妇之前打开过这个抽屉！"

暗格打开，映入眼帘的就是一把短木剑，看样子有许多年头，剑身已然被摸得油光滑亮，想必凌涛夜深人静之时也会想家，每当想家的时候就会摸摸手头的木剑。除了木剑外，最显眼的就是一把白纸扇，如此看来凌涛确实去过隐宝斋。

凌父指着白纸扇说道："除了这个东西，其他都是我给涛儿做的或者买的，涛儿都没有丢掉，很好，很好！"

话语之间，凌父拿起了拨浪鼓轻轻摇了几下，拨浪鼓发出了两声并不清脆的闷响。"这是我给涛儿做的第一件东西，他可喜欢了。只可惜日子久了，摇不响了，摇不响了！"凌父把头仰起侧转过去，不愿让旁人看到他眼角的泪水。

迷迷糊糊的凌母醒了过来，对凌父说道："老头子，快来，我脚痛，你给我捏捏，今日我们早点儿去夜市，定能等到涛儿回来的！"

"好,我就来,等着我!"凌父偷偷擦拭眼角的眼泪,如今老伴就是他所有的慰藉,他不能伤悲,更不能让老伴看出异常之处。转身之时,他又说道:"余姑娘,这里面除了我给涛儿做的几样东西外,你要是看上的就拿走吧!"

宋慈摇了摇拨浪鼓,听着沉闷的咚咚声,目光直视远方。

从凌涛宅子走出来时已经是黎明时分,诸人差不多十二个时辰没有合眼,早就人困马乏。宋慈本想和余莲舟告别,不承想她却跟在了身边。细问之下才知道,宋慈此时还是戴罪之身,不能脱离皇城司的视线。

回到了斗斋,宋慈收拾了下东斗房,请余莲舟在此处歇息,自个则跑到一旁的炉屋中席地而睡。

三个时辰后,众人陆续醒来,宋慈接了一盆凉水冲洗了一番后,到庭院里伸展了下身子。孔武和马永忠把最后一些牛肉干放到了行囊里,还留下了一点儿肉末给汪汪大叫的黑狗虎子。

"第二天了!"孔武说道,"明日就到期限,你能找到华岳斋长想找的东西吗?"

"定然可以,别说那么多了,去东青门!"

一行人等到了东青门,出了东青门就是外城的北土门,城外就是大运河。

余莲舟指着运河说道:"汪思祖是从东青门去的隐宝斋,凌涛是在丈司营附近接触的那些人,其他几人我调查过了,分别在北土门和中桥等地,这说明什么?"

宋慈看着余莲舟身旁的察子,问道:"带着舆图呢吗?"

杭州城的舆图摊在了众人眼前。这几人消失的地方相隔不远,都在东城靠近运河附近。宋慈指着舆图说道:"这几个地方都有水道!"

余莲舟在舆图上比画了几下道:"这些地方坐船都可以到一个地方,竹车门,想必他们就是在这里下的船,换的马车!"

事不宜迟,既然找到了目的地,几人急忙乘船到了竹车门。上岸之后,出了城门,余莲舟找来门卫,问这几个月来是否一大清早就有马车出门,又是去的什么方向。得到提示后,众人开始一路北行。

孔武嘀咕道:"这帮人也不嫌累,先是坐船往南边走,接着又坐马车往北边走!"

马永忠接话道:"先别抱怨,我们虽然出的是东城,说不定最后走到西城了!"

宋慈看了马永忠一眼,报以赞许的眼色。皇城司的人一路打听,一行人等到了北城墙后又折转向西,没想到真被马永忠猜中了,一个时辰后,他们又到了西城外的大佛寺附近。那日顾纯就是在此遇害落入湖中的。

"这需要走一天吗?要是从西边的车马门走,我们早到这里了!"孔武愤懑地折断了路旁的树枝。

宋慈接话道:"这就是他们这么做的缘由,若不然隐宝斋早就暴露了!"

又行了一会,前方草木茂盛已然没有路了。"难道走错路了?"孔武迟疑了一下。宋慈和余莲舟打探着四周,接着两人又走到了同一个地方。宋慈指着前方说道:"这边的杂草比其他地方矮了几分,但是还可以通行马车!"

众人一路前行，前方越来越偏僻，已然看不到路人，走了六里地后，远远地看到一群官差围在一处被烧毁的庭院之前。那领头之人也是熟人，正是两浙西路提刑官孙毅。

"孙大人，你怎么也在这儿？"宋慈上前行礼问道。

孙毅回首看着众人道："没想到在这里又碰见你们了。"说着，孙毅指了指前方。这是一处被大火烧毁的庭院。从火场的规模看，起火前的庭院必然十分庞大。在这么偏僻的地方，竟然有这样大的一所宅子，不由让人心生疑窦。

不多时，清理火场的捕快从废墟中抬出了一具具焦尸，只一炷香的光景，尸体就有二十多具，没找到的尸体就更不知道有多少了。

虽然心里早有准备，但是看到眼前景象宋慈还是心有余悸。对方主事之人果然心狠手辣，不仅烧屋子，还毁尸灭迹，想必这就是隐宝斋，那些死尸就是隐宝斋的伙计。

余莲舟瞅着脚边的尸首道："好手段！"她转身看了看孙毅道，"孙大人，你怎么找到这里的？"

孙毅把手下叫了过来，让他们无论有什么发现都要及早告诉自己。一切交代妥当后，孙毅低声对宋慈和余莲舟说道："走，我带你们去见一个人，就是这个人告诉我这个地方的！"

第七节
幸存者

从钱塘门回城,穿过明庆寺就到了保和坊。进入里坊,走过几条狭窄的小巷,来到了一处僻静的宅院。举目四望,堂前屋后都有守卫,看得出来他们在保护宅院里面的人。

孙毅轻轻拍了拍门环,院落里的仆人见到访客后,行了下礼,也不多说什么,径直在前方带路。穿过了庭院,又经过了后院隐蔽处的一个小门,宋慈等人终于在一处不起眼的小屋中见到了一位一脸惶恐、年岁不大的男子。

"此人叫牛二,就是他告诉我隐宝斋大火一事的,你们有什么事可以问他!"孙毅坐在了一旁,手下人递上了清茶。

牛二抬头看了看宋慈,又看了看余莲舟,额头不由冒出了冷汗,心也在怦怦乱跳。宋慈安慰道:"牛家小哥莫慌,有什么事坐下来再说!"

牛二点了点头,坐到椅子上后擦了擦脸上的汗珠,过了一会儿这才开口说道:"我叫牛二,上有老下有小,请各位大爷救救我的小命!"说罢就跪在地上,朝诸人磕头。

孔武和宋慈连忙把他扶了起来,牛二稳了稳心神,这才说出了一段触目惊心的往事。听牛二所言,他本是隐宝斋的伙计,职责就是在隔间里给客人讲解隐宝斋的规矩,顺便也监视他们的行踪,不让这些人四处走动。

那日,又是隐宝斋做买卖的日子,晚上来的人很是怪异,脸上戴着面具,身上满是刺青,但是话不多,对所拍卖的东西兴趣也不大。正当牛二以为又是一个平常的夜晚的时候,他竟然迷迷糊糊地睡着了。

不知过了多久,牛二惊醒了过来,察觉到方才中了迷香,若不是他平日里在西湖里野惯了,喜好潜水,闭气功夫强,这还不知道要多久才能醒来。他再定睛一看,心就怦怦乱跳,隔间里的客人竟然不见了,这若是让掌柜的知道,被打一顿都是小事,很可能还会丢掉性命。

正当他要高声疾呼的时候,隔间中的客人突然再次出现,他一手捂住了牛二的口鼻,一手就要拧断他的脖子。

牛二没想到眨眼之间就要没了性命,临死之前想到年迈体弱的父母,眼中不由含泪,口中含糊不清地喊了一声:"娘!"

那人听到牛二的叫喊声后愣了一下,捂住牛二口鼻的手微微松开,说道:"不要大喊大叫,要不然就活不成了,方才你在说什么?"

牛二压着声音抽泣了一下说道,方才以为自己活不成了,想到家中还有老父母,这还没尽孝就要走了,故而伤心。那人听后似乎深受触动,便熄了杀人灭口的心思,还对他说道:"要想活命,就当什么事都没有发生过,今后也要想个法子逃离此地。"

牛二不解问道:"为什么?"那人回道:"不要多问,过一些日子，这里的人都会被灭口。届时你若想活命，只有一个地方可以去，那就是两浙西路提刑司衙门。孙毅孙大人是个好官，只有他能保住你的性命，你只要把所知道的事情都告诉他就可以了。"

牛二点头答应了，那人把手收了回来，放了他一条生路。到了最后，这名买家什么也没买，只拿着一只空罐子离开了。又过了几日，他才打听到，当天夜里隐宝斋里有人闹事，闹事的时候就是他昏迷不醒的那一阵子。此人也是一名客人，去账房的时候被人发现，接着和隐宝斋的护卫打了起来。

牛二见过隐宝斋的护卫，都是一等一的好手。这些护卫和闹事者从隐宝斋中打到了外面的竹林里，接着越走越远，听闻双方一前一后追了十几里地，不过还是让那人跑了。

宋慈听到这里，心中猜测道，闹事的人想必就是华岳学长，牛二盯梢的人则是凌涛。凌涛在华岳把护卫引走后突然消失了一阵，他究竟是干什么去了？

思索到此处，宋慈问道："当日还有什么古怪的事情没有？"

"没有了！"牛二低声回了一句。余莲舟正色道："你再好好想想，比如说隐宝斋里其他人有什么和平时不一样的地方？"

牛二眼珠子转了几下，忽然道："要说奇怪的话，就是方账房了，平日里隐宝斋做完买卖后，他最多在屋子里待一个时辰，那日竟然待了两个多时辰，这是从来没有过的事情。不过方账房的屋子乃是禁地，寻常人等也不能进去，所以没人知道他在里面干什么！"

宋慈寻思了一下道："方账房厉害吗？"

牛二笃定说道："很厉害，据说有过目不忘的本事，有人说他一个人顶外面三四个账房!"

余莲舟接着问道:"那日之后,又发生了什么事情?"

牛二脸露苦色说道:"隐宝斋有人闹事之后,所有的伙计都不能再离开了,除此之外也没有别的限制。只是接下来隐宝斋一次生意也没有做。我觉得古怪,又想起那位客官说的话,就偷偷在柴房里挖地道,想借机溜走。就当地道快挖好的时候,突然听说方账房逃走了,这一下所有人都慌了。当天夜里,隐宝斋所有门窗都被锁死,有人拼着性命打开窗户,却被一箭射死。我知道大事不妙,于是跑到了柴房躲进了地道里。不多时,外面的人丢出了火把,转瞬的光景,隐宝斋火光大作。我顺着地道往外爬,到了隐宝斋后面的池塘边,外面不远处站着许多身着古衣的兵士,看上去就像是阴兵一样,甚是瘆人!"

孔武疑惑道:"你是怎么活下来的?他们没发现你吗?"

牛二回道:"我趁着他们不注意,潜入一旁的池塘中,靠着闭气功夫终于躲过了他们的搜查,这才活了命。出去之后,我不敢回家,一直东躲西藏,后来听闻逃走的方账房也被他们杀死了,便想到那名买家的话,就寻到了两浙西路提刑司衙门,投奔了孙大人。"

孙毅点了点头道:"牛二的话我印证过了,大多属实,方账房的尸首也在太湖边被人发现?!"

出了牛二的住处,宋慈和余莲舟都在凝眉沉思,如若把所有的线索都串联起来,似乎马上就可以推测出事情的真相,可是好像还差点儿什么。

孔武不爱参与这种劳神伤脑的事情,他从怀中拿出了风干牛肉分了一些给马永忠,正在大快朵颐,忽然间咯噔一声响,他捂了捂腮帮子,从嘴里扣出一块墨绿色的石头。

"妈了个巴子,吃块牛肉也硌牙,这卖牛肉的钱二果然黑心!老子的门牙差点儿就崩掉了!"孔武说罢就把绿石子丢到了一旁。

宋慈瞅了瞅脚边指甲盖大小的绿石,疑惑问道:"你们买的是什么样的牛?"

孔武疑惑道:"听别人说这只牛三年前摔伤了牛腿,不过后来好了。只可惜个把月前腿伤复发,卧地不起,养牛的钱二就央求县令王炜开具了宰牛书!"

宋慈眼光大亮,问道:"你们买的是哪部分的牛肉?为何里面还有这个东西?"

马永忠不好意思地挠了挠脑袋:"就是那条受伤的牛腿,要不然怎么会卖得这么便宜!别看它便宜,可是味道一点儿不差啊!"

余莲舟也注意到了绿石子,她瞅了瞅身旁,就有察子心领神会走了过去把地上的绿石子捡了起来,清洗了一下交到了余莲舟的手中。

宋慈对马永忠问道:"在汪家时,你画过汪思祖的那块血沁玉吗?"

马永忠点头道:"那块玉号称是鬼玉,能统率鬼兵,自然画了!怎么了?要看看吗?"

宋慈还没回话,余莲舟先点了点头道:"把画拿出来!"

马永忠摊开了画卷,但凡古玉,或多或少都会有点儿残缺,这也是一些行家衡量古玉真假的标准之一。宋慈看着画卷,指了指上面缺失的部分,余莲舟把手中的绿石子放到了画上,略微比较后两人脸色大变。

这块绿石子,里面也有血沁的痕迹,看其成色和汪思祖所得的鬼玉一般无二,最巧合的是绿石子和血沁玉的缺口隐隐可以对上。

"这世上总有这样的巧事,有这样的巧人!"宋慈拍了拍孔武的肩膀。孔武闪到一边不解道:"干什么?你手弄脏了就往我衣服上擦?"

远处传来了哒哒的马蹄声,有人下马躬身道:"孙大人、余提点、宋公子,我家主人请各位到府上一叙!"

宋慈疑惑道:"你家主人是谁?"孙毅在一旁接话道:"我认得他,他是叶侍郎家的门客!"

傍晚时分,一行人等到了叶适的宅院。宾主双方坐定后,叶适也不客套,对众人说道:"方才得到确切消息,后天辰时圣上就会再次祭拜武庙。这之后《北伐诏书》就会颁布,大宋将正式对北方宣战!"

"只有一天的时间了!"马永忠轻声嘀咕了一句。叶适又说道:"老夫忽然想起一件事,可能和我等调查的事情有关!"

"哦?"宋慈诧异道,"什么事?"

叶适让下人送来了简单的吃食招待忙累了一天的众人,这才说道:"前些日子我在三元楼喝茶,有人偷偷递给老夫一封没有署名的书信,说是夜里会到我宅子里拜访,有大事要告之!这事没头没脑,老朽虽然将信将疑,但是夜里还是屏退了左右,在书房里等待。然而一直到了天亮时分,访客也没有来!老夫本以为是有人恶意作弄,就没再留心此事,今日忽然想到那人约我见面的日子也就是常平仓大火的时候。"

说罢，叶适又让人送来了杭州城的舆图，常平仓正是在凌涛住处到叶适府的必经之路上。余莲舟凝眉道："难道约叶大人见面的就是凌涛？"

孙毅沉思道："很有可能！如今朝堂之上能说上话的一是韩相，二是理学人士，第三就是叶大人了！韩相力主北伐，理学人士态度不明，只有叶大人表露过此时不宜北伐的心思。如若凌涛想法和叶大人一样，很可能就会去找叶大人！"

余莲舟惊道："难道凌涛拿到了华岳想拿到而又没拿到的东西，想将之交给叶大人，结果半路之上被人截杀？"

听到此话，所有人都脸露震惊之色，宋慈抬起了头，看了看房内众人道："如若余提点所说是对的，那么所有的事情都说得通了！"

"哦？"叶适接话道，"贤侄说说看，这究竟是怎么一回事？"

宋慈呷了一口茶，站起身来，在屋子里走了几步，沉思了一会后说出了他的推断："华岳学长平生之志就是北伐收复中原。圣上表露出北伐之心后，华学长一喜一忧，喜的是北伐之事终于被提上了日程，忧的是如若仓促北伐那么不仅会失败，而且会浇灭好不容易燃起的抗敌之心。所以青楼细作案爆发后，他就开始调查北伐之事，兴许这次调查就是从枢密院知杂房主事顾纯意外身死一案开始的！"

对于此点，屋中众人都没有什么疑问。宋慈又道："顾纯身上有一处最大的疑点，就是他一直只是小吏，为何突然之间就会身处高位。华学长调查之后，发现这点定和隐宝斋有关！兴许这是从吴山行宫钟道人那里知晓的!"

孔武疑惑道："等等，先收下缰绳，别跑得那么快，怎么一下跳到隐宝斋了！"

宋慈继续道："隐宝斋应当只是某种掩饰，里面定然藏着不可告人的秘密。所有去隐宝斋的人，都要缴纳一笔不菲的费用，所得却只不过一个破罐子而已，此事说不通！"

那种罐子，余莲舟和马永忠等人都看过，几人都点了点头。

宋慈凝眉道："让我更加确信这一点的则是隐宝斋卖给汪思祖的血沁玉。此玉不论是成色还是水头以及玉中的血丝，都让一般人难辨真假，很可能真是一块古玉，只不过不是鬼帅苏峻的玉佩罢了。只可惜人算不如天算，孔武咀嚼牛肉干时吃到了一块碎玉石，这一块玉石居然和汪思祖的血沁玉缺口吻合！"

孔武瞪大了眼睛，等着宋慈的解释。宋慈轻声道："我自幼喜欢琢磨字帖和玉石，曾听闻过一种玉石造假的法子。如若把一般的玉石放到牛腿之中，又将伤口缝合，两三年后牛血就会沁入玉石之中，成为一块即使行家也难以辨认真假的古玉！"

马永忠诧异道："你的意思是说那块古玉是假的，不是什么鬼玉？隐宝斋卖假货就不怕被人砸店吗？"

"哪里会？"宋慈苦笑着说道，"那些去隐宝斋的买家想必都通通知道这一点，他们也知道买的东西都是假货！"

马永忠大致明白是怎么一回事了，又问道："有一点我不太明白，钱二是几日前拿到宰牛书杀的牛，汪思祖是在五日前死的，他去隐宝斋大概是半个月前。如若他买到的假玉是钱二牛大腿处的假玉话，日子上好像对不上。"

宋慈淡然道："钱二的牛虽然是几日前杀的，但是一个月前牛就旧伤发作卧地不起了。若我所料不差的话,牛生病的缘由就是从它的大腿内取走了假玉。钱二照顾了牛大半个月,见其不能复原,这才狠心把牛杀了!"

马永忠凝眉道:"这就说得通了,可是既然知道是假货,那些人为何还要买?难道都是傻子吗?"

第八节
幕后主使

听闻此话,余莲舟接话道:"他们买的不是古董,而是官位!"

孔武瞪大了眼睛,斜看着余莲舟和宋慈。宋慈顿了顿道:"这些假文物只是噱头,隐宝斋真正要卖的就是余提点所说的官位。血沁玉据说是建康府发现的,汪思祖买到后不久就升官去了建康府,这世间哪里有这样的巧事?我怀疑每件假古董都对应一个职位,买到假古董的人,就相当于买了那个官位。所有的买家,只要付了钱,再把写有假古董成交情况的扇子交上去,就有人会幕后操弄,帮这些人升官。"

马永忠还有点儿迷惑不解,问道:"既然大家都知道是假货,那东西只是个凭证,为何还要费这么多的心思,把玉石养在牛腿三年才取出来?"

宋慈叹道:"这就是那些人的聪明之处了,官位价值不菲,买家为了官位大多四处筹钱,将此事闹得沸沸扬扬。他们买到东西后,定然有一些人好奇,想看看这所谓的宝物。这东西不给人看的话流言更多,若是被人一眼看出是假货,那麻烦更大。所以这东西必须要做的和真的宝物一样,才不会让他人起疑心!"

"作假的原因是掩人耳目？"叶适点头道。

"正是！"宋慈点头道，"比如那块血沁玉就让楚氏分不清真假，那时汪思祖尚未升官，为以防万一，实情连妻子都不告诉，就编造了一个苏峻鬼玉的瞎话。楚氏信以为真，汪思祖意外过世后，便有了拦路告东岳大帝鬼状之事。"

宋慈继续说道："隐宝斋不知开了多久，又卖了多少官位，每个官职以十万贯起价，数目定然巨大，需要有账本记账。华岳学长想必也知道了这一点，如今北伐将至，然而领军之人大多都是一些买官的无能之辈，这仗还怎么打？

"不过隐宝斋又如此隐秘，那幕后之人动了如此多的脑筋，不是能轻易扳倒的。若要一击毙命就要找到凭证，也就是隐宝斋的账本。只要把账本和武将升迁的时间以及职位对照，所有的一切就会真相大白。"

孙毅点头道："只要把账本呈给圣上，这北伐之事十有八九就会缓缓。想必华岳认为北伐时机未到，官职买卖猖獗就是其中最重要的缘由！"

宋慈苦笑道："隐宝斋定是通天人物所开，所以里面高手如云。华岳动手时惊动了护院，故而和他们打斗了起来。兴许是华岳学长双拳难敌四手，他边打边退，离开了隐宝斋。这之后的日子，为了躲避敌人的追击，他又东躲西藏。为了不给斗斋带来麻烦，这段时间他一次也没有回过斗斋。这也是华岳学长为何失踪的原因。

"天下有赤子之心的不止华岳学长一个，凌涛也是其中之一。那夜，凌涛应当同华岳学长是一个心思，当华岳学长引开众人后，他便趁机迷晕牛二，潜入账房之中偷了账本。当他再回隔间的时候，因为怜悯牛二有孝心，便放过了他，接着又指引他在危急时投奔到孙大人处保命！

"几乎所有人都认为华岳没有得手，隐宝斋没有损失，所以那夜那些买到假古董的人才可以安然离开。方账房做账之时，定然发现少了一本账本，这可是要命之事。他不敢把此事告诉其他人，便靠着过目不忘的本领连夜补了一本账本，这也是那天晚上他在账房之中多待了一两个时辰的缘由。

"虽说临时补上了窟窿，但是方账房补的账本想必还有缺失，日子越往后窟窿就越大，怎么补也补不上了。情急之下，方账房只能逃走，不过他还是在太湖边被人追上，丢了性命。隐宝斋幕后之人知晓隐宝斋要暴露了，便一不做二不休，烧了隐宝斋，杀人灭口，永绝后患。方账房临死之前，想必也被人问出了真相。那些人知晓了有一本账本丢了。

"那些人这段日子以来一直在追杀华岳学长，若是他拿到了账本，定然会有所举动。所以他们便怀疑拿到账本的另有他人。最先查到的就是那日在隐宝斋买到宝物留下字据又升官的几个人，这几个人即使没偷账本，也难逃一死。因为他们最近才升官，过于扎眼。如若账本被发现，他们就是最先暴露的。要掩盖隐宝斋买官卖官的事实，这些知情人必须得死，所以汪思祖等人才会丢了性命。

"汪思祖对楚氏编造了鬼玉阴兵的故事，那些人便将计就计，又买通钟道人，将杀人之事推到了鬼神之上，毕竟杀朝廷武将可不是小事。凌涛在他们之后才被追查，因为他去隐宝斋时戴着面具，又没有留下买东西的字据，所以隐宝斋的人调查凌涛的身份就多花了一些时间。"

说到这里，宋慈看了看叶适说道："说不定，凌涛就是在三元楼给叶大人送信的时候暴露的身份！"

叶适哀叹了一声，他也怀疑这一点。朝堂之上有能力能扳倒那些人的只有叶适，凌涛能想到这点，那些人同样也可以想到这点，只要盯住叶适，也就可以找到藏在暗处的凌涛了。

宋慈肃穆道："凌涛想必也察觉到了这一点，知道有人跟踪自己，自己的身份暴露了。于是他没有带账本，而只是跟那些人周旋。只可惜在常平仓旁的那间破屋里他还是被那些人追上了。"

马永忠想了想，疑惑道："算算日子，凌涛拿到账本已然有些时日，他为何前几日才联系叶大人？"

宋慈叹了一声道："想必是因为顾小冉，这两人有私情，顾小冉又有暗疾，想必他才有所顾虑。最后也是顾小冉一番话，才让凌涛下定了决心联系叶大人。凌涛也知道，联系叶大人的时候也是最为危险的时候。不过凌涛为了让父母安心，没有提这些事！"

"是条汉子，我孔武服他！"孔武大赞了一声。

宋慈深吸了一口气又说道："华岳学长虽然一直东躲西藏，但是凭他的本事还是知晓了凌涛那日偷出了账本。于是他急忙去和凌涛会合。只可惜他去得晚了，当时凌涛已经身负重伤不能逃脱。那时人多眼杂，耳目众多，凌涛定然不会说出账本的隐藏之处。

"负伤后的凌涛知晓自己乃是累赘，为了不拖累华岳学长，故而举刀自尽。华岳学长从常平仓逃了出来，躲进太学避难。由于太学防范森严，隐宝斋的杀手纵是有天大的胆子也不敢在太学胡来，所以只是派一些人进去暗中调查而已。

"华岳学长身上早就揣着给圣上的上书，所以先偷偷地先放到了圣上的书房。在他躲避之时又听闻圣上拜祭大成庙、恢复岳王爷声誉以及秦桧夺爵等事,他知道北伐之事已然箭在弦上不得不发了。留给华岳学长的时间不多了,为了阻止北伐,只有一个不得已的法子!"

宋慈说到这里,叶适、孙毅等人都脸露忧伤之色,华岳和凌涛一样,是大宋的好男儿。孔武朦朦胧胧地猜到了一些,问道:"他用了什么样的法子?"

宋慈看了看窗外,叶适低声道:"此处安全,不相干的人我都打发走了!"宋慈低语道:"圣上崇信道家,信奉鬼神,若是武庙拜祭之时有人在大殿自缢而亡,定然会停止拜祭,择日再行此事!这时候只要有人死在那里,那么《北伐诏书》就会推迟颁布,一切就还有转圜的可能!"

孔武虽然莽撞,但也不傻,他瞪大眼睛说道:"你的意思是说,华岳学长真的是自缢,他的目的就是阻止北伐?"

"是的!"宋慈点头道,"普天之下,能在武功上胜过学长的人能有几个?他若不是自缢,没有什么人能把他吊到大殿上!"

孔武又道:"可是华岳学长光上吊也没用啊,圣上过几日还不是要祭庙!"

余莲舟插话道:"华岳若死在武庙大殿,皇城司必会调查此事。以宋慈和华岳的关系,他也不会置身事外。华岳知道宋慈的本事,相信他能弄清楚事情的真相,找到凌涛留下的账本。只要找到了账本,就能证明那些人大肆买卖武官官职的丑事,圣上也会因此重新考虑北伐之事。这样他的目的就达到了,他的死也就有意义了!"

宋慈朝天拱手道："我宋慈何德何能，可以让学长以性命托付！"

孔武嘀咕道："还好你们救了华学长，若不然找不到账本，他不就是白死了？"

孙毅沉思道："如今还剩下两点疑惑，第一点是隐宝斋幕后的主人是谁？第二点是那本账本究竟藏在什么地方？"

对于朝堂之事，宋慈并没有那么熟悉，此时此刻所有人都把目光看向了叶适。叶适手捋胡须道："隐宝斋所卖的官职多为武官，所以能做此事的人必在枢密院！"

孔武和马永忠等人瞪大了眼睛，张口就要说出那个名字。叶适摇了摇头，孙毅解释道："我知道你们想说的人是韩相。但韩相一心北伐，怎么会做自拆墙脚买官卖官之事？做此事的，应当是他的手下！"

"那会是谁？"孔武疑惑道。宋慈见孙毅和叶适不言语，大胆说道："宋某猜测此人就是枢密都承旨苏师旦！"

叶适和孙毅都投来赞许的目光，宋慈又道："苏师旦从韩相担任平江知府起就是他的刀笔吏，最得韩相的信任。关于北伐，苏师旦也是鼎力支持。苏师旦如今的官职是枢密都承旨，有任命武将的权力，加之他是韩相的心腹，有能力又有可能做此事的人只有他！"

马永忠疑惑道："不过传闻苏师旦素有廉洁之名，家里穷得连下人都没有几个，就是宅院也只有破败的几间。韩相为此还周济过他数次！"

宋慈叹道："就是这点才让人更加怀疑。杭州房价虽高，但是大宋朝的俸禄也高。不少官员私底下还会做买卖！"

叶适和孙毅听到此话，不自然地咳嗽了几声。宋慈继续道："苏师旦跟随韩相这么久，一直身居要职，怎么也不会沦落到住破屋的地步！这世上看上去清廉的人，要么真的是大清官，要么就是大贪官，你说他哪种可能性更大？"

孔武插话道："真的不是因为他带人抓过你，你才怀疑他吗？"

宋慈愤然："我宋慈像是这样的人吗？"

孔武点头道："像！你好像挺容易记仇的！"

宋慈懒得理会孔武的胡搅蛮缠，转身看向余莲舟问道："金国细作案时，余提点为何要调查顾纯？"

余莲舟凝眉道："上河村军粮酿酒案关系甚大，枢密院中必定有人牵扯其中，知杂房的顾纯就是最值得怀疑的人之一！只是没想到顾纯竟然还是金国的细作！"

"提点找到顾纯和上河村勾结的证据了吗？"

余莲舟叹了一口气道："没有，能动军粮的人必须有通天的背景。顾纯只敢卖点儿消息，哪里敢插手军粮调动？"说到这里，余莲舟也明白了宋慈的想法，问道："你怀疑和上河村勾结的另有他人？比如位高权重的枢密都承旨苏师旦？"

宋慈"嗯"了一声，道："别忘了何洛村长临终前说的那个'师'字，我不仅怀疑苏师旦是军粮酿酒案的幕后主使，还怀疑他和金国细作案有关。顾纯是枢密院知杂房的主事，邱山是枢密院机速房的人，两人都是枢密都承旨苏师旦的手下。苏师旦虽然不太可能通敌卖国，但是也有识人不明、失察之责！"

听闻此话，叶适也是眼中一亮，苏师旦贪钱又手握枢密院大权，确实极可能是军粮酿酒案的幕后主使人，金国间谍案中也必定有过失，只是此事若是调查下去又不是一时半会的事，便开口道："虽然猜测极有可能，但是却没有十足的证据，此时不宜横生枝节！"

宋慈和余莲舟也明白其中的道理，便都点了点头，想必要厘清军粮酿酒案和金国细作案的真相，必须要扳倒苏师旦才行。想起军粮酿酒案，宋慈不禁在心中暗叹：连北伐的军粮都被中饱私囊，不知有多少武官在喝兵血、吃空饷？如果连前线武官也是买官上位的无能之辈，加上军需情报已被金人掌握，那北伐定是凶多吉少。

叶适沉吟道："如今的关键是凌涛到底把账本藏在了什么地方，我们必须要抢在隐宝斋的人之前，把账本找到！"

屋子里的人一下都安静了下来，就连宋慈也沉默不语。凌涛的宅子被几拨人翻了好几遍，如若账本没藏在那里，又会藏在哪里？

不知不觉之间，天已微微亮。门外有下人禀告，说是皇城司干办章勇到了门外。余莲舟看了叶适一眼，叶适点了点头。

章勇走了进来，在余莲舟身旁低语道："回提点，顾小冉手中的那个罐子被人买走了！"

余莲舟也不意外，问道："什么人买走的？"

章勇回道："此人给了顾小冉两万贯的银票后就拿走了罐子。他出了轻吟阁不久就把罐子摔破，里面藏有一本书！"

听到此话，所有人都竖起了耳朵。章勇又道："此书乃是岳武穆王的诗集，那人反复查看后，忽然哈哈大笑，接着挑衅地望向了我等藏身的地方！还没等卑职等人上前，此人咬破了口中的毒丸，转身朝远处的阁楼摇了摇手，便一命呜呼了！"

"他是死士！"宋慈叹了一声说道，"凌涛的罐子乃是阳谋，他知道自己的身份暴露后隐宝斋的人就会追查账本，那个罐子是必须要探查的东西。虽说几乎所有人都认为那罐子里不可能会放账本，但是那些人不敢不查，还是要拿到罐子看一眼才安心。

"轻吟阁被余姑娘派人看守后，他们来不了硬的，就只能来软的。所以真的派人买下了罐子，目的只为看看里面究竟有什么东西。这些人又怕买罐子的人被我们抓住，所以派去的乃是死士。这名死士在死前已经告诉同党罐子里没有账本了！"

章勇乃是余莲舟的心腹，很早就跟随她了，所以宋慈并没有避开他说此事。当宋慈说完自己的猜测后，章勇又道："还有一事更为古怪，有人竟然花了二十五万贯钱从楚氏手里买下了那块鬼玉！"

"什么？"这出乎宋慈的意料之外。

余莲舟沉思了一会问道："查出来是什么人买的吗？"

"没有，出面买古玉的人是给汪思祖安坟的道士，不过自那之后他就消失了踪影！"

宋慈心中嘀咕道："这有什么目的？如若是隐宝斋的人出手，他们应当知道那块石头是个假玉。如若不是他们的人，也不用做得这么隐秘！"

余莲舟挥了挥手，让章勇退了下去。此事虽然诡秘，但不是最紧要的，当下最重要的事是找到账本。

诸人守在叶适的书房商量着对策，不知不觉间，天已亮了。孔武肚子饿得咕咕作响，伸手入怀，却发觉带的牛肉干已经吃完。不多时，马永忠的肚子也开始响了。霎时间，屋子里响起了此起彼伏的咕咕声。

孔武看着宋慈投来的目光,哈哈笑道:"看我干什么?肚子空空当然会响,肚子里有东西才不会响,你不会连这个道理都不懂吧?"

忽然间,宋慈好像想到了什么。余莲舟也抬起了头,似有所悟。片刻后,两人同时说道:"我知道账本藏在哪里了!"

第九节
见招拆招

一干人等与叶适和孙毅告别后策马狂奔,目的地乃是北城。小半个时辰后,众人在凌涛的宅院前下了马,进了屋中。

凌云夫妇见到宋慈等人来了,连忙上前打招呼。宋慈连忙问道:"凌大爷,凌涛小时候那些东西还在吗?"

凌云愣了一下,点头答道:"在……在的。"他转身回房打开了暗格,余莲舟上前一步,把拨浪鼓拿了出来。这个拨浪鼓有半寸厚,巴掌那么大,用牛皮缝合而成,细看之下,还有拆过的痕迹。

余莲舟转身看了凌云一眼,凌云点了点头,示意她可以随意处置。章勇拿来了剪刀,鼓面被剪开后,一本扭成一团的绢纸书呈现在了众人眼前。余莲舟小心翼翼地把绢纸书取了出来,不出所料,这果然是隐宝斋的账本,账本中还可以找到汪思祖买血沁玉的记录。

"找到了!"所有人都松了一口气,只要把账本交给叶适,再进一步交给皇上,定能转败为胜。

"走!我们去叶大人的宅子!"余莲舟喊了一声。诸人刚要动身,门外忽然传来皇城司暗察子示警的哨声,旋踵,箭矢透过窗户猛地射了进来，唰唰几声钉在了墙上。一位察子临死前喊道："提点小心，阴兵来了！"

这个月的临安府总是乌云密布，天空中又有一道霹雳划破了天际，黑压压的乌云下不少身穿古服的阴兵接连出现，如恶鬼一般扑向了凌宅。余莲舟招呼了一声，守在屋子四周的皇城司察子退到了屋中，她又拔出响箭的引线，响箭嗖的一声冲上了天空。

雷声和响箭爆炸的声音交织在一起，不知那些远处的皇城司亲兵能否察觉到此处的危险。戴着面具的鬼帅苏峻挥了挥手，阴兵们再不迟疑，团团把凌宅围住，他们张弓搭箭，箭矢如同雨点一般射了进来。

借着攻势，几名阴兵破窗而入，抽出腰刀见人就砍。宋慈连忙把凌云夫妇拉到了一旁隐蔽处。孔武抽出身后的乌梢棒抢先冲了出去，大喝一声就和贼人打斗了起来。

冲入屋子的阴兵越来越多，余莲舟一边指挥察子与贼人激斗，一边示意宋慈等人在一旁躲避。

电光石火之间，两边已然短兵相接。余莲舟指挥手下进退有度，孔武在武科习武一年，又得到华岳的指点，进步神速，已非吴下阿蒙。

鬼帅苏峻见到点子扎手，嗷嗷叫了两声，又有更多的阴兵冲了进来。方才这些人还有所顾及，想要生擒余莲舟等人抢走账本，当下却改变了策略，再不留力，招招致命，想要杀人灭口。

宋慈朝左右瞅了瞅，见到一面墙壁上挂满了刀枪剑戟和弓箭，便摘下一把长刀丢给了马永忠，自己拿了一把长剑。

凌云见到杀害儿子的凶手，两眼通红，顾不得身处险地，从墙上取下狼牙棒就朝前面冲了过去。

"老头子,等等我!"凌妻浑浊的眼神突然变得清澈透明,她从地上拿起一把镰刀也迈步向前,"这些天杀的玩意,老婆子和你们拼了!"

宋慈刚想追过去护住老夫妇,却已经晚了,眼看着两位老人就要命丧阴兵的刀下。情急之时,余莲舟手舞长鞭,一个蜻蜓点水跃了过来。

由于余莲舟挪动了位置,皇城司的阵型有了缺口,两名察子的胳膊和大腿处结结实实地挨了两刀。孔武虽然功夫不错,却不是鬼帅苏峻的对手,渐渐地左支右绌,狼狈不堪。

余莲舟既要迎敌,又要护住凌云老夫妇,顿时险象环生。就当她缠住两名攻向老夫妇的阴兵时,又有一名阴兵举着利剑刺向了余莲舟的后背。

"余姑娘小心!"马永忠大喊了一声,手握长刀就横跨两步。余莲舟倏然转身,刺向后背的剑尖一转,又刺向了她的咽喉。

凌云夫妇顿住了身形,脸上都是惊诧之色,心中满是懊悔,若不是他们这么莽撞,也不会害了余莲舟。

院子外的大街上传来了哒哒的马蹄声,援兵就要到了,可是眼看着余莲舟就要命丧剑下。她眼角微微抖动了下,心中满是不甘,还有太多的事情等着她去做,不能就这样死了。就当余莲舟把头偏转的时候,但听嗖的一声,一支箭矢破空而至,"唰"的一下射中阴兵的右眼珠。

余莲舟见此机会,翻身抽出腰间短剑,一剑刺中阴兵的胸口结果了他的性命。宋慈方才察觉到情势不对时,就从墙上取下了弓箭，此刻第一次杀人后，心头忍不住怦怦直跳。若不是这一年在射圃练箭，他断不会第一次就能成功。

鬼帅听见援兵来了，当机立断，招呼着剩下的人跳墙逃走。孙毅带着大批兵马赶了过来，冰井务的提点刘世亨也来了。见到余莲舟等人平安后，他带着人又朝逃离的鬼帅苏峻追去。

"这些人也太胆大包天了，光天化日在天子脚下就敢杀人！"孙毅走了进来，看了看被余莲舟刺死的阴兵。此人已经没有了呼吸，嘴巴中的舌头也早被人割去，看来也是死士。

"我们去叶大人府！"宋慈说了一声，余莲舟点了点头。孙毅回道："你等先去，我派人护送你们，等这里的事情弄完，我们在叶大人府邸会合！"

"好！"诸人点了点头，急忙出了凌家。在回去的路上，余莲舟朝宋慈致谢道："多谢了！"

宋慈尴尬地笑了笑道："其实我没射准，若是华学长在，定会……"

余莲舟疑惑道："你原本想射他的额头？"宋慈苦笑了一下尚未答话，孔武接话道："华学长一直要求他射人胸口！"

余莲舟想象了一下眼珠和胸口的距离，心有余悸道："看来你还得多多练习！"

宋慈支吾一声解释道："我瞄准的是他的胸口，可是他突然低头躲避了……"

一行人等狂奔之时，前方的巷口忽然被一群百姓堵住了道路，隐隐地还听到鼓乐铜铃之声。

"难道又是某位神仙驾临？"孔武疑惑道。章勇从一旁跑了过来说道:"洞霄宫的龚大明道长来了,前面都是信众!"

余莲舟当机立断:"走新庄桥,绕过去!"话音刚落,便领着众人掉转了马头。诸人一路疾驰,终于有惊无险地到了叶适府。

进了府宅,在家丁的引领下径直到了书房。叶适接过隐宝斋的账本,仔仔细细看了两遍,这才说道:"好!只要有了这本账本和最近升迁的武官比照,所有的事情就水落石出了。我这就写折子,明日交给圣上。宋慈你把这几日断案的经过原原本本地写出来,明日一早随我一同面圣!"

"晚生谨遵大人吩咐!"宋慈躬身行礼。叶府下人递过来了笔墨纸砚。余莲舟吩咐章勇回皇城司亲兵营调兵护卫叶适府。

日头西沉,已是夜晚时分。叶适和宋慈还在奋笔疾书,又过了两个时辰,整个城市寂静无声,折子和卷宗终于写完。两人放下手头的东西,又开始对明日之事进行推演,定要挽回圣意。过了一会,宋慈遗憾道:"看来隐宝斋不会只有一本账本,这本账本上的武官都是三班使臣,职位最高的只是从五品。若是有几条大鱼在,分量就更重了!"

叶适站起身来,看着窗外的繁星说道:"无妨,只要圣上能彻查此案,那些幕后之人都会找出来。我只是觉得这个夜晚太过于宁静了!"

此时余莲舟走了进来说道:"外面并没发现什么异样,他们竟然这样有恃无恐?"

叶适转身看了看两人:"许久没休息了吧,身子还顶得住吗?"

两人都点了点头。叶适说道:"事不宜迟,我等立刻就去武学,求见圣上!"

"好!"

在一干兵士的护卫下,三人马不停蹄赶往武学方向。已经四更天了,这是黎明前最黑暗的时刻。路过风波亭,穿过纪家桥,三人进了武学,径直走向一旁宁宗皇帝下榻的书房。叶适吩咐宋慈和余莲舟先在院外等候,他独自一人先进了宅院。

殿前司公事夏震在屋前守卫,任凭叶适如何解释求情,也不肯退让一步,口中只是说道:"圣上吩咐,任何人等不得在此时打搅!"

"叶某有要事禀告皇上,耽搁了你担待得起吗?"叶适又上前走了一步。

夏震拔出手中长剑,道:"叶侍郎,皇上有吩咐,擅闯者,杀无赦!"

叶适引颈就戮丝毫不让,一时间两边剑拔弩张。"嘎"的一声后,内侍太监肖公公走了出来,他和叶适交好,便走到叶适身旁轻轻叹了一句道:"叶侍郎,皇上不在书房!"

叶适当即大惊,问道:"圣上到哪里去了?"肖公公低声道:"皇上拜祭武庙去了!"

"啊!"叶适额头冷汗直流,当下不过寅时,到了卯时初刻天才会亮。一般宁宗祭庙,都会选在辰时,这一来是清晨时分祭祀方便,二来是辰时和龙对应,皇帝为真龙天子,为了上应天命,都会选择这个时辰。今日圣上为何一反常态,要在寅时就祭庙,而且没有通知文臣武将?

"昨日申时,苏大人求见圣上。过多的事情,咱家就不说了!"肖公公甩了甩手中拂尘,转身朝院门外走去。

宋慈没有官身,只好在院落外徘徊,叶大人去了多时,里面也没有动静，到底怎么样了？

焦急之时，耳旁传来太常乐工的奏乐声，宁宗皇帝的玉辇竟然从外面回来了。道路两旁的人连忙跪下，随同宁宗皇帝出现的还有枢密都承旨苏师旦，以及数名道人。

宋慈当即大惊，圣上这大早上去哪里了？就在此时，他又看到叶适跟随肖公公出了院门，跪在了御驾之前。宁宗让人停下了步辇，看得出来心情不错，他走到叶适身旁问道："叶爱卿你来得正好，这块宝玉你可见过？"

叶适抬起了头，虽没亲眼见过这块古玉，但是此玉的画像他却早已见过多次，愣了一会后，叶适回道："这是汪思祖买到的那块玉石？"

宁宗点头道："这几日鬼玉一事在城里闹得沸沸扬扬，苏爱卿不想百姓为此惶恐，便散尽家财把此玉买回来献给朕了！"

叶适心中一惊，此块假玉竟然是苏师旦买的，他有何阴谋？苏师旦上前一步跪道："世人皆说此块宝玉能召唤阴兵助阵，只不过需要贵人加持才行，若不然定会反受其害。这世上最贵的贵人自然就是皇上，此番宝玉又经过斋醮祭祀，定能为我大宋所用！"

宋宁宗原本就相信鬼神之事，对苏峻鬼玉也早有兴趣。苏师旦进献此玉，乃是投其所好。宁宗微微笑道："此玉以后就赠给北伐的主帅好了，想必定有神助！"

"圣上圣明！"苏师旦跪在了跟前。

跪在远处的宋慈身子在微微发抖，预感不妙。

叶适眉头微动道："微臣斗胆问一句，皇上为何要在寅时祭庙？"

宁宗微微一笑，看了一眼身旁的道人。这名道人满头银发，一副仙风道骨的样子，他上前一步说道："贫道龚大明，寅卯交替之际，乃是大地初明、阴阳二气交换之时。此时祭庙，可以得鬼神之助！"

"原来他就是龚大明！"宋慈暗叹了一声，宁宗最信任的道人有两位，一位是太平护国真人张道清，一位就是眼前的道人龚大明。据说宁宗的潜邸改为火德真君庙，就是这位道人献的策。

宋慈心知，在宁宗看来，祭过文庙后就会有文人相助，祭过武庙后定有武人支持，此时再有鬼神相助，那就是圆满了，北伐定能一举成功。

宋慈自然知道那块鬼玉乃是假的，正想着要不要舍得一身刚犯颜直谏的时候，肖公公又喊了一声："两浙西路提刑官孙毅孙大人求见皇上！"

"让他过来吧，让他查的阴兵案不知查得怎么样了？"

孙毅走了上前，把办案卷宗交到了肖公公手上。宁宗走回书房落座，从肖公公手中接过卷宗，方看了两眼便眉头紧皱，再看了几眼，脸上已然有了怒气。当他把卷宗里所有内容都看完后，勃然大怒，把卷宗丢在地上，又踩了两脚道："混账！"

所有人"唰"的一声都跪倒在地，大气不敢出一下，宁宗走到孙毅身前问道："这卷宗所写可是真的？"

孙毅点头道："臣不敢有丝毫隐瞒！"

按孙毅卷宗所言，阴兵是人假扮的，鬼玉也是假的，所有的一切都是骗人的。可是方才宁宗刚带着鬼玉祭拜完武庙。这让他的面子往哪里搁？

盛怒之下的宁宗，一脚把孙毅踢翻在地。又走到苏师旦身前，照着他的背就踹了几脚。苏师旦趴在地上不敢躲闪,惶恐道:"圣上为何动气?"

"你自己去看看!"宁宗怒喝了一声。苏师旦爬到阴兵案卷宗之前,看了看后说道:"此事微臣也不知晓啊!不过这也只是孙大人一家之言而已,在微臣看来,此玉的真假不在于其他,而在于圣上的金口玉言。圣上认为是真的就是真的,圣上认为是假的就是假的!"

宁宗停下了脚,北伐将至,此案的真相已经不重要了,重要的是不能动摇军心。刚祭完武庙就承认鬼玉是假的,这不是成了天下人的笑柄,那北伐要如何进行?

宁宗强压着胸口的怒气,鼻头冷哼了一声道:"此案到此为止,所有人都不能再多说一句话!"

叶适知道宁宗还是偏向于此时北伐,于是上前一步道:"臣有本要奏!"接着就把自己的奏折和宋慈所写的华岳案卷宗递交了上去。

宁宗看了看叶适的折子,又看了看宋慈所写的卷宗,手指捏得咯咯作响,如今北伐关键之际,自己的将领竟然都是买来的官位,这仗还怎么打?强忍胸中的怒气,宁宗又问道:"那本账本何在?"

叶适伸手入怀,把账本递了上去。宁宗看着账本,喘着粗气,他本想当中兴之主,完成先祖没完成的伟业。如今尚未北伐,就出了如此大的纰漏。忽然间宁宗把折子、卷宗以及账本都丢了出去,仰天哈哈大笑。

所有人都埋着头,等待着宁宗的狂风暴雨,苏师旦更是跪在地上瑟瑟发抖。转瞬间,宁宗把身边的茶碗摔碎,把手头能找到的所有东西都砸烂。准备了这么久,难道北伐就要就此停止?堂堂天子就要成为天下人的笑话吗?

"把朕的剑拿来!"宁宗喊了一声。肖公公递上了九龙剑。宁宗手握宝剑指着叶适又指着孙毅,两人皆挺直了腰身,一点儿也没有闪躲。宁宗又指了指苏师旦,虽然还没有任何证据证明苏师旦就是隐宝斋以及阴兵的幕后主使人,但是宁宗根本不需要任何证据。

"贼子受死!"宁宗大喊了一声,手中的宝剑就挥了下来。苏师旦哀号一声:"圣上饶命!"说话之间身子不由偏了偏。

就在此时,韩侂胄带着礼部侍郎史弥远走了过来,高呼一声:"皇上且慢!"

韩侂胄乃是权相,宁宗能登基他也有莫大的功劳,宁宗所有的人谏言都可以不听,但是韩侂胄的话他一定会听上几分。

九龙宝剑的剑尖偏了几分,在苏师旦的肩头划出了一个一寸来长的口子。

"韩相来见朕,所为何事?"宁宗手提宝剑,剑尖仍然在滴血。韩侂胄拿出一个折子递了上去道:"臣恳请圣上罢免这些人的官职!"

宁宗接过折子,这折子上所写的名字有四五十个,皆是近一两年升迁的武将。看了一会,宁宗怒气微消,又让肖公公把叶适献上的账本递了过来。那账本上所写的名字,都在罢免的名单之内。账本上没写的人名,名单上也有不少。

宁宗手拿账本,盯着韩侂胄道:"爱卿,这是何故?"

第十节
北伐庭对

韩侂胄跪拜道:"臣有失察之罪,这些武臣的升迁皆有蹊跷之处,故而有请圣上圣裁。如今北伐已箭在弦上,不得不发,断不能因这些细枝末节的小事影响大局!"

"朕准了!"宁宗提笔在折子上画了一笔。若没有叶适上书一事,宁宗本不会这么苦恼,可是如今已成进退维谷骑虎难下之势,当下究竟该如何而为?

叶适知晓此时退让不得,跪道:"皇上,依臣之见,隐宝斋的账本应当不止一本。为了大宋社稷安危着想,应当彻查此案!"

宁宗皇帝表情痛苦,举棋不定。隐宝斋卖官一案涉及的大多是武官,如若一个个地查下去,不知道要查到猴年马月,那北伐将如何进行?如若不查,那战场之上都是这些无能鼠辈,仗还怎么打?犹豫之时,他眼光看向了韩侂胄。

韩侂胄回道:"叶侍郎所言极是!此案关系重大,必须谨慎!"

宁宗"哦"了一声,不解地看着韩侂胄,就是叶适也不知道他葫芦里卖的究竟是什么药。韩侂胄又道:"然而北伐之事也刻不容缓,依臣之见,近三年升迁的三品以上武官通通彻查,将于北方任事的武官也要彻查,这两拨人一个月内必须有个结论,至于其他人等则交给三法司细查。"

宁宗愁眉顿展,道:"此乃老成谋国之言!"

叶适进言道:"千里之堤溃于蚁穴!韩相此法虽好,却免不了有漏网之鱼,若是因这些人坏了北伐之事,谁能担待得起?"

"这?"宁宗又摇摆不定。韩侂胄转身看着叶适道:"叶侍郎,依你所见,北方金国的局势如何?"

叶适愣了一下道:"应当不怎么好!"

韩侂胄笑道:"何止是不怎么好!如今金人皇帝宠信妖妃李师儿,任用李氏外戚。胥持国只是经童出身,就能把持朝政。加之金国军事逐渐荒废,大漠蒙人又已崛起,如今已成内忧外患之势。还有一点,不知叶侍郎知晓否,七日前黄河已然决口了!"

宁宗听闻此话,眼光一亮,问道:"果真如此?"

韩侂胄回道:"此事臣已派人核实,想必不日就有消息回来!"

"好!"宁宗哈哈大笑道,"天佑大宋!"

黄河决口一事也让叶适一下子蒙了,韩侂胄又道:"叶侍郎,你我皆是决心北伐之人,只是对北伐的时机看法不同而已。可是这世上哪里有准备充分又十全十美之事?等大宋准备好了,金人想必也调整好了。时机转瞬即逝,当断不断,反受其乱!"

叶适对宁宗谏言道:"皇上,臣不是反对北伐,只是认为当下不是最佳的时机,华岳上书曾言,如今大宋将帅庸愚,军民怨恨,马政不讲,骑士不熟,豪杰不出,英雄不收,馈粮不丰,形势不固,山砦不修,堡垒不设。如若北伐师出无功,不战自败,则社稷危矣。此话并非危言耸听!"

"又是那竖子之言！"宁宗脸色发青，转身看到了恭敬地站在一旁如同老神仙的道人龚大明，问道："不知大师对此事有何看法？"

龚大明躬身回道："圣上发问，贫道本不该不答，只是小道乃是山野之人，除了知晓一些阴阳气运之事外，对社稷之事哪里会有什么看法？"

"那大师就说说气运！今日大师才刚刚斋醮，北方就传来黄河决口之事，这难道就是气运吗？"

一旁的叶适听闻此话，脸色大惊。此事也太过巧合了。难道龚大明背地里是韩侂胄请来的？为何两件事情这么凑巧？韩侂胄微微松了一口气，看了看身旁的史弥远，幸好此人献策请来了道人龚大明，又出计策罢免今年升迁异常的武官，这才扭转了局势。皇上最信鬼神之说，只要龚大明开口说话，就会一切都成定局。

"这……"龚大明犹豫不决。宁宗回道："大师有话直说，朕赐你无罪！"

"那贫道就斗胆说几句！"龚大明回道。"大师请讲！"宁宗让龚大明站了起来。

龚大明上前一步道："大宋因木德而兴，金人却自称自己乃是金德！"

听闻此话，宁宗脸上有抑郁之色。龚大明所说乃是战国时阴阳学家邹衍所创的五德终始学说，它认为每个王朝都有自己的德性，王朝之间更替亦是因为五德之间生克的原因。宋是木德，金是金德，金克木，所以东京汴梁才会被金人夺去。宁宗十分崇信五行之说，对此深信不疑。

不仅是龚大明，就连韩侂胄和叶适也知道五德生克才是宁宗真正举棋不定没下最后决心的原因所在。

龚大明又让身边道童递上一块锈铁以及一根乌木，两两相击后，锈铁断成了两段，乌木却没有一丝一毫的损伤。

宁宗疑惑道："大师这是何意？"龚大明回道："如今的金国内外交困就如同这根锈铁，已经不堪一击。圣上的潜邸供奉的又是火德真君庙，神火克金，更是无往而不利！"

所谓潜邸，就是皇上登基前所住的宅子。宁宗潜邸改为火德真君的庙宇，内心深处就是为了克制金的金德。此番被龚大明当众点明，顿时身心舒畅。

沉思了一会，宁宗叹气道："然而北人仍然说自己是金德啊。辽乃是镔铁之意，所以金人就称自己是比铁还硬的金！"

龚大明回道："草民斗胆一句，如若北人所说为真，恐怕小道也不会站在这里了！"龚大明话中的意思很清楚，如若金真能克宋，大宋早就没了，他也不可能站在宋朝皇帝的身前。

"这其中是何缘由？"宁宗追问道。龚大明让道童递来了纸笔，他在纸上写了宋字上边的宝盖头。

龚大明把纸献了上去，进言道："小道妄言一句，这宝盖头像什么！"

宁宗看着宣纸，回道："像兵士的头盔，又有点儿像一口大钟！"说罢他似有所悟道："怪不得金人奈何不了大宋，原来是有这宝盖头！"

龚大明躬身道："贫道恳请圣上下旨铸造一口大钟，再建一座新的法堂供奉，以壮我大宋国运！"

"好！"宁宗本是崇信气运之人，龚大明这一席话让他心中最后一片雾霾也散去了。他对韩侂胄说道："拟旨，召洞霄宫道人龚大明入宫斋醮，封'冲秒大师'，赐紫衣、金币，建造演教堂一座。赐斋金、白银，命皇城司提点……"

此时宁宗本想盼咐余莲舟做这事，但是想到宋慈、叶适等人又心中有气，于是改口道："命皇城司提点刘世亨奉旨监铸巨钟，着刑部侍郎兼国史实录院曹叔远撰《洪钟记》，刻碑立石！"

韩侂胄朗声回道："臣遵旨！"

龚大明听闻此话大喜，跪在地上道："贫道谢主隆恩！"

刘世亨也闻之大喜，他在和余莲舟的较量上终于占据了上风，此刻急忙跪地道："微臣遵旨！"

叶适听着一道道圣旨，心中一颤，原本献上隐宝斋账本后宁宗已经心中松动，没想到道人龚大明几句话后，宁宗就坚定了此时北伐的心思，不问苍生问鬼神，乃是亡国之兆！

宁宗看着韩侂胄道："北伐之事也刻不容缓，不如就让叶侍郎草诏吧！"

韩侂胄回道："圣上英明，臣亦有此意！"

叶适心知，这是宁宗和韩侂胄的善意。可是如今仓促北伐却是他怎么也不想看到的局面！疾风知劲草，板荡识诚臣。叶适跪地道："恕臣不能奉旨！"

"你……"宁宗气得脸色发青，这人就是犟驴转世的，连皇上给的台阶都不要！若不是决心北伐要安抚内部，早将此人拿下问罪了。

"来人啊！"宁宗大喊一声，"将此人捆起来，先打三十大板！"

旋踵传来了啪啪的打板子声音，叶适紧咬牙关，一声不吭，任凭臀部血污一片。

韩侂胄早就料到叶适会有如此举动，他对宁宗进言道："臣请直学士李璧起草伐金诏书，以鼓舞士气！"

"李璧？准了！"宁宗点了点头，这人确实有才华。一切落定后，宁宗看了看一旁的隐宝斋案卷宗，低声问道，"此案是谁人所破？短短三日之内就能查出这么多事情，着实不简单！"

肖公公在一旁回道："乃是皇城司提点余莲舟以及太学外舍生宋慈联手所破！他们两人如今就在远处候着！"

"原来是他们！传他们过来！"

宋慈一直在远处跪着，隐隐约约地也明白发生了什么事。当他和余莲舟走进院落后就看到挨板子的叶适，旋即心中一沉，难道即使献上了账本，也改变不了皇上的心意吗？

两人在宁宗面前跪下，宁宗先是大赞了余莲舟一番。余莲舟却说此案能破乃是宋慈的功劳。

过了一会，宁宗的目光扫到宋慈的身上，沉声问了一句："宋慈，华岳一案有眉目了？他究竟是何人所害？"

这是宋慈第一次面圣，这也是多少学子做梦都想有的一天。只要面圣时能讨得皇上欢心，那以后的仕途就是一条青云之路。

听到此话，宋慈没有太多的犹豫，回道："据草民推断，华岳乃是自缢！"

"哦？"宁宗眉头微抬，他知晓宋慈和华岳私交不错。如今大宋决心北伐，华岳自缢就是阻止北伐的罪人，原以为宋慈会百般遮掩，没想到宋慈回答得竟然这么干脆。

"你为何如此推断？"宁宗追问了一句。

宋慈在隐宝斋案的卷宗中并没有写华岳上吊一事的缘由，因为所有的事情都是推断出来的，若要真相揭晓，只要等华岳再度醒来一切就水落石出了。不过此时宁宗亲口追问，宋慈就不敢隐瞒，把心中的推测都如实地说了。

宁宗耳听着宋慈的分析，不时点头。此子头脑清晰，看来是个断案的奇才，加之他没有为华岳遮掩，公事公办，又让宁宗多了几分好感。如今北伐之事已定，重要的就是安抚内部异议人士。不仅以前打压的理学之人要提拔，宋慈这等一腔热血的学子也要好好拉拢一番，如此才能赢得天下士子之心。

霎时间，宁宗有了想法，对宋慈说道："经此三日，想必你对北伐之事已经有了更进一步的看法。肖公公，把笔墨纸砚拿出来，让宋慈再写一次公试的策对，此番就由朕亲自改卷！"

皇上亲自改卷？所有人眼中都冒出红光，宁宗再次出题，又亲自改卷，这是多大的恩惠？若是科举，三甲之内的进士才能称之为天子门生。宋慈竟然能一步登天！

韩侂胄愣了一下，但是转瞬也明白了宁宗的心思。只要北伐之事定了，这些细枝末节的小事就不必追究了。

叶适刚挨完板子，一下子也惊住了。如此隆恩，闻所未闻！

肖公公拿来了文房四宝，又向宁宗问道："皇上，这次的策问题目是什么？"

宁宗笑道："还是一样，论北伐。"

肖公公走到宋慈身边轻言道："听到了吗？宋公子，这次你可得好好地写啊!"

宋慈也没有料到宁宗有如此一招,他也知道宁宗不是真的看中自己,而是看中自己太学学子的身份,看中他身后的叶适、华岳、真德秀等等许许多多对此时北伐有异议的臣子。虽然他是最不起眼的小人物,但是只要他扭转了心思,那么这个壁垒也就破了。

直学士李璧也到了庭院中,正按宁宗之意草拟《北伐诏书》。能和一名直学士在皇帝面前同时执笔,传将出去定是一段佳话。

如今北伐已经不可避免,就是朝中重臣叶适也不能挽回。只要宋慈能顺水推舟,即使只是敷衍几句,他的前程也不可限量!

韩侂胄看着提笔不动的宋慈,对宁宗说道:"此子在推案上有长才,日后进内舍、上舍甚至是科举得到功名也是水到渠成。如若再在提刑司、三法司等衙门加以历练,日后定会是圣上得力的臣子!"

庭院里所有人都惊呆了,宋慈不仅被皇上看中,就连韩侂胄也有提拔之意。这普天之下的士子谁人会有这么大的机缘?

宋慈的心开始怦怦直跳,一边是皇上和韩侂胄的青眼有加,他好像看到了祖上宋璟一样的青云之路。一边则是叶适和华岳,他不仅会像宋巩那样仕途坎坷,说不定还会有牢狱之灾,甚至丢掉性命。

登堂拜相是每个士子的人生追求,宋慈也不例外。如今这个理想这么近,只要他动动笔,就能鲤鱼跃龙门,再好好经营一下,说不定就能早日光宗耀祖。可是真的只能如此了吗?

韩侂胄为了让宁宗开心,又说道:"我听闻宋慈的祖上乃是大唐开元年间的名相宋璟,家学渊源,后生可畏,不可小觑啊!"

"哦？"宁宗轻声道，"韩相的祖上也是仁宗皇帝时的贤相韩琦啊，有趣！有趣！"

听到两人的对话，就连叶适也震惊了，方才他们只提到了提刑司和三法司，当下竟然提到了相位。纵使是个傻子，也明白话语之后的含义。

宋慈微微闭上了眼睛，脑海里忽然出现了两个东西，一个是先祖宋璟的画像，一个是宋巩所用的沾满灰尘的柳木箱子，他们都在朝自己招手。这也许是他人生中最重要的一刻，进一步就是锦衣玉食登堂拜相，退一步就是万劫不复锒铛入狱。

恰在此时，直学士李璧写完了诏书，宁宗让肖公公在一旁诵唱：

"天道好还，中国有必伸之理；人心效顺，匹夫无不报之仇……兵出有名，师直为壮，言乎远，言乎近，孰无忠义之心？为人子，为人臣，当念祖宗之愤……"

肖公公每念一句，宁宗就叫一声好，当诏书念完后，宁宗从座辇上站起了身来，大声道："好，将此诏书颁布天下！"

叶适哀叹了一声，虽然再多努力，但是《北伐诏书》还是颁布了，此事已经不可阻止。太学、武学的学子听闻诏书无不振奋，临安百姓更是振臂高呼。有人低声辩驳了几句立刻被旁人围殴，称之为宋奸！

肖公公和余莲舟交好，余莲舟又和宋慈交好。此时肖公公有意无意低声说了一句："势不可违，识时务为好！"

宋慈知道自己的策论无论怎么写都改变不了什么了。可是他忽然想到宋巩曾说无论做人还是断案，最重要的就是无愧于心。如若心被蒙蔽了，腰杆也就弯了。终其一生，即使享尽荣华富贵，也是一具行尸走肉而已。

宋慈看到了宁宗和韩侂胄那边的康庄大道，也看到了宋巩、叶适、华岳这边的沧桑之路，他长长地呼了一口气，心道："宋慈啊宋慈！你怎能犹豫了这么久？"

心思于此，宋慈在试卷上提笔写了起来。

不多时，宋慈停下了笔。肖公公接过试卷之后，交到了宁宗皇帝的案前。宁宗摊开了试卷，迎面而来的就是八个大字："北伐虽好，时机未到！"接着又是十条理由。

"好……好！"宁宗狂笑了几声，把宋慈的答卷撕得粉碎丢到空中，恨恨道，"好一个宋慈，好一个叶适，好一个孙毅，好一个华岳！来人啊，传旨……"

第十一节
人间正道

宁宗下了第一道诏令,两浙西路提刑官孙毅督办汪思祖被害一案不利,贬为建宁知府。紧接着第二道圣旨下来了,待华岳苏醒问话后,下建宁狱,遇赦不赦。

叶适被人抬到了宁宗面前,宁宗说道:"你抗旨不遵,但寡人不杀上书言事之人,吏部的事情你放下来,去平江府担任知府吧!"

叶适挣扎着爬了起来叩首道:"谢主隆恩,罪臣有一个请求,望陛下恩准!"

"嗯?"宁宗诧异道,"所求何事?"

"恳请皇上将臣贬为临安知县!"

"你是在埋怨朕?可不要不知好歹!"宁宗右手微微捏紧拳头。叶适回道:"臣不敢!臣二十年前就是临安知县,望圣上成全!"

韩侂胄知道叶适的心思,临安乃是京畿重地,待在京城当知县比在其他地方当知府更有用,此时乃是北伐用人之际,叶适也是支持北伐之人,留他在这里兴许还有用武之地,便点了点头。宁宗见到韩侂胄赞同了，也首肯了。

叶适的吏部侍郎被免职了，韩侂胄保举礼部侍郎史弥远兼任吏部侍郎。史弥远乃是孝宗皇帝时的宰相、尚书右仆射史浩之子，如今又得韩侂胄和宁宗的重用，前途不可限量。

处理完其他三人之后，宁宗看了看跪在一旁的宋慈，心生厌恶道："将此竖子痛打五十大板，关在武学大牢以观后效。其太学第一年行艺为下下等，不得升舍！"

"草民谢主隆恩！"宋慈早知道会有如此结局，如今只是坐牢没有性命之忧，已然是宁宗极大克制了。

庭院里又响起了啪啪的打板子声音，武学里鼓乐齐鸣，欢庆《北伐诏书》的颁布，大街小巷燃起了鞭炮，如同过年一般。

宋慈牙关紧咬，此时此刻反而对自己的处境不再担忧，担心的只是今后的战局。如若北伐不利，朝野上下将如何处之？

当宋慈被打完板子奄奄一息地送到武学大牢之时，迎来的却是武学生和太学生对他的辱骂，更有甚者忍不住还朝他脸上吐了几口唾沫。宋慈心中自嘲道,兴许这就是"宋奸"的待遇！

狱中不知岁月，一个月后，宋慈身上的伤渐渐好了，可是心头的伤痛却难以抚平，难道以后就要在此蹉跎岁月了吗？

这一日，余莲舟走到了牢中，自顾自地开了一坛子酒，又将另一壶老酒放到了宋慈的面前。两人就这样，谁也不说话，抱起酒坛对饮喝起了闷酒。待到酒坛见底，余莲舟脸上有了一层醉人的酒红色。

"你就是个傻子！"余莲舟指着宋慈笑道。

"这世上像我这样的傻子多吗？"宋慈仰着头，摇摇酒壶，把最后一点酒珠子滴到了口中。

"原本挺多，最近不多了！"余莲舟变戏法似的，又拿来了两壶酒。

宋慈拆开两壶酒的泥封道："余姑娘怎么有雅兴到这个地方来了？"

余莲舟盯着宋慈的眼睛道："宋慈，问你一句话，你想不想北伐成功？"说着，余莲舟又看了看左右道："放心，其他人我已经支走了！"

宋慈知道余莲舟话语中的意思，如若北伐成功，那就证明宋慈等人是错的，他就再也没有翻身的机会。可是北伐失败的话，不仅生灵涂炭，大宋也会有莫大的危机。

宋慈呷了一口酒道："你信不信？当《北伐诏书》颁发的那一刻起，宋某就希望是我错了、叶大人错了、孙大人错了、华大哥错了，我们都错了！"

余莲舟凝重道："你若是错了，知道意味着什么吗？"

宋慈举起酒碗，一饮入肚，开怀道："无非要在这里待上一辈子而已！可是那又如何？只要能光复河山，宋慈虽死无憾！"

"好！是条汉子！我余莲舟敬你一杯！"余莲舟给宋慈斟满了酒。宋慈抹了抹嘴边的酒珠子道："这些日子以来多谢余姑娘了，要不是因为你打过招呼，想必我活不到今日！"

"也不完全因为我，你的仇人苏师旦被贬为武学学正了。"此时的余莲舟有点儿醉了，舌头有点儿打结。宋慈也有点儿晕头，大着胆子问了一句："余姑娘你为何总是一身男装？又为何要进入皇城司？就连名字也有点儿……"

"也有点儿像男人是吧？"余莲舟猛地灌了半坛子酒道，"我本来叫余莲，有个弟弟叫余舟，可是……"说到这里余莲舟忽然呜咽起来。宋慈急忙安慰，不承想余莲舟却越哭越凶。总有人会把一些伤心事压在心底，他们以为再也不会去触碰，可是不知何时那些事又会像喷泉一样涌出来，再也弹压不住。

余莲舟哭了许久之后，忽然说道："宋慈你知道吗？我爹爹余复，乃是光宗时的状元……"

宋慈竖着耳朵，听余莲舟诉说往事。那一年余复高中状元，后又被光宗召见，路过御花园时，偶遇黄衣女子泛舟湖中。余复被女子的笑容吸引，一下子忘却礼数，看得痴了。若不是一旁的小太监咳嗽一声，定然被认作登徒浪子。

后来余复从太监口中得知，方才他见到的女子正是光宗的掌上明珠三女儿齐安公主。余复于庭对之时，应对得当，光宗见其言谈直率，且不攻击他人之短，便擢升为庭对第一，当场还赋诗一首："临轩策士岂徒然，嗣守丕基务得贤。尔吐忠言摅素蕴，吾縻好爵副详延。爱民忧国毋终怠，厚泽深仁赖广宣。赐宴琼林修故事，朕心期待见诗篇。"

余复感激之余，也赋诗了一首《和御赐登第诗》："凤虎云龙岂偶然，信知盛世士多贤。虞庠教育蒙深泽，汉殿咨询愧首延。释褐遽沾琼宴宠，赐诗齐听玉音宣。爱君忧国平生志，敢负周王宴乐篇。"

光宗闻此龙颜大悦，又问余复要什么赏赐，无论他想要什么，都会答应！余复兴许是酒上头了，壮着胆子就向光宗提亲，要迎娶齐安公主。当余复说完此话后，他和光宗的酒都醒了，可是此乃琼林宴，光宗又是金口玉言。虽然有些不忿，光宗还是把此事告诉了女儿，让齐安公主自己定夺。

齐安公主知晓求婚之人乃是当朝的状元，还是在御花园偷看自己的傻子，芳心乱撞后，就说此事全凭光宗做主。

光宗也看中了余复，又见女儿没有反对，就恩准了这门亲事。成亲后不久齐安公主便有了身孕，生了女儿。余复为了纪念两人初次相遇之地的莲花湖和小舟，就把长女取名为余莲，他还和公主约定，第二个孩子无论男女，都取名为余舟。

就这样两人恩爱了好几年，齐安公主又有了身孕，只可惜那时朝堂发生了惊天大事。公主因此胎气早动，难产而死，就连肚子里的孩子也没有保住。

余复看到爱妻和未出生的孩子身亡，伤痛之下，便带着女儿余莲辞官回到了老家宁德，从此隐居山林，不问世事。

说得这里，余莲舟已成泪人，说道："从懂事起，我就央求爹爹给我改名为余莲舟。我知道爹爹不会再娶妻，所以日后我余莲舟定要招个赘婿，为我余家传后。要不是当年那件事，娘也不会死，我那没出世的小弟也不会死。所以我要进皇城司，无论过去了多少年，我也要将此案调查个水落石出！"

"你想成为皇城司提举？"

"只有提举才能进天机阁，才能看到那些卷宗！宋慈，你要助我！"说着余莲舟期盼地看着宋慈。

宋慈诧异道："究竟是什么案子，连你皇城司的提点也不能翻阅？"

"是……"说到这里,余莲舟突然酒醒了,她低声道,"为什么要告诉你?"

"哎!"宋慈满脸愧色,"若不是宋某,兴许你早成提举了!"

"此事与你无关!皇城司的事怎容外人置喙!"

女人还真是说翻脸就翻脸,一点儿迹象都没有!宋慈不知所措地愣在了原地。由于同情宋慈和叶适等人,余莲舟在宁宗前失了恩宠,让冰井务的刘世亨成了红人,离提举的位置又远了几步。

余莲舟擦了擦眼角的泪珠道:"谢谢你听我唠叨,我的心情好多了。我们说的这些话,你就当全没听过好吗?"

"你说了什么话?"宋慈诧异道,"我们不是只喝了一些酒吗?"

余莲舟抿嘴浅笑:"没想到你这样的人也会这么狡诈!"又从怀中掏出了蜜饯。

宋慈也发现了,余莲舟虽是皇城司提点,但终归也只是个正值妙龄的女子,不开心的时候就喜欢吃一些蜜饯。

恢复了心绪后,余莲舟转身看了看身后的阴暗处道:"肖公公,宋慈可以放出来了吗?"

听到此话,肖公公走了出来,命人打开了牢门的铜锁,对宋慈说道:"你可以出去了!"

宋慈没明白发生了什么事,诧异地看着两人。余莲舟说道:"圣上开始正式对北方用兵,大军已然开拔。出征前,圣上大赦天下。此举只为所有人能同仇敌忾,一致对外!"

"这么说,我也……"宋慈疑惑道。肖公公走上前道:"你和其他人有所不同,还得先回答一个问题,才能决定是否能离开此地。"

"什么问题？"宋慈问了一句，见肖公公和余莲舟都不答话，这才恍然大悟道，"是不是余姑娘方才问的，我期不期望北伐获胜？"

"嗯！"肖公公点了点头道，"咱家就要回去复命了。这番虽然是大赦天下，但是还有遇赦不赦之人。你若是早点儿出去，说不定还能赶上！"

"华大哥怎么样了？"

余莲舟轻声道："华岳听闻战事已定，请缨北伐，愿以贼配军身份战死沙场！不过圣上没有答应！"

宋慈出了牢门，余莲舟牵来了两匹骏马，两人翻身上马，出了钱塘门，赶往钱塘江边的码头。

路上宋慈得知肖公公本名肖路，原本是服侍齐安公主的小太监，齐安公主出嫁后，又陪嫁到公主府。公主过世后，肖公公回到了皇宫。宁宗皇帝怜惜妹妹之死，经常叫肖路前来问话，一来二往之间，肖路得到宁宗赏识，渐渐成为皇帝身边最得宠的太监。因为有这一层关系，肖公公对宋慈也是青眼有加。

快到渡口时，宋慈看着余莲舟的脸，认真道："若是你想成为提举，进入天机阁，我可以帮你！"

"多谢宋公子了，可是不用！我余家的事自有我余家的人去做！"余莲舟昂起来了头，骄傲得像一只凤凰。

宋慈有点儿诧异，方才在囚牢时，余莲舟还求自己帮忙，转瞬之间她又是这种态度。女人啊，真是难以了解！

在远处的钱塘江渡口，华岳坐在囚笼中远眺着京城。孙毅虽被贬为了建宁知府，却因为一些琐事拖到今日才去上任，故而亲自押解华岳。

不远处扬起了烟尘，叶适、孔武、马永忠等人赶了过来。又过了一会，又有两道黄尘出现，宋慈和余莲舟也来了。

此番再次相见，却是两个有罪之人。华岳和宋慈看着彼此身上的囚服，忽然哈哈大笑。过了片刻，宋慈问道："学长是否怪我？"

所有人都明白，宋慈说的乃是没为华岳自缢遮掩之事。华岳朗声笑道："贤弟若是那样做，愚兄才会怪罪你！"

宋慈感叹一声道："学长此番离开后，不知何时才能回来！"华岳正色道："最好是永远没有回来的机会！"

众人皆知华岳不想回来，是不想看到北伐失败。

华岳拍了拍宋慈的肩膀道："顾纯买官之事尚有未解之处，此人家境寻常，一直又是小官。为何有这么多银子可以买到那样的肥缺？愚兄这就要走了，剩下的事都交给贤弟你了。我知道贤弟志不在推案，若是为难，那就算了！"

宋慈哈哈一笑道："愚弟以前眼高手低，让兄长笑话了，此事就交给我吧！"

华岳满意地点了点头，又看了看孔武道："一个鬼帅苏峻都招呼不了，他在我手下可走不了五十招，若不是想找到幕后主使之人，此人早就被我杀了。我回来之时，你若是依旧不是那人的对手，就蹲在水缸中别出来了！"

"呃？"孔武嘀咕道，"那放屁怎么办？也不能出来吗？"

华岳再看了看马永忠道："我回来之时你若是还不能拜在李嵩画师门下成为画院待诏，就把你赶出斗斋！"

"啊！这个要求太难了！你为什么总是对宋慈网开一面？"马永忠不满道。

孔武接话道："就是，宋慈的箭术也不知道怎么练的。二十步的距离，射人胸口却成射人眼睛了！"

"可有此事？"华岳看了看宋慈。宋慈尴尬道："给斗斋丢脸了！"

"确实丢脸，回去再多练练！下次断不能坠了斗斋的名声！"

宋慈躬身道："宋慈领命！"

华岳再看了看叶适，低声道："学生让叶大人失望了！"

叶适安慰道："希望我等都是错的吧！"他又看了看宋慈等人几眼，道："这些猴崽子你放心，我帮你看着！"

"多谢叶大人了！"

送君千里终有一别，宋慈等人正要和华岳告别，前方又驶来了一辆马车。

第十二节
钱塘送别

凌云扶着老妻下了马车,就要对华岳跪拜。他们已经知道当日奋战解救凌涛的就是华岳,虽然最后儿子还是惨死,但是这份恩情却不能这么忘了。

华岳朝宋慈等人使了一个眼色,他们急忙扶起了老夫妇。华岳又转身对孙毅问道:"孙大人,能否给华某行个方便?"

孙毅点了点头,华岳走到凌云夫妻身前,扑通一声跪倒在地:"父母大人在上,请受孩儿一拜!"说着就不顾凌云老夫妇劝阻,咚咚咚地磕了三个响头。

"华英雄,这是什么话?这怎么使得?"凌云两眼含泪,老妻的目光也不再浑浊。凌涛已死,两夫妇年迈无依,华岳这是要认他们为干爹干娘,出狱后再替凌涛为他们养老送终。

"爹、娘!你们若是不认我这个儿子,我就不起来了!"华岳依旧跪倒在地,凌云夫妇不由老泪纵横。

余莲舟看了看神志清醒的凌老妇人,又看了看宋慈。两人心中都是一个想法,这个老妇人哪里是伤了心神,其实自始至终她的头脑都清醒。得知儿子过世的消息后,为了不让丈夫伤心过度,这才假装得了失心疯。

叶适对老夫妇说道:"你们的孩子是个好儿郎,华岳也是一条汉子,就答应他吧!"

孙毅、孔武等人也随声附和。

"好……好!"凌云夫妇一人一边抓着华岳的手道,"孩子,我们这就和你一起去建宁府,等着你出来!"

华岳刚想说什么,又有一辆精致的马车停了下来,杜芊芊第一个下了马车。在她的身后走出一名妇人,怀里还抱着一名婴儿,此人竟然是顾小冉。

顾小冉抱着孩子走到老夫妇的身前,朝老夫妇磕了个响头后,又对怀中的孩子说道:"孩子,你看到了吗?这是你的翁翁和奶奶!"

听闻此话,凌云夫妇原本死气沉沉的脸上突然有了一丝生机。他们看着襁褓中的孩子问道:"你就是顾姑娘,这孩子是?"

顾小冉点头道:"他是我和凌涛的孩子!"

凌云夫妇的生命中好像又燃起了火焰。宋慈和余莲舟早就猜到顾小冉怀有身孕,若不是因为如此,凌涛那时候也不会百般犹豫不决。杜芊芊走了过来对众人说道:"小冉已经用卖罐子得到的两万贯钱为自己赎了身。"

凌云开怀道:"顾姑娘,能否让我看看孩子!"凌妻一旁怒道:"你这糟老头子,怎么搞得还叫顾姑娘?再说你一个男人家,懂得抱孩子吗?还是我来!"

"凌大娘……"顾小冉还想多说什么,凌妻不满道:"怎么了?孩子,连你也不会喊人了吗?"

顾小冉怯生生地看了凌妻一眼，目光含泪轻轻喊了一声："娘！"

"哎！声音再大点儿，我耳朵背，听不到！"

顾小冉又提了提声音，喊了一声："娘！"

"我苦命的孩子啊！"凌妻走过来抱住了顾小冉和她怀里的孩子，摸了摸顾小冉的发梢道，"孩子你受苦了……"

"娘……"霎时间，两人哭成了泪人。就连凌云也在一旁抹着眼泪。

华岳见到凌云夫妇有了儿媳和孙子，心中也多了几分慰藉，他走回囚笼之中，喝着宋慈等人递来的一坛子好酒，对孙毅说道："孙大人，我们走吧！"

囚车缓缓驶动，凌云夫妇突然跑了过来道："儿子，怎么不等干爹干娘一起走？"

华岳看了看顾小冉，又看了看顾小冉手中的婴儿。凌妻说道："我们说好了，和你一起去建宁，定要等你出来。小冉怀中的孩子认你做干爹可好？你武功好，学问大，孩子的名字就由你来取！"

华岳看着眼前的四个人，老的老、小的小，要不然就是妇孺，家中确实需要一个男人照顾。他不是扭捏之人，于是回道："好，孩儿出狱后，就好好孝顺你们，把这孩子养大！"

孙毅带着华岳上了渡船，凌云、凌妻、顾小冉等人也上了另一艘渡船。一行人等在江中朝岸上的人招手，慢慢到了江心。

孔武看着众人远去，口中嘀咕道："舅父走了，华学长走了，虽说我很想哭。可是不知为何，却很想笑！快憋不住了！"

马永忠揶揄道:"那是因为能管你的人都走了,你这个混世魔王又可以无法无天了!怎么了,又要去打苏师旦一顿了?"

宋慈诧异道:"谁打了苏师旦?"马永忠回道:"他呗!苏师旦被贬为了武学学正,孔武找了一个切磋武艺的由头把他狠狠揍了一顿。那个狗贼掉了两颗门牙,如今还躺在床上呢!"

瘦死的骆驼比马大,苏师旦虽然被贬官,但好歹以前是手握权柄的枢密都承旨,还是韩侂胄的左膀右臂,为何孔武好像什么事都没有?

余莲舟知道宋慈的心思,回道:"这事韩相知道,皇上也知道,我听闻皇上还说打得好!"

宋慈一下子明白过来了,如今北伐之际,宁宗不好处罚苏师旦,要不然牵扯太大,但也不代表他对此人没有怨气。既然上面不追究此事,其他人也就不管了。

孔武哈哈笑道:"早知道没事,就应该多打断他几根骨头!"马永忠接话道:"谁说没事?苏师旦不是给你行艺打了下下等吗?你不是也不能升舍了吗?"

孔武怒道:"你马永忠又好到了哪里去?将画院老师的女儿画成了骷髅,不是一样不能升舍?如今正好,我们和宋慈一样,大哥不说二哥!"

宋慈拍了拍两人的肩膀,不管他们是有意还是无意,但真算得上是患难之交。宋慈虽然从牢里放了出来,又恢复了学籍,但是行艺是皇上金口玉言的下下等,自然也是不能升舍的。

孔武取出背后的乌梢棒,插在了地上道:"今年我来当斋长,宋慈当斋谕,我们都不用交斋用钱!"

马永忠怒道:"那我呢?"孔武回道:"你来得最晚,懂不懂先来后到的道理?不知道洒家近来手头紧,连酒钱都没有了吗?"

宋慈摇头道:"我当不了斋谕,你也当不了斋长。斗斋的斋长和斋谕永远只有一人能当!"说着他远眺着江面。孔武和马永忠知道宋慈话语的意思,也点了点头。不过才过了一会,孔武又大笑道:"舅舅和斋长走远了吧!听不到了吧!我可以哈哈大笑了!"

谁知话音刚落,一个声音说道:"难也!"

孔武刚要动气,扭头看了下,说话之人却是叶适,气势便蔫了下来。

叶适轻声道:"孙毅兄临走时交代过了,让我好好看着你。华岳也让我盯着你们几个猴崽子!怎么了?老夫如今不是吏部侍郎,就治不了你们了?"

孔武苦笑道:"您老说的是什么话?我等哪敢在您眼前造次?"

"那就好!"叶适丢给孔武一个钱袋道:"从今日起,你除了在武学习武外,闲暇时刻就到临安县衙当捕快!这是给你先支用的三个月的月钱,你可以去缴纳斋用钱了。"

大宋的捕快大多为兼职,武学学子在结业之前也常在各个衙门里听职,叶适此举,孔武没有任何办法。他摸了摸脑袋道:"叶大人,若是办事不力,你会不会打我板子?"

叶适微微一笑,道:"你说呢?"马永忠哈哈笑道:"打,狠狠地打。大人,这人不打不成才。"

孔武气得指着身旁的马永忠说道:"他呢?"

叶适看着马永忠说道:"画院学子在成为待诏之前都在各衙门听差,此乃惯例。我已经把你要到临安县衙当画尸人了!"

马永忠听闻此话，心中一沉，似乎想起了往事，就像变了一个人一样。

孔武一巴掌拍在马永忠后背，道："怎么了？看你不情不愿的样子，难道给叶大人做事委屈了你？"

马永忠揉揉生疼的肩膀道："得蒙叶大人青睐，是马永忠几世都修不来的福气，可是我娘说过不希望我在衙门里当画师！"

"这是何故？"孔武又追问了一句。

"你别问了，问了我也不想说！"马永忠一眨眼又成了不近人情的画痴，气得孔武吹鼻子瞪眼。

叶适在一旁说道："你等可知道二十年前的临安知县是谁？推司是谁？画尸人又是谁？"

孔武猜测道："难道二十年前的临安知县就是大人你？"叶适点了点头。孔武又道："推司是……"一旁的余莲舟接话道："是宋巩宋大人！"

"是他！"孔武和马永忠都是一惊。余莲舟又道："至于画尸人最后进入了画院，接着还成为画院待诏。他的介绍恩人就是叶适叶大人！"

马永忠狐疑道："你说的难道是李嵩画师？他是叶大人举荐的？"

余莲舟笑道："我乃皇城司提点，有必要骗你吗？怎么了？想当画尸人了吗？"

马永忠听闻此话跃跃欲试，却又难以下定决心。

叶适宽慰道："老夫不勉强你，你什么时候想好了，什么时候可以来临安县衙！"

马永忠对叶适长鞠一躬,道:"晚生谢叶大人垂青!"

当马永忠退到一边后,他和孔武两人齐齐地看着宋慈。宋慈也不闪躲,直盯盯地看着两人。孔武瘪瘪嘴道:"此人迂腐,眼高手低,期望不大,一直做梦,很难醒来!是一头犟驴,来,傻驴,给爷爷叫两声!"

宋慈对孔武的话充耳不闻,只是看着不远处的钱塘江。

叶适走到宋慈的身侧,问道:"你还有登堂拜相、宰执天下、光宗耀祖的心思吗?"

宋慈也不隐藏,道:"有!"

叶适叹道:"恐怕一辈子难以实现了,后悔吗?"

宋慈咧嘴一笑道:"不后悔,即使再让我选一次,我也选蹲大牢!"

"好!"叶适哈哈笑道,"那你今后准备怎么办?"

"再好好读书一年,准备公试升内舍。除此之外,也要想法子挣斋用钱!"

"斋用钱事小,决定今后要走的路事大,你想好了吗?"

宋慈在叶适身前躬身道:"晚生有一事不明,想请教叶大人。"

叶大人凝眉看着宋慈,问道:"什么事,但说无妨!"

宋慈追问道:"圣上本将大人贬为平江知府,为何大人又要继续自贬为临安知县?"

叶适看着宋慈的眼睛问道:"贤侄认为老夫为何如此?"

宋慈正色回道:"晚生斗胆猜测,叶大人此举不过因为以下几点!"

所有人听闻此话都来了精神。宋慈回首眺望着皇城说道:"临安乃是畿县,北伐时期,畿县的知县可比其他地方的知府更为重要!"

叶适轻捋胡须，点了点头。

宋慈又道："既然北伐已然不可阻止，那就只有尽心尽力支持北伐，所以临安县令就尤为重要。如今大宋赋税，六七成来自商贾，商贾之税临安的富户又占了重头。北伐定然会增加行税和住税，这些人的动向极为重要，必须得把握！特别是茶商和盐商，一个不留神，就会激起民乱。

"若是前方战事吃紧，城里免不了有些人要闹事，这些鸡鸣狗盗之人必须也要留意，不能让他们影响大局。青楼细作案后，金国一直没有动静。如今大宋北伐，那些金国蛰伏之人以及潜入之人必定会有所举动。如若事事都指望皇城司查探那就晚了，所以临安县必须得做好安排，防患于未然，以策万一。以晚生之见，在此非常之时，临安知县的担子可不比吏部侍郎的担子轻啊！"

叶适心中暗叫了一声好，没有看错宋慈。他看了看眼前这几位年轻人道："这担子我叶适要担着，孔武要分担，马永忠以后也会分担，宋贤侄又有什么想法？"

宋慈正色道："晚生以前愚钝，好高骛远。经公试策问后又在牢中待了几个月，猛然醒悟，决定能否做大事的不是官位，而是每个人是否有一颗赤子之心，是否有一颗社稷之心！位卑不敢忘忧国。若是每人都做好自己该做的事情，何愁社稷不安？北伐不定？一屋不扫何以扫天下？宋慈真正擅长的也不过是验尸推案罢了，若是天下少一起冤案，就多了一分民心。宋慈不才，肯请叶大人收留，愿效鞍前马后之劳！"

孔武在一旁揶揄道："终于明白了一点儿，看来打一顿板子还是有用的，不过又多一个被盘剥的人了！"

叶适冷眼看了一眼孔武道:"孔贤侄刚才在说什么?不妨大声说来听听!"

孔武急忙辩解道:"我是说宋慈说得好!我等都愿为大人效力!"

马永忠在一旁拆台道:"大人,孔武说你在盘剥我们!"

叶适"哼"了一声道:"这就怕了,还没开始呢!"说着丢了三个月的月钱给宋慈道:"你以后就是衙门里的书吏,负责《扎口词》《验状》《验尸格目》等文书书写,当然你若是想验尸,本官也不阻拦。"

"宋慈领命!"

孔武把大黑脑袋探到了宋慈面前,不可思议地说道:"咦?我说你当书吏是假,当推司当仵作是真吧,怎么也干上这些贱役了?难道只是为了斋用钱?"

宋慈推开孔武黑石一样的大脑袋,说道:"爹爹送我的柳木箱蒙尘了,我想擦亮它!"

孔武见到他和宋慈都被叶适收编了,郁闷的心情好了一点儿,可是刚一转身就看到在一旁看热闹的余莲舟,便撇了撇嘴。叶适知晓这夯货的心思,说道:"余姑娘的官职可比老夫高,老夫可指挥不动她!"

余莲舟上前一步道:"叶大人说笑了,皇城司以后还望临安县衙多多相助了!"

"这是自然,老朽定不会拖余姑娘的后腿!"

一行人等领了新活计后,转身走向了临安城。孔武走到宋慈身边道:"你答应得晚了,牛肉都吃完了!"

宋慈不满道:"你们就不会给我留点儿,那些肉干又不会坏!"

孔武又道:"你那人憎狗厌样子,谁想留,给狗也不能给你啊,你说是不是?"说着孔武还来了兴致,高声念道:"八百里分麾下炙,五十弦翻塞外声,沙场秋点兵……"

等孔武念完辛弃疾一整首的《破阵子》,宋慈不解道:"奇怪啊!这次竟然一个字都没念错!"

马永忠接口道:"谁说不是呢?难道眼前的孔武是假的?"

孔武鼻子哼了一声,鄙夷道:"两只撮鸟,知道什么!爷爷我最崇拜的就是岳王爷和辛大人这样文武双全的英雄人物,俺爹当年可是辛大人的部将……"

当一行人等吵吵闹闹回到临安城的时候,一条海船在钱塘江畔靠了岸。乔装打扮的仇彦走下了舢板,他第一个要去的地方就是城北的轻吟阁,第一个要见的人竟然就是清倌人杜芊芊。

宋慈回到斗斋后提笔给家里写了一封信。这一年多来,他除了月底会按例给家中写报平安的信外,从没有在其他日子主动写过信。即使在狱中坐牢,他也串通了所有人瞒着父母。今日不知为何,他想和爹娘说说话,即使依旧没说什么重要的事,也想远远地问候几句。

很快，镇江都统陈孝庆攻虹县，武义大夫毕再遇夺泗州，江州统制许进攻下新息县，光州义兵攻下褒信县，形势一片大好。

宋慈步入太学的第二年，依然是外舍生。北伐越顺利，太学学子对宋慈的态度就越加鄙夷，如今宋慈已然是一个宋奸的身份。然而宋慈对这些却视而不见，每当闲暇时分他就会到临安县衙当书吏。

他知道，对大宋、对临安、对他自己真正考验的时刻，到了！

——阴兵案完

《大宋法医：少年宋慈》上册完